I CORPI
LUNGO
IL FIUME

LIBRI DI LISA REGAN

LISA REGAN

I CORPI LUNGO IL FIUME

Tradotto da Alessandro Cataoli

bookouture

UNO

Josie si dimena sotto il peso della madre. Il freddo delle piastrelle del pavimento penetra attraverso il sottile tessuto della camicia da notte. Il coltello che Lila Jensen stringe in mano balugina alla luce della cucina della roulotte; la paura ferma il cuore di Josie per un interminabile secondo, per poi farlo ripartire al galoppo.

«Mamma, no!» grida Josie con voce strozzata.

Gli occhi azzurri di Lila la fulminano e Josie capisce immediatamente che sua madre ha superato qualsiasi limite di ragionevolezza, quel limite oltre il quale le sue urla non possono più raggiungerla. Quando si arrabbia in quel modo, non c'è modo di fermarla. Diventa una tempesta e per Josie non c'è alcun posto in cui possa nascondersi.

Con la mano libera, Lila sta schiacciando il lato sinistro del viso di Josie sul pavimento. Il coltello si avvicina.

«Mamma, no, no!» piagnucola Josie. È tutta un tremito. A un certo punto sente una specie di rilassamento nella parte inferiore del corpo, come se stesse per farsela addosso.

«Sta' zitta!» ringhia Lila.

Con la coda dell'occhio, Josie vede la punta argentata della lama che le incide la pelle nel punto in cui l'orecchio si congiunge con la guancia. Poi, con una pressione costante, Lila continua a fendere verso il basso. Un dolore lancinante percorre la mascella di Josie fino al mento. Chiude le palpebre per non far entrare il sangue caldo nell'occhio destro e urla: «Mamma, no, no! Fermati! Fermati!»

Ma Lila non si ferma. Non si ferma mai.

«Tuo padre pensa che tu sia così maledettamente speciale!» dice Lila, sfilando il coltello per ammirare il suo lavoro. Un sorriso soddisfatto le incurva le labbra. «Non sei poi tanto speciale. Sanguini come tutti gli altri. Pensa di potermi lasciare così? Pensa di poterti portare con sé e scaricarmi? Di abbandonarmi? Pensa che tu sia più importante?»

«Mamma, ti prego, smettila!» mugola Josie. «Ti prego!»

Lila avvicina il coltello e lo appoggia alla base del mento di Josie, nel punto in cui ha interrotto il suo lavoro. «Voglio mostrarglielo, così vedremo quanto gli sembrerai speciale dopo che avrò rovinato questo tuo bel faccino.»

Una mano si stringe sul braccio di Josie.

«Josie!» dice la voce di un uomo.

Quando Lila ricomincia a tagliare, Josie inspira profondamente e lancia un grido di dolore. All'improvviso Lila sparisce e tutto diventa buio pesto. Un nuovo terrore si impadronisce di lei. Sbatte le palpebre, ma l'oscurità è totale e non c'è niente che riesca a penetrarla. Contorcendosi, Josie sente la moquette ruvida del pavimento dell'armadio contro il suo viso insanguinato. «No!» grida. «Non nell'armadio. Me l'avevi promesso, mamma! Nell'armadio no!»

La voce dell'uomo si fa sentire di nuovo. «Josie!»

Lei si alza e batte i pugni contro la porta dell'armadio. «Sono qui! Sono qui dentro. Per favore, fatemi uscire!»

Ma la porta non si apre. Non si apre mai. Non finché Lila non lo permette.

Lacrime salate rigano il viso di Josie, bruciano nel punto in cui Lila l'ha tagliata. «Ti prego!» la implora. «Ti prego, fammi uscire.»

«Josie... Josie, svegliati!»

Si alzò di scatto mettendosi seduta, agitando braccia e gambe, tirando pugni e calci in aria. Il terrore le squarciava i polmoni. Dalla testa ai piedi era madida di sudore, la camicia da notte appiccicata alla pelle. Quando riuscì a mettere a fuoco l'ambiente circostante, si rese conto di non essere nella roulotte. Era nella sua camera da letto. Lila era in prigione. Non aveva più sei anni. Era una donna adulta e il suo fidanzato, Noah, era accanto a lei nel letto e la toccava cautamente.

Josie combatté l'impulso di schiaffeggiargli la mano mentre le ultime reminiscenze dell'incubo la lasciavano con il respiro strozzato. È solo Noah, ricordò a se stessa. Sbatté rapidamente le palpebre e si guardò intorno osservando la stanza. La lampada sul comodino che Noah aveva acceso proiettava una luce soffusa sul loro letto matrimoniale. Le coperte erano arrotolate ai loro piedi. Il cuscino del suo lato era caduto sul pavimento. Noah era seduto accanto a lei, a torso nudo, con i capelli castani in disordine e gli occhi color nocciola pieni di preoccupazione.

Josie avvicinò la mano al viso e scorse con le dita la sottile cicatrice che correva lungo il lato destro della mandibola. Non si era trattato soltanto di un incubo, ma anche di un ricordo. Uno dei peggiori della sua infanzia trascorsa con Lila Jensen. Chiuse gli occhi, cercando di rallentare il respiro. Noah le accarezzò la schiena.

«Cosa è stato?» le chiese dolcemente.

Senza aprire gli occhi, lei scosse la testa. Lui conosceva già la storia. Non voleva parlarne. «Solo un brutto sogno.» disse.

Noah ridacchiò dolcemente. «Sì, questo l'avevo immaginato.»

Lei aprì gli occhi e lo guardò di nuovo, disarmata dal suo sorriso. Era al sicuro, ricordò a se stessa. Quel terribile episodio in particolare apparteneva al passato.

«Cosa posso fare?» le chiese Noah.

«Niente.» rispose lei. «Vado a farmi una doccia. Sono fradicia.»

Lui sospirò, mise le mani dietro la testa e si sdraiò sul cuscino. La sveglia sul comodino segnava le tre e trentadue del mattino.

In bagno, si sfilò la camicia da notte e la biancheria umida e le lasciò cadere nel cesto dei panni sporchi. Fece scorrere l'acqua nella doccia e mentre aspettava che si riscaldasse, studiò il suo viso pallido nello specchio. Non era giusto, pensò. Già aveva dovuto subire gli abusi di Lila Jensen una volta; non avrebbe dovuto riviverli in continuazione. Ma dopo le telefonate e l'imminente...

«No.» disse alla donna nello specchio. Non ci sarebbe andata. Non ora.

Ma la sua mente tornava sempre lì, comunque, perché nel momento in cui dici al tuo cervello di non pensare a qualcosa, è proprio quello che fa. E lei aveva bisogno di dimenticare. Di perdersi. Di dare al suo cervello qualcos'altro intorno a cui avvilupparsi. Qualcosa che lasciasse poco spazio ai brutti ricordi e alle preoccupazioni future.

Tornando in camera da letto, vide che Noah era ancora sveglio e fissava il soffitto. Si alzò di scatto quando lei si fermò, in piedi, nuda, sulla soglia.

«In realtà, c'è qualcosa che puoi fare per me.» gli disse. Lui non esitò. In due passi fu avvolta tra le sue braccia, ogni pensiero cosciente venne soffocato dal suo bacio appassionato.

DUE

Il caffè colava dal soffitto della cucina. Josie imprecò sottovoce, prese dei fazzoletti di carta dal contenitore sopra il lavello e iniziò a pulire prima il pavimento, poi gli armadietti e infine il bancone. Dopodiché avvicinò una sedia e ci salì sopra, cercando di raggiungere il soffitto.

La voce di Noah la fece trasalire e per poco non cadde dalla sedia. «Stavi dicendo qualcosa su "quel dannato fornetto tostapane"?» le chiese.

Lei lo fulminò con lo sguardo. «Sì, infatti. Stavo dicendo che non ci serve un nuovo elettrodomestico. Abbiamo già un tostapane, è più che sufficiente.»

Lui entrò in cucina e lei si accorse che era in maglietta e boxer. «Non sei ancora pronto?» gli chiese allibita.

Lui indicò le macchie marroni sul soffitto bianco. «Cosa è successo qui?»

Josie scese dalla sedia e gettò la carta appallottolata nel cestino. Abbassando lo sguardo sui suoi vestiti, decise che avrebbe potuto affrontare la giornata senza problemi. Per fortuna il caffè era schizzato solo sulle scarpe e sull'orlo dei pantaloni cachi. Tanto nessuno le avrebbe guardato i piedi.

«Quello che è successo...» gli rispose lei, «è che mi sono fatta una tazza di caffè, poi mi sono allontanata dal bancone e con il polso ho urtato quel fornetto tostapane inutilmente enorme che hai insistito per portare, la tazza si è rotta e il caffè è schizzato dappertutto. Letteralmente ovunque. Ci toccherà ridipingere il soffitto.»

Vide che gli veniva da sorridere e gli puntò un dito contro. «Non ti provare a ridere.»

Lui si coprì la bocca con una mano.

Gli passò davanti, dirigendosi verso l'ingresso. «Prenderò un caffè da Komorrah, mentre vado in centrale. Ora vai a prepararti. Non voglio fare tardi al lavoro il primo giorno di ritorno dalle vacanze.»

Noah si fermò in fondo ai gradini. «Potresti fare la doccia con me. Potremmo replicare la serata di ieri. Ti farà sentire meglio.»

Aveva ragione, il sesso l'avrebbe fatta sentire meglio, ma non avevano tempo. «Il capo ci prenderà a calci nel sedere se facciamo tardi.» disse lei. «È l'ultima cosa di cui ho bisogno oggi.»

Lavoravano entrambi per il Dipartimento di Polizia della città di Denton, in Pennsylvania: Josie come detective e Noah come tenente. La piccola squadra di cui facevano parte si adoperava al meglio per coprire circa venticinque miglia quadrate tra le montagne selvagge della Pennsylvania centrale, con strade tortuose a una sola corsia, fitte distese boscose e residenze rurali sparse come coriandoli lanciati con noncuranza. La popolazione superava i trentamila abitanti, anche di più quando l'Università di Denton era aperta per la sessione autunnale o per quella primaverile: una popolazione abbastanza numerosa da tenere costantemente occupato il loro dipartimento. Josie e Noah si frequentavano da circa un anno e mezzo ed erano andati a vivere insieme solo un mese prima. E adattarsi era stato più difficile di quanto Josie si fosse immaginata. Aveva vissuto da sola per diversi anni e, sebbene vedesse regolarmente amici e parenti, la convivenza continua con Noah richiedeva più compromessi di quanto avesse previsto.

Nel giro di dieci minuti, Noah si accomodò sul sedile del passeggero dell'auto di Josie e la vista dei suoi capelli castani ancora umidi e scompigliati le mitigò l'umore. Per un attimo, la sua mente tornò alle ore che avevano trascorso a letto in vacanza, appassionate quanto le attività della notte precedente, e desiderò essere di nuovo sulla spiaggia. Con un sospiro, fece uscire l'auto dal vialetto mentre Noah si abbottonava la polo del Dipartimento di Polizia di Denton e diceva: «Sai, un fornetto tostapane è molto più utile di un normale tostapane.»

«È troppo grande.» gemette Josie. «Occupa davvero troppo spazio sul bancone.»

«Spazio sul bancone che usi per cosa? Per tutto quello che cucini?» Aveva un tono sarcastico, ma non malizioso. Josie gli diede una pacca sulla spalla con il dorso della mano destra.

«Touché.» disse.

«Ho perso la discussione sul letto. Devi concedermi il fornetto tostapane.» Josie gli lanciò un'occhiata divertita. «Ma quella non era una discussione. Il mio letto è più grande e più nuovo del tuo. Aveva senso tenere il mio e sbarazzarsi del tuo.»

Si fermarono davanti al Kommorah's Koffee e Noah aprì la portiera. «Vado a prendere il caffè.» disse. «Così mi perdonerai e accetterai di tenere il fornetto tostapane.»

Josie rise. «Prendi dei croissant alle noci per Gretchen già che ci sei e io penserò se lasciarti tenere il gigantesco fornetto tostapane che non entra nella mia cucina.»

«La *nostra* cucina.» la corresse Noah chiudendo la portiera ed entrando di corsa nel caffè.

Dieci minuti dopo, Josie depositò un sacchetto di carta marrone pieno di croissant alle noci davanti alla detective Gretchen Palmer, che sedeva alla sua scrivania nel grande ufficio del comando di polizia, un ambiente pieno di scrivanie al centro della grande stanza al secondo piano dove gli agenti sbrigavano le pratiche, facevano telefonate e conducevano le indagini. Josie, Noah, la detective Gretchen Palmer e l'ultimo arrivato, Finn Mettner, avevano una propria scrivania, mentre gli altri agenti dovevano condividere quelle circostanti. Trovarono Gretchen con il ricevitore del telefono fisso premuto contro l'orecchio; e alla vista del sacchetto del Komorrah il suo viso si illuminò.

Rivolgendosi alla persona con cui parlava al telefono, disse: «Può attendere solo un secondo?» Premette il bottone di attesa e quando alzò lo sguardo, Josie notò che aveva delle occhiaie davvero profonde, così le chiese: «Avete avuto tanto da fare?»

Gretchen annuì. «Credo che questo caldo d'agosto stia facendo impazzire tutti quanti. Ci sono stati diversi casi di violenza domestica, qualche rissa nei bar e un paio di furti d'auto. E quello con cui sto parlando al telefono è di gran lunga più complicato. Lo volete voi?»

Noah si sedette alla sua scrivania di fronte a quella di Gretchen, ma spostata lateralmente. «Di che si tratta?»

«Un paio di cadaveri nel bosco.» rispose Gretchen.

«Ce ne occupiamo noi.» disse Josie.

Noah rise. «Non così in fretta, Quinn. Cerchiamo di saperne di più.»

«Gretchen è stata qui tutta la notte. Se prende anche questo, starà qui pure tutto il giorno.» ribadì Josie.

«Lo so.» disse Noah. «Stavo scherzando. Prendiamo un altro caffè e sentiamo il resoconto.»

Gretchen fece un cenno verso il telefono. «Gli ispettori della Commissione per la Caccia della Pennsylvania erano fuori a esaminare i boschi in vista dell'apertura della stagione, che sarà a breve.»

«La riserva di caccia statale è a sud della città, però.» obiettò Josie. «Cioè, nella contea di Lenore, non quella di Alcott.»

«Giusto.» osservò Gretchen. «Infatti all'inizio, l'ispettore della fauna selvatica pensava che fosse la giurisdizione della contea di Lenore, ma quando ha chiamato l'ufficio dello sceriffo di Lenore per recarsi sul posto, gli hanno detto che è la contea di Alcott, perciò dice che il luogo del ritrovamento dei corpi è in realtà parte di Denton.»

Josie sentì vibrare il telefono nella tasca dei pantaloni, ma lo ignorò, lasciando che partisse la segreteria telefonica. Intanto Gretchen aveva girato il monitor del computer in modo che sia Josie che Noah potessero vederlo e stava indicando un sottile nastro di strada che serpeggiava attraverso miglia di foresta, contrassegnato come Strada Statale 9227. Si trattava di un percorso in gran parte rurale che costeggiava il confine della città, attraversandola da nord a sud fino alla sottostante contea di Lenore.

«Dice che è proprio qui, a un paio di miglia da dove questa strada si interseca con...» disse Gretchen mettendosi gli occhiali da lettura e avvicinandosi allo schermo. «Otto Road.»

«Ho qualche dubbio sulla giurisdizione, ma possiamo scoprirlo una volta che avremo visto dove si trova la scena del crimine.» disse Josie.

«Si tratta di omicidio?» chiese Noah.

Gretchen scosse la testa. «Non ne sono sicuri. Per questo vogliono che qualcuno vada a dare un'occhiata. Sono al telefono con il vicesceriffo della contea di Lenore. Si chiama Josh Moore. Dice che, a quanto pare, una coppietta accampata nel bosco è morta. Ha detto che è una scena insolita, ma non ha voluto approfondire.»

«Mmmh...» fece Josie, studiando lo schermo mentre il telefono nella sua tasca ricominciava a vibrare.

Dietro di lei, Noah disse: «Credo che qualcuno ti stia cercando.»

Josie tirò fuori il cellulare proprio mentre la chiamata finiva. Lo stomaco le si attorcigliò. Sapeva già che numero avrebbe visto quando avrebbe visualizzato la notifica. Due chiamate perse dal Muncy State Correctional Institute, il penitenziario femminile dello Stato.

«Va tutto bene?» chiese Noah mentre Josie si stringeva il telefono al petto per non farglielo vedere.

«Certo.» rispose lei. Indicò il telefono della scrivania di Gretchen, dove uno dei tasti lampeggiava di arancione, a indicare che l'agente Moore era ancora in attesa. «Dagli il mio numero di cellulare e digli che ci incontreremo nel punto in cui la Statale 9227 incontra Otto Road; da lì potrà accompagnarci sulla scena del crimine. Noah, prendi delle unità GPS portatili. Ci serviranno per orientarci nel bosco.»

TRE

Josie si fece strada ai margini del piccolo accampamento, con Noah al seguito. Alle sue spalle, il vicesceriffo della contea di Lenore, Josh Moore, stava a guardare. Si fermò accanto a un grande acero rosso e si asciugò il sudore dalla fronte. Gli insetti si affollavano intorno al suo viso e lei li scacciava. Guardando Moore, fu sorpresa di vedere che non stava sudando quanto lei e Noah. Doveva essere sulla quarantina, alto e robusto come un tronco d'albero, incontestabilmente in forma, a giudicare dall'atleticità con cui li aveva condotti senza alcun problema per quasi due miglia nel fitto della foresta fino a quel piccolo campeggio improvvisato.

Noah stava armeggiando con i comandi del suo dispositivo GPS portatile, cercando di ingrandire l'immagine, e il dispositivo ci stava impiegando diversi secondi per accendersi e caricare. Noah grugnì per la frustrazione e chiese: «Quanto siamo lontani dal confine della contea?»

Moore alzò le spalle. «Difficile dirlo. Probabilmente mezzo miglio. Comunque, credo che siamo ancora a Denton.»

L'unità GPS di Josie funzionò più rapidamente. Studiò lo

schermo e convenne con lui: «È così, tecnicamente. Più o meno dovremmo essere a un quarto di miglio dal confine della contea, perciò questa è la nostra giurisdizione. Avete fatto bene a chiamarci.»

«Bene.» disse Moore. «Allora me ne vado subito.»

«Ha per le mani qualcosa di più urgente di due cadaveri?» gli chiese Noah.

Moore fece una risata priva di umorismo. «Questa non è la mia giurisdizione.»

Noah indicò l'altro lato dell'accampamento. «Ha sentito la detective Quinn: a un quarto di miglio in quella direzione inizia la sua giurisdizione.»

«Ma i corpi sono qui. A Denton.»

«Vicesceriffo Moore...» disse Josie, «so che deve tornare ai suoi compiti nella contea di Lenore, ma potrebbe concederci qualche minuto per valutare quello che è successo qui, nel caso avessimo bisogno della sua assistenza?»

Moore alzò leggermente gli occhi al cielo, di fronte al quale Noah stava per rispondergli, ma Josie lo fermò con uno sguardo. «Giusto qualche minuto.» concesse rivolgendosi a entrambi e tornando verso la tenda.

Dalla linea degli alberi, Josie si mise a studiare la scena: alla sua destra era stata montata una piccola tenda blu. L'apertura era rimasta aperta. Dal punto in cui si trovava Josie, sembrava che non fosse stata utilizzata. A diversi metri di distanza, proprio di fronte a lei, c'erano i resti di un falò: un anello di pietre con legna e cenere fumanti al suo interno. Contro uno degli alberi di fronte giaceva un sacco a pelo arrotolato. Sparse per tutta la radura c'erano varie provviste da campeggio, come se qualcuno avesse camminato sul posto con lo zaino aperto, spargendo oggetti a casaccio, la maggior parte dei quali erano vestiti. Riuscì a vedere un paio di corpi in terra, un uomo e una donna, posizionati in modo che i loro piedi fossero vicini al fuoco. Avvicinandosi di un passo, Josie avvertì il cuore batterle in modo irregolare nel petto.

Accanto a lei, Noah mormorò: «Si direbbe quasi che stiano dormendo.»

I corpi giacevano supini uno accanto all'altro, con le mani giunte. Josie vide una grossa fede d'oro all'anulare dell'uomo. Erano giovani, probabilmente non ancora trentenni. Indossavano entrambi dei pantaloncini cargo. L'uomo indossava una maglietta blu con il logo della Nike e la donna una canottiera viola aderente. La loro struttura snella e gli scarponi da trekking ben consumati indicavano che erano soliti trascorrere molto tempo all'aria aperta. Non erano morti da tanto. In caso contrario, nel bel mezzo dei boschi della Pennsylvania e nella torrida calura di agosto, avrebbero già cominciato a puzzare.

Josie si infilò un paio di guanti di lattice e si avvicinò ai corpi, posizionandosi accanto alla testa della donna, indicando la bocca. «Si può già vedere che le labbra sono blu, chiaro segno della cianosi. E sembra che ci sia della bava secca sul mento.»

Moore fece un passo incerto dagli alberi verso la tenda. «Da quanto tempo pensa che siano morti?»

«Non da molto.» disse Josie. «Non hanno ancora iniziato a gonfiarsi. Con questo caldo, la decomposizione dovrebbe essere rapida.» Con delicatezza, punzecchiò il braccio della donna. Era rigido e duro. «Effetto del rigor mortis.» Guardò verso l'uomo e indicò una vescica sulla guancia. «Direi da tre a sei ore.»

Noah guardò l'orologio. «Sono le otto e un quarto. Quindi sarebbero morti questa mattina presto.»

Josie sospirò e si alzò in piedi, scrutando di nuovo il bivacco. «Suggerirei che abbiano ingerito qualcosa. Non vedo segni di violenza. Niente lesioni, graffi o lividi. Nessuna ferita da arma da taglio o da fuoco. Nessun indumento strappato.»

Noah indicò la scia di vestiti e accessori da toilette. «E questo disordine?»

«Non credo che sia indice di una colluttazione. Non si può escludere che stessero semplicemente cercando qualcosa.»

Dagli alberi dietro la tenda provenne la voce di Moore. «Sembra che qui ci sia qualcosa.»

Josie e Noah seguirono il suono della sua voce per diversi metri nel bosco. Moore si era coperto il naso e la bocca con una mano, teneva gli occhi fissi su qualcosa a terra. Quando l'odore di vomito la raggiunse, Josie ne individuò diverse grosse quantità sparse tra gli alberi.

«A quanto pare, qualsiasi cosa abbiano ingerito, li ha fatti stare dannatamente male prima di ucciderli.» commentò Noah.

Josie guardò Moore. «Può dare un'altra occhiata all'accampamento, per vedere se ne trova ancora?»

Moore inarcò un sopracciglio. «Io non dovrei nemmeno essere qui. Ho del lavoro da fare nella mia contea.»

Josie gli sorrise a denti stretti. «Che ne dice di cercare entro il confine della contea di Lenore, allora? Così le andrebbe bene?»

Con un pesante sospiro, Moore si incamminò verso il bosco. Josie e Noah tornarono ai campeggiatori.

«Se si sono sentiti male...» chiese Noah, «perché non sono andati a cercare aiuto?»

«Il primo segno di civiltà da questo punto dista almeno due miglia. Loro erano a piedi. Forse stavano troppo male per allontanarsi.» Tirò fuori il cellulare e digitò il codice di accesso per visualizzare la schermata principale, e vide un'altra notifica della segreteria telefonica. Non aveva bisogno di ascoltarla per sapere che proveniva dal penitenziario di Muncy. Un'immagine dell'incubo della sera prima le tornò alla mente. Non si rese conto di barcollare finché non sentì la voce di Noah.

«Stai bene?»

Josie alzò lo sguardo e vide che lui la fissava con aria interrogativa. Si appoggiò a un albero vicino e impose alla sua mente e al suo corpo di obbedire. Era in servizio. Doveva concentrarsi.

«Bene.» Alzò il telefono in aria. «Ho solo una tacca. Il segnale del cellulare non è un granché da queste parti.»

«Pensi che abbiano cercato di chiamare aiuto, ma il telefono non funzionava?»

Lei annuì.

Noah si avvicinò alla tenda, si affacciò e sbirciò all'interno. «Dovremmo cercare i loro telefoni.»

«Aspetta.» gli disse Josie. «Voglio chiamare Hummel e far venire la Squadra di Raccolta alle Prove prima di iniziare a spostare le cose.»

Noah si voltò di nuovo verso di lei. «Pensi che si tratti di un omicidio?»

«Penso che sia sospetto.»

Noah si voltò verso i corpi. «Se fossero stati tanto male, sarebbero entrati nella tenda, non si sarebbero sdraiati a terra aspettando di morire.» e puntando il pollice verso la tenda, aggiunse: «Qui dentro ho visto uno di quei ventilatori a soffitto portatili per tende. Probabilmente sarebbe stato più comodo per loro entrare, sofferenti com'erano.»

«È quello che penso anch'io.» convenne Josie. Si allontanò dall'albero, mettendo alla prova la propria stabilità.

«Forse era una specie di patto suicida.» suggerì Noah.

«Può darsi. O forse qualcuno li ha avvelenati e ha sistemato i loro corpi in questo modo.»

Noah si accigliò. «Non sono molto convinto, ma non ne sappiamo abbastanza per poterlo stabilire.»

«Esattamente.» disse Josie. Con il telefono ancora in mano, digitò il numero di cellulare di Hummel. Lui rispose al quarto squillo e lei lo informò il più rapidamente possibile, dandogli poi la posizione approssimativa. «Noah tornerà sulla strada e vi aspetterà.» gli disse. «Non ho una buona ricezione qui in mezzo al bosco, quindi chiamate il medico legale prima di partire.»

Si voltò verso la coppia. Noah stava ai loro piedi come una sentinella. Aveva il viso rosso e una patina di sudore gli ricopriva la pelle. Josie sapeva che le previsioni davano una giornata a trentadue gradi. Molto presto i corpi sarebbero entrati in uno stadio di decomposizione più avanzato e non sarebbe stato piacevole. «Voglio portare queste persone fuori dal bosco il prima possibile.» aggiunse.

QUATTRO

Hummel e la Squadra di Raccolta delle Prove arrivarono nel giro di mezz'ora. Noah camminava dietro di loro. Da quello che si poteva vedere attraverso le chiome degli alberi, sopra le loro teste si addensavano fitte nuvole, ma il caldo non faceva che aumentare. Tutti i paramedici avevano macchie di sudore sui vestiti. «Ho lasciato un agente vicino alla strada finché non arriva la dottoressa Feist. Era proprio dietro di me.» disse Hummel a Josie. «Sta cercando di far arrivare due ambulanze, in modo da poter recuperare entrambi i corpi dal bosco nello stesso momento.»

Josie lanciò un'occhiata ai due cadaveri, la cui pelle aveva iniziato a gonfiarsi e a diventare di una chiara tonalità di verde. L'odore di putrefazione diventava sempre più forte. «È una buona idea.» disse.

Hummel e la sua squadra si misero al lavoro per fotografare ed esaminare la scena, mentre Josie e Noah aspettavano ai margini.

«Moore non è tornato?» chiese lui.

Lei scosse la testa.

«Pensi che se ne sia andato? Quanto tempo ci vuole per cercare del vomito?»

«A quanto pare, un bel po'.» commentò lei.

«Che razza di idiota.» brontolò Noah.

Ignorandolo, Josie si guardò di nuovo intorno. «Qui siamo un po' troppo in profondità nel bosco per fare campeggio.» osservò.

Noah ritirò fuori la sua unità GPS. «Già.» concordò. «È strano che abbiano scelto questo posto.» Ingrandì la mappa dal punto rosso: c'erano miglia e miglia di vegetazione in tutte le direzioni. «Però, direi che se il loro obiettivo era di allontanarsi dalla civiltà, hanno scelto il posto giusto.»

Hummel uscì dalla piccola tenda con uno zaino in ogni mano. «Credo di avere i loro documenti.» disse.

Josie e Noah si misero i guanti e si avvicinarono a Hummel, che passò a Noah uno degli zaini mentre lui rovistava nell'altro e alla fine trovava un portafoglio da uomo che consegnò a Josie. Lei lo aprì, trovò la patente e lesse il nome. «Tyler Yates, ventisette anni. Viveva a Fox Mill.»

«Fox Mill?» chiese Noah. «Non è lontano da Philadelphia.»

«Ad almeno due ore da qui.» concordò Josie.

«Beh, siamo al confine con la contea di Lenore, che ha un'ampia riserva pubblica di caccia ed è piuttosto frequentata da escursionisti e campeggiatori.» sottolineò Hummel. «È l'unica cosa che la contea di Lenore ha da offrire ai turisti.»

«È vero.» concordò Josie. Tirò fuori il suo telefono e scattò una foto della patente prima di rimetterla nel portafoglio.

Noah frugò nell'altro zaino finché non trovò un grosso portafoglio da donna. Dopo aver rovistato tra le carte di credito, trovò un'altra patente di guida. «Valerie Yates, ventinove anni.» disse.

«Stesso indirizzo. Potrebbe essere un omicidio-suicidio? Forse il marito ha avvelenato la moglie, poi, dopo che lei è morta, si è avvelenato e quando era pronto per andarsene si è sdraiato accanto a lei e le ha preso la mano...»

«Possibile.» ammise Josie. «Indagheremo sul loro passato quando torneremo in centrale.» Scattò una foto della patente di Valerie prima di restituirla a Noah. Poi scorse le foto, studiando i loro volti giovani, pieni di vita e sorridenti, e si sentì trafiggere dalla tristezza. Non erano molto più giovani di lei e Noah. Si chiese da quanto tempo fossero sposati e se quella gita in campeggio fosse stata una specie di fuga romantica. Josie non avrebbe mai scelto il campeggio, ma era economico e in una zona così remota come il bosco in cui si trovavano in quel momento, sarebbe stata la soluzione ideale per una coppia che volesse starsene un po' per conto proprio.

«Fammi vedere quello zaino.» disse Josie a Hummel. Lui glielo porse e lei vi diede una rapida occhiata, trovando solo un paio di pantaloncini, due paia di mutande da uomo, del deodorante, un accendino, un telefono e un caricabatterie. «Avremo bisogno del telefono.» disse e poi restituendo lo zaino a Hummel.

Lo zaino di Valerie conteneva molte più cose: un paio di reggiseni sportivi, diverse paia di pantaloncini, una mezza dozzina di magliette, biancheria intima, calzini, prodotti per l'igiene femminile, una spazzola, elastici per capelli, dei trucchi, un libro tascabile e, proprio come nello zaino del marito, del deodorante, il telefono e il caricabatterie.

«A cosa stai pensando?» le chiese Noah.

Josie si rivolse a Hummel prima di rispondere a Noah. «Come li hai trovati? Erano aperti o chiusi con la cerniera?»

«Aperti.» rispose Hummel. «Proprio come li vede ora.»

Poi guardò Noah. «Può darsi che abbiano lasciato gli zaini aperti, ma mi chiedo se qualcuno ci abbia frugato dentro. Guardati intorno. Non c'è cibo. Niente materiale da campeggio vero e proprio. Niente torce, niente batterie, niente pentole o bottigliette o borracce. Niente repellente per zanzare o crema solare.

Nessuna cassetta di pronto soccorso. Niente sapone, asciugamani o salviette, niente con cui lavarsi. Non si va in campeggio con un paio di vestiti di ricambio e un deodorante.»

Josie passò lo zaino a Noah e guardò la scia di oggetti disseminati sull'erba alle sue spalle. Altri indumenti. Un paio di spazzolini da denti. Josie si infilò nella tenda e si guardò intorno. All'interno c'era una piccola borsa termica. Josie sollevò il coperchio, ma era vuota. In effetti, la tenda non conteneva altro che la borsa termica e due sacchi a pelo affiancati.

«Porca puttana.» disse, voltandosi e uscendo dalla tenda. Spostò lo sguardo da Hummel a Noah. «Abbiamo un bel problema.»

La fissarono perplessi. Lei indicò il sacco a pelo arrotolato contro l'albero. «Ci sono tre sacchi a pelo, ma solo due cadaveri.»

CINQUE

«Abbiamo bisogno di rinforzi.» disse Josie tirando fuori il cellulare. «E anche dell'aiuto di un'unità cinofila.» Dovette raggiungere il margine esterno del campeggio per avere una tacca sul cellulare, in modo da poter chiamare di nuovo la centrale per farsi inviare altre unità da Denton e per chiamare l'ufficio dello sceriffo della contea di Alcott chiedendo che la loro unità cinofila raggiungesse il campeggio il più presto possibile. Una volta finite le chiamate, infilò in tasca il telefono, si girò per tornare alla tenda e sentì che i sottili peli lungo le braccia e la nuca si drizzavano: ebbe la sensazione di essere osservata, come se una mano fredda le stesse lentamente accarezzando la spina dorsale. Nonostante il caldo opprimente, rabbrividì. Cercando di mantenere il corpo fermo, girò la testa da un lato all'altro, studiando l'ambiente circostante. Non c'era niente che indicasse la presenza di altre persone nelle vicinanze, a parte i membri della sua squadra, ovviamente. Non un movimento nella boscaglia.

La voce di Hummel la fece trasalire. «Boss?»

Si voltò e tornò al piccolo accampamento, scuotendo la testa come per scrollarsi di dosso quella strana sensazione. Era la privazione del sonno? L'ansia residua dell'incubo e delle telefonate? Oppure c'era davvero qualcuno tra gli alberi? Qualcuno che li osservava? Non poteva trattarsi di Moore. Si era allontanato nella direzione opposta e probabilmente era risalito sulla sua autovettura per tornare alla stazione dello sceriffo di Lenore. Lo aveva trovato irritante, ma non si era sentita minacciata da lui. Che fosse l'altro campeggiatore? O qualcosa di peggio?

Studiò di nuovo i corpi. Una parte analitica del suo cervello, guidata solo da ciò che poteva vedere, identificare e quantificare, le disse che non c'era alcun segno di violenza. Ma la parte più profonda e istintiva del suo cervello le disse di non escludere così rapidamente la reazione del suo corpo. La sua mano corse verso la rassicurante impugnatura della Glock al fianco. La squadra avrebbe scoperto presto se c'era qualcun altro nel bosco.

«Con quanti paramedici sei venuto?» chiese a Hummel.

«Cinque.»

«Mandane quattro a perlustrare il bosco.» gli ordinò. «Rimanete qui tu e un altro e continuate a lavorare. Potrebbe esserci un terzo campeggiatore malato e in fin di vita qua in giro. Non appena arriveranno i rinforzi con le unità GPS, manderemo anche loro a cercarlo. Voglio che siano tutti in allerta. Non sappiamo cosa stia succedendo qui e non voglio che qualcuno si faccia male. Quando arriva l'unità cinofila, vedi se possono usare il sacco a pelo per rintracciare il terzo campeggiatore.»

Hummel annuì e poi iniziò a impartire ordini agli agenti della sua squadra, intenti a raccogliere le prove. Come ordinato, tutti tranne uno si avventurarono nel bosco. «Guarda anche dentro il sacco a pelo.» disse Josie. «Cerca se c'è qualcosa che possiamo usare per identificare il campeggiatore scomparso.»

«Ricevuto, Boss.» rispose Hummel.

Perle di sudore scivolavano dalla nuca di Josie lungo la schiena, e la maglietta le si appiccicava alla pelle. Il caldo di agosto era sempre più intenso. In cielo, le nuvole si erano fatte gonfie, di un grigio scuro e opprimente. Si stava avvicinando una tempesta. Non era una buona notizia per la scena del crimine. Tirò fuori di nuovo il telefono e tornò ai margini dell'accampamento finché sullo schermo non apparvero due tacche e poté comporre il numero dell'agente Moore.

«Dov'è finito?» gli chiese senza preamboli.

Lui sembrò infastidito. «Sono in questo dannato bosco a cercare del vomito, come mi ha chiesto.»

Non avrebbe giurato di credergli, ma ormai non importava. C'era del lavoro da fare. Gli spiegò cosa avevano trovato, gli fece sapere che aveva chiamato dei rinforzi e un'unità cinofila, e gli chiese: «Avete ricevuto segnalazioni di qualcuno che si è comportato in modo sospetto nei boschi o nei dintorni questa mattina?»

«Non che io sappia.» rispose Moore. «Ma posso chiamare la centrale per verificare se sono arrivate delle segnalazioni e chiedere che chiamino l'ospedale più vicino. Ma è piuttosto lontano da qui.»

«Sarebbe davvero utile.» disse Josie.

«Allora torno alla mia auto e faccio qualche telefonata.»

«È probabile che alcuni dei miei uomini stiano cercando questo terzo campeggiatore all'interno del confine della contea di Lenore.»

Riuscì a immaginare la sua scrollata di spalle e la sua indifferenza. «Direi che dovete fare tutto il necessario.»

Josie riattaccò prima di lasciarsi sfuggire qualcosa di poco professionale e poi chiamò la centrale per chiedere che controllassero se c'erano state segnalazioni di comportamenti sospetti e se c'erano stati ricoveri per avvelenamento nella contea di Alcott. Aspettò ai margini della scena mentre Hummel e il suo collega continuavano a lavorare. Noah era accanto a lei. Arrivarono altre unità e Josie le incaricò di andare a cercare il campeggiatore scomparso in un'area più ampia.

«L'unità cinofila si trova ad almeno due ore di distanza.»

disse Noah, dopo aver fatto alcune telefonate. «Ma sono previsti dei temporali piuttosto forti e non è sicuro per loro lavorare in presenza di fulmini, quindi potrebbero dover aspettare fino a domani.»

«Maledizione.» imprecò Josie. «Sì, è pericoloso mandare gente per i boschi se ci sono temporali in arrivo. C'è il rischio di perdere le tracce di odore per i cani?»

Noah scosse la testa. «No. Hanno detto che molto probabilmente i cani saranno ancora in grado di trovarle. L'acqua non cancella l'odore di una persona, a quanto pare. Mi hanno anche informato che il tempo non è un fattore determinante, potrebbero tornare domani o tra due mesi, e il cane dovrebbe essere ancora in grado di scovare e seguire la traccia.»

«Non abbiamo due mesi. Il terzo campeggiatore potrebbe essere in fin di vita.» protestò Josie.

«Due mesi era solo un esempio. Saranno qui tra un paio d'ore e, finché il tempo lo permetterà, lavoreranno. Nel frattempo, faremo delle ricerche a tappeto, e possiamo far intervenire altre unità e anche alcuni vigili del fuoco come supporto.»

«Mi sembra una buona idea.» convenne Josie. Non disse che non avrebbero potuto fare ricerche a tappeto in caso di maltempo. La sua squadra stava facendo del suo meglio, ma l'ultima cosa di cui aveva bisogno era che uno dei suoi uomini venisse colpito da un fulmine o schiacciato da un ramo d'albero.

«Ho trovato delle impronte di scarponi.» la avvisò Hummel dall'area del campeggio. «Cercherò di prenderne il calco prima che la pioggia le cancelli.»

«Grazie, Hummel.» disse Josie.

Il medico legale della contea di Alcott, la dottoressa Anya Feist, arrivò facendosi strada con attenzione nel bosco. I suoi capelli biondo argento erano legati in una coda di cavallo. Una sottile patina di sudore luccicava sulla sua pelle candida. Dietro di lei c'erano quattro paramedici che trasportavano due barelle che poi appoggiarono ai tronchi degli alberi vicini. Rimasero in attesa, mentre la dottoressa Feist si metteva al lavoro. Josie controllò l'unità GPS, con la quale poteva monitorare gli altri membri della polizia di Denton mentre cercavano il terzo campeggiatore. La squadra era in silenzio radio, il che voleva dire che non avevano ancora trovato tracce. Tornò a guardare verso i corpi e vide la dottoressa Feist che si metteva in ginocchio accanto al corpo di Tyler Yates e tastava un braccio per verificarne la rigidità.

Josie si avvicinò a Valerie Yates, di fronte alla Feist, e le chiese: «Cosa ne pensa?»

«Il decesso risale probabilmente a poche ore fa. Posso dire con sicurezza che è stato qualcosa che hanno ingerito a farli stare male e a ucciderli. Può darsi che si tratti di una specie di avvelenamento. Hummel mi ha mostrato quello che avete trovato dietro la tenda. Se sia accidentale o meno non sta a me dirlo. È il vostro lavoro.»

Josie sospirò. «Sì, ci stiamo lavorando.»

«Ne saprò di più quando eseguirò le autopsie. Però c'è questo...»

Si chinò sul corpo di Tyler e sollevò la grande mano in cui era racchiuso il piccolo palmo di Valerie. Con l'altra mano indicò un segno sul polso della ragazza.

«È un taglio o una bruciatura?» chiese Josie, guardando da più vicino.

«Non saprei.» disse la dottoressa Feist. «Ma è recente.»

«Segno che è stata legata?» chiese Josie.

«Non posso dirlo con certezza. Come ho detto, una volta che l'avrò analizzata in laboratorio, ne avrò un'idea più precisa.»

Josie si appoggiò sulle ginocchia ed esaminò il polso destro di Valerie. «Invece qui non vedo segni.»

La Feist annuì. «Appunto. È curioso, ma potrebbe anche non essere un indizio.»

«Allora ne riparleremo una volta terminata l'autopsia.» le disse Josie, sentendo la suoneria del suo telefono. Con sempre maggiore timore, lo tirò fuori e guardò lo schermo, sollevata nel vedere che non la stava richiamando la prigione, ma l'agente Moore. Rispose e ascoltò il resoconto: «Non ci sono state segnalazioni relative a persone che si sono comportate in modo sospetto nei boschi della contea di Lenore. Ho anche chiamato l'ospedale più vicino per sapere se è arrivato qualcuno con sintomi da intossicazione alimentare e mi hanno riferito che non ci sono stati casi del genere nelle ultime quarantotto ore.»

«Perfetto, grazie.» disse lei e riattaccò.

«Forse è stato il terzo campeggiatore ad avvelenarli e ad andarsene.» suggerì Noah, avvicinandosi a lei.

«Non escluderei il coinvolgimento del terzo campeggiatore in questa faccenda.» disse Josie, pensando alla sensazione di pericolo che aveva provato poco prima. «Ma se avessi avvelenato un paio di persone, non avrei lasciato tracce della mia presenza sulla scena.»

«Ottima osservazione.» disse Noah. Guardò il medico legale e le chiese: «Ha idea di cosa possano aver ingerito?»

La dottoressa si alzò e si tolse i guanti, fece cenno ai paramedici di avvicinarsi e questi iniziarono a infilare i corpi nei sacchi per trasportarli fuori dal bosco. Josie, la dottoressa Feist e Noah si fecero da parte per lasciarli lavorare. «L'unico modo per scoprirlo sarebbe fare un esame tossicologico.» gli rispose. «Ma, come sapete, ci vogliono settimane e non è possibile analizzare le piante o le bacche che si trovano nei dintorni.»

«Pensa che potrebbe essere stato qualcosa che hanno trovato da queste parti?» chiese Noah.

La dottoressa fece un'alzata di spalle. «Sembra la spiegazione più probabile. Hummel dice che non sono state trovate prescrizioni, sostanze illecite o alcol tra i loro effetti personali.»

«Non ci sono nemmeno cibo e acqua.» le fece notare Josie.

«Forse il terzo campeggiatore ha preso tutto quello che c'era qui quando se n'è andato.» suggerì Noah. «Anche se è strano che una coppia si accampi con una persona in più, non vi pare?»

Josie annuì. «È tutta la mattina che lo penso. Noah, forse hai ragione. Spiegherebbe perché mancano così tante cose, o perché gli oggetti che ci si aspetterebbe di trovare in un accampamento non ci sono, e perché non abbiamo trovato un altro cadavere tra i cespugli qui intorno.»

La dottoressa Feist si fece vento con una mano. «Il laboratorio eseguirà i soliti test: alcol, oppiacei, anfetamine, barbiturici, marijuana e sostanze del genere, ma la cosa migliore è raccogliere un po' di quella bile e cercare tracce di foglie, radici o bacche insolite che potrebbero aver trovato nel bosco e mangiato.»

«Credo che sia compito di Hummel.» disse Noah, storcendo il naso. Da qualche parte dietro la tenda arrivò la voce di Hummel.

«L'ho già fatto.»

«Che tipo di piante potrebbero causare degli effetti del genere? Intendo il malessere, la cianosi e la bava alla bocca...» chiese Josie. «Datura stramonium? La felce aquilina? Digitalis purpurea?»

La dottoressa Feist annuì. «Certo, quelle, ma anche la cicuta, l'oleandro, la cicuta acquatica. Ci sono anche molte bacche velenose. Il tasso e l'agrifoglio possono causare la morte.»

Josie conosceva anche quelle. Era cresciuta nei boschi di Denton e aveva trascorso gran parte della sua infanzia a esplorarli e a giocarci. Prima ancora di compiere sei anni, suo padre le aveva insegnato i nomi della maggior parte dei fiori selvatici e le aveva fatto memorizzare le piante e le bacche tossiche per gli esseri umani. La portava a spasso tra quei boschi e metteva alla prova quello che ricordava. Successivamente, dopo la sua morte, era stata solita, a sua volta, mettere alla prova il suo amico d'infanzia, Ray, su quali piante e bacche fossero commestibili e quali li avrebbero fatti ammalare o uccisi.

«Se fossi in voi...» disse la dottoressa Feist, «e volessi davvero restringere il campo, cercherei per almeno un miglio e mezzo in ogni direzione e cercherei di trovare qualche erba o bacca tossica che questa coppia può aver raccolto facilmente come condimento per la cena o per farci un infuso.»

Josie annuì. I paramedici iniziarono a portare via Tyler e Valerie Yates e la dottoressa Feist li seguì. «Accelererò le loro autopsie e vi farò sapere se trovo qualcosa di insolito.»

Hummel uscì da dietro la tenda portando con sé una grande scatola di cartone. «Boss...» disse, avvicinandosi a Josie. «Penso che questo potrebbe essere interessante.»

SEI

Hummel rovistò all'interno della scatola finché non tirò fuori una busta di plastica trasparente contenente quella che sembrava una sottile catenina d'oro. Josie prese la busta tra le mani per poterla guardare da vicino.

«È una collana?» chiese Noah.

«Sì.» rispose lei. «Sembra una catena d'oro con un ciondolo a forma di cuore.» Il cuore d'oro era aperto al centro e lungo i bordi scintillavano piccoli diamanti. «Direi che appartiene a una donna. Dove l'hai trovata? La catenella è rotta.»

«Nel sacco a pelo arrotolato.» disse Hummel.

Josie e Noah si guardarono e lui disse: «Quindi abbiamo un marito e una moglie in mezzo al nulla che campeggiano con un'altra donna.»

«Marito e moglie sono morti e la donna è scomparsa.» aggiunse Josie.

«Forse la donna era la loro bambina?» suggerì Hummel.

Josie pensò ai loro volti e alle date di nascita riportate sulle patenti di guida. «Ne dubito. A meno che Valerie Yates non abbia partorito da adolescente, qualsiasi figlia dovrebbe essere piuttosto piccola e dubito che avrebbero lasciato dormire una bambina all'addiaccio. Non l'avrebbero tenuta nella tenda con loro?»

«Potrebbe essere una preadolescente.» tentò ancora Hummel.

«Potrebbe avere dai dieci ai dodici anni al massimo.» disse Josie. «Tenderei a escludere che gioielli come questo si addicano a una preadolescente e non sono sicura che, come genitore, lascerei che mia figlia di undici anni dormisse nel bosco da sola mentre io sono al sicuro in una tenda. Ci sono animali selvatici in questi boschi.»

Noah prese la busta dalle sue mani e la sollevò. «Ma potrebbe appartenere a una preadolescente. È difficile dire se sia costosa o meno.»

Hummel annuì in segno di approvazione. «Non si può dire se quei diamanti siano veri o meno o se sia oro da quattordici carati.»

«Va bene.» concesse Josie. «È qualcosa che non possiamo escludere.» Sentì una stretta allo stomaco al pensiero che una ragazzina potesse essersi persa e si fosse sentita male in quei boschi, se non peggio, e di nuovo, solo per un attimo, sentì i peli della nuca drizzarsi. Noah si batté una mano sul collo. «Maledette zanzare.» mormorò.

Josie si guardò intorno, studiando le interruzioni tra gli alberi intorno al campeggio, alla ricerca di qualcosa fuori posto, ma non trovò nulla. Scacciò quella sensazione. L'unica cosa che mitigava la sua ansia era sapere che c'erano già delle persone che stavano cercando nel bosco, almeno fino all'arrivo dei temporali. Sperava che il tempo reggesse ancora un paio d'ore. Avrebbe potuto fare la differenza. «Ne sapremo di più quando torneremo alla centrale e avremo qualche informazione sui coniugi Yates. Per ora lasciamo che la nostra squadra continui le ricerche. Perché noi tre non andiamo a cercare delle piante velenose nelle vicinanze?»

Josie si avviò verso il perimetro dell'accampamento. Noah si attardò, fissando il suo telefono. «Tutto bene?» gli chiese Josie.

Lui la guardò con una smorfia. «Non so davvero cosa devo cercare.»

Josie rise. «Dici sul serio?»

Noah alzò le spalle. «Io facevo sport.»

Josie si voltò a guardare Hummel, che si asciugò il sudore dalla fronte e fece un piccolo sorriso. «Sono un cacciatore, quindi mio padre si è assicurato che sapessi cosa non toccare e cosa non mangiare fin da piccolo. Sistemo queste prove e prendo un paio di ragazzi che mi aiutino a cercare.»

«Grazie, Hummel.» disse Josie, poi si rivolse a Noah: «Allora tu vieni con me. Ti faccio un corso accelerato.» e detto questo si avviarono nella direzione opposta a quella presa da Hummel e dagli altri uomini.

Si addentrarono tra gli alberi, controllando man mano le loro unità GPS per tenere traccia dell'area che stavano perlustrando.

«Da quando siamo arrivati qui...» gli chiese Josie, «non ti sei sentito come...?» Si interruppe. Cosa poteva dire? Come se qualcuno li stesse osservando? Come se qualcuno, o qualcosa di brutto, si fosse appostato e ben mimetizzato?

«Come cosa?» chiese Noah.

Josie agitò una mano. «Lascia perdere. Sono solo stanca.»

Noah si fermò. «Dimmi.»

Anche Josie si fermò e si mise una mano sul fianco. «Se ci fosse stato qualcun altro qua in giro con noi, a quest'ora lo avremmo trovato, non credi?»

Noah alzò le spalle. «Altrimenti, avremmo trovato delle prove della sua presenza. Qualcosa che ha lasciato dietro di sé o qualche traccia. Perché? Pensi che ci sia qualcun altro qui intorno? Oltre ai nostri agenti e alla terza campeggiatrice?»

«Non lo so.» disse Josie. «No. Forse è solo una giornata storta. Andiamo avanti, okay?»

«Certo.» disse Noah. Si rimise in cammino, Josie gli stava un passo avanti. A un certo punto, Noah sbuffò. «Se mi togliessi la maglietta potrei strizzarla da quanto sto sudando...»

«Anch'io.» convenne lei.

Josie diede un'occhiata e vide che cominciava a zoppicare. Si era rotto una gamba diversi mesi prima, dopo essersi buttato da una casa in fiamme. Aveva trascorso due mesi con il gesso e altre sei settimane a fare fisioterapia, ma talvolta gli dava ancora fastidio. Si trattenne dal fargli notare che cominciava a zoppicare, ben sapendo che Noah non avrebbe mai accettato di tornare indietro ad aspettare in macchina. Avrebbe dovuto contare sul fatto che lui le avrebbe fatto sapere quando sarebbe arrivato al limite. O così, oppure il giorno dopo avrebbe avuto un forte dolore.

«Dimmi cosa dobbiamo cercare.» disse lui.

Lei rallentò per fargli tenere il passo e gli fece un elenco delle piante tossiche che conosceva e che potevano essere presenti nei boschi di Denton e causare gravi malattie e persino la morte: Datura stramonium, Digitalis purpurea, cicuta, oleandro, cicuta acquatica. Glieli descrisse uno per uno e in modo dettagliato, cosicché Noah sapesse cosa cercare, e poi passò alle bacche che avrebbero potuto far star male e uccidere i coniugi Yates: Celastrus scandens, il Cotoneaster, l'agrifoglio, il ginepro e la Phytolacca americana.

Josie indicò il sentiero davanti a loro. «C'è un ruscello da quella parte?»

«Mi sembra di sì.» disse Noah.

Josie passò in mezzo a una fila di alberi con Noah al seguito e vide un ruscello che attraversava la foresta. Tirò fuori la sua unità GPS. «Cold Heart Creek.» lesse sullo schermo. «Siamo a circa mezzo miglio dal campeggio. Questo è sicuramente territorio della contea di Lenore.» Guardò da sinistra a destra. «È un po' lontano, ma è possibile che gli Yates siano venuti qui a prendere l'acqua. Se così fosse, avrebbero avuto bisogno di un piccolo filtro portatile per depurarla o, per lo meno, di una pentola in cui farla bollire. E qualcosa da cui bere.»

Noah usò l'orlo della maglietta per asciugarsi il viso. «Potrebbero aver bevuto l'acqua senza filtrarla. Anche se dubito fortemente che sarebbe bastato questo a ucciderli così rapidamente.»

Fianco a fianco, camminarono lungo il margine del ruscello, dove i sassolini scricchiolavano sotto i loro piedi. Josie aveva una forte voglia di tuffarsi e rinfrescarsi, anche se il punto in cui si trovavano non sembrava tanto profondo. Come se le avesse letto nel pensiero, Noah si fermò e si accovacciò per sciacquarsi il viso. «Tu pensi che ci fosse qualcuno al campeggio.» disse e non lo intendeva come una domanda.

«Sì.» disse Josie. «Credo che qualcuno abbia preso le loro cose. Che fosse parte del piano o solo un furto dopo il loro avvelenamento, questo non lo so.» Non disse che pensava che quella persona fosse ancora nei boschi. Noah aveva ragione: a quel punto avrebbero visto o sentito *qualcosa*.

«I corpi potrebbero essere stati messi in quella posizione apposta.» concordò Noah. «Qualcuno ha aggiunto qualcosa di velenoso al cibo o all'acqua, ha aspettato che morissero, li ha stesi l'uno accanto all'altro, mano nella mano, e poi ha preso le loro cose.»

Si alzò e continuò a camminare. Il Cold Heart Creek portava più a sud del campeggio, più in profondità nella contea di Lenore. «Questo è lo scenario che mi è venuto in mente.» disse Josie. «Ma perché preoccuparsi di avvelenare una persona solo per prendere la sua roba? Il responsabile avrebbe potuto intrufolarsi nel campeggio mentre dormivano e prendere quello che voleva. Inoltre, perché lasciarli mano nella mano? Sembra una cosa che farebbe solo una persona che li conosceva.»

«Quindi, se si tratta di omicidio, siamo tornati alla terza campeggiatrice come sospetto.»

Josie sospirò. «Non abbiamo ancora abbastanza informazioni.»

Camminarono in silenzio ancora per qualche minuto, finché Josie non ce la fece più. Si appoggiò su una grande roccia accanto al ruscello e si gettò dell'acqua sul viso e sul collo. La fresca umidità le diede un ristoro paradisiaco. Mentre si raddrizzava a malincuore, notò una grande pianta di cicuta sull'altra sponda del torrente. La indicò. «Laggiù.»

Noah seguì il suo dito. «Quella sarebbe la cicuta, giusto?»

«Sì, esatto.»

Guardarono il torrente da una parte e dall'altra. Non sembrava esserci un modo per attraversarlo senza bagnarsi. Come se le avesse letto nel pensiero, Noah disse: «Potremmo anche attraversarlo a piedi. Siamo già zuppi di sudore. Che differenza fa?»

Josie andò per prima, camminando lentamente e con attenzione sul letto roccioso del torrente. Nel punto più profondo le arrivava appena alla vita. Dovette ammettere che la sensazione dell'acqua era piacevole, anche se sapeva che più tardi avrebbe rischiato di farsi venire le vesciche ai piedi per aver camminato con le scarpe da ginnastica bagnate e che sarebbe stato più difficile muoversi con i pantaloni zuppi. E se anche avessero evitato la pioggia, ormai erano fradici.

Quando raggiunsero la pianta, Noah si infilò un paio di guanti, poi la guardò. «Hai portato una busta per le prove?»

Josie sorrise mentre ne tirava fuori una. «Ne ho prese un paio da Hummel, sì. Aspetta un attimo, però. Guarda qui.»

Indicò uno dei rami più piccoli. «Qui c'è un ramo rotto.»

Noah si avvicinò e lo esaminò. «Scatta qualche foto» le disse, «e segna questo punto sull'unità GPS, così sapremo quanto ci siamo allontanati dal campeggio.»

«Certo.» disse lei, inserendo un indicatore nella mappa satellitare e poi tirando fuori il suo telefono. Scattò diverse foto della cicuta mentre Noah infilava nella busta alcune fronde della pianta. Josie stava mettendo via il telefono quando qualcosa dietro la pianta attirò la sua attenzione. «Quello che cos'è?» chiese.

Noah mise via il sacchetto delle prove e si tolse i guanti. «Che cosa?»

Josie fece qualche passo. «Dietro quegli alberi. C'è qualcosa di luccicante. Penso che possa essere una recinzione.»

«Andiamo a vedere.» disse Noah, camminando davanti a lei e guidandola attraverso il fitto boschetto di arbusti su quel lato della riva del torrente. Josie stimò che circa venticinque metri a separare l'argine dove avevano trovato la cicuta dalla recinzione che si estendeva in entrambe le direzioni fino a dove potevano vedere. Dall'altra parte c'era solo altra vegetazione. Josie camminò lungo la rete fino ad arrivare a un cartello nero con scritte rosse che diceva: "Proprietà privata. Vietato l'accesso".

«Perché diamine c'è una recinzione in mezzo a questo bosco?» mormorò Noah, arrivando alle sue spalle.

«È proprietà privata di qualcuno.» rispose Josie, indicando il cartello. «Dovremmo chiamare e chiedere a Moore. Potrebbe valere la pena di indagare.»

SETTE

Hummel li aspettava all'accampamento degli Yates, sotto l'ombra di una quercia. Il resto della ricerca non aveva dato risultati, quindi Noah gli diede la cicuta che avevano trovato e Josie gli diede il permesso di tornare alla centrale per registrarla tra le prove e consegnare i campioni al laboratorio di sierologia della Polizia di Stato insieme ai calchi delle impronte che avevano trovato da portare al reparto scarpe e calzature del laboratorio. Il resto degli agenti della polizia di Denton erano piccoli puntini sulla mappa GPS, che si aggiravano nella foresta circostante per miglia e miglia in ogni direzione. Uno dei loro agenti in uniforme aspettava sulla strada l'arrivo dell'unità cinofila. Per il momento, nessuno aveva trovato tracce della terza campeggiatrice.

Josie e Noah si avviarono lentamente verso la strada dove li attendeva la loro auto. «Vediamo cosa riusciamo a scoprire sui coniugi Yates.» disse Josie. «Facciamo dei controlli, troviamo qualche parente stretto. Vediamo se riusciamo a capire chi c'era in campeggio con loro.»

«Vuoi chiamare tu Moore o lo faccio io?» le chiese Noah.

Con un pesante sospiro, Josie tirò fuori il telefono. «Lo chiamo io.»

Rispose dopo sei squilli.

«Volevamo chiederle cosa può dirci di una recinzione a maglie che abbiamo visto nel bosco. È sul lato della contea di Lenore. Nella sua giurisdizione. È contrassegnata come proprietà privata. Ha idea di chi sia il proprietario?»

«Quella proprietà appartiene a una comune. Hanno circa una quarantina di ettari, se ricordo bene, tutti recintati.»

«Una comune?» disse Josie.

«Sì.» rispose Moore. «Ci vive un gruppo di persone. Coltivano il proprio cibo, questo genere di cose. Stanno là da anni. Lo chiamano "Il Santuario".»

«Si tratta di una comunità religiosa?» approfondì Josie. «Oppure di una setta?»

«Non ne sono sicuro.» rispose Moore. «Non ne so molto.»

«Come fa a sapere che è una comune?» chiese Josie.

«Io... perché volete sapere tutto questo?»

«Perché è abbastanza vicina al campeggio da permettere alla terza campeggiatrice di entrare in quella proprietà. C'è qualche problema?»

Un attimo di silenzio, poi un sospiro. «No, nessun problema. Ascolti, sono solo un gruppo di persone che vivono della terra, chiaro? Non abbiamo mai avuto problemi con nessuno di quel posto. Pagano le tasse sulla proprietà, se ne stanno per conto proprio.»

«Quindi non si arrabbiano se ci andiamo a parlare?»

Di nuovo silenzio. Per un attimo Josie pensò che Moore avesse riattaccato. «Non dovreste disturbarli a meno che non sia necessario.»

«È necessario.» disse Josie con fermezza. «C'è una persona che comanda e di cui dovrei chiedere?»

«Il posto è gestito da una donna anziana. Charlotte...» si

interruppe, e Josie capì che stava cercando di ricordare il cognome. «Fadden. Si chiama così. Charlotte Fadden.»

«Quante persone ci vivono?» chiese Josie.

«Senta, gliel'ho ho detto che non ne sappiamo molto.» ripeté Moore. «L'ultima volta che ne ho sentito parlare, ci vivevano quindici o venti persone più o meno, ma si tratta di almeno dieci anni fa.»

«Lei ci è andato dieci anni fa? Per cosa? Per un crimine?»

«No, no. Gliel'ho detto, non causano alcun problema. Mi è capitato di parlare con qualcuno che viveva là in quel periodo.»

Josie non riusciva a capire cosa stesse nascondendo che lo rendeva così schivo. Non è che era stato un membro della comune anni addietro?

«Come possiamo trovare l'ingresso?»

Lui glielo disse.

«Pensa di poterci raggiungere laggiù? Per fare le presentazioni. Dopotutto siamo nella vostra giurisdizione.»

«Avete trovato qualche apertura nella recinzione?» chiese Moore. «Se non ci sono interruzioni, non vedo il motivo di disturbare quelle persone.»

Noah, che era rimasto in piedi al suo fianco con l'orecchio teso verso il telefono per poter ascoltare quello che Moore le diceva, guardò Josie e alzò gli occhi al cielo.

Josie disse: «Devo disturbare quelle persone, Moore. Allora, può aiutarmi agevolando le cose, essendo questa la sua giurisdizione e tutti i discorsi che abbiamo già fatto, oppure posso andarci con i miei agenti. Quale preferisce?»

Un altro pesante sospiro, poi Moore disse: «D'accordo. Ci vediamo là.»

Il Santuario non era altro che una vecchia casa colonica con i rivestimenti bianchi che erano diventati grigi con il trascorrere del tempo e l'azione delle intemperie, e il tetto del portico aveva cominciato a cedere. Un breve vialetto conduceva agli ampi gradini, circondati da un prato accuratamente tagliato e da piccole aiuole colorate che cingevano i margini esterni della grande casa. Josie si guardò intorno. Verso il retro della casa c'erano diverse auto di vecchio modello parcheggiate sull'erba accanto a un capannone rosso sbiadito. Riuscì a intravedere la recinzione dietro il capannone che si estendeva fino al bosco. Mentre Josie e Noah seguivano Moore sul portico, lei allungò il collo per cercare di dare un'occhiata all'altro lato della casa, ma tutto ciò che riuscì a vedere fu un grande campo con file di ortaggi e piante. Un uomo e una donna lavoravano tra i filari con delle pale. Erano vestiti con pantaloni color cachi e canottiere scolorite e portavano una bandana in testa per evitare che il sudore colasse sul viso. Di tanto in tanto guardavano il cielo che si stava oscurando.

Moore bussò alla pesante porta di legno e aspettò. Josie notò che le finestre erano aperte e le tende all'interno svolazzavano al sollevarsi del vento. Segno che non c'era aria condizionata. Josie si chiese se avessero almeno la corrente elettrica.

«È sicuro che ci sia qualcuno dentro?» chiese Noah.

«Beh, se non c'è nessuno, potete andare a parlare con quelle persone in giardino.»

Aspettarono solo pochi minuti: la porta si aprì cigolando e il viso pallido e smagrito di una donna fece capolino. Era giovane, forse sulla trentina, e indossava una maglietta bianca e dei pantaloncini di jeans sbiaditi. Guardò i tre poliziotti e disse: «Vado a chiamare Charlotte. Aspettate qui.»

La porta si richiuse. Josie lanciò un'occhiata a Noah. Moore si girò verso di loro. «Queste persone vivono piuttosto isolate. Non ricevono molte visite.»

Mentre aspettavano, Josie trovò una sedia a dondolo sul portico, ci si sedette e tirò fuori il telefono per ascoltare la segreteria telefonica. Un messaggio del sergente Dan Lamay le comunicava che non era stata segnalata la presenza di ragazze che si aggiravano per i boschi sul lato della contea di Denton e che il Denton Memorial Hospital non aveva registrato alcun caso. Con un sospiro, Josie rimise in tasca il telefono. Con l'unità cinofila così lontana e il temporale in arrivo, avrebbero avuto più fortuna a scoprire l'identità della terza campeggiatrice scavando negli account dei social media e nei telefoni degli Yates e parlando con i loro parenti più prossimi.

La porta si aprì di nuovo scricchiolando e Josie balzò in piedi mentre appariva una donna anziana, con un vestito blu informe che le cadeva alle caviglie, sfiorando i sandali che portava ai piedi. I capelli bianchi le scendevano a onde sulla schiena. Quando allungò una mano per salutare l'agente Moore, mostrò un braccialetto di canapa al polso sottile. Un caldo sorriso le illuminò il viso, le guance si fecero piene e lucide con la pelle come carta crespa che si tendeva sugli zigomi, si corrugava agli angoli degli occhi e intorno alle labbra sottili. «Salve agenti.» disse. «Charlotte Fadden.»

Strinse la mano a entrambi e si prese un momento per studiare Josie, e poi disse: «Ho settantadue anni.»

«Mi scusi, come?»

Charlotte non aveva ancora lasciato la mano di Josie. «Si stava chiedendo quanti anni ho. Ne ho settantadue. Come si chiama, cara?»

Josie dovette prendersi un attimo per ricomporsi da una momentanea agitazione. «Detective Josie Quinn del Dipartimento di Polizia di Denton. Questo è il mio collega, il tenente Noah Fraley.»

Charlotte le lasciò la mano, ma il sorriso le rimase sul volto. «Denton? Cosa vi porta sulla mia soglia?»

«Abbiamo appena rinvenuto i corpi di due persone nei boschi sotto la giurisdizione di Denton.» le spiegò Josie. «Erano in campeggio in un luogo a circa un miglio dalla recinzione che circonda la vostra proprietà. Crediamo che con loro ci fosse una terza persona, una donna, e ci chiedevamo se lei o qualcuno nella vostra comunità avesse visto o sentito qualcosa. Non è entrato nessuno nella proprietà durante le ultime ventiquattro ore?»

Charlotte aggrottò le sopracciglia. «Non ne sono a conoscenza, ma entrate. Parlerò con la mia gente. Immagino che vorrete dare un'occhiata in giro.»

«Sì.» rispose Josie. «Sarebbe molto utile.»

«Qui è dove vi lascio.» annunciò Moore. Poi si rivolse a Charlotte con un cenno di saluto togliendosi il cappello. «Mrs. Fadden.»

Lei sbirciò la targhetta con il suo nome. «Agente Moore.»

Quindi non si conoscevano. Oppure stavano fingendo, si domandò Josie, mentre Moore si dirigeva verso la sua autovettura e loro lo guardavano allontanarsi. Noah brontolò, a voce abbastanza bassa in modo che solo Josie potesse sentirlo: «Direi che non c'era bisogno di questa presentazione.»

Josie e Noah seguirono Charlotte in casa, che era sorprendentemente fresca nonostante l'assenza dell'aria condizionata. Attraversarono l'ingresso ed entrarono in una grande cucina dove due donne davanti a un tavolo di legno consumato tagliuzzavano delle verdure.

«Signore...» disse Charlotte, «questi agenti di polizia hanno avuto dei problemi nel bosco qui vicino stanotte. Stanno cercando una donna scomparsa. Potete radunare tutti quanti vicino al capannone in modo da poter parlare con loro?»

Con un cenno del capo, le donne uscirono dalla porta sul retro. Josie si guardò intorno e notò un frigorifero.

«Abbiamo l'elettricità qui in casa.» disse Charlotte. «Immagino che siate assetati. Che ne direste di un po' d'acqua fresca?»

«Volentieri.» rispose Noah.

Charlotte estrasse una grande brocca dal frigorifero e poi trovò due bicchieri in una delle credenze. Si disposero intorno al tavolo mentre Charlotte versava a ciascuno un bicchiere d'acqua. Josie dovette trattenersi dal tracannarla. Sorridendo di nuovo, Charlotte pose la brocca al centro del tavolo. «Servitevi pure, se volete. Siete stati in giro tutta la mattina?»

«Sì.» rispose Noah.

Josie rimise il bicchiere vuoto sul tavolo e tirò fuori il telefono. Durante il tragitto dal campeggio al Santuario, aveva usato un'applicazione di fotoritocco per ritagliare i volti di Tyler e Valerie Yates dalle loro patenti e mettere le loro foto una accanto all'altra. Girò il telefono in modo che Charlotte potesse vedere i volti sorridenti della coppia di sposi. «Una di queste persone le sembra familiare?»

Charlotte le studiò per un momento, il suo sorriso si rilassò e una piccola linea verticale comparve tra le sue sopracciglia. «No.» disse poi. «Non mi sono familiari. Non credo di averli mai visti, ma le dovreste mostrare agli altri. Qualcuno potrebbe ricordarsi di uno dei due, o di entrambi, se per caso sono mai passati di qua. La mia memoria non è più quella di una volta.»

Josie inviò a Noah una copia della foto prima di rimettere di nuovo in tasca il telefono e disse: «L'agente Moore ci ha informato che la proprietà si estende per quaranta ettari.»

«È così.» rispose Charlotte. «Anche se ne usiamo soltanto una piccola parte. Abbiamo il nostro giardino, che è piuttosto grande, e una buona parte della superficie è destinata alle abitazioni.»

«Abitazioni?» chiese Noah.

Charlotte fece una risata che ricordava il tintinnio delle campane a vento. «Sì, credo che sia una definizione generosa. La nostra attenzione qui è rivolta alla natura. Coltiviamo il nostro cibo e sfruttiamo la terra per sostentarci. Non abbiamo strutture, di per sé. La gente vive per lo più nelle tende.»

«Come fate con la pioggia?» chiese Josie. «Sembra che stia arrivando un brutto temporale.»

«Quando ci sono dei temporali, invito tutti a riunirsi nel capannone o in casa. È semplice.»

«E durante l'inverno?» chiese Josie.

Il sorriso di Charlotte non vacillò. «La casa e il capannone sono riscaldati. Sono benvenuti a passarvi la notte durante i mesi invernali, ma possono sempre scegliere di vivere all'esterno. Abbiamo delle attrezzature per campeggiare all'aperto quando fa freddo, sapete. Abbiamo alcune piccole capanne sul retro della proprietà, ma purtroppo non sono riscaldate e sono in uno stato di degrado. Non credo che qualcuno le usi davvero.»

«Non sa se ci vive qualcuno?» chiese Josie.

«No, cara, non sono la madre di nessuno. Se gli altri vogliono usarle, sono i benvenuti, ma io non faccio l'assegnazione degli alloggi.» Si mise a ridere. «Siamo tutti adulti qui. Sono stata in quella zona circa un mese fa e non sembrava che qualcuno vi abitasse.»

«Dovremo dare un'occhiata, se non le dispiace.» disse Noah.

«Nessun problema.» rispose Charlotte senza fare una piega.

«Cosa fate per mangiare in inverno?» chiese Noah.

«Abbiamo una piccola serra e mettiamo in vaso e congeliamo quello che possiamo.»

«Quante persone vivono in questo posto?» chiese Josie.

Charlotte alzò le spalle. «Non saprei dirvelo, a essere sincera.»

«Non saprebbe dirlo?» disse Josie, senza riuscire a trattenere l'incredulità dalla voce.

Charlotte rise di nuovo. «Detective Quinn, la gente va e viene da qui come vuole. Lo chiamiamo santuario perché vogliamo che le persone si sentano libere di venire quando ne hanno bisogno e di andarsene quando vogliono. Possiedo questa proprietà da decenni. Non ho mai sentito il bisogno di tenere un registro degli ingressi e delle uscite delle persone che passano.»

«Avete una sorta di iter di selezione?» chiese Josie. «Come fa a sapere che non sta facendo entrare una persona che potrebbe rappresentare una minaccia per la sua proprietà?»

Charlotte si avvicinò e versò altra acqua nel bicchiere di Josie.

«Quelle che vengono qui non sono persone che farebbero del male alle altre. Vengono qui perché cercano la pace.»

«Come fa a saperlo?» chiese Noah, con un'evidente esasperazione nella voce.

Charlotte non si scompose. «Ai nuovi arrivati, faccio delle domande. Rimangono qui con me in casa per alcuni giorni. Faccio una serie di sessioni con loro in cui discutiamo del loro passato e delle loro esigenze. Poi facciamo un giro della proprietà e mostro loro in che modo vivrebbero. Se la cosa li soddisfa, si fermano per un po'. Se non sono soddisfatti, se ne vanno.»

«Ha mai dovuto respingere un nuovo arrivato?» chiese Josie. «Oppure mandare via qualcuno?»

«Non è mai capitato in tutti questi anni. È davvero straordinario, non credete? Ma suppongo che l'energia che diffondiamo nel mondo ci venga restituita in qualche misura. Io ho sempre e solo emesso energia positiva e sembra che sia quella che attiro a casa mia.»

Josie e Noah si scambiarono uno sguardo scettico.

«Che cosa offre alle persone che vengono qui?» chiese Josie.

«Tutto ciò di cui hanno bisogno.» rispose Charlotte in modo criptico.

«Di cosa ha bisogno la maggior parte delle persone?» si informò Noah.

Charlotte rispose immediatamente. «Di un ritiro. Di un rifugio. Il mondo è cattivo. Qui trovano un luogo di pace dove possono muoversi al proprio ritmo. Qui trovano cibo e riparo. Offro meditazione guidata e sessioni di conversazione per le persone che hanno alle spalle traumi psicologici. Non permettiamo il consumo di droghe o alcol, quindi non abbiamo preoccupazioni in merito. La maggior parte delle persone vuole semplicemente venire qui per essere il proprio io più autentico senza essere giudicate.»

«Come fanno le persone a scoprire questo posto?» chiese Josie.

«Se si sta chiedendo se le recluto, non è quello che faccio. Non l'ho mai fatto. Si basa tutto sul passaparola, semplicemente.»

«Ha sempre vissuto qui da sola?» domandò Noah.

La pelle intorno agli occhi di Charlotte si contrasse. «Questa era la terra di mio marito. Aveva molti più anni di me. Ci siamo sposati quando avevo diciannove anni e ne avevo trentadue quando è morto per un attacco di cuore. Poi ho affrontato un processo di elaborazione del lutto piuttosto lungo, che ha comportato l'assunzione di molti alcolici. Cinque anni dopo, ho incontrato in un bar una donna che cercava di sfuggire a una situazione familiare violenta e le ho offerto rifugio qui. È rimasta con me per molto tempo prima di tornare nel mondo, e con il passare degli anni abbiamo invitato altre donne. Alla fine, la gente ha cominciato a presentarsi alla mia porta spontaneamente e da allora la comunità è cresciuta.»

«Qualcuno ha firmato per restare?» chiese Noah.

Charlotte gli rivolse uno sguardo interrogativo. «Firmato per restare? Questa non è una caserma, figliolo...»

Noah si schiarì la gola. «Intendevo se ci sono persone che non hanno intenzione di andarsene.»

Charlotte annuì. «Ci sono diverse persone che sembrano essersi felicemente sistemate. Ma come ho detto, non tengo il conto. Non lo trovo necessario.»

Josie si avvicinò a una delle finestre e guardò fuori, dove diverse persone vestite in modo trasandato si erano radunate davanti alle porte del capannone. «Ha detto che ha settantadue anni.» disse Josie. «Cosa succederà ai suoi compagni quando passerà a miglior vita? Ha dei figli?»

Di nuovo, Josie intravide una traccia di tensione dietro il suo sorriso. «No, non ho figli. Quando morirò, suppongo che tutto finirà, no? Niente può durare per sempre.»

«Ha un testamento?» chiese Noah.

«Beh, questo esula un po' dalle vostre indagini di oggi, non è vero, tenente?» disse Charlotte. Le parole erano taglienti, ma il tono rimaneva lo stesso: calmo e gentile. Indicò la porta sul retro. «Andiamo a parlare con i residenti? Mostriamo loro la foto e scopriamo se qualcuno ha visto la campeggiatrice scomparsa?»

Seguirono Charlotte all'esterno, dove circa trenta persone, tra chi si era seduto e chi era rimasto in piedi, si erano radunate sul prato davanti al capannone. Josie stava per chiedere se erano tutti, ma sapeva che Charlotte si sarebbe limitata a dire che non lo sapeva. Mentre camminavano, Josie parlò a bassa voce a Noah. «Voglio i nomi di tutti i presenti, le date di nascita, da quanto tempo sono qui e qualsiasi altra cosa tu riesca a tirar fuori.»

«Agli ordini.» disse Noah, tirando fuori dalla tasca dei pantaloni un piccolo taccuino.

OTTO

Mentre Josie e Noah si mescolavano al gruppo, Josie notò che la maggior parte delle persone aveva un'età compresa tra i venticinque e i quarantacinque anni e soltanto una manciata di loro sembrava avere superato i cinquanta. Molti tenevano gli occhi a terra o guardavano da qualche altra parte. Quelli che guardavano Josie e Noah direttamente lo facevano con occhi diffidenti. Di fronte alle espressioni vuote della maggior parte di loro, era difficile stabilire se fosse il caldo di quel giorno o qualcos'altro a farli sembrare degli zombie. Nessuno sorrideva. A Josie sembrò strano che un santuario che avrebbe dovuto essere un luogo di pace e di rifugio fosse pieno di persone dall'aspetto così infelice. Per un attimo si chiese se fossero tutti sotto l'effetto di droghe. Forse qualche sostanza omeopatica, o magari era solo la presenza della polizia a metterli a disagio.

Si avvicinò a un ragazzo piuttosto alto, che doveva avere all'incirca vent'anni, con ciocche di capelli biondi che spuntavano da una bandana avvolta intorno alla fronte. Josie allungò una mano. Nervosamente, lui si pulì la mano sui jeans sdruciti e gliela strinse con una presa debole.

«Sono la detective Josie Quinn.» disse. Lui era più alto di

lei, la superava con tutta la testa, ma quando evitò il suo sguardo, Josie dovette chinarsi per guardarlo in faccia e incrociare il suo sguardo. «Come ti chiami?»

Aveva gli occhi azzurri.

«Tru.» rispose.

Josie tirò fuori il suo taccuino e lo segnò. «Tru?»

«Truman.» disse lui. «Sa, come Truman Capote o Harry Truman...»

«Capito.» disse Josie. «Qual è il tuo cognome, Tru?»

«Dreyer.»

«E quanti anni hai?»

«Ventisei.»

«Da quanto tempo vivi qui al Santuario?»

«Circa nove mesi, forse.»

Il suo sguardo tornò a posarsi sulla striscia di terra che li separava.

Josie si chiese se le sue risposte robotiche fossero il risultato del suo stesso disagio o se fosse stato addestrato a dire il meno possibile alle forze dell'ordine.

«Dove vivevi prima di venire qui, Tru?»

«A Lewisburg.»

Era a quasi tre ore verso nord. Josie si guardò intorno, notando gli occhi attenti di Charlotte su di loro. «Perché sei venuto al Santuario?» chiese Josie.

«Volevo tornare alla natura, capisce?»

«Cosa facevi prima di venire qui?» gli chiese. «Sei andato all'università?»

Lui alzò le spalle. «Sì, un po'. Non faceva per me. Mi piace... mi piace questo posto.»

A Josie non sembrava proprio così. Guardò Noah che stava parlando con una giovane donna che indossava una camicia rossa sbiadita e pantaloni capri beige. Aveva le mani conserte sulla vita e, come Tru, teneva gli occhi bassi e le sue risposte erano quasi monosillabiche. Era strano, perché di solito il carattere affabile e dolce, e il bell'aspetto disinvolto di Noah portavano le donne a rispondergli.

«Di cosa ti occupi qui, Tru?» chiese Josie, voltandosi di nuovo verso il ragazzo.

«Io... mi occupo della conservazione del suolo, più o meno. Per esempio, taglio l'erba nelle aree comuni.»

«Per questo ti servirebbe un trattorino falciaerba.» osservò Josie.

«No, no. Abbiamo dei tosaerba a spinta.»

Da dove si trovava Josie, poteva vedere che gran parte del terreno era curato con attenzione. Dovevano volerci giorni per falciare tutto con le falciatrici a spinta. D'altra parte, non avendo tanto di più da fare che coltivare il cibo e curare la proprietà, probabilmente avevano tutto il tempo per faticare in un lavoro come quello. «Dove dormi, Tru?» chiese Josie.

Il ragazzo indicò alle sue spalle un campo che si estendeva verso una linea di alberi, da sotto i quali facevano capolino diverse tende colorate.

«In una tenda?» specificò Josie.

«Sì.»

Mise via il taccuino. «Hai dormito nella tua tenda la notte scorsa?»

Lui annuì.

«Hai sentito qualcosa durante la notte?»

Alzò lo sguardo su di lei. «Tipo cosa?»

«Qualcosa di insolito. Qualcuno nel bosco, qualcuno che stava male. Qualcuno che chiamava aiuto.»

«Oh, ehm, no. Ho dormito tutta la notte.»

«A che ora sei andato a dormire?»

«Oh, non lo so. Qui non abbiamo orologi. Ci basiamo sul sole.»

Ovviamente.

Josie tirò fuori il telefono e lo scorse fino a trovare la foto dei coniugi Yates. La mostrò a Tru. «Hai mai visto una di queste persone prima d'ora?»

Lui studiò brevemente le foto e scosse la testa. «No, non le ho mai viste. Non li riconosco.»

Rimise il telefono in tasca e si asciugò il sudore dagli occhi. «Quanto spesso lasci il Santuario?» gli chiese.

Con uno scatto della testa tornò a guardare verso di lei. «Come?»

«Ogni quanto tempo esci da qui?»

I suoi occhi si spalancarono e si fecero seri. «Oh, io non esco. Non me ne sono mai andato da quando sono arrivato.»

«Perché no?»

«Non voglio andarmene, tutto qua.»

«E non hai mai visitato i boschi al di là della recinzione?»

«No.» disse Tru. «Non ce n'è bisogno. Charlotte dice che è un territorio di caccia statale. Cerchiamo di non intralciare i cacciatori e tutti quelli che ci passano.»

Lo ringraziò per il suo tempo e passò alla persona successiva, una donna di nome Jeanne Downey, sulla quarantina, di Pittsburgh. Le sue risposte furono brevi come quelle di Tru. Si trovava al Santuario da cinque anni, dopo aver lottato contro la dipendenza da oppiacei in seguito a un infortunio alla schiena. Aiutava a cucinare i pasti e a rammendare indumenti e tendaggi. Fissò la foto dei coniugi Yates un po' più a lungo di Tru, ma poi scosse la testa. «Non li ho mai visti.» disse. «Abbiamo finito?»

«Non ancora.» disse Josie, rimettendo con calma il telefono in tasca. «Dove dormi, Jeanne?»

«Nella casa.»

«A che ora sei andata a letto ieri sera?»

«Non so l'ora precisa. È stato dopo il tramonto. Dopo cena.»

Le fece le stesse domande che aveva fatto a Tru, ma neanche lei aveva visto o sentito qualcosa di insolito e disse di non essere mai andata oltre la recinzione. Nel momento in cui

Josie la ringraziò per il suo tempo, Jeanne se ne andò con passo brusco, dirigendosi verso la casa. Poi fu il turno di Megan Rodriguez, un'infermiera ventinovenne di Hazelton che aveva combattuto con la fibromialgia, la depressione e l'ansia fino a quando non aveva trovato il Santuario.

«Da quando sono arrivata qui, non ho più avuto alcun dolore.» spiegò.

«A che cosa lo attribuisci?» le chiese Josie.

Megan si mise a scompigliarsi i lunghi capelli castani, sollevandoli dal collo e lasciandoli cadere. «Direi al lavoro che Charlotte ha svolto con me.»

«Che sarebbe?»

I suoi occhi vagarono ovunque tranne che su Josie. «Yoga. Meditazione. Inoltre, mangiamo ciò che coltiviamo. Credo che la dieta sia consona a me.»

«Da quanto tempo sei arrivata?»

«Poco più di un anno, credo. È difficile dirlo, ma sono arrivata la scorsa primavera e ora è di nuovo estate.»

Megan era l'infermiera della comune, aiutava a curare i graffi e i lividi degli altri abitanti, poi valutava se avevano bisogno di cure maggiori di quelle che lei poteva fornire e li accompagnava all'ospedale o alla clinica locale, se necessario; li aiutava con la terapia distribuendo farmaci, ma niente di più forte dell'ibuprofene o del paracetamolo. Dormiva in una delle tende, non lasciava la comune, non aveva sentito nulla di insolito nelle ultime ventiquattro ore e non aveva mai visto i coniugi Yates.

Josie guardò di nuovo Noah che era impegnato a interrogare un uomo afroamericano dall'aria arcigna e con le braccia incrociate sul petto in atteggiamento di difesa. Noah le rivolse una rapida occhiata e uno scuotimento appena percettibile della testa, come per dire che nemmeno lui stava ottenendo informazioni utili e con la penna le fece un gesto verso le porte aperte del capannone, dietro le quali Josie ebbe l'impressione di scorgere un movimento appena oltre la soglia, nell'oscurità, così ringraziò Megan per il suo tempo e si avvicinò con aria disinvolta.

All'interno del capannone non faceva tanto più fresco rispetto all'esterno. Nelle stalle, dove di solito si sarebbero trovate le bestie, erano state sistemate delle brande con cuscini e coperte leggere ordinatamente ripiegate. Josie sbatté le palpebre mentre i suoi occhi si adattavano alla poca luce e avanzò lentamente lungo la fila di recinti. Solo l'ultimo a sinistra era occupato.

Dentro c'era una giovane donna, non doveva avere più di diciannove o venti anni, secondo le stime di Josie. Era seduta sul bordo della branda, stringendo le braccia intorno alla vita. Alle sue spalle giaceva un lenzuolo sgualcito. I suoi capelli castani erano spenti e cadevano in onde flosce sulle spalle. La sua pelle era così pallida che sembrava quasi traslucida.

Non alzò lo sguardo quando Josie entrò nel suo recinto. Cominciò invece a dondolare leggermente avanti e indietro, con lo sguardo rivolto alla parete di fronte a lei. Una camicia beige da uomo a maniche lunghe le copriva la parte superiore del corpo e i pantaloni color cachi oversize che le arrivavano alle caviglie erano arrotolati su un paio di grossi scarponi.

Si presentò tenendo la voce bassa: «Sono la detective Josie Quinn.»

La ragazza smise di oscillare. Alzò lo sguardo su Josie. Aveva gli occhi azzurri e una costellazione di lentiggini lungo la mascella destra. «Charlotte ha detto di parlare con lei.» rispose con tono piatto.

Josie fece un altro piccolo passo in avanti. «Ti ha detto cosa dire?»

Ci fu un momento in cui il suo sguardo si fece più intenso, per una frazione di secondo, ma Josie lo colse. «Co-cosa?» balbettò.

«Come ti chiami?» le chiese Josie.

«Renee.»

«Renee, e poi?»

«Kelly.»

«Beh, Renee Kelly, è un piacere conoscerti.»

La ragazza distolse lo sguardo e cambiò posizione, sciogliendo e poi incrociando di nuovo le braccia. Josie vide per un attimo quelle che sembravano macchie lungo la manica del braccio sinistro. Scure. Rosso o marrone. «Ti sei fatta male?» chiese Josie.

Gli occhi di Renee lampeggiarono. «Come?»

Josie fece un altro passo in modo da trovarsi proprio di fronte alla ragazza e le indicò la manica. «Sembra sangue »

Renee sollevò il braccio, vide le macchie - Josie ne contò sei di dimensioni varie - e poi premette rapidamente il braccio contro il corpo in modo che le macchie non fossero più visibili.

«Non... non è niente.»

«È stato qualcun altro a farti del male?» chiese Josie

Nessuna risposta. Con un po' di cautela, Josie si sedette accanto a Renee, immaginando che la ragazza avrebbe indietreggiato, però non lo fece. Le loro ginocchia si sfiorarono per un attimo, Josie emise un sospiro e rilassò la sua postura, cercando di dare un'impressione di calma, come se stessero facendo una normale conversazione.

Si guardò intorno nella stalla e chiese: «Tu dormi sempre qui?»

Renee annuì.

«Anch'io preferirei stare qui dentro che in una delle tende. Chi altro dorme in questo capannone?»

La ragazza snocciolò alcuni nomi di uomini e di donne che Josie non riconobbe.

«È strano dormire qui con gli uomini?» le chiese

Renee scosse la testa. «No, va bene.»

«Io sono di Denton.» le disse Josie. «E tu?»

«Cherry Hill.» borbottò lei.

«È nel New Jersey, giusto?»

Un cenno di conferma.

«Quanti anni hai, Renee?»

«Diciannove.»

Perlomeno parlava.

«Ti piace stare qui?»

Un vigoroso cenno di assenso.

«Credo di poterne capire il fascino.» affermò Josie. «È bello. È tranquillo. Si torna alle origini, alla natura. Però io non sono sicura che riuscirei a impedire alla mia mente di correre. È un vero problema per me.»

Josie vide un minuscolo accenno di sorriso formarsi all'angolo della bocca di Renee. «Charlotte dice che fate molta meditazione. Non ho mai provato. Funziona?»

Renee incrociò il suo sguardo. «Penso di sì. A me piace di più la meditazione guidata. Se non ho una guida, la mia mente torna subito a girare in tondo.»

Josie rise delicatamente. «Sembra il genere adatto anche a me. A quanto ho capito, tutti hanno un lavoro qui. Nell'orto, in cucina, la manutenzione del prato. E tu che fai?»

«Oh, io aiuto con l'orto o nella serra.»

«Cosa ti ha portata qui?»

«Mi sentivo come se non stessi combinando niente nella mia vita. Non potevo permettermi di andare all'università. Facevo una serie di lavori schifosi che non mi piacevano e praticamente non guadagnavo niente. Sono stata arrestata per guida in stato di ebbrezza e qualcuno del mio programma di consulenza mi ha parlato di questo posto. Sembrava perfetto...»

«È stata questa la tua esperienza? Diresti che questo posto è perfetto?»

Si strinse di più le braccia intorno al busto e riprese a dondolare. Quando Josie le toccò la spalla, lei trasalì. «Renee...» disse Josie con dolcezza. «Se ti sta succedendo qualcosa che non ti fa sentire a tuo agio, posso aiutarti. Puoi uscire da qui con me, adesso.»

Niente.

«Posso proteggerti.»

Dalle labbra di Renee uscì un sussurro, appena udibile. Josie non poteva essere sicura di cosa avesse detto esattamente la ragazza, ma avrebbe giurato che suonava come: "No, non puoi".

«Non dobbiamo parlarne qui.» sussurrò Josie, alzandosi per guardare oltre le pareti dell'alto recinto e controllare di essere ancora sole. Tese una mano a Renee. «Vieni con me. Facciamo una passeggiata, andiamo in giro, se ti va. Si vede che c'è qualcosa che ti preoccupa, Renee. Vorrei aiutarti.»

Un lungo silenzio imbarazzante si protrasse tra loro, così Josie disse: «Mi faresti dare un'occhiata a quel braccio? Potrei farmi dare delle bende da Megan...»

«No, no.» si affrettò a dire Renee. «Per favore.»

Josie aspettò un altro minuto, ma Renee non parlò più e continuò a dondolare senza sosta. Alla fine, Josie tirò fuori il telefono e selezionò la foto di Tyler e Valerie Yates per mostrarla a Renee. «Riconosci una di queste persone?»

Studiò la foto per qualche secondo e scosse la testa. «No. Mi dispiace.»

«Hai visto o sentito qualcosa di insolito ieri sera o questa mattina?»

«No.»

Josie indicò il soppalco sopra il recinto di Renee. «Cosa c'è là sopra?»

«Provviste. Farmaci, vecchi vestiti, brande e coperte di ricambio.»

«Ti dispiace?» chiese Josie, indicando la scala.

Renee fece un'alzata di spalle.

Josie rimise il telefono in tasca e salì sulla scala di legno. Si sentì schiacciare dalla calda cappa del soppalco mentre lo percorreva con prudenza per assicurarsi che non ci fosse nascosto nessuno. Aprì alcune scatole e constatò che Renee aveva detto la verità: fungeva solo da magazzino per le provviste. Tornata di sotto, Josie studiò di nuovo Renee. Pensò di darle un biglietto da visita, ma dubitava seriamente che la ragazza se ne sarebbe servita.

«Renee...» disse allora, «quando le persone vengono qui, cosa ne fate dei loro cellulari?»

«Li distruggiamo.»

«E se avete un'emergenza?»

«Ci sono alcuni autisti che possono portare le persone all'ospedale. Non ci sono molte emergenze, però. Da quando sono qui, c'è stato soltanto un caso di appendicite. Megan ha portato il ragazzo al pronto soccorso. Sta bene.»

«E se volessi andartene?»

«Charlotte o qualcun altro ci porterebbe nella città più vicina e ci lascerebbe lì.»

«Tu vuoi andartene?»

Nessuna risposta.

Josie tirò fuori comunque un biglietto da visita e lo posò sulle ginocchia della ragazza. «Lì trovi il mio numero di cellulare. Se sei nei guai e riesci a raggiungere un telefono, chiamami. A qualsiasi ora. Giorno o notte.»

Renee fissò il biglietto, con un'espressione che passava dal compassato all'angoscia, alla speranza e di nuovo al vuoto. Josie si girò per andarsene. Mentre raggiungeva le porte del capannone, le sembrò di sentire di nuovo la voce di Renee. «Gragrazie.»

NOVE

Fuori dal capannone, Noah stava ancora interrogando gli abitanti del Santuario. Un leggero tocco sulla spalla di Josie attirò la sua attenzione e voltandosi vide Charlotte in piedi dietro di lei. «Detective, la mia gente mi ha detto che c'è un'apertura nella nostra recinzione. L'hanno scoperta una settimana fa. Vuole vederla? Posso accompagnarla mentre il suo collega dà un'occhiata alla proprietà.»

Noah era a pochi metri di distanza e Josie colse lo sguardo di avvertimento che le lanciò. Ma non sentiva alcuna minaccia da parte di Charlotte. Quella donna era indubbiamente strana, ma Josie non riusciva a immaginarsi che avrebbe tentato di farle del male mentre Noah era sul posto, anche se era certa che stesse accadendo qualcosa di brutto a Renee Kelly; non poteva dimostrarlo, ma anche se avesse avuto ragione, dubitava che chiunque le stesse facendo del male avrebbe tentato di nuocere a Josie o a Noah, soprattutto perché si erano presentati in veste ufficiale di poliziotti. Un'occhiata al cielo la rese inquieta, ma non aveva sentito tuoni né visto lampi, quindi aveva ancora tempo per cercare. «Sarebbe fantastico.» disse Josie, poi a voce alta, in modo che Noah la sentisse, aggiunse: «Il mio collega darà un'occhiata alla serra e alle capanne di cui ci ha parlato.»

«Certo.» disse Charlotte. Allungò un braccio, indicando il campo erboso dall'altra parte del capannone. Josie iniziò a percorrere il prato. Davanti a loro si intravedeva una fila di alberi. Avvicinandosi, poté vedere diverse piccole tende erette all'ombra degli alberi. Alcune persone avevano anche legato dei fili per stendere il bucato tra gli alberi, dove erano appesi i loro abiti logori. C'erano anche alcune sedie da campeggio e un'amaca. Josie contò rapidamente una quindicina di tende in tutto.

«Non tutti stanno nelle tende, come ho detto.» disse Charlotte. «Abbiamo la casa e il capannone.»

Per un attimo Josie si chiese se quella donna fosse una sensitiva o se lei fosse come un libro aperto.

«La cosa la disturba, vero?» chiese Charlotte.

«Che cosa?» Josie rispose senza incrociare il suo sguardo.

«Vedo le domande sul suo viso.»

Josie riuscì a fare un sorriso tirato. «Non pensavo di essere così trasparente.»

«Immagino che non lo sia. Ho fatto molta pratica nel leggere le persone. Spero che non lo trovi troppo invadente.»

«No, va bene.» disse Josie.

Mentre si facevano strada tra le tende e il bosco, Charlotte disse: «Qualcuno della mia gente condivide la tenda. Non incoraggio le relazioni, ma non le scoraggio nemmeno.»

«Non ci sono bambini qui, vero?» chiese Josie.

«Sconsiglio vivamente le gravidanze. Non ho esperienza di bambini ma ho i miei seri dubbi che questo sia il posto migliore per averne. Lavoro con adulti che stanno affrontando gravi problemi personali ed emotivi. Se qualcuno è pronto ad avere una famiglia, questo non è il suo posto.»

«Se una delle donne che vivono qui rimanesse incinta, la farebbe andare via?» chiese Josie.

«Non finché non avesse un posto dove andare. Non sono

crudele. Lavorerei con lei in ogni modo possibile per assicurarmi che avesse un posto sicuro dove andare.»

«Ed è mai capitato? Una gravidanza, intendo.»

«Qualcuna, nel corso degli anni. È sempre andata bene.»

«Per quanto ne sa lei.»

Erano ormai nel profondo della forestnemmeno sudando. Pochi minuti dopo arrivarono alla recinzione. Charlotte le indicò di procedere verso sinistra e Josie iniziò a seguire la recinzione da quella parte, tirando fuori il suo GPS per vedere quanto erano lontane dal campeggio. Erano circa quattro miglia.

«Quanto manca all'apertura?» chiese Josie.

Charlotte sorrise serenamente. «Non molto. Non le piace stare all'aperto? Ha passato molto tempo nella natura selvaggia in gioventù, dico bene?»

Josie aggrottò le sopracciglia. «In senso figurato o letterale?» «Entrambe le cose.»

«Sì.» disse Josie. «È vero. No, non mi piace. Non mi piace questo caldo, presto ci sarà un temporale e ho ancora molto lavoro da fare oggi.»a e Josie non riusciva più a vedere chiaramente il cielo al di là delle cime degli alberi. Si chiese quante miglia avesse percorso in tutto il giorno, fino a quel momento. Avrebbe detto un centinaio e lei e Noah avevano ancora molto lavoro da sbrigare una volta rientrati alla centrale, perciò, nella speranza di accelerare le cose, affrettò il passo. Charlotte lo tenne con facilità e, con una certa irritazione, Josie si accorse che non stava

«Tutto qui?» chiese Charlotte.

«Cosa "tutto qui"?»

«C'è qualcos'altro, vero? Sta... lottando contro qualcosa.»

«Non sto...» ma Josie non riuscì a finire la frase perché l'incubo e le chiamate perse dalla prigione di Muncy le tornarono in mente.

«Potrei essere in grado di aiutarla...» le disse Charlotte. «Se le va di parlarne.» Si fermò sul posto. Josie la precedette di due passi prima di accorgersi che si era fermata. Si voltò e vide Charlotte che la fissava con una inquietante fermezza, con i suoi occhi scuri come pozzi pensierosi. «Ha a che fare con la natura selvaggia, vero? Il periodo buio della sua giovinezza. In senso figurato.»

Josie sentì un brivido involontario percorrerle la spina dorsale e si augurò che Charlotte non lo percepisse. Cominciava a sentirsi completamente disarmata e spiazzata da quella strana donna che sorrideva come se sapesse qualcosa che Josie non sapeva, che non sudava a trentadue gradi e che sembrava conoscere i suoi pensieri prima che lei stessa avesse il tempo di articolarli.

«Ascolti...» disse Josie, «sono qui per un'indagine. Abbiamo due cadaveri e una donna scomparsa che potrebbe sentirsi male. Non ho tempo per questo.»

Charlotte rimase al suo posto, immobile come una statua. «Non ha mai trovato il tempo per farlo, se ne rende conto?» Fece un passo verso Josie e le toccò la guancia dove la lunga cicatrice sbiadita correva dall'orecchio fino a sotto il mento. Josie avrebbe voluto indietreggiare, ma i suoi piedi erano bloccati al loro posto. «Ora le cose stanno giungendo a una conclusione di qualche tipo, non è vero? Qualunque cosa sia, avrà una sola possibilità e si sta chiedendo se coglierla o meno.»

Ritrovata la calma, Josie fece un passo indietro, allontanandosi dalla donna. «Mrs. Fadden.» disse. «Devo concentrarmi su questa indagine. La prego, mi mostri soltanto la rottura della recinzione, le dispiace?»

Charlotte le rivolse un sorriso complice che non fece altro che alimentare l'irritazione che le cresceva dentro per l'atteggiamento troppo familiare di quella donna. Sforzandosi di mantenere un'espressione distaccata e professionale, Josie la guardò mentre si voltava e le faceva strada in silenzio. In una decina di minuti, giunsero a una parte della recinzione piegata a V.

«Sembra che ci sia caduto sopra un albero.» osservò Josie. «Per caso, qualcuno ha rimosso un ramo?»

«Sicuramente è possibile.» disse Charlotte. «Noi usiamo tutti i rami che si trovano sul terreno della foresta per la legna da ardere. La conserviamo per l'inverno.»

«Da quanto tempo è così?» chiese Josie.

«Oh, e chi può saperlo? Potrebbero essere settimane, o mesi. Come ho detto, la mia gente me ne ha appena parlato, ma non hanno saputo dirmi da quanto tempo fosse così. L'hanno notato non più di una settimana fa.»

Josie sospirò. Non riusciva a trovare alcunché di sospetto nella recinzione danneggiata, ma scattò comunque alcune foto con il telefono e la segnò sulla mappa del GPS, notando che si trovava a quasi quattro miglia dal campeggio.

«Mrs. Fadden, abbiamo un'unità cinofila in arrivo per cercare di localizzare la donna scomparsa. Il cane e l'agente dell'unità cinofila potrebbero aver bisogno di accedere alla sua proprietà. Sarebbe un problema per voi?»

«Nessun problema, cara.» rispose Charlotte con un sorriso. «Faremo tutto quello che occorre per aiutare.»

In lontananza si udì il lieve rimbombo di un tuono. Prima che si avviassero per tornare alla fattoria, mandò un messaggio a Noah. *Sto tornando in questo momento. Spero che tu sia pronto. Dobbiamo andarcene da qui il prima possibile.*

DIECI

Una volta risaliti in macchina, prima di ripartire per tornare alla centrale di polizia di Denton, Josie accese l'aria condizionata al massimo, girando la bocchetta più vicina a lei in modo che le soffiasse l'aria gelida direttamente in faccia. Si lasciò sfuggire un gemito di piacere attraversando le strette strade rurali, lasciandosi alle spalle la contea di Lenore ed entrando nella zona sud di Denton. Il cielo era diventato quasi nero per l'imminente tempesta e i tuoni rimbombavano in lontananza.

Noah scorse l'elenco delle persone che aveva interrogato. Oltre a quelle con cui aveva parlato Josie, ce n'erano ventisette. La loro età variava tra i diciotto e i cinquantatré anni. Il tempo di permanenza al Santuario andava da tre settimane a sette anni. Venivano da tutto lo Stato e altri dal Maryland, dal Massachusetts e dalla Virginia. Ognuno di loro aveva cercato il Santuario dopo aver combattuto contro qualcosa nella propria vita: dipendenza, violenza domestica, mancanza di una casa, depressione o semplicemente un generale senso di assenza di uno scopo. Avevano tutti dato le risposte più concise possibili alle domande di Noah. Nessuno di loro aveva riconosciuto Tyler o Valerie Yates. Nessuno di loro aveva sentito o visto qualcosa di sospetto o insolito nelle ultime ventiquattro ore.

«Penso che siano stati istruiti.» suggerì Josie. «Quella ragazza nel capannone, Renee Kelly... credo che qualcuno le stia facendo del male.» proseguì raccontandogli dell'incontro.

«Pensi che qualsiasi cosa le stia succedendo abbia a che fare con i coniugi Yates o con la scomparsa della terza campeggiatrice?»

Josie sospirò. «Difficile a dirsi senza capirci qualcosa di più.»

«Pensi che riusciresti a farla parlare?»

«Con un po' di tempo a disposizione, fuori dalla vista degli altri, sì, credo che ci riuscirei.»

«Potremmo doverci tornare, allora.» disse Noah. «A seconda di cos'altro troveremo.»

«Ci sono molte cose che ancora non sappiamo. Dobbiamo per forza scavare nella vita degli Yates per vedere se riusciamo a capire l'identità della campeggiatrice scomparsa e poi voglio parlare con la dottoressa Feist quando avrà finito le autopsie.»

«Cosa diavolo starà combinando quella Charlotte Fadden?»

«Non lo so.» disse Josie. «È molto strana.» Avrebbe voluto raccontargli dei suoi sospetti sul fatto che Charlotte fosse una specie di sensitiva, anche se Josie non credeva ai sensitivi, ma poi avrebbe dovuto dirgli delle telefonate dalla prigione di Muncy. Invece gli chiese: «Secondo te io sono come un libro aperto? Saresti in grado di dire esattamente cosa sto pensando guardandomi in faccia?»

Noah rise. «No. Voglio dire, probabilmente io ci riesco la maggior parte delle volte solo perché passiamo molto tempo insieme, ma tu non sei un libro aperto. Per quale motivo lo chiedi?»

«Oh, non c'è un motivo. Ero solo curiosa. Hai notato niente dando un'occhiata in giro?»

«Niente che mi sia saltato all'occhio, a parte il fatto che non so come facciano quelle persone a vivere in simili condizioni.

Però no, non ho trovato nulla che sembrasse collegato all'indagine. Dovremmo comunque far intervenire delle unità per fare una ricerca più approfondita su tutti e quaranta gli ettari. L'ho chiesto a Charlotte e ha acconsentito.»

Nel cielo lampeggiò un fulmine. Alcuni secondi dopo, si udì il forte rombo di un tuono.

«Sì, ha acconsentito a far entrare nella proprietà anche la nostra unità cinofila.» disse Josie.

«Sembravano piuttosto disponibili e collaborativi.»

«Charlotte sì.» concordò Josie. «Gli altri sembravano... completamente fuori di testa. O è così, oppure sono stati istruiti a comportarsi in quel modo.»

«Beh, sì, è innegabile. Di certo nessuno di loro si è offerto spontaneamente. Perlomeno non ci hanno complicato le cose. Hanno risposto a tutte le domande, ci hanno fatto da guida ovunque volessimo guardare. Ho controllato la serra. Non c'era niente. Le capanne sono a un passo dal crollare. Non ci sono segni che qualcuno ci viva. Non credo che la terza campeggiatrice sia riuscita a entrare nella comune.»

«Nemmeno io.» disse Josie. «Ma la fattoria è così vicina al campeggio che non credo che dovremmo ignorarla.»

Sul parabrezza cominciavano a cadere alcune gocce di pioggia.

«Certo.» disse Noah. «Vedrò se le unità che stanno perlustrando intorno al campeggio possono andare alla comune prima di questa sera. Intanto che aspettavo che tu tornassi, ho chiamato Mett. Ha cercato i nomi degli Yates nel sistema del Pennsylvania Department of Transportation e ha trovato una Jeep Grand Cherokee nera del 2017 registrata a nome di Tyler Yates. Moore ha detto che la sua squadra sta cercando di localizzarla nella contea di Lenore. Mett ha chiamato la centrale e ha chiesto di comunicare alla parte di Denton che la stiamo cercando.»

«Ottimo.» disse Josie. «E i loro telefoni? Hummel ha già cominciato a lavorarci?»

«Non ancora.» disse Noah. «Sono protetti dal codice d'accesso, ma Mett sta preparando dei mandati da inviare agli operatori telefonici per vedere se possiamo consultare le informazioni che contengono.»

«I parenti più stretti?» gli chiese.

«Se ne sta occupando la dottoressa Feist.»

La pioggia cominciò a cadere più fitta e più velocemente e Josie dovette avviare i tergicristalli.

«Per caso hai contattato il Dipartimento di Polizia di Fox Mill?»

«Per vedere se era stata denunciata la scomparsa di Tyler e Valerie Yates?» chiese Noah. «Sì, l'ho fatto. Ci sei stata parecchio nel bosco con quella Charlotte.»

«Lo so.» disse Josie. «Cosa ha detto la polizia di Fox Mill?»

«Nessuno dei due era stato dato per disperso.»

«Non mi sorprende.» commentò Josie. «Probabilmente l'avevano pianificata la gita in campeggio. Quando parleremo con i parenti più stretti, ne sapremo di più. Gli account dei social media?»

«Non ho ancora avuto il tempo di guardarli.»

Ormai pioveva a dirotto. Josie aumentò la velocità dei tergicristalli, mentre si sforzava di tenere gli occhi puntati sulla strada davanti a loro.

«Lo faremo appena rientriamo.» disse Josie.

«Prima mangiamo un boccone. Sto morendo di fame.»

«Ordiniamo qualcosa da asporto.» concordò Josie. «Possiamo prendere qualcosa da quel...»

Si interruppe bruscamente. Le nocche diventarono improvvisamente bianche stringendosi sul volante per sterzare all'impazzata ed evitare una donna che barcollava in mezzo alla strada.

Josie frenò bruscamente.

«Ma che diavolo era?» urlò Noah appoggiando entrambe le mani sul cruscotto per non sbatterci contro.

Josi accostò l'auto sul ciglio della strada e spense il motore.

«Hai visto?» chiese mentre apriva la portiera. «Quella donna. È spuntata dal bosco. Andiamo.»

Uscirono di corsa sotto la pioggia e tornarono indietro per raggiungere la donna che era caduta sulle ginocchia in mezzo alla doppia striscia gialla che separava le due carreggiate. Era giovane. Aveva lunghi capelli castani, tutti bagnati e aggrovigliati, impastati di ramoscelli e foglie. La sua pelle era notevolmente sporca e striata di sporcizia. Le piante dei piedi erano nere di escoriazioni e di croste di sangue secco. Per un attimo Josie si lasciò prendere dal disorientamento. Era certa di non averla colpita, quindi perché era caduta? Era scivolata sotto la pioggia? Ma quando si avvicinarono, Josie vide che era rannicchiata attorno al suo addome gonfio e con entrambe le mani stringeva la stoffa della semplice sottoveste che indossava, ormai scolorita e consumata, nel punto in cui si stringeva tra le sue gambe. Era incinta. In stato avanzato.

«Signora?» disse Josie avvicinandosi, gridando per farsi sentire sopra lo scroscio costante della pioggia. «Signora?»

La donna emise un lamento così forte e acuto che li fece trasalire entrambi.

«Portiamola via dalla strada.» disse Noah.

La presero sottobraccio. All'inizio la donna si divincolò dalla loro presa, ma poi levò un altro grido dal profondo della gola. Mentre la trascinavano verso l'auto, Josie notò il sangue rosso vivo che scorreva lungo l'interno delle gambe.

«Buon Dio!» disse Noah. «Cosa le è successo? Signora? Signora? Riesce a dirci il suo nome?»

Quando raggiunsero l'auto, Josie aprì il bagagliaio. «Sta per avere un bambino, Noah.»

Lui si fermò, attonito. «Proprio adesso?»

«Non hai notato la pancia? Aiutami a metterla dietro.»

La donna crollò sotto il suo peso quando arrivò un'altra contrazione che la costrinse a rannicchiarsi su se stessa.

Noah disse: «Certo che l'ho notata, ma non pensavo... che potesse partorire proprio ora! Dobbiamo chiamare un'ambulanza!»

«Tra un attimo.» disse Josie, sforzandosi di tenerla su. «Ma aiutami a farla salire, così posso darle un'occhiata. Noah, per favore.»

La girarono in modo che desse la schiena al portellone e la sollevarono da sotto le braccia e le cosce, così che potessero farla sedere dentro al bagagliaio. Il portellone aperto offriva un benedetto riparo dalle scariche di pioggia che cadevano su di loro. In lontananza scoppiò un altro tuono e il cielo nero si tinse di bianco per i lampi.

«Mi ascolti!» gridò Josie sopra i gemiti della donna, cercando di attirare la sua attenzione. Ma aveva gli occhi velati.

Noah era al telefono con la centrale per chiedere che mandassero un'ambulanza e cercava di localizzare la loro posizione.

«Siamo sulla Statale 9227!» gli disse Josie. «A circa tre miglia dal confine della contea di Lenore. Mandagli la posizione sul GPS e saranno in grado di trovarci.»

Non teneva tante cose nel bagagliaio della sua auto, solo oggetti di emergenza: una torcia, un caricabatterie, alcune cinghie elastiche, un cric, una pompa d'aria portatile, una coperta e dei fazzoletti di carta. Le uniche cose utili al momento erano i fazzoletti e la coperta. La donna si dimenava mentre Josie cercava di metterle la coperta arrotolata dietro la testa.

«Signora!» disse ancora, urlando sopra il rumore della pioggia che batteva sul tetto dell'auto e sul portellone aperto.

Gli occhi della donna si posarono finalmente su Josie. Erano spalancati dal terrore. «Aiutatemi...» disse.

«La aiuteremo.» le garantì Josie.

Noah fece un passo avanti e si chinò verso di lei. «Signora...» disse. «Come si chiama?»

Josie le mostrò i fazzoletti di carta e indicò la zona inguinale. «Devo dare un'occhiata, d'accordo? Devo cercare di pulirla un po' e vedere cosa sta succedendo.»

Ma quando le arrivò un'altra contrazione, la donna allungò la mano e afferrò la spalla di Noah tirandolo a sé. «Aiuto.» gridò. «Aiuto!»

Allarmata dalla frequenza delle contrazioni, Josie indossò un paio di guanti che di solito usava per le scene del crimine e allargò delicatamente le ginocchia della donna. Sollevò l'orlo del vestito e lo piegò verso l'addome prominente. Josie usò un batuffolo di carta assorbente per rimuovere un po' di sangue e di liquido dall'interno delle cosce. Non indossava biancheria intima. Mentre Josie le allargava delicatamente le gambe, la donna sussultò.

«Che le succede?» chiese Noah.

La donna ora gli cingeva completamente il collo con le braccia, facendogli perdere l'equilibrio. Noah era bianco come la cenere. La pioggia gli scorreva sul naso e gocciolava sul viso della donna.

«Non abbiamo tempo di aspettare l'ambulanza.» disse Josie.

«Cosa? Come sarebbe a dire che non la possiamo aspettare?»

«Vedo la testa.»

«Come, vuol dire che il bambino sta uscendo?»

Josie gli lanciò un'occhiata tagliente. «Noah!» scattò. «Questo bambino sta per nascere. Ho bisogno del tuo aiuto. Spingile la gamba verso la testa, va bene?»

Vedendolo esitare, Josie gli prese una mano e la infilò dietro al ginocchio della donna. «Spingilo.» gli disse. «Tiralo su, verso la testa, il più possibile.»

«Aiutatemi!» urlò di nuovo la donna.

Josie cominciò a contare mentalmente. Mancavano pochi

secondi a una nuova contrazione. Si allungò e staccò un braccio della donna dal collo di Noah. A pochi centimetri dal viso della donna, Josie la guardò negli occhi. «Ora le arriverà un'altra contrazione.» le disse. «Quando succederà, ho bisogno che spinga. Più forte che può. Ha capito? Spinga.» Trascorse un lungo secondo, poi la donna annuì vigorosamente.

Josie sollevò l'altra gamba, portando il ginocchio verso la testa della donna, e vi pose sopra la mano libera della donna. «Tenga qui.» le disse Josie.

La donna fece come le aveva detto Josie mentre conficcava le dita dell'altra mano nella nuca di Noah, che trasalì. La donna chiuse gli occhi mentre iniziava un'altra contrazione. «Spinga!» gridò Josie. «Spinga!»

La donna spinse, urlando per lo sforzo. La testa del bambino uscì e Josie la guidò finché non si ritrovò tutto il cranio nel palmo della mano. Alzò lo sguardo verso la donna che la osservava con un'espressione di apparente orrore. «Smetta di spingere! Basta!» gridò Josie. Per un attimo il corpo della donna si scaricò dalla tensione. Josie eliminò il muco dalla bocca del bambino con un dito. Non aveva una siringa a bulbo, quindi avrebbe dovuto accontentarsi del dito, cercando di non pensare a quanto fosse antigienica tutta l'operazione; rivolse un ampio sorriso alla donna. «Bene.» disse. «Molto bene. Si prepari a spingere di nuovo, d'accordo?»

La donna annuì, poi rivolse lo sguardo verso Noah e la sua mano scivolò sulla spalla lungo la manica della maglietta.

Lui le sorrise in modo rassicurante e Josie vide come il viso della donna passò da una calma momentanea a un dolore lancinante, quando cominciò un'altra contrazione. Josie le diede un colpetto alla gamba e annunciò: «È ora di spingere di nuovo.» disse. «Spinga, spinga, spinga!»

La donna spinse di nuovo e questa volta le spalle del bambino scivolarono fuori.

«Ancora una volta.» disse Josie. «Un'altra grande spinta.»

Ma la donna sembrò non sentirla. I suoi occhi erano concentrati su Noah. «Ancora.» le disse. «Deve spingere ancora.»

Stavolta la donna sembrò capire e strizzò di nuovo gli occhi ed emise un verso a metà tra un grugnito e un grido. Un secondo dopo, il bambino scivolò fuori tra le mani di Josie, pronta a riceverlo. Tenendolo con una mano, con l'altra liberò di nuovo le vie respiratorie. «È un maschio.» annunciò.

«Un maschio.» ripeté Noah, spostando lo sguardo dal bambino al viso della donna. «Un maschio. È un maschio.»

Josie continuava a cercare di liberare le vie respiratorie, ma il bambino non piangeva. Non si muoveva. Nella sua mano, il suo visino cominciò ad assumere una tonalità bluastra. «Oh Gesù!» disse. «Noah, c'è qualcosa che non va.»

Adagiò il bambino sul pianale dell'auto accanto alla madre, per quanto il cordone ombelicale glielo permettesse, e iniziò a fargli delle compressioni con l'indice e il medio. Appoggiò la bocca su quella del bambino, gli praticò due respirazioni di soccorso e poi riprese le compressioni. La gamba della madre si abbassò, sbattendo sul fianco di Josie.

«Noah!» gridò lei.

Lui si mise di traverso e afferrò l'altra gamba della donna, tirandola verso di sé in modo da impedirle di colpire Josie o il bambino. Josie ripeté di nuovo le compressioni e le respirazioni di soccorso. L'adrenalina le scorreva nel corpo. Il sudore si mescolava alla pioggia e le colava sul viso. «Forza, piccolino.» esortò il bambino. «Respira per me. Respira per me, piccolo.»

Finalmente gli arti del bambino cominciarono a muoversi e a scuotersi. Josie continuò a strofinargli il petto, cercando di stimolarlo ulteriormente. Si sentì colma di sollievo quando il bambino spalancò la bocca e prese un lungo e tremolante respiro che poi lasciò andare in un grido tanto forte da rivaleggiare con quello di sua madre. Josie lo prese tra le braccia e lo strinse a sé.

«Dovremmo tagliare il cordone?» chiese Noah.

«Non lo so.» disse Josie, alzando la voce per farsi sentire sopra i pianti del bambino. «Credo che dovremmo aspettare l'ambulanza.»

«Che diavolo è?»

Josie abbassò lo sguardo verso il punto in cui Noah indicava tra le gambe della donna. «È la placenta.» disse Josie. «È tutto a posto. È normale che esca.»

Cullò il bambino stringendolo a sé e guardando il suo faccino. «Vuoi vedere la tua mamma, piccolino?» sussurrò.

Alzò lo sguardo verso la madre, pronta a consegnarle il figlio, ma si accorse che il colore era svanito dal viso della donna. Cercò di catturarne lo sguardo, ma le si erano rovesciati gli occhi. Del sangue cominciò a sgorgare tra le gambe. Molto più sangue di quanto avrebbe dovuto essercene normalmente.

«Oh Dio...» disse Josie. Tese il bambino a Noah. «Prendilo.»

«Cosa c'è che non va?» chiese Noah, prendendo il bambino tra le braccia, attento a spostare il cordone ombelicale lontano da Josie.

«Ha un'emorragia.» disse Josie. Strappò diversi fazzoletti di carta e li infilò tra le gambe della donna, ma il sangue continuava a fuoriuscire. Josie si avvicinò alla testa della donna e sfilò la coperta. «Non riesco a fermarla.» disse. «Ha bisogno di medicazioni, di una trasfusione, di qualcosa. Maledizione, dov'è l'ambulanza?»

Le sue parole furono inghiottite da un altro tuono, seguito rapidamente da un lampo accecante. Dovevano andarsene da quel posto, ma Josie riusciva a pensare solo a tenere in vita quella donna. Con una mano tenne la coperta premuta tra le gambe della donna, mentre con l'altra le tastò il collo in cerca del battito. Era debole, ma c'era ancora. Picchiettò leggermente la guancia della donna, cercando di farle riprendere conoscenza. «Signora.» chiamò. «Mi sente?»

Il panico stava iniziando a crescerle nel petto quando finalmente sentì la sirena dell'ambulanza che si avvicinava. Lasciò la donna svenuta nel retro del veicolo, con Noah a pochi centimetri di distanza che stringeva il neonato urlante, e si avviò verso la strada, agitando le mani, con ancora i guanti insanguinati sopra la testa per attirare la loro attenzione.

Accostarono e due paramedici saltarono fuori. Josie fece loro un resoconto di ciò che era appena accaduto mentre loro si occupavano della madre e del bambino, caricandoli velocemente sull'ambulanza e allontanandosi.

Noah rimase fermo sul ciglio della strada, con le braccia lungo i fianchi. La pioggia cadeva a scrosci, era completamente fradicio, ma lui non si muoveva, fissava l'ambulanza che si allontanava sempre più. Josie chiuse il portellone del bagagliaio, lasciando tutto in disordine. Non poteva preoccuparsi di rimettere a posto in quel momento. «Andiamo.» disse a Noah.

Lui non si mosse, non la guardò nemmeno.

«Noah, andiamo! Li seguiremo all'ospedale.»

Visto che ancora non si muoveva, Josie dovette gridare. «Noah, muoviti!»

Gli occhi di Noah si girarono verso di lei. Sbatté le palpebre e si diresse lentamente verso il lato del passeggero.

Josie non aspettò neanche che si fosse allacciato la cintura di sicurezza prima di ripartire, e corse dietro all'ambulanza.

«Hai appena fatto nascere un bambino.» disse Noah.

«Lo so.» disse Josie. «Ne parliamo in un altro momento.»

UNDICI

Quando raggiunsero l'ospedale, a Noah era tornata un po' di compostezza. Josie trovò un posto auto nel parcheggio del pronto soccorso, scesero e si diressero verso l'ingresso dove l'ambulanza stava scaricando madre e figlio.

«Come hai fatto?» le chiese Noah.

«Come ho fatto cosa? A far nascere un bambino? Questa era la seconda volta. L'avevo già fatto quando ero di pattuglia, anni fa.»

«Davvero?»

Josie sorrise. «Sì. Non è l'ideale, ma succede.»

«Come facevi a sapere cosa fare?»

Josie scrollò le spalle. «La prima volta che l'ho fatto, c'era con me un agente più esperto. Ormai è in pensione da un po' di tempo, ma l'aveva fatto qualche volta. Mi ha guidato passo per passo. Dopo, mi ha spiegato un sacco di cose sul parto. Ha aiutato anche il fatto che aveva avuto sette figli e aveva assistito alla nascita di ciascuno di loro.»

Infilandosi tra le porte dell'ospedale, l'aria fredda li colpì quasi come un muro, facendoli raggelare ora che erano completamente zuppi.

«Pensi che sia lei la terza campeggiatrice?» chiese Noah.

«Non lo so. Era piuttosto distante dal campeggio e non c'è motivo per cui una donna in stato così avanzato di gravidanza voglia andare in campeggio, a miglia di distanza da qualsiasi aiuto in caso fosse finita travaglio.»

«Strano però, no? Stiamo cercando una persona che pensiamo si stia aggirando tra i boschi e questa donna salta fuori all'improvviso...»

«Di solito non credo a questo tipo di coincidenze.» disse Josie. «Ma non riesco a immaginare che si sia allontanata così tanto da dove si erano accampati, a piedi nudi, mentre era in travaglio. È spuntata dal bosco a quasi dieci miglia dall'accampamento degli Yates.»

Una volta superato il banco della sicurezza, videro un medico e un'infermiera che trasportavano il bambino in una culla lungo il corridoio. Noah corse verso di loro, mostrando il suo distintivo. L'infermiera si fermò a guardare con severità l'acqua che gli gocciolava di dosso e che si accumulava sul pavimento, ma lui non sembrò farci caso. Da sopra la spalla, disse a Josie: «Io vado con lui. Mi assicuro che stia bene.»

«Io vado a vedere come sta la madre.» rispose Josie.

Mentre percorreva il corridoio, trovò un carrello della biancheria incustodito. Si prese un momento per usare un panno pulito per asciugarsi meglio che poteva. Trovò un cestino della biancheria sporca, vi depositò l'asciugamano e proseguì. La madre del bambino era in una delle stanze private del pronto soccorso, attaccata a una flebo. Un'infermiera aveva appeso una sacca di medicinale, mentre un'altra le aveva attaccato al corpo diversi cavi per misurare la frequenza cardiaca, un bracciale per la pressione sanguigna e un saturimetro per la misurazione della concentrazione di ossigeno al dito. La donna aveva ripreso conoscenza, anche se gli occhi erano socchiusi e affaticati. Un medico la stava visitando e quando Josie entrò si voltò verso di lei. «Ho sentito che ha fatto nascere il bambino sul sedile posteriore della sua auto.»

«Nel vano del bagagliaio della mia utilitaria.» lo corresse Josie.

«Non ha lacerazioni. Ha fatto un buon lavoro.»

«Non ho fatto molto.» disse Josie. «Quel bambino sarebbe nato con o senza il mio aiuto.»

Il medico rise. «Probabilmente ha salvato la vita sia alla madre che al bambino. È un bene che fosse lì. Cosa sa di questa donna?»

«So che ha appena avuto un bambino.» disse Josie. «Tutto qui. Non siamo riusciti a ottenere nessuna informazione da lei sul momento. Come sta?»

«Ha avuto una piccola emorragia post-partum. Le stiamo somministrando dei farmaci e la stiamo sottoponendo a degli esami. Potrebbe aver bisogno di una trasfusione, ma abbiamo bisogno di maggiori informazioni prima di farlo. Dobbiamo ricoverarla.» Indicò i piedi della donna. «Ha delle brutte lacerazioni ai piedi.»

«L'avevo notato.» disse Josie. «Era scalza quando l'abbiamo vista uscire dal bosco.»

«E ha delle cicatrici sui polsi.» aggiunse il medico. Josie si avvicinò alla testa del letto e guardando i polsi della donna vide che erano circondati da cicatrici sottili e argentate. «Non le avevo notate prima.» disse. «Sembrano vecchie.»

Un'infermiera dall'altra parte del letto strinse la spalla della donna. «Signora...» disse gentilmente. «Può dirmi il suo nome? Signora?»

La donna non rispose, non guardò nemmeno in direzione dell'infermiera.

Il dottore la coprì con il lenzuolo fino alla vita e prese la sua cartella clinica dal fondo del letto senza aprirla. «Ho bisogno di un nome.» disse. «Signora? Può dirci il suo nome?»

Ma anche questa volta, non ci fu alcuna risposta. Poi sbatté le palpebre. L'infermiera che controllava i suoi parametri vitali premette alcuni tasti sul monitor sopra il letto. La donna guardò l'infermiera, come se la notasse solo in quel momento. «Aiuto.» gracchiò.

L'infermiera era girata dall'altra parte, ma disse: «Certo che ti aiutiamo, tesoro. Puoi dirci il tuo nome?»

«Forse è il caso di farle alcuni esami neurologici.» disse il medico accigliandosi.

Josie ricordava che la donna aveva risposto a lei e a Noah in macchina durante il parto. Ma solo quando lei l'aveva guardata direttamente. «No.» disse Josie. «Aspettate un attimo.»

Strinse la mano della donna e aspettò che girasse la testa nella sua direzione. Josie si assicurò di guardarla direttamente negli occhi prima di dire: «Mi sente?»

La donna scosse lentamente la testa.

Josie annuì. «Non sente niente?»

Un cenno di conferma. «Non bene.» disse poi.

«Però riesce a leggermi le labbra.» disse Josie.

Un altro cenno. Poi chiese: «Il mio bambino sta bene?»

Josie sorrise. «Sì, sta bene. L'hanno portato in TIN, l'unità di terapia intensiva neonatale. Il mio collega è con lui adesso.»

«È un maschio.»

«Sì.»

Chiuse momentaneamente gli occhi e Josie aspettò mentre faceva diversi respiri profondi. Notò che, nonostante fosse evidente che non sentiva bene, la sua voce aveva un tono e un'inflessione normali e si chiese quando e come avesse perso l'udito. Quando la donna riaprì gli occhi erano pieni di lacrime.

«Mi chiamo Josie.» disse. «Detective Josie Quinn del Dipartimento di Polizia di Denton.»

«Denton?»

«Sì.» rispose Josie. «Puoi dirci il tuo nome?»

«Maya Bestler.» disse.

Ai piedi del letto, il dottore lo annotò.

«Maya...» chiese Josie, «cosa ci facevi nel bosco?»

Il monitor emise un piccolo bip. Maya rispose: «Sono stata rapita.»

«Rapita?» chiese Josie.

I macchinari sopra al letto emisero altri segnali acustici.

«La pressione sanguigna sta scendendo.» annunciò l'infermiera. «E anche la frequenza cardiaca.»

«Maya, cosa vuol dire che sei stata rapita?» chiese Josie. «Puoi raccontarmi cosa è successo?»

Ma gli occhi della donna si chiusero e la testa cadde su un lato. Il dottore abbandonò la cartella e spinse Josie da una parte. «Devo chiederle di aspettare in corridoio, Detective.»

Josie non discusse. Uscì dalla stanza mentre il dottore impartiva ordini alle infermiere. Una guardia di sicurezza si avvicinò e la fissò con occhi spalancati. Josie abbassò lo sguardo sui suoi vestiti e si rese conto che bagnati, sgualciti, incrostati e pieni di sporcizia tra sangue e residui del parto com'erano, doveva dare l'impressione di essere stata trascinata per due ore dietro una macchina. Possibile che fossero passate soltanto poche ore da quando lei e Noah avevano litigato per il fornetto tostapane?

Proseguì lungo il corridoio fino alla sala d'attesa, ma poi pensò bene di non sedersi su una delle sedie. Trovò invece una nicchia accanto a uno dei distributori automatici, dove non avrebbe spaventato nessuno che l'avesse vista, e chiamò la centrale, chiedendo di essere messa in contatto con il detective Finn Mettner.

«Mett.» lo salutò quando lui rispose.

«L'unità cinofila è stata richiamata a causa della tempesta. Inoltre, non ho nulla sul veicolo degli Yates.» disse lui senza preamboli. «Credo che avresti più fortuna nella contea di Lenore. Probabilmente si sono addentrati nei boschi dalla loro parte. Nelle riserve di caccia statali ci sono parcheggi riservati ai cacciatori, agli escursionisti, ai campeggiatori e così via.»

«Chiederò al vicesceriffo Moore.» disse Josie. «Ma ascolta, ho bisogno che tu indaghi su un'altra cosa per me.»

«Hai trovato la terza campeggiatrice?»

«No, non esattamente.»

Gli raccontò quello che era successo durante il viaggio di ritorno verso Denton. Quando finì, ci fu un lungo silenzio. «Mett?» chiamò Josie. «Ci sei ancora?»

«Ehm, sì. Sono qui. Scusa, è che... ha partorito nella tua macchina?»

«Non è questo il punto, Mett.»

«Lo so, lo so. Scusa.»

«Puoi fare una ricerca su di lei? Direi che più o meno ha sui venticinque anni. La interrogherò in modo più approfondito più tardi, quando si sarà stabilizzata, ma mi sarebbe d'aiuto se riuscissi a farmi avere tutti i precedenti che riesci a trovare.»

«Certo, Boss.»

«Solo Josie.» lo corresse, ma lui aveva già riattaccato.

DODICI

Noah stazionava fuori dalla vetrata della terapia intensiva neonatale, osservando le piccole culle allineate dall'altra parte del vetro; il suo aspetto era solo leggermente migliore di quello di Josie, non era ricoperto di fluidi come lei, anche se l'odore che emanava era sufficiente a farle venire i conati di vomito. Poteva solo immaginare quanto puzzasse lei. Avrebbero avuto bisogno di farsi anche un paio di docce prima di tornare alla centrale. Gli si avvicinò e seguì il suo sguardo; lesse i piccoli cartelli affissi su ogni culla finché non ne trovò uno con "Neonato Sconosciuto". Naturalmente, non avevano ancora saputo che la donna si chiamava Maya Bestler; quindi, si sarebbero riferiti a lei come Non Identificata e al suo bambino come Sconosciuto. Gli infermieri lo avevano avvolto in una coperta bianca da ospedale. Dal fondo della coperta spuntavano dei cavi, collegati a un macchinario accanto alla culla. A coprirgli la testa gli avevano messo un piccolo cappellino azzurro. Dalla coperta faceva capolino soltanto il suo visino rosa, tranquillo ora che era al caldo e all'asciutto.

«Stai bene?» chiese Josie a Noah.

Lui si schiarì la gola. «Sei stata fantastica prima.»

«Grazie.» disse Josie. «Sono felice che siamo arrivati in tempo per chiamare l'ambulanza.»

Lui le lanciò un'occhiata veloce e per un attimo le sembrò di vedere delle lacrime nei suoi occhi. «Non sapevo che fosse così.»

«Cosa?»

«Il parto. Non lo sapevo. Quando mia sorella ha partorito, noi non c'eravamo. Siamo andati a trovarla soltanto in un secondo momento.»

«Beh, sono abbastanza sicura che non ti facciano entrare in sala parto se non hai partecipato attivamente alla gravidanza...» scherzò Josie.

«Sai cosa voglio dire. Non ho mai visto nulla di simile. È stato... incredibile.»

Josie sentì un piccolo germoglio di disagio sbocciare nel suo petto. «Ehm, sì, è stato incredibile.» disse. «Il bambino come sta?»

«Hanno detto che è stabile. Potrebbe essersi trattato di apnea neonatale o di bradicardia. O potrebbe essere stato solamente un episodio isolato, senza alcuna patologia di fondo. È troppo presto per dirlo. Lo hanno messo sotto monitoraggio cardiaco e polmonare e lo terranno qui, lo sorveglieranno e faranno alcuni esami.»

«Molto bene.» disse Josie.

«È carino, vero?»

«Certo che lo è.» disse lei. «Ho il nome della madre, ma non molto altro.» Gli fece un resoconto per aggiornarlo, finché non si accorse che lui non la stava ascoltando. Gli mise una mano sulla spalla. «Noah...»

Lui la guardò di nuovo. «Sì?»

Ricominciò a parlare, ma il suo telefono squillò. Era Mettner. Scorse su "Rispondi" mentre Noah tornava a fissare il bambino senza nome. «Che cos'hai trovato, Mett?»

«Non ci crederai, Boss.»

«A che cosa?»

«Sei sicura che questa donna abbia detto di chiamarsi Maya Bestler?» le chiese Mettner.

«Sono sicura, Mett. Dimmelo e basta.»

«Maya Bestler risulta scomparsa.»

Josie ricordò le parole di Maya prima che i suoi parametri vitali si abbassassero: *Sono stata rapita.* «Da quanto tempo è scomparsa? Dove si trovava quando è scomparsa?»

«È scomparsa dalla contea di Lenore due anni fa. E senti questa: era in campeggio in una riserva naturale con il suo ragazzo, Garrett Romney, il quale ha raccontato che a un certo punto della serata, durante il secondo giorno di campeggio, ha perso i sensi. La mattina successiva si è svegliato con una lieve ferita alla testa e la sua ragazza non c'era più. Questo è tutto ciò che ho trovato finora. Scoprirò di più, ma ho pensato che questo dovessi saperlo subito.»

«Sì, ti ringrazio.» disse Josie. Quindi Maya Bestler non era la terza campeggiatrice scomparsa dalla scena degli Yates, il che significava che c'era un'altra donna ancora sperduta da qualche parte nei boschi, in mezzo a un furioso temporale.

«Di dove erano Bestler e Romney?» chiese.

«Doylestown.» rispose lui.

«È a un paio d'ore di distanza.» osservò Josie. «Non è lo stesso posto da cui venivano i coniugi Yates, però non è neanche molto lontano da lì.»

«Giusto.» concordò Mettner. «Ho fatto qualche rapida ricerca. Non sono riuscito a trovare alcun collegamento tra Bestler e i coniugi Yates. Ma come ho detto, continuerò a scavare.»

«Ottimo.» rispose Josie. «Vedi se riesci a procurarti la foto della patente di Maya Bestler e poi mandamela via messaggio, ti dispiace?»

«Te la mando subito.» rispose lui.

«Inoltre, vedi se riesci a trovare qualcosa sul luogo in cui è scomparsa per metterlo a confronto con il luogo in cui sono stati trovati i coniugi Yates, per favore.»

«D'accordo, Boss.»

«Un'ultima cosa, tienimi aggiornata sui progressi dell'unità cinofila, va bene? Io e Noah dobbiamo darci una ripulita e poi torneremo in centrale.»

«Ci penso io.» garantì Mettner.

Chiuse la telefonata e vide Noah ancora al suo posto, immobile, con gli occhi fissi sul bambino. Il suo telefono emise un suono all'arrivo del messaggio di Mettner con la patente di Maya Bestler. La guardò. I suoi capelli erano più scuri quando era stata scattata la foto, ma non c'era modo di sbagliarsi: la donna che aveva partorito nel bagagliaio della sua auto era la stessa che era scomparsa da un campeggio due anni prima.

Josie si avvicinò di nuovo a Noah e gli prese una mano, intrecciando le dita con le sue e trascinandolo verso la porta. «Noah...» disse. «Dobbiamo andare. Dobbiamo farci una doccia e mangiare qualcosa. Abbiamo un sacco di lavoro da fare. Vieni. Ti aggiorno su quello che Mettner mi ha detto mentre andiamo...»

TREDICI

Mai farsi una doccia calda era stato altrettanto piacevole. Josie ci avrebbe trascorso una buona mezz'ora sotto l'acqua che le scivolava addosso e lavava via il sudore e il sangue che l'avevano ricoperta fino a quel momento, ma si impose di non attardarsi. Il pensiero della misteriosa terza campeggiatrice in giro, in luoghi sconosciuti, le pesava molto. Era malata? Era morta? O era una specie di assassina perversa?

«Tocca a te.» disse a Noah mentre tornava nella loro camera da letto. Senza rispondere, lui si spogliò e si avviò verso il bagno. Josie lo guardò andare via, chiedendosi se fosse esausto come lei o se stesse ancora pensando al bambino che avevano salvato. Prima che potesse seguirlo e chiederglielo, sentì che aveva aperto l'acqua della doccia. Si mise dei vestiti puliti e andò in cucina per mangiare gli avanzi della pizza che avevano ordinato la sera prima. Controllò il telefono e trovò una chiamata persa dell'agente Moore.

«Cazzo.» borbottò, premendo il pulsante di chiamata accanto al suo numero.

«Detective Quinn.» rispose lui. «Ho pensato che volesse

sapere che abbiamo trovato l'automobile degli Yates qui nella contea di Lenore.»

Josie provò un guizzo di speranza. Forse nella macchina c'era qualche indizio sull'identità della terza campeggiatrice. «Quanto è distante dal campeggio?»

«Circa tre miglia e mezzo a sud, lungo la Statale 9227. C'è un parcheggio lungo la strada per le persone che vogliono utilizzare la riserva di caccia statale. Non c'è modo di dire quanto tempo sia là.»

«È chiusa a chiave?»

«Certo. C'è ancora un forte temporale, quindi non l'abbiamo toccata.»

«Va bene.» disse Josie. «Vorrei mandare una squadra da quelle parti per analizzare l'auto, se non le dispiace. Per le impronte e il DNA. Come sa, stiamo ancora cercando di individuare la donna che era con loro. Se riusciamo a trovare qualcosa, un qualsiasi indizio su chi sia, potrebbe essere fondamentale per rintracciarla. Inoltre, non sappiamo davvero cosa sia successo in quel campeggio. C'è sempre la possibilità che ci sia stato qualcun altro con loro o che li abbia incontrati alla loro auto.»

«Allora aspetteremo a controllare l'interno fino all'arrivo della vostra Squadra di Raccolta delle Prove.»

«La ringrazio.» disse Josie. «Chiamo subito Hummel. Oh, aspetti... volevo chiederle una cosa.»

«Dica pure.»

«Da quanto tempo lavora nella contea di Lenore?»

«Oh, da circa dieci anni. Perché?»

«Si ricorda il caso di una persona scomparsa avvenuto circa due anni fa? Una donna di nome Maya Bestler?»

«Oh sì.» disse Moore. «Una giovane donna bruna, sui venticinque anni. Era in campeggio con il suo ragazzo. Scomparve nella notte. Bestler e il suo ragazzo si trovavano a circa cinque miglia a sud del sito degli Yates, ma i casi non sono collegati.»

«Come fa a esserne così sicuro?» chiese Josie.

«Il fidanzato ha ucciso Maya Bestler.»

«Non credo che sia così.» disse Josie «Lei...»

Ma lui la interruppe. «Non potremo mai dimostrarlo, ma le dico che quel ragazzo, Garrett Romney, così si chiama, è colpevole come il diavolo. Tutte le persone che li conoscevano con cui parlammo ci dissero che lui la picchiava. Contattammo la polizia di Doylestown. Avevano ricevuto alcune chiamate dal domicilio per maltrattamenti domestici, ma Maya non aveva mai sporto denuncia. Lui aveva una storia di violenza con lei e, a parte questo, la sua versione non aveva il minimo senso: sosteneva che era seduto davanti al fuoco che aveva preparato per bere una birra con Maya dopo una lunga giornata di escursioni e che non ricordava altro fino al mattino, quando si era svegliato in una pozzanghera di fango con un taglio in testa. Disse che non ricordava nulla. Niente di niente. Nessuna colluttazione, nessun aggressore. Non ricordava di aver litigato con lei. Disse che la sua mente era una tabula rasa. La ferita alla testa era comunque superficiale, non abbastanza da metterlo fuori combattimento e non aveva riportato commozioni cerebrali.»

«Che mi dice degli esami tossicologici per verificare che non fosse stato drogato?»

Moore rise. «Drogato? E chi l'avrebbe drogato?»

Quando Josie non rispose, sospirò. «Okay, okay, in realtà fu sottoposto all'esame tossicologico, ma il risultato fu negativo.»

«Potrebbe essere stato drogato con il GHB.» suggerì Josie.

«Cosa? La droga dello stupro?» chiese Moore.

«Sì. Di solito non è rilevabile nel sangue o nelle urine già dopo dodici ore, a volte anche meno.»

Moore emise un altro pesante sospiro. «Senta, apprezzo quello che sta cercando di fare. Se riesce a collegare i casi, se c'è una persona che si aggira per i boschi e che rapisce le donne, magari può fermarla. Ma le dico che Garrett Romney non era stato drogato. Mentiva.»

«Ma Moore...» insistette Josie, «non ha ucciso Maya Bestler. Lo so perché adesso è ricoverata al Denton Memorial Hospital.»

«Cosa?» chiese lui, con un tono più acuto.

Lei gli raccontò quello che era successo dopo che avevano lasciato il Santuario per tornare a Denton e quando ebbe finito, Moore le chiese: «È sicura che si tratti della vera Maya Bestler?»

«Ho chiesto a un agente della mia squadra di recuperare la sua patente di guida. Sembra proprio lei. Non ho ancora avuto modo di interrogarla adeguatamente o di rintracciare i parenti più stretti, ma sono abbastanza sicura che si tratti di lei. Pensa che sia una specie di messinscena?»

«Non so cosa pensare al momento. Le dico solo che Garrett Romney è colpevole di qualcosa. Le dispiace se la raggiungo all'ospedale per parlare con la ragazza? Potrei contattare la sua famiglia. D'altronde l'avete trovata nella mia giurisdizione.»

Rieccolo con la questione della giurisdizione. Josie lasciò perdere. Avrebbe accettato tutto l'aiuto possibile, anche da una persona così irritante come Moore.

«Certo.» disse Josie. «È ricoverata, quindi non andrà da nessuna parte. Io e il tenente Fraley torneremo in ospedale presto per controllare le sue condizioni e per vedere se riusciamo a ottenere da lei altre informazioni.»

«Ottimo.» rispose Moore.

«Un'ultima cosa...» disse Josie prima di riattaccare. «Parlando con il fidanzato e la famiglia di Maya, è per caso emerso che era parzialmente sorda?»

«Cosa? No, non è mai venuto fuori.»

QUATTORDICI

Quando tornarono in ospedale, Maya era stata trasferita in una stanza privata al quarto piano. Il suo bambino era ancora in terapia intensiva neonatale. Josie e Noah incontrarono il medico alla postazione delle infermiere del suo piano. «È stabile.» disse il dottore. «Siamo riusciti a tenere sotto controllo l'emorragia. È gravemente disidratata. Ha molti tagli e contusioni. Per fortuna non c'è stato bisogno di mettere i punti a nessuna delle lacerazioni sui piedi. Ha delle vecchie cicatrici intorno ai polsi, come ha visto in mattinata la detective Quinn. Abbiamo fatto delle radiografie. Ha diverse vecchie fratture alle costole, alla mascella, a entrambi gli avambracci e alla tibia sinistra.»

«È stata vittima di abusi?» si informò Noah.

Il medico si grattò il mento. «Beh, non posso dirlo con certezza, ma in una persona della sua età, quando vediamo così tante fratture, soprattutto al viso e alle costole, ci preoccupiamo di un eventuale maltrattamento domestico.»

«A quando risalgono le fratture?» domandò Josie.

«Anche questo è difficile da dire, ma in media fra i tre e i cinque anni, direi.»

«Corrisponde a ciò che Moore mi ha detto del suo ragazzo.» confermò Josie rivolgendosi a Noah. «E l'udito?»

«Beh, sapete già che ha una capacità uditiva ridotta.» disse il dottore. «Da quello che possiamo dire, è dovuta al tessuto cicatriziale.»

«Cosa può causare la formazione di tessuto cicatriziale nelle orecchie?» chiese Noah.

«Molto probabilmente infezioni all'orecchio non curate.» rispose il dottore. «L'udito è scarso, ma non completamente assente. A parte questo, è in buone condizioni. Non è malnutrita. Ha un peso adeguato. Dato che non può dirci molto, le abbiamo prelevato del sangue per gli esami tossicologici. Dobbiamo assicurarci che non abbia sostanze in circolo che possano avere effetti sul bambino.»

«Come sta?» volle sapere Noah. «Sta bene?»

«Per quanto ne so, sì. Non preoccupatevi, stiamo facendo tutto il necessario.»

«La ragazza ha detto niente?» chiese Josie.

Il dottore scosse la testa. «No. Le abbiamo dato qualcosa per il dolore che l'ha resa un po' sonnolenta. Continua a chiederci di aiutarla e un paio di volte ha chiesto se il suo bambino stava bene. Non c'è altro. Adesso sta riposando ma è abbastanza lucida da poter rispondere a qualche domanda, se volete. Ma non troppo a lungo, beninteso.»

Cercando di non fare rumore, si infilarono nella stanza di Maya. Gli infermieri avevano tirato le tende, in modo che non vedesse l'acquazzone torrenziale che si stava abbattendo all'esterno, anche se di tanto in tanto si sentiva il rombo di un tuono. Un monitor sopra la sua testa misurava la frequenza cardiaca, la pressione sanguigna, il ritmo respiratorio e la saturazione di ossigeno. Un tubo per la flebo si snodava dall'incavo del braccio destro fino a una sacca di liquidi appesa accanto al letto. Aveva gli occhi aperti, fissi su un televisore spento dall'altra parte della stanza. Josie e Noah si avvicinarono ai lati del letto e Maya trasalì quando li vide, alzando le mani verso il viso.

«Va tutto bene.» la tranquillizzò Noah.

«Ha bisogno di vederti in faccia, ricordalo.» gli rammentò Josie. «Legge le labbra, come faceva la tua ex ragazza. Chiaro?»

«Giusto.» disse Noah. Si chinò sul letto, con movimenti lenti e fluidi. Con una mano incerta le toccò l'avambraccio. Lei lo irrigidì, ma poi lo abbassò. I suoi occhi passarono da lui a Josie e viceversa. Noah si posizionò in modo che lei potesse vedere il movimento delle sue labbra. «Va tutto bene.» ripeté. «Siamo della polizia. Dobbiamo farti delle domande.» Le disse i loro nomi ed entrambi le mostrarono le rispettive credenziali.

Maya guardò Josie. «Ho parlato con te prima.»

«Sì.» confermò Josie. «Mi hai detto il tuo nome e che eri stata rapita.»

Guardò di nuovo Noah. «Hai fatto nascere il mio bambino.»

Lui sorrise e indicò Josie. «La detective Quinn ha fatto nascere il tuo bambino.»

Si girò di nuovo in direzione di Josie. Allungò una mano e Josie la prese, sentendola stringere dolcemente. «Grazie.» disse Maya.

Approfittando della sua attenzione, Josie disse: «Maya, so che sei esausta, ma voglio che tu sappia che ora sei al sicuro.»

«Al sicuro.» ripeté lei, con una lacrima che le scendeva sulla guancia.

«Vorremmo che ci raccontassi cosa ti è successo.» proseguì Josie. «Puoi farlo?»

«Dove mi trovo?»

«Denton, Pennsylvania.» rispose Josie. «A circa due ore a ovest rispetto a dove vivi tu.»

«Che data è? In che giorno siamo?»

Josie guardò velocemente Noah e poi glielo disse. Ora la ragazza piangeva a dirotto. Lasciò la mano di Josie e si coprì il viso con entrambe le mani, scossa da forti singhiozzi. Le concessero qualche minuto per riprendersi. Quando sbirciò tra le mani, Josie le offrì un fazzoletto e lei lo accettò, asciugandosi gli occhi e il naso. Il suo sguardo si posò su Noah. «Garrett sta arrivando? Il mio ragazzo?»

Josie aveva informato Noah di tutto ciò che aveva appreso dal vicesceriffo Moore durante il tragitto verso l'ospedale, perciò le rispose lui: «No Maya, non verrà. Non gli è stato nemmeno comunicato che sei stata... ritrovata.»

«Qualcuno dovrebbe dirglielo.» disse Maya. «Sarà preoccupato.»

«Vuoi vederlo?» le chiese Noah.

Lei si premette il fazzoletto stropicciato sulla bocca e annuì.

Josie le toccò l'avambraccio per attirare la sua attenzione. «Garrett ha raccontato alla polizia che voi due eravate in campeggio, poi è svenuto e quando si è risvegliato tu non c'eri più.»

Un altro cenno. Poi Maya disse: «Avevamo acceso un falò. Era carino. Una notte fresca. Cielo sereno. Una volta tanto ci stavamo divertendo. Bevevamo birra. Poi mi... mi sono svegliata legata a un albero. Era tutto sparito. Garrett era sparito.»

«Non ricordi che cosa è successo?» chiese Josie.

«No. Ero con Garrett. Era notte. Poi si è fatta mattina e mi sono ritrovata legata. Da qualche altra parte nella foresta. Non riuscivo a riconoscere niente.»

«Legata con cosa?» chiese Josie. «Con una corda?»

«Sì, una corda spessa.»

«Chi ti ha preso?» chiese Josie. «Chi ti ha legata?»

«È stato un uomo.» disse Maya. «Non l'avevo mai visto prima. Sembrava un... un mostro. Era un po' vecchio. Puzzava e sembrava che non si cambiasse i vestiti e non si lavasse da anni. Non volevo che si avvicinasse a me, ma era forte. Non avevo scelta.»

Il monitor sopra il letto emise un leggero segnale acustico. Josie lo guardò e si accorse che la frequenza cardiaca e la respirazione di Maya erano salite. «Va tutto bene.» La rassicurò Josie. «Va tutto bene. Non dobbiamo parlarne adesso. Respira e basta. Guardami.» Josie le indicò gli occhi. «Concentrati su di me. Respira. Ora sei al sicuro.»

Lo sguardo di Maya si fissò su quello di Josie e le oscillazioni del suo petto rallentarono. Quando Josie vide che i suoi valori erano tornati nella norma, le fece un'altra domanda. «Dove ti ha tenuta?»

Maya si leccò le labbra. «Nel bosco, per molto tempo. Mi teneva i polsi legati.» Sollevò le mani e mostrò i polsi unendoli. «Mi ha trascinata per giorni nel bosco. Di notte mi legava a un albero. Ci spostavamo ogni mattina. Poi siamo arrivati a delle caverne.»

«Caverne?» chiese Noah, ma Maya non lo sentì.

Josie chiese: «Che tipo di caverne?»

«Sotterranee.» rispose Maya. «Non come una semplice grotta. Più grandi. Erano enormi. C'erano gallerie e persino un ruscello che le attraversava. Era buio. Tanto buio.» Rabbrividì. «C'era un posto in quella caverna. Una specie di stanza. A volte accendeva un fuoco. Era un posto davvero grande e davvero freddo. Altre volte si procurava delle torce elettriche. Non so dove le prendesse, ma quando le batterie si esaurivano, c'era poco da fare. Quella stanza era piuttosto in alto nel sistema di caverne e quando le gallerie si allagavano, dovevamo rimanere lassù finché l'acqua non si ritirava.»

«Cosa mangiavate?» chiese Josie.

«Piante. Pesce. C'era un torrente nelle vicinanze. Aveva una vecchia barca di legno che tirava fuori per pescare. A volte catturava un coniglio o un fagiano e li cucinava. Però stavo spesso male.» Si toccò l'orecchio sinistro. «Mi facevano male le orecchie. Avevo le vertigini e la nausea. Talvolta sembrava che andasse avanti per settimane, ma non saprei dire per quanto tempo fosse davvero, perché mi teneva sempre nell'oscurità. In certi momenti, quando ero troppo malata per continuare a oppormi, cominciava a portarmi fuori. Cercavo di convincerlo a fidarsi di me in modo che mi lasciasse uscire di più senza tenermi legata. Così sarei potuta scappare. Cercavo di guarire per averne la forza. Lui preparava delle bevande con piante e altri ingredienti e me le dava da bere e da mangiare. Diceva che mi avrebbero fatto sentire meno male. A volte mi sentivo meglio, a volte no. In un certo senso mi ci ero abituata, ma poi ho capito...»

Si interruppe, ricominciò a piangere senza freno. Si toccò l'addome ormai sgonfio; schiaritasi la gola, riprese a parlare: «Mi sono accorta di essere incinta. Non sapevo quanto tempo avessi a disposizione. Sapevo solo che dovevo allontanarmi da lui prima che nascesse il bambino. Sarei morta di parto in quel posto.»

«Come sei riuscita a scappare?» domandò Josie.

«Preparava sempre del brodo. Era a dir poco disgustoso. Mi picchiava quando non lo bevevo. Diceva che c'era tutto quello che serviva per essere in salute e che dovevo essere grata di avere qualcosa da mangiare. Ho portato di nascosto nella caverna un po' di Digitalis purpurea e, quando è uscito per catturare un po' di selvaggina, l'ho sminuzzata e l'ho aggiunta al suo brodo. Ho dovuto aspettare a lungo, ma alla fine si è sentito molto male. È andato avanti per ore e alla fine si è addormentato. A quel punto me ne sono andata.»

Josie guardò Noah e notò la sua espressione incuriosita. Lui toccò il braccio di Maya e lei girò lo sguardo verso di lui. «Come facevi a sapere di dover usare la Digitalis purpurea?»

«Una delle volte che mi ha fatto uscire dalle caverne, stava cercando da mangiare.» spiegò Maya. «Mi teneva legata a sé e ho visto i fiori di Digitalis purpurea. Ho pensato che erano davvero belli. Non vedevo qualcosa di bello da tantissimo tempo. Ne ho raccolti alcuni e lui si è spaventato. Mi ha detto che mi avrebbero fatto stare molto male. Tempo dopo, ne ho visti alcuni che crescevano non lontano dalle caverne e sapevo che avrei dovuto avvicinarmi e raccoglierli senza che lui mi vedesse se volevo avere qualche possibilità di sfuggirgli.»

Si voltò di nuovo verso Josie. «Sapevo che il bambino sarebbe arrivato a breve. Ho dovuto farlo. Non pensavo che avrebbe funzionato davvero.»

«Quando sei fuggita dalle caverne, era giorno o notte?» chiese Josie.

«Era notte.» rispose Maya. «Ho iniziato a camminare. Non avevo idea di dove fossi... avevo solo bisogno di andarmene. Ho iniziato ad avere delle contrazioni... o credo che fossero contrazioni, e diventava sempre più difficile camminare. Poi ho visto la strada e ho pensato che forse qualcuno mi avrebbe trovata se fosse passato di lì.»

«Ti abbiamo quasi investita.» disse Noah, anche se Maya non lo stava guardando.

«Ti ha mai detto il suo nome?» chiese Josie. «Qualcosa per identificarlo?»

«No, niente. Non l'ho mai chiamato in nessun modo. Non parlava molto, se non per dirmi di stare zitta o per darmi degli ordini ogni volta che... si imponeva su di me.»

Le sue spalle tremavano per una nuova scarica di singhiozzi. Josie le strinse di nuovo la mano. «Va tutto bene.» disse. «Credo che per oggi sia sufficiente. Abbiamo solo un'ultima domanda.» Tirò fuori la foto di Tyler e Valerie Yates. Come aveva detto a Noah in macchina, sembrava improbabile che i due casi fossero collegati, ma c'era soltanto un modo per saperlo con certezza. Girò il telefono in modo che Maya potesse vedere la foto. Josie aspettò mentre studiava i due volti e poi guardò di nuovo quello di Josie, che le chiese: «Conosci una di queste persone, Maya?»

Maya scosse la testa. «Mi dispiace, non li conosco.»

«Lo immaginavo.» disse Josie. Sorrise e fu ricompensata da un accenno di sorriso. «Ora devi riposarti. Ordini del medico. Torneremo a vedere come stai più tardi, okay?»

QUINDICI

Noah e Josie si incamminarono lungo il corridoio verso la fila di ascensori. Josie controllò il telefono, ma non c'erano ancora chiamate da parte di nessuno della sua squadra. «Andiamo all'obitorio.» disse. «Vediamo se la dottoressa Feist è riuscita a trovare un parente prossimo dei coniugi Yates.»

Premette il tasto per scendere. Noah si infilò le mani in tasca. «Pensi che ci abbia detto la verità?»

Josie sospirò. «Non lo so. È chiaramente traumatizzata. È mancata per due anni. Ha avuto un figlio dal suo rapitore. Ma un uomo che vive in una caverna nel bosco?»

«Ci sono molte caverne sotterranee in Pennsylvania...» osservò Noah. «Anche se non ho mai sentito parlare di qualcuno che ci vivesse.»

L'ascensore si aprì con un tintinnio e loro entrarono. Josie premette il pulsante per scendere nel seminterrato, ma Noah tese una mano sopra la sua e premette il pulsante per il secondo piano. «Vado a controllare il bambino.» spiegò. «Ci vediamo di sotto, d'accordo?»

«Ma il medico ha detto che è stabile.» gli fece notare Josie.

«Lo so, ma voglio solo vedere se ci sono stati dei cambiamenti.» Prima che Josie potesse aggiungere qualcosa, le porte del secondo piano si aprirono, Noah uscì e lei rimase a guardarlo correre lungo il corridoio finché le porte non si richiusero e l'ascensore proseguì verso il seminterrato. Emerse in un corridoio tetro e privo di finestre, rivestito di piastrelle ingiallite e pervaso da un odore di sostanze chimiche e di decomposizione biologica che la condusse alla piccola unità di stanze presieduta dal medico legale, la dottoressa Anya Feist. Nel laboratorio principale c'era un tavolo su cui era adagiato il corpo di Tyler Yates, coperto da un lenzuolo bianco tirato su fino al mento. La Feist era in piedi vicino al bancone di acciaio inossidabile che correva lungo la parete di fondo, e stava annotando qualcosa in un fascicolo di fronte a sé. Quando vide Josie, sorrise in modo forzato. «Sono felice che sia venuta. Ho finito l'autopsia del marito.»

«Dov'è la moglie?» si informò Josie.

«Se ne sta occupando Ramon per farle una serie completa di radiografie.» Ramon era l'assistente della dottoressa Feist. «Dovrebbe tornare tra qualche minuto.»

«Qual è il responso su Tyler? Insufficienza respiratoria?»

La Feist inarcò un sopracciglio mentre si spostava lungo il bancone dove Josie poté scorgere un campione di qualche tipo, rosa e rosso di sangue, steso su un telo protettivo. «Beh, ha un'infiammazione nella bocca e nella gola. C'è un eccesso di sangue nei vasi intorno allo stomaco. Non c'era molto contenuto nello stomaco, perché sembra che la maggior parte sia stata vomitata nel bosco. Ha sicuramente ingerito una tossina di qualche tipo.»

«Abbiamo trovato della cicuta nel bosco, a circa mezzo miglio dal campeggio.» le fece presente Josie.

«Sì.» confermò la dottoressa. «Ne sono stata informata. Avrebbe potuto causare gravi disturbi, ma non è ciò che ha ucciso quest'uomo.»

«Ah no?» chiese Josie.

La dottoressa Feist le fece cenno di guardare il campione da vicino. Osservandolo, Josie vide che era a forma di ferro di cavallo, probabilmente era lungo solo due o tre centimetri. Assomigliava all'osso di un uccello, ma Josie sapeva che proveniva da Tyler Yates.

«È il suo osso ioide, vero?» Josie disse, avvertendo un brivido improvviso lungo la schiena.

La dottoressa sorrise. «Esatto.»

Josie vide i punti in cui si era rotto e la dottoressa lo aveva ricomposto.

«È praticamente in frantumi.»

«Sì.» concordò il medico legale. «Come sa, lo ioide è proprio qui.» Indicò la gola, appena sotto il mento. «Un trauma allo ioide può causare asfissia.»

«Qualcuno lo ha strangolato.»

«Con grande forza, sì.»

Josie si voltò di nuovo verso il corpo di Tyler. «Però non c'erano lividi sul collo.»

«Perché è morto rapidamente.» spiegò la dottoressa. «Probabilmente era molto indebolito dal malessere. Non ho riscontrato ferite da difesa. Chiunque lo abbia strangolato lo ha fatto velocemente, ma con una forza tale da rompere lo ioide in quattro punti. Ci vuole una forza notevole.»

«Potrebbe essere stata una donna a farlo?»

«Non posso escluderlo, ma ne dubito fortemente. Direi che è molto più probabile che sia un uomo ad avere la forza nelle mani per una cosa del genere.»

«Quindi la causa del decesso è asfissia conseguente a strangolamento manuale e la modalità del decesso è...»

«Omicidio.» concluse per lei la dottoressa con sguardo torvo.

«Invece, che mi dice di Valerie?»

«Come ho detto, dovrò eseguire l'autopsia vera e propria, ma se il marito è stato ucciso, non è azzardato pensare che potremmo trovare altre prove di omicidio. Ho fatto l'esame esterno. Aveva dei lividi sulla parte interna delle cosce ma nessun segno di violenza sessuale. Questo non significa che non sia stata aggredita in qualche modo. Sicuramente i lividi sono come quelli che ho visto in altri casi in cui la vittima è stata aggredita sessualmente, ma non ho trovato ecchimosi o lacerazioni all'interno e non ho trovato tracce di DNA di un altro individuo.»

Di nuovo, Josie si sentì avvolgere da un freddo terrore. «O potremmo dire che qualcuno ha cercato di aggredirla ma non è riuscito ad andare fino in fondo?»

«Potrebbe essere.» rispose la dottoressa Feist. «Anzi, sembrerebbe la spiegazione più probabile.»

«E il segno sul polso?»

«È recente. Sembra un segno da legatura, solo che è piccolo. Se è stata legata da qualcuno, o non lo è stata per molto tempo oppure non ha opposto resistenza.»

«Può dire con certezza che si tratta di un segno da legatura?» chiese Josie. «O potrebbe esserselo procurato in qualche altro modo?»

«Non posso esserne certa. A me sembra il segno lasciato da una corda, ma non potrei dichiarare in tribunale con certezza questa conclusione, potrei solo dire di essere sicura al cinquanta per cento che si tratti di questo.»

Le doppie porte del locale si aprirono all'improvviso e Ramon fece il suo ingresso spingendo un tavolo da autopsia mobile, su cui era steso il corpo di Valerie Yates completamente coperto da un lenzuolo, che allineò accanto a quello di Tyler Yates. La dottoressa Feist si avvicinò e abbassò il lenzuolo, piegandolo sotto il mento della ragazza; con un lungo sospiro mentre ne fissava il corpo senza vita si soffermò sul giovane volto, e disse: «Amo il mio lavoro, ma odio davvero tanto il mio lavoro.»

Josie annuì, appoggiandosi con un fianco al bancone. Pensò ancora una volta a quanto Tyler e Valerie Yates fossero vicini di età a lei e Noah e si sentì incredibilmente triste, perché non avrebbero avuto la possibilità di invecchiare insieme. Non avrebbero mai più fatto quel genere di stupide discussioni che fanno le coppie di lunga data, come per esempio se un fornetto tostapane fosse meglio di un normale tostapane. «Anch'io.» disse Josie.

Lasciarono passare un momento di silenzio per la giovane coppia. Poi Ramon disse: «Dottoressa Feist, questa la vorrà vedere subito.»

Si avvicinò a un computer portatile aperto sul bancone accanto alla cartella di Tyler Yates e iniziò ad aprire varie finestre finché non visualizzò una serie di radiografie e si spostò per permettere alla sua responsabile di osservarle. Josie guardò da sopra le sue spalle mentre scorreva le immagini digitali, soffermandosi su una che mostrava le costole superiori, le spalle e le vertebre del collo di Valerie, oltre a un oggetto che chiaramente non doveva trovarsi lì. L'oggetto appariva di un bianco brillante contro i vari gradi di grigio, nero e bianco opaco della radiografia. Si trattava di un oggetto lungo e a spirale, come una specie di corda, al quale era collegato un altro oggetto di forma irregolare ma quasi rotonda. Si trovava sopra le clavicole, al centro della gola.

Josie sussultò. «Che roba è?»

La dottoressa Feist si accigliò. Prese un paio di guanti di gomma da una scatola sul bancone e si avvicinò al corpo di Valerie. «Ramon...» disse, «ho bisogno di un forcipe. Quello che...» ma lui ne aveva già uno piccolo in mano, che le porse. Poi accese le luci sospese che illuminavano il corpo di Valerie. La dottoressa Feist inclinò leggermente la testa della donna all'indietro e si servì di entrambe le mani facendo pressione sulla mandibola per aprirle la bocca. «Portami la lampada frontale, Ramon.» disse.

L'assistente gliela passò, la dottoressa se la calcò bene in testa e si rimise a scrutare dentro la bocca di Valerie. «Non riesco a vedere niente da questa angolazione.»

Si spostò sul lato del tavolo, vi salì sopra e si mise a cavalcioni sul corpo di Valerie. Ramon spostò le luci sospese per adattarle alla nuova posizione della dottoressa, che premette un dito sul mento di Valerie per spalancare la bocca il più possibile. Josie non poté fare a meno di rabbrividire vedendola inserire il forcipe giù nella gola della donna morta.

«Potrebbe essere troppo in profondità.» suggerì Ramon. «Forse bisognerà usare l'endoscopio.»

Il volto della dottoressa Feist era a pochi centimetri dalla bocca aperta di Valerie, i suoi occhi socchiusi per la concentrazione, protetti da un paio di occhiali di sicurezza. «Sciocchezze.» borbottò all'assistente. «Riesco a vederne il bordo. Se solo riuscissi ad afferrarne un'estremità... Fatto!»

Stringendo il forcipe, tirò delicatamente l'oggetto per farlo uscire. Josie sapeva che, di qualsiasi cosa si trattasse, il medico stava cercando di non danneggiare i tessuti all'interno della gola di Valerie. Nell'obitorio si gelava, ma il labbro superiore della dottoressa Feist era imperlato di sudore. Alla fine, l'oggetto scivolò fuori dalla bocca della ragazza. Era lungo, viscido e coperto di liquido. Ramon era già pronto accanto alla dottoressa con un piccolo vassoio di acciaio inossidabile sul quale la Feist fece cadere l'oggetto, che produsse un suono ovattato.

La dottoressa Feist scese dal tavolo e seguì Ramon fino a un ripiano vuoto dove posò il vassoio. Quando Josie si unì a loro, Ramon accese la lampada mobile sopraelevata e la puntò sul vassoio. Tutti e tre lo fissarono.

«È una collana.» disse Josie. Indicò il lungo occhiello, largo solo un paio di millimetri e lungo forse dodici centimetri. Non aveva chiusure metalliche, ma le due estremità erano legate insieme in un nodo. «Sembra di cuoio.»

«Direi di sì.» convenne la dottoressa Feist. Usò il forcipe per sollevare la collana in modo da poter vedere meglio il pendente, non più grande di un quarto di dollaro, appeso al laccio di cuoio. Anche in questo caso, non c'erano chiusure, ma un'estremità del laccio di cuoio era stata fatta passare attraverso un foro, in quello che sembrava un piccolo oggetto di legno. Il lato rivolto verso di loro era marrone e piatto, con due grandi fori al centro, affiancati, come due lobi o due lati di un cuore. Tutto intorno c'erano piccoli fori irregolari, come se fossero stati fatti con uno spillo, e rientranze più profonde e lunghe. Non aveva nulla di uniforme. La dottoressa Feist lo girò per scoprire la parte inferiore, che era arrotondata, rigata, nera e ruvida. Sembrava quasi una noce di cocco carbonizzata in miniatura.

«È una noce nera.» osservò Josie.

«Cosa?» disse Ramon.

La dottoressa Feist la guardò, aspettando che continuasse.

«Una noce nera.» ripeté Josie. «Si vede dal colore sul retro. È stata tagliata a metà. Gli alberi di noce nero sono presenti in tutta la Pennsylvania. I frutti crescono in grandi gusci verdi. Sono molto difficili da raccogliere. Ho visto persone usare martelli per aprirle. Quello è il guscio. La noce vera e propria è stata rimossa.»

«Qualcuno ha fatto una collana con mezzo guscio di noce nera e l'ha infilata nella gola di questa ragazza?» chiese la dottoressa.

Josie si sentì attraversare da un'ondata di ansia. Tirò fuori il telefono e scattò qualche foto. «Sì.»

«Ma perché?» chiese la dottoressa.

Josie fece un passo indietro dal tavolo, trovando un bordo del bancone a cui appoggiarsi. Si sentiva leggermente stordita. La stanchezza e la privazione del sonno avevano contribuito a rallentare la sua mente. «È una firma.»

Questa volta fu Ramon a lanciarle un'occhiata interrogativa e la dottoressa Feist chiese: «Cosa intende?»

«Una firma.» ripeté Josie. «Qualcosa che un assassino fa per propria gratificazione, ma che non è necessario per la perpetrazione del crimine. In altre parole, infilandole quella collana in gola non l'ha uccisa. L'ha messa lì per motivi personali. Significa qualcosa per lui.»

«La collana sarebbe bastata a ucciderla...» sottolineò il medico legale. «Avendogliela conficcata così in profondità nella gola.»

«È vero. Potrebbe benissimo averla uccisa, ma credo che quando farete l'autopsia scoprirete che anche il suo ioide è rotto. Oppure è stata avvelenata con la cicuta.»

Ramon disse a bassa voce: «Chiunque sia stato, voleva ucciderla in un modo o nell'altro.»

Josie annuì. Chiuse gli occhi per un momento. Sentì le dita della dottoressa Feist che scivolavano sulla parte interna del polso e li riaprì. La dottoressa sapeva che non occorreva chiederle se stesse bene. «Il suo cuore sta accelerando.» le disse invece. «Perché non si siede nel mio ufficio? Ramon può sistemare il signor Yates e preparare la signora Yates per l'autopsia».

L'assistente annuì e si mise subito al lavoro. Sembrava contento di avere qualcosa da fare oltre a parlare della collana di noce nera.

L'ufficio della dottoressa Feist si trovava proprio accanto al laboratorio. Sebbene le pareti fossero di mattoni di cemento dipinti di blu, l'illuminazione era più soffusa e la dottoressa aveva decorato le pareti con diversi quadri astratti color pastello che facevano apparire l'ambiente più rilassante. Josie si accomodò sulla sedia degli ospiti di fronte alla scrivania. «Si prenda cinque minuti.» le disse prima di uscire dalla stanza e Josie la sentì dare istruzioni a Ramon. Quando tornò, Josie aveva recuperato un po' di compostezza. La dottoressa Feist si appollaiò sul bordo della scrivania e disse: «Allora, c'è un significato dietro la noce nera? La forma a cuore all'interno?»

Josie annuì. «Potrebbe essere quello. Un simbolo d'amore... o di ciò che questo malato crede sia amore.» Ripercorse mentalmente la scena e il poco che sapevano. «Credo che l'assassino li abbia avvelenati con la cicuta. Forse voleva la ragazza, ma non poteva arrivare a lei senza eliminare Tyler. Mettendoli entrambi fuori gioco, gli è stato più facile uccidere Tyler. Così avrebbe avuto Valerie tutta per sé.»

«Solo che lei stava tremendamente male.» precisò la Feist. «Come ha detto lei.»

«C'era anche una terza persona» aggiunse Josie, «ma non sappiamo dove fosse nel frattempo. Supponiamo che si tratti di una donna perché abbiamo trovato una collana d'oro nel sacco a pelo.»

«Forse l'ha portata via.» suggerì la dottoressa Feist.

«È quello che temo.»

Passò un momento di silenzio in cui le due donne raccolsero i propri pensieri. Alla fine la dottoressa Feist disse: «Cos'altro sa delle noci nere?»

Josie si strofinò le tempie dove cominciava a farsi sentire il mal di testa. «So che le radici dell'albero di noce nera emanano una sostanza chiamata juglone.»

«È un erbicida naturale, vero?» disse la dottoressa Feist.

«Esatto.» disse Josie. «Uccide tutto ciò che lo circonda.»

SEDICI

Ramon fece capolino nell'ufficio. «Valerie Yates è pronta per lei, dottoressa.» disse.

La dottoressa Feist gli sorrise. «Grazie, Ramon. Arrivo tra un attimo.» Poi, tornò a rivolgersi a Josie e le disse: «Non so lei, ma io avrei bisogno di una tazza di caffè prima di passare alla prossima autopsia. Che ne dice se faccio un salto alla caffetteria?»

«Devo tornare al lavoro.» disse Josie.

«Solo un caffè.» insistette la dottoressa. «Noah è venuto con lei?»

«Sì, è in terapia intensiva neonatale.»

La Feist parve perplessa. Evidentemente la notizia del parto drammatico della mattina non era ancora arrivata nei piani più bassi dell'ospedale, così, Josie le fece un breve riassunto di quello che era successo. Alla fine, la dottoressa disse: «Allora ha bisogno di quel caffè più di quanto pensassi. Rimanga qui. Vado a prenderglielo e a rintracciare Noah.»

Josie non ebbe la forza di obiettare. Ricordando il motivo principale per cui era andata a parlare con la dottoressa, le chiese: «È riuscita a trovare un parente prossimo?»

«Ho avuto un piccolo aiuto dal vostro dipartimento. Il detective Mettner mi è stato molto utile.»

«Sì, è davvero eccezionale.» concordò Josie. Con discrezione, controllò il telefono. «Infatti, sto aspettando che mi faccia sapere se è riuscito o meno ad accedere ai cellulari degli Yates. Ho provato a cercare i loro profili sui social media, ma ci sono circa una dozzina di "Tyler Yates" e quasi altrettante "Valerie Yates" e non ho visto nessuna foto dei profili che assomigliasse a uno dei due.»

La dottoressa Feist sorrise e indicò la sedia della sua scrivania, dove il suo portatile era aperto. «Si accomodi lì.» disse. «Abbiamo rintracciato il parente più stretto di Tyler, suo padre, Wesley Yates; anche lui vive a Fox Mill. Ho chiamato il medico legale di lì e provvederanno a notificargli il decesso nelle prossime ventiquattro ore. Può avere il suo numero. Immagino che vorrà parlargli.»

«Sì.» disse Josie spostandosi verso la sedia della scrivania della dottoressa. «Sarebbe opportuno.»

La Feist si chinò sopra la spalla di Josie e cercò tra i suoi file per far apparire un documento che includeva una foto della patente di Wesley Yates. Josie tirò fuori il suo telefono e si annotò tra gli appunti del caso l'indirizzo di Yates e, sotto la foto della patente, il suo numero di telefono.

«Già che c'è, se vuole posso collegarla a Facebook, per cercare Wesley Yates.» le disse la dottoressa Feist.

«Posso usare il mio telefono.» le disse Josie.

«Lo so. Però mi piace la compagnia.» E con questo se ne andò. L'elenco dei Wesley Yates su Facebook era ancora più lungo di quello dei Tyler e dei Valery, ma per fortuna di Josie, il Wesley Yates che stava cercando aveva impostato una foto chiara del suo volto come immagine del profilo, così non ebbe difficoltà a confrontarla con la foto della patente di guida. Controllò la lista degli amici e trovò anche il profilo di Tyler. Come immagine di profilo aveva usato una fotografia di un bosco al crepuscolo e molte delle sue altre immagini erano impostate come pubbliche. Josie le sfogliò e ne trovò diverse in cui era con Valerie. Dalle date di alcune foto del matrimonio, riuscì a stabilire che si erano sposati quattro anni prima. Sembrava che andassero in campeggio una o due volte l'anno. Valerie era presente in quasi tutte le foto, ma non era mai taggata. Era anche assente dalla lista degli amici di Tyler e Wesley, il che significava che probabilmente non aveva un account Facebook.

Josie diede un'ultima occhiata alle foto di Tyler Yates, notando che in diverse foto insieme a Valerie c'era un'altra coppia che sembrava della stessa età. E anche loro non erano stati taggati in nessuna fotografia. Josie cercò nei commenti, ma nessuno aveva fatto nomi, oltre a quelli di Tyler e Valerie. Tornò a studiare le immagini, notando la differenza tra i coniugi Yates, dall'aspetto atletico, e i loro amici. Tyler era di altezza media e magro come un corridore. Nelle foto aveva un sorriso sghembo e occhi azzurri brillanti. Aveva i capelli color sabbia e li teneva tagliati corti, a volte a spazzola. L'altro uomo era più alto e con tratti più scuri, i capelli castani arruffati gli sfioravano il colletto e gli ombreggiavano i profondi occhi marroni. Il suo sorriso era in qualche modo trattenuto, come se stesse stringendo i denti. La donna, che Josie suppose fosse la fidanzata o la moglie, era bassa e formosa, aveva i capelli biondo cenere che le scendevano lungo tutta la schiena, a differenza di Valerie, che era bruna, leggermente più alta e più spigolosa. Nelle prime foto, l'ampio sorriso della donna misteriosa rivelava denti perfettamente dritti e una fossetta sulla guancia destra. Con il passare del tempo, l'uomo con i capelli castani arruffati era scomparso e sembrava aver portato con sé il sorriso della ragazza, la quale, nelle foto più recenti, si trovava tra Tyler e Valerie Yates, ed esibiva un sorriso sottile, a labbra chiuse, che esprimeva a stento allegria.

Josie controllò le date delle prime foto, notando che risalivano a sei anni prima. Il ragazzo senza nome della seconda coppia era sparito dalle loro foto di gruppo due anni e mezzo fa. Josie si chiese cosa gli fosse successo. Era morto? Si erano semplicemente lasciati o avevano divorziato?

La dottoressa Feist rientrò nella stanza con un portabicchieri contenente tre bicchieri di carta per il caffè e un assortimento di zucchero, panna e palettine. Noah era subito dietro di lei. «Guardi chi ho trovato in giro per il corridoio.» disse con tono bonario.

«Ehi...» salutò Noah. «La dottoressa Feist mi ha detto cos'avete trovato durante l'autopsia. Ho appena dato un'occhiata alla... collana.»

«Piuttosto inquietante.» convenne Josie. «E il bambino? Come sta?»

Noah sorrise. «Sta benissimo. Inoltre, ho visto Moore di sopra.»

«È stato gentile a lasciare la sua giurisdizione per noi.»

Noah rise. «Hai trovato un parente stretto degli Yates? Hai cercato tra gli account dei social media?»

Josie gli parlò di Wesley Yates e gli mostrò ciò che aveva trovato tra i vari profili dei social. «Guarda la donna in queste foto.» gli disse. «Il suo fidanzato o marito, o chiunque fosse, non c'è più e lei continua a frequentare questi due.»

«E allora? Forse lui è morto e loro la stanno consolando.» rispose Noah.

Josie scorse di nuovo alcune foto. «Ma guarda: qui ce n'è una in cui sono tutti e tre al cinema. Qui ci sono loro tre a uno spettacolo di fuochi d'artificio. In un museo d'arte. A un festival gastronomico.»

«A cosa stai pensando?» chiese Noah.

«Mi chiedo se questa donna non sia la terza campeggiatrice.»

«Perché si frequentano spesso?»

«Non solo si frequentano; se la portano dietro dappertutto.»

«Si vedono solo le foto impostate come pubbliche.» le fece notare Noah.

Josie emise un gemito per la frustrazione. «C'è un assassino a piede libero. Potrebbe aver rapito questa donna, per quanto ne sappiamo.»

«Josie, sai che dobbiamo fare le cose per bene. Sono d'accordo che potrebbe averla portata via e capisco che sia in pericolo, ma dobbiamo avere la prova che la donna di queste immagini sui loro account sia effettivamente la terza campeggiatrice prima di agitarci troppo.»

«Ci sono abbastanza foto che li ritraggono insieme per poter ragionevolmente supporre che possa essere andata in campeggio con loro.» sentenziò Josie. «Dobbiamo lavorare con quello che abbiamo. Correrò il rischio di sbagliarmi sulla sua identità. Ma se riusciamo a scoprire chi è questa donna, avremo un'idea più precisa se è lei la persona che stiamo cercando o meno.»

«Probabilmente Wesley Yates lo sa.»

«Non so se gli sia già stata notificata la morte del figlio e della nuora.» disse Josie. Indicò la donna sullo schermo tra Tyler e Valerie Yates a una partita dei Philadelphia Phillies. «Se è la ragazza che stiamo cercando ed è scomparsa, dobbiamo capirlo subito.»

La dottoressa Feist disse: «Chiamerò il medico legale di Fox Mill per sapere se hanno già fatto la notifica e, in caso contrario, chiederò loro di farmi sapere quando lo faranno.»

«Grazie.» disse Josie. «Invierò il link di questo profilo a Mett e gli chiederò di iniziare a contattare tutti quelli che trova nella lista degli amici di Tyler Yates per vedere se possono dirci il nome della ragazza. E voglio anche che si assicuri che i nostri uomini tornino nei boschi a cercare la terza campeggiatrice non appena il temporale si sarà attenuato.»

Tirò fuori il telefono ma prima che potesse chiamare il numero di Mettner, le arrivò una chiamata da Moore. Mostrò il telefono a Noah.

«Lo chiamo io Mettner.» le disse «Tu rispondi a lui.»

«Quinn.» rispose Josie.

«Ho chiamato i signori Bestler.» disse Moore. «Dovrebbero arrivare a Denton nella prossima ora. Adesso io sono al Denton Memorial Hospital. Siete ancora in giro? Sapete in quale stanza si trova la donna che dice di essere Maya Bestler?»

«Quarto piano, stanza 428. Siamo all'obitorio. Ci vediamo lì.»

DICIASSETTE

Moore li raggiunse alla postazione degli infermieri. Doveva essersi fatto anche lui una doccia, pensò Josie, perché i suoi capelli apparivano puliti e pettinati di fresco, e indossava un'uniforme più informale: una polo écru con le insegne dello sceriffo della contea di Lenore e pantaloni blu navy, e nascosta sotto un braccio teneva una cartellina in carta telata a tre lembi. Josie chiese il permesso di usare la sala ristoro del personale per dieci minuti, in modo da potersi scambiare le informazioni. Il fascicolo che Moore aveva portato era una copia del dossier sulla scomparsa di Maya Bestler. «Può tenerlo.» le disse Moore mentre lei lo sfogliava. Noah riassunse le prime scoperte della dottoressa Feist sui coniugi Yates e gli chiese se poteva organizzare delle squadre per cercare la terza campeggiatrice nel lato della contea di Lenore. Moore si grattò il mento, con espressione scocciata. «Immagino che potrei fare una telefonata.»

Ma non fece alcun movimento per tirare fuori il telefono, così Noah gli disse: «Sì, potrebbe approfittare per farla adesso.»

Moore indicò il soffitto. «Non sente? La pioggia sta battendo fortissimo, con tuoni e fulmini. Il mio capo non autorizza l'invio di una squadra con questo tempo.»

«Ma potrebbe predisporre degli agenti in attesa per quando il tempo migliorerà.» propose Josie.

Moore rimase in silenzio e immobile. Josie vide una vena pulsare nel collo di Noah. «Magari potremmo chiamare la Polizia di Stato.» aggiunse fingendo un tono disinvolto e tornando al fascicolo che aveva davanti a sé.

Con uno sbuffo, Moore tirò fuori il telefono e lasciò la stanza.

«Che bastardo.» si lamentò Noah. «Ma che problemi ha? Non gli importa nemmeno che ci sia una donna in pericolo in questo momento?»

«È un idiota.» sentenziò Josie. «Dovremmo scavalcarlo e chiedere a Chitwood di chiamare il suo capo.»

«Oh, sicuramente non sarà un problema.» osservò Noah.

Prima che Josie potesse rispondere, Moore rientrò nella stanza. «Il mio capo sta predisponendo una squadra di ricerca.» disse. «Siete contenti?»

«In effetti lo sono.» disse Josie.

Moore la fulminò con lo sguardo. Lei tornò al fascicolo mentre Noah spiegava a Moore ciò che Maya Bestler aveva raccontato.

Moore scosse lentamente la testa. «Ero sicuro che Garrett Romney l'avesse ammazzata e ne avesse nascosto il corpo.» Indicò il fascicolo davanti a Josie. «Vedrà che in quel fascicolo il nostro caso era a prova di bomba.»

Se il caso fosse stato davvero a prova di bomba, Garrett Romney sarebbe stato in prigione a marcire in quel momento, ma Josie non glielo disse ad alta voce. Il suo viaggio al Denton Memorial Hospital con il fascicolo era solo un espediente per assicurarsi che sapessero che la sua squadra aveva fatto tutto il possibile per risolvere il caso. Evidentemente qualcuno nella contea di Lenore non voleva prendersi la colpa di essersi concentrato solo su Garrett e di non aver indagato più a fondo. Se Maya o la sua famiglia fossero riuscite a dimostrare che l'ufficio dello sceriffo della contea di Lenore aveva trattato il caso con negligenza, avrebbero avuto tra le mani una causa piuttosto impegnativa.

«In tal caso...» disse Noah, «penso che si possa dire che Romney ora è scagionato. Dobbiamo soltanto capire chi ha sequestrato Maya.»

«Avevo capito che vi avesse detto chi è stato.» disse Moore.

Josie alzò lo sguardo dal fascicolo. «Dice che è stato un uomo che vive nelle caverne sotterranee del bosco. Senta, è abbastanza evidente che qualcuno l'ha rapita e tenuta prigioniera negli ultimi due anni. È chiaramente traumatizzata. Ha cicatrici sui polsi e un abbassamento dell'udito dovuto a infezioni all'orecchio non curate. Ma non sono sicura...» cercò di trovare le parole giuste.

Prima che potesse finire, intervenne Noah: «Ovviamente dobbiamo indagare sulla base di quello che ci ha detto, ma temiamo che sia un po' inverosimile.»

«È scomparsa nella contea di Lenore ed è riapparsa a poche miglia a nord del confine della contea, nella nostra giurisdizione.» proseguì Josie. «Stiamo parlando di riserve di caccia statali, di proprietà private con capanni da caccia e abitazioni di campagna. Sebbene sia un'area ampia da perlustrare a piedi, non sembra abbastanza grande perché un uomo possa viverci per anni e anni senza che nessuno lo segnali alle autorità, soprattutto se è così trasandato come sostiene lei. Ce lo ha descritto come un mostro.»

Il volto di Moore si contorse in una smorfia. Si grattò una tempia.

«Che le prende?» chiese Josie.

Moore guardò da Josie a Noah e viceversa. «Beh, il fatto è che nella contea di Lenore esiste davvero una cosa del genere.»

«Qualcosa come un mostro nei boschi che rapisce le donne e le rinchiude in un sistema di caverne sotterranee?» chiese Noah.

Moore annuì e gli scappò una piccola risata. «Non nel modo in cui lo descrive lei, ma ci sono alcune caverne nella contea di Lenore.»

«Ci sono molte caverne in Pennsylvania.» gli fece notare Josie. «Crystal Cave, Indian Echo Caverns, Lost River Caverns.»

«Quelle sono attrazioni turistiche.» disse Moore. «Sto parlando di caverne all'interno del terreno di caccia di proprietà dello Stato che non sono amministrate o gestite da nessuno. L'ingresso è piuttosto difficile da trovare, se non ricordo male, per questo gli addetti alla gestione della fauna selvatica non se ne preoccupano più di tanto.»

«E c'è un uomo che vive in quelle caverne?» chiese Noah.

«Beh, cinque minuti fa avrei detto di no, ma ora che ho sentito tutto questo, penso che forse ci sia.» ammise Moore. «C'è un uomo, giù, nella contea di Lenore, che tutti chiamano "l'eremita". Io non l'ho mai visto, ma qualcuno sì.»

«L'eremita?» chiese Josie.

«Sì, è un tizio che vive nel bosco. Non dà fastidio a nessuno. Come ho detto, quasi nessuno l'ha mai visto.»

«Allora come fa a sapere che non è una specie di leggenda metropolitana?» chiese Noah.

«Perché è stato visto da varie persone nel corso degli anni, perciò, sappiamo che non è un'invenzione. Ma come ho detto, non ha mai dato fastidio a nessuno. Non ha mai causato problemi ai cacciatori, agli escursionisti o a chiunque altro, per quanto ne sappiamo almeno. Ed è probabile che trovi riparo nelle caverne. Questo sarebbe logico, soprattutto in inverno, e spiegherebbe come sia riuscito a non farsi vedere per la maggior parte del tempo.»

«Quanti anni avrebbe?» chiese Josie.

Moore alzò le spalle. «Non ne sono sicuro. Alcuni pensano che sia sulla cinquantina.»

«E da quanto tempo vivrebbe nel bosco?» chiese Noah.

«Pensiamo da vent'anni, forse di più. La leggenda che circola nella contea dice che sia vedovo e che dopo la morte della moglie si sia addentrato nel bosco e non ne sia più uscito.»

«Chi è?» chiese Josie. «Come si chiama?»

«Non ne ho idea. Nessuno lo sa.»

«Allora come fate a sapere che sua moglie è morta?» chiese Noah incredulo.

«Non lo sappiamo. Come ho detto, è una leggenda della contea. Voci, dicerie.»

«Riuscirebbe a trovare quelle caverne?» chiese Josie. «Ci può portare lì?»

«Probabilmente sì. Ma siete sicuri che questo caso riguardi la contea di Lenore?»

«È uscita dal bosco sul nostro lato del confine di contea.» disse Noah. «Quindi dovrebbe essere nella nostra giurisdizione.»

«Ma lui l'ha rapita, l'ha trattenuta e l'ha aggredita nella contea di Lenore.» gli fece notare Josie.

«Credo di potervi procurare una mappa.»

«O potresti fare il tuo dannato lavoro.» lo rimbeccò Noah, incapace di mantenere la calma un momento di più. Josie scattò in piedi e si mise in mezzo a loro, di fronte a Moore che fissava Noah, con la faccia rossa, al di sopra delle sue spalle.

Gli schioccò le dita davanti alla faccia e lui la guardò.

«Se questo è un caso della contea di Lenore, la sua squadra dovrà preparare il caso per il processo. Il vostro Procuratore Distrettuale dovrà procedere con l'accusa.»

Lui incrociò le braccia sul petto. «Allora?»

Il torace di Noah urtò contro la schiena di Josie. «Allora smettila di cercare di sottrarti al lavoro.»

Josie alzò la mano, mettendo a tacere Noah. Poi si rivolse a Moore e disse: «Allora dobbiamo lavorare insieme. Nel caso l'avesse dimenticato, ora abbiamo a che fare con un assassino e una donna scomparsa da qualche parte nei boschi. Lei ha detto che c'è un uomo che vive nei boschi e qui c'è una donna che dice di essere stata rapita da qualcuno che gli somiglia molto. Non è così azzardato pensare che questi casi possano essere collegati. Dobbiamo trovare il vostro eremita e assicurarci che non sia lui ad aver ucciso i coniugi Yates e ad aver rapito la loro amica. Non voglio un altro omicidio per le mani e, credimi, amico mio, nemmeno tu.»

«Non sono vostro amico.» disse Moore.

«Per me va bene.» disse Josie. «Non dobbiamo farci una birra dopo il lavoro. Ho solo bisogno che tu ci conduca alle caverne.»

Bussarono brevemente alla porta e poi un'infermiera entrò. «Agenti...» disse, «ci sono un paio di persone qui. Hanno detto che stanno cercando Maya Bestler.»

«Arriviamo subito.» disse Moore.

DICIOTTO

I Bestler si trovavano, a diversi metri di distanza l'uno dall'altro, tra la postazione delle infermiere e gli ascensori. Gus Bestler, come lo presentò Moore, era alto e atletico, magro e con i capelli grigi. Indossava pantaloni corti color crema e una camicia a maniche corte con colletto abbottonato e camminava secondo uno schema regolare: tre passi verso gli ascensori, mani in tasca, mani fuori dalle tasche, tre passi indietro verso il bancone della postazione delle infermiere. Josie non vide la fede nuziale.

Neanche Mrs. Bestler portava la fede, notò Josie, il che le fece pensare che fossero divorziati da molto tempo o che fosse stata la scomparsa di Maya ad aver distrutto il loro matrimonio.

Sandy Bestler stava immobile, ma Josie poteva percepire che era nervosa quanto Gus. Continuava a cercare qualcosa nella grande borsa nera che teneva a tracolla, uscendone a mani vuote, e poi si portava una mano alla fronte per aggiustare la frangia con le dita. I suoi capelli erano tagliati in uno stile corto ma elegante, le punte spazzolate verso il suo viso sottile, ammorbivano il mento appuntito. Josie non riusciva a decidere a chi di loro Maya assomigliasse di più, ma alla fine stabilì che era un miscuglio abbastanza omogeneo di entrambi i genitori. Quando

Moore fece le presentazioni, Mrs. Bestler strinse la mano di Josie con il palmo madido di sudore.

Quindi, Moore parlò con discrezione, riferendo i punti essenziali di ciò che Maya aveva raccontato a Josie e Noah sul suo calvario, compresa la nascita del bambino. Gus sembrò sconvolto, mentre il volto di Sandy rimase impassibile. L'unico segno della sua angoscia era il bianco delle nocche intorno alla cinghia della borsa. «È davvero lei?» chiese Sandy.

Moore lanciò un'occhiata a Josie che si trovava dietro di lui. «La detective Quinn è riuscita a fare un confronto con la foto della sua patente. Crediamo che si tratti di Maya.»

La voce di Gus tremò quando domandò: «Dov'è? Possiamo vederla?»

«Certo.» rispose Moore.

Josie fece loro strada e descrisse le lesioni che aveva riportato, in particolare la perdita dell'udito. «Dovrete guardare direttamente verso di lei quando le parlate. Assicuratevi che possa vedere il movimento delle vostre labbra.»

«Bene, bene.» disse Gus, camminando nervosamente.

Josie e Noah li condussero nella stanza. Maya sembrava non essersi mossa da quando le avevano parlato qualche ora prima, anche se qualcuno si era preso del tempo per sciogliere i nodi e spazzolare i capelli. Spalancò gli occhi quando li vide entrare nella stanza. Prima che qualcuno potesse dire una parola, Gus li superò tutti e corse verso il letto.

«Maya!» gridò, prendendola tra le braccia. Mentre il monitor sopra la testa di Maya emetteva segnali di allarme all'aumento del battito cardiaco e del ritmo respiratorio, Gus cominciò a singhiozzare, stringendo forte la figlia. Lentamente, Maya avvolse le braccia intorno al collo del padre e chiuse gli occhi.

Josie, Noah e Moore aspettavano vicino alla porta. Sandy rimase in disparte, ai piedi del letto, osservando la scena. Spostò la borsa da una spalla all'altra e poi di nuovo alla prima. Dopo un attimo, tornò a guardare verso la porta, quasi volesse andarsene, ma vedendo i tre agenti allineati contro il muro, tornò rapidamente a guardare verso la figlia.

Gus sciolse Maya dall'abbraccio abbastanza a lungo da poterla osservare in viso. Le prese le guance tra le mani e la studiò per un lungo momento. «È lei.» disse. Si voltò e sorrise a Moore. «È proprio lei.»

Poi la baciò sulla fronte e le fece appoggiare la testa nell'incavo della sua spalla.

Con passi esitanti, Sandy si avvicinò all'altro lato del letto e prese la mano della figlia.

«Aspettiamo fuori.» disse Josie. «Possiamo discutere con i signori Bestler dopo che avranno avuto modo di stare un po' con la figlia.»

Sandy uscì per prima, una ventina di minuti più tardi: non aveva un aspetto meno nervoso di prima, continuava a ravviare e sistemare la sua acconciatura. Non sorrise quando li vide, ma si avvicinò e disse: «Mio... mio nipote?»

«Sta bene.» rispose Noah.

«Mi piacerebbe vederlo.»

Noah indicò gli ascensori. «La accompagno io.»

Moore aspettò che se ne andassero prima di parlare, sostituendo l'ira di poco prima con la confusione. «Perché non mi sembra un lieto fine? Dovrebbe esserlo.»

Josie sospirò. «Non esiste il lieto fine in questo lavoro.»

«È piuttosto cinico detto da lei.»

«Come sarebbe a dire?»

«L'ho vista su *Dateline*.»

Josie gemette. Durante il suo incarico presso il Dipartimento di Polizia di Denton si era occupata di diversi dei casi più scandalosi dello Stato, alcuni dei quali così scioccanti da attirare l'attenzione dell'intero paese. Diverse erano le ragioni della sua esposizione mediatica, una in particolare era che sua sorella gemella era una conduttrice di uno dei più famosi programmi mattutini a livello nazionale. Trinity raramente accettava un rifiuto come risposta ed era riuscita a sfiancare Josie già tre volte con le sue richieste di partecipare agli speciali di *Dateline*. Ed era ancora difficile abituarsi alla notorietà.

«Quale ha visto?» chiese Josie.

Moore sbatté le palpebre, perplesso. «In che senso "quale"?»

«Ce ne sono tre.»

«Accidenti! Non lo sapevo. Ho visto solo quello in cui si è ricongiunta alla sua vera famiglia. Per questo ho detto che sembra un'opinione cinica. È stata allontanata da loro quando aveva tre settimane di vita. Hanno pensato che fosse morta per trent'anni. Poi vi siete ritrovati. Questo è un lieto fine.»

Josie gli rivolse un sorriso sofferto. Era un lieto fine, o così supponeva, e di certo non passava giorno in cui non si sentisse grata di essersi riunita alla sua vera famiglia, ma quello che Moore non capiva era che avevano perso trent'anni; tre decenni di festività, compleanni, vacanze in famiglia, ricordi, battute personali. Trent'anni di crescita insieme. Non c'era modo di recuperarli. Josie, i suoi genitori biologici e i suoi fratelli si erano impegnati a fondo per trascorrere più tempo possibile insieme, ma nulla avrebbe restituito il tempo che avevano perso e niente avrebbe sanato una ferita aperta in così tanti anni. E anche se Josie sapeva che il dolore della sua famiglia per averla persa era profondo, il suo dolore era ancora più profondo e infinitamente più complicato. La donna che l'aveva sottratta alla sua famiglia e l'aveva cresciuta aveva abusato di lei in modo orribile e l'aveva quasi distrutta, tanto che lottava ancora con le cicatrici emotive che Lila Jensen le aveva inflitto. Se le sarebbe portate dietro per tutta la vita. Nessun lieto fine avrebbe sistemato le cose. Nulla avrebbe risolto il problema. Niente avrebbe cancellato gli incubi. Pensò alle telefonate dalla prigione di Muncy. Non avevano importanza, decise. Niente l'avrebbe "riparata".

Josie indicò la porta chiusa della stanza di Maya. «Questo è un lieto fine, ma Maya vivrà con il trauma di ciò che le è successo fino al giorno della sua morte. Inoltre, ora ha un figlio da crescere, che lo voglia o no, un ricordo costante di ciò che le è stato fatto. Ecco perché non sembra un lieto fine.»

Sentiva sorgere un piccolo dubbio in fondo alla mente, qualcosa che le diceva che quella non era l'unica ragione, che si stavano perdendo qualche pezzo importante della storia di Maya, ma non riusciva a capire quale potesse essere.

La porta della stanza di Maya si aprì di nuovo e ne uscì Gus, con il volto rigato dalle lacrime, ma con un sorriso ampio come quello di un padre orgoglioso che abbraccia per la prima volta sua figlia. «Grazie.» disse, stringendo le mani di entrambi e poi stringendoli in un abbraccio forte e imbarazzante. «Grazie infinite.»

«Stiamo solo facendo il nostro lavoro, Mr. Bestler.» gli disse Moore.

Gus scosse la testa. «Ancora non riesco a crederci. Pensavo davvero che Garrett l'avesse uccisa. In cuor mio, ci credevo sul serio. Sapevamo che l'aveva picchiata in passato. E lei non voleva lasciarlo. Quindi non era azzardato pensare che le avesse fatto qualcosa. Poi, era l'unico lì con lei. La sua storia era così banale. Sono senza parole. Voglio dire, sono felice, anzi entusiasta, che non l'abbia uccisa. È semplicemente incredibile. È un miracolo, ecco cos'è, un miracolo!»

Fece una pausa per fare alcuni respiri profondi. Poi si guardò intorno. «Dov'è Sandy?»

«È scesa con il tenente Fraley in terapia intensiva neonatale per vedere vostro nipote.» gli rispose Josie.

Il suo sorriso si allargò. «Un nipote! Non posso crederci. Vorrei che non fosse nato in queste circostanze, ma ameremo quel bambino tanto quanto amiamo Maya.»

Josie pensò alla tensione trasparsa dal corpo di Sandy dal momento in cui era arrivata all'ospedale e aveva seri dubbi che avrebbe amato quel bambino allo stesso modo di Gus, ma non ne fece parola. Invece, sorrise e gli toccò il braccio. «Sono felice che Maya e il suo bambino siano di nuovo al sicuro e con la loro famiglia, Mr. Bestler.»

«Resterò con lei stanotte. Va bene, vero? Posso restare?»

«Se il personale medico è d'accordo, certo che può restare.» gli rispose Moore. «Vi lasceremo un po' di tempo per stare tranquilli. Se avremo bisogno di fare qualche altra domanda a Maya o a uno di voi, passeremo di qui, che ne dice?»

«Bene.» disse Gus. «Grazie ancora.»

«Beh, in realtà avrei giusto una domanda da fare a sua figlia.» li interruppe Josie. «E poi vi lasceremo in pace.»

«Ma certo.» disse Gus.

Josie lasciò Moore all'ingresso con Gus Bestler ed entrò nella stanza per mostrare a Maya una foto della collana di noci nere. Le chiese se avesse mai visto qualcosa di simile, se l'uomo che l'aveva rapita avesse mai indossato o realizzato qualcosa di simile. Ma Maya rispose di no.

DICIANNOVE

Quando Josie e Noah tornarono alla stazione di polizia, il loro turno era già finito da un pezzo, ma lei sapeva che non sarebbero andati a casa tanto presto. C'erano altre piste che dovevano approfondire e le pratiche che dovevano preparare dopo una giornata come quella avrebbero richiesto ore. Gretchen arrivò pochi minuti dopo per il suo turno, con l'impermeabile ancora gocciolante che si lasciava dietro una scia d'acqua, mentre depositava i contenitori da asporto del ristorante preferito di Josie sulle loro scrivanie. «Mi sono fermata un attimo giù a parlare con il sergente Lamay. Mi ha riferito gli ultimi aggiornamenti, compreso quello della collana inquietante. Sembra che voi due abbiate avuto una giornata da urlo.» disse.

Josie aprì il contenitore scoprendo che dentro c'era una deliziosa pasta alla panna con pezzetti di aragosta e gamberetti e ingoiò l'acquolina che le si formò immediatamente in bocca.

Dalla sua scrivania, Mettner esclamò: «Ehi, e per me? Anch'io ho avuto una giornata da urlo!»

Noah rise. «Sei mai uscito da queste quattro mura oggi?»

Mettner finse un'espressione ferita. «È stata una giornata di *duro* lavoro.»

«Hai fatto nascere un bambino?» gli chiese Josie, mentre mangiava un boccone di fettuccine.

Mettner abbassò lo sguardo sulla scrivania. «Beh, no, ma sto coordinando le ricerche della vostra campeggiatrice scomparsa.»

«Dalla tua scrivania.» precisò Noah. «Durante un temporale, il che significa che hai dovuto interrompere le ricerche: questa è la portata del tuo coordinamento.»

«Ho fatto molto di più.» protestò Mettner.

Noah gli sorrise per fargli capire che stava scherzando e aggiunse: «Sai, oggi c'erano trentadue gradi. Josie e io abbiamo dovuto buttare via i vestiti quando siamo tornati a casa. Non basta un ciclo in lavatrice per eliminare quel tipo di macchie di sudore.»

Gretchen frugò nella grande busta di carta che aveva portato e tirò fuori un altro contenitore, che lasciò davanti a Mettner. «Andiamo, Mett...» gli disse, «pensi che mi sarei dimenticata di te?»

Mettner sorrise con gioia infantile mentre apriva l'involucro, prendeva e addentava un enorme cheeseburger, da cui pendevano fette di bacon. Per qualche istante ci fu silenzio mentre i tre mangiavano.

Josie finì la pasta a tempo di record. «Era squisita. Ti ricordi sempre cosa mi piace. Grazie.»

«Ehi!» protestò Noah. «Anch'io mi ricordo sempre cosa ti piace.» Con uno sguardo innocente, Josie disse: «Sì, ma scommetto che Gretchen non ha un fornetto tostapane.»

Noah la punse con la forchetta di plastica, facendola ridere.

Gretchen buttò l'impermeabile su una sedia vuota lì vicino e si sedette alla scrivania. Si scrollò l'acqua dai corti capelli castani a spazzola. In mano aveva solo una tazza di caffè. «Ho mangiato prima di arrivare qui.» spiegò. «Aggiornatemi. A che punto siamo con la campeggiatrice scomparsa e con questa storia di Maya Bestler?»

«Il padre di Tyler, Wesley Yates, ha ricevuto la notifica di morte.» disse Noah. «Gli ho appena lasciato un messaggio in segreteria.»

«Il boss ha trovato le foto di una donna con cui gli Yates uscivano sempre sulla pagina Facebook di Tyler e pensa che possa essere lei la persona che stiamo cercando.» proseguì Mettner.

«Speriamo che Wesley Yates possa dirci chi era andato in campeggio con loro o il nome della donna nelle foto.» si augurò Josie.

«Nel frattempo...» aggiunse Mettner, «cercherò tra gli amici di Tyler per vedere se qualcuno è disposto a parlare con me per dirmi qualcosa sulla gita in campeggio e se conosce il nome di quella ragazza.»

«Stiamo anche aspettando il ritorno di Hummel. È stato nella contea di Lenore con la Squadra di Raccolta delle Prove per esaminare il veicolo degli Yates.» continuò Josie. «Adesso voglio chiamare Garret Romney, l'ex fidanzato di Maya Bestler; gli darò la notizia che l'abbiamo ritrovata e gli chiederò se conosceva uno degli Yates.»

«Allora, intanto» disse Gretchen, «io posso cercare nel database del National Crime Information Center tutti gli altri omicidi in cui è stata trovata una collana di noci nere fatta in casa all'interno o intorno al corpo.»

«Ottima idea.» disse Josie. Prese il telefono e compose il numero. Dopo quattro squilli, rispose una voce maschile.

«Mr. Romney?» chiese Josie. «Garrett Romney?»

L'uomo rispose con fare sospettoso. «Chi parla?»

«Mi chiamo Josie Quinn. Sono una detective del Dipartimento di Polizia di Denton.»

«Denton?» chiese. «Dove si trova?»

«Siamo a circa due ore a ovest rispetto a dove vive lei.» spiegò. «A nord della contea di Lenore.»

Seguì un gelido silenzio. «Mr. Romney?»

«Quand'è che la smetterete, branco di stronzi? Non ho

ucciso la mia ragazza. Sono passati due anni. Dovete lasciar perdere. Lo dirò al mio avvocato.»

«Maya è viva.» sbottò Josie.

Un altro attimo di silenzio. Poi sentì due rantoli soffocati. «Maya è viva?» chiese.

«Sì. È stata ritrovata oggi. È ricoverata in ospedale ma è stabile. È stata lei a pensare che volesse saperlo.»

«Io non... non posso...» balbettò. «Perché me lo sta dicendo?»

Josie aveva le sue perplessità a rimettere quella ragazza in contatto con un uomo che presumibilmente aveva abusato di lei, ma era stata proprio Maya Bestler a chiedere che Garrett venisse informato e comunque prima o poi l'avrebbe scoperto. «In realtà avrei delle domande da farle su un caso non collegato...»

Ma lui la interruppe: «Adesso sta cercando di incolparmi di qualcos'altro? Che cosa ha detto Maya? Vi ha detto che non sono stato io, giusto? L'ha detto questo, voglio sperare!»

«Sì.» disse Josie. «Stando a quanto ci ha raccontato, lei non ha niente a che fare con il suo rapimento.»

«Rapimento?» chiese lui e il tono interrogativo sorprese Josie.

«Sì, rapimento.» riprese lei. «Qualcuno l'ha rapita e tenuta prigioniera. Cosa pensava le fosse successo?»

Lui scoppiò in una risata ironica. «Sinceramente? Pensavo che fosse scappata, che si fosse nascosta da qualche parte, che mi avesse dato la colpa di tutta questa storia. So che voleva lasciarmi.»

E invece, Garrett era la prima e unica persona di cui Maya aveva chiesto informazioni.

«No, è stata rapita.» puntualizzò Josie. «Adesso è al sicuro. Se non le dispiace rispondere a qualche domanda per me...»

«Ho detto di no.»

«Conosce, per caso, Tyler o Valerie Yates?»

«Non li ho mai sentiti nominare.» rispose lui lasciando trapelare ostilità da ogni sillaba.

Prima che potesse attaccarle in faccia, Josie riuscì a infilare un'altra domanda. «Può dirmi quando è stato nella contea di Lenore, l'ultima volta?»

«Diciotto mesi fa e non ci tornerò più, quindi non me lo chieda nemmeno.»

«Non c'è bisogno che torni nella contea di Lenore.» disse. «Ma è il benvenuto nella contea di Alcott se vuole andare a trovare Maya.»

«Pensa che voglia andare a trovare quella puttana? Facciamo così: perché non le dà un messaggio da parte mia? Le dica di andare all'inferno.»

Stavolta riattaccò. Josie allontanò il telefono dal viso e lo fissò come se potesse vedere il viso furibondo di Garrett Romney sullo schermo.

«Che cosa è successo?» chiese Noah.

Josie scrollò le spalle. «Non ne sono del tutto sicura.»

Si augurò sinceramente che Garrett Romney decidesse di non andare a trovare Maya. «Si potrebbe pensare che, se la tua ragazza fosse scomparsa da due anni durante un campeggio nel cuore della notte e tu sapessi di non avere nulla a che fare con la sua scomparsa, saresti felice di sapere che è stata ritrovata viva.»

«Sarebbe una reazione normale.» commentò Gretchen.

«Quel tipo ha ovviamente dei problemi.» intervenne Mettner. «Lo sentivo da qui.»

«Pensi che sia il caso di parlarci di persona?» le chiese Noah.

«No.» rispose Josie. «Non credo. Maya non lo ha coinvolto.»

«Pensi che possa essere coinvolto nel nuovo caso?» chiese Mettner.

«Ne dubito fortemente.» disse Josie. «Penso che il sospetto più probabile nel caso Yates sia l'uomo che ha preso e trattenuto Maya.»

«Ho controllato il file che ci ha passato Moore.» disse Noah. «Il punto in cui Maya Bestler e Garrett Romney si erano accampati si trovava a sole cinque miglia dal punto in cui hanno piantato la tenda gli Yates.»

«Pensi che Romney stesse mentendo sul fatto di non conoscere gli Yates?» chiese Gretchen.

Josie scosse la testa. «No. Non ha esitato. Non credo che li conoscesse. Non ho visto il suo nome nemmeno nella lista degli amici di Tyler su Facebook. Potremmo cercare altri collegamenti, magari con i luoghi di lavoro... ma non sono sicura che ce ne siano. Direi proprio che a questo punto non merita ulteriore attenzione.»

«Sono d'accordo.» disse Gretchen. «A proposito, nel database del National Crime Information Center non c'è nulla che parli di noci nere o collane con noci nere.»

In quel momento, Hummel entrò nell'ufficio comune, portando tra le mani appositamente munite di guanti, una piccola busta di carta marrone per le prove. «Ho qualcosa per lei, Boss.»

Josie liberò un po' di spazio sulla scrivania e Hummel tirò fuori il contenuto della busta di carta. Si trattava di un libro tascabile con l'orecchio a diverse pagine. Era intitolato *Strength: Mark of Nexus Book 1* di Carrie Butler. Noah si avvicinò e lo fissò. «Sembra un buon libro.» disse. «Ma non penso proprio che ci sia di aiuto.»

Con finta serietà, Hummel disse: «Attento, Fraley, o la prossima volta dovrai raccogliere il tuo stesso vomito.» Con un dito aprì la copertina del libro. All'interno, lungo il lato superiore sinistro della copertina, qualcuno aveva scritto con un pennarello indelebile: *E. Gresham.*

«Dove l'hai trovato?» chiese Josie.

«Sul sedile posteriore dell'auto degli Yates.» rispose Hummel.

Mettner si avvicinò e lo guardò. «Ma non è detto che significhi qualcosa. Potrebbe essere un libro usato.»

«È molto usato.» aggiunse Josie. «Chiunque sia questa E. Gresham, lo ha letto spesso.»

«Come facciamo a sapere che si tratta di una donna?» si informò Gretchen.

Noah esaminò il libro e disse: «Si tratta di un romanzo per adulti sul paranormale e sulla copertina c'è un uomo muscoloso a torso nudo. È plausibile che sia stato acquistato da una donna.»

«Forse appartiene a Valerie Yates.» suggerì Mettner.

«No.» disse Josie. «Valerie Yates aveva già un libro tascabile nello zaino. Hummel, hai una foto di quel libro?»

«Le ho già caricate nel file.» disse mentre rimetteva la copia di *Strength* nella busta delle prove e si toglieva i guanti.

Josie si mise al computer per ripescare dalla cartella le foto della scena del crimine degli Yates e ne scorse diverse prima di arrivare al contenuto dello zaino di Valerie. «Eccolo, si intitola *Too Blessed to be Stressed: Three Minute Devotions for Women* di Debora M. Coty.» disse Josie. Aprì Amazon e consultò le informazioni. «È un libro che mira a ispirare le donne cristiane e a rafforzare la loro fede. Non è la stessa lettura. Penso che possiamo presumere che il libro in macchina appartenga a E. Gresham.»

Noah era già al computer. «C'era qualcuno di nome Gresham nella lista degli amici di Tyler Yates su Facebook?»

«Non che io ricordi.» disse Josie.

«Non c'è.» disse Mettner.

Noah fece alcune ricerche. «Vediamo se riesco a trovare qualche E. Gresham a Fox Mill, in Pennsylvania.»

Josie fece il giro delle loro scrivanie in modo da poter sbirciare alle sue spalle. Guardò mentre inseriva il cognome nel database della TLO XP. Nessun Gresham a Fox Mill. C'erano però diversi Gresham nello stato della Pennsylvania, sette dei quali con nomi che iniziavano per E. Di questi, quattro erano donne. Noah iniziò a cercare le foto delle loro patenti di guida. Alla terza, Josie disse: «Eccola! È lei!»

Sopra la spalla di Josie, Gretchen lesse il primo nome. «Emilia Gresham, ventotto anni. Come fai a sapere che è lei quella che stiamo cercando?»

«La riconosco dalle foto con Tyler e Valerie Yates.» spiegò Josie.

«Vive a Furlong. A poche miglia da dove vivevano gli Yates.» disse Gretchen. «Chiama la polizia di lì e chiedi che vadano a fare un controllo.»

«Subito.» disse Noah, prendendo il telefono.

Gretchen si spostò, fece una serie di operazioni al computer e dall'altra parte della stanza una delle stampanti iniziò a sputare fogli. «Ci sono alcuni possibili parenti qui.» disse. «Li cercherò.»

«Perfetto.» disse Josie. «Vorrei avere la conferma che si trovava insieme a Tyler e Valerie Yates, se ci riusciamo; ma anche in caso contrario, credo che dovremmo chiamare la WYEP e chiedere di diffondere la sua foto come la campeggiatrice scomparsa.»

«Non è un po' prematuro?» domandò Mettner. «In fondo non siamo completamente sicuri che si tratti di lei.»

«È vero.» ammise Josie. «Ma se ho ragione, se è lei, e se è nei guai, dobbiamo trovarla al più presto. Se la sua vita è in pericolo, non voglio correre rischi. Con questo tempo, non potremo usare l'unità cinofila fino a domani, ammesso che migliori. Forse Gretchen può farsi confermare dai conoscenti che era andata in campeggio. A prescindere da ciò che scopriremo, voglio che la sua foto appaia sul notiziario delle undici di questa sera. Non voglio giocare con la sua vita. Possiamo sempre ritrattare la notizia in seguito, se scopriamo che ci siamo sbagliati.»

«Mi ci metto subito.» disse Gretchen. «Chiederò l'approvazione del capo per la copertura stampa.»

«Grazie.» disse Josie. «Inoltre, voglio tornare alla comune e mostrare la foto di Emilia Gresham alla gente del posto.»

Mettner si alzò di scatto. «Vengo con te.»

Noah rise. «Ti senti in colpa per essere stato tutto il giorno all'asciutto e con l'aria condizionata, Mett?»

«Sento che sarebbe meglio stare sul campo.» sbottò Mettner.

«Portati un impermeabile e preparati a fare una bella sudata.» gli disse Josie.

«Andate!» li esortò Gretchen facendo un cenno con la mano. «Io intanto vedrò di scoprire qualcosa su Emilia Gresham.»

«E io mi occuperò dei conoscenti noti degli Yates.» disse Noah.

«Qualcuno dovrebbe anche controllare l'elenco delle persone che vivono nella comune in questo momento e sottoporle a qualche ricerca.» disse Josie.

«Ce ne occupiamo noi.» le assicurò Gretchen.

VENTI

Josie riuscì a evitare di incontrare Charlotte durante la sua visita al Santuario con Mettner. Le donne che avevano lavorato in cucina in mattinata si ricordavano di lei e lasciarono aggirare i due agenti per la proprietà mostrando la foto di Emilia Gresham a tutte le persone che riuscivano a trovare. Con indosso gli impermeabili e facendosi luce con le torce che Mettner aveva tirato fuori dal suo bagagliaio, si fecero strada tra l'erba bagnata fino all'area delle tende. Erano rimaste solo poche persone, tra cui Megan, l'infermiera della comune, ma nessuno di loro riconobbe Emilia Gresham. Per fortuna, il temporale aveva mandato quasi tutti gli abitanti nel capannone ad aspettare che passasse e molti di loro erano seduti al centro, appoggiati alle pareti delle stalle, così Josie e Mettner procedettero verso il fondo del capannone, ricevendo sguardi assenti e risposte monosillabiche. Josie tenne d'occhio l'ultima stalla a destra, quella di Renee; all'ingresso c'era Tru, che si trovò faccia a faccia con Josie e Mettner. Se ne stava a testa china, come se stesse guardando il pavimento o, più probabilmente, il lettino di Renee. Parlava in tono sommesso e anche quando Josie si avvicinò, non riuscì a capire cosa stesse dicendo.

Infine, una volta raggiunto il fondo della stalla, Josie trovò Renee rannicchiata sul lettino con la stessa camicia a maniche lunghe, gli stessi pantaloni e gli stessi scarponi della mattina. Teneva le mani chiuse a pugno sotto il mento. Tru guardò Josie con occhi spalancati. «È tornata. È successo qualcosa?»

Josie sorrise in modo rassicurante. «No, abbiamo solo trovato un'altra foto che volevamo far vedere a tutti.» Gli mostrò la foto di Emilia, ma dalla sua espressione non manifestò alcun guizzo di riconoscimento. «Mi dispiace.» disse. «Non l'ho mai vista.»

«Beh, grazie per aver guardato.» disse Josie, mantenendo il sorriso sul viso. Cordiale. Non minaccioso. «Ti dispiace se mi fermo un attimo a parlare con Renee?»

Tru passò lo sguardo da Josie a Renee e viceversa. «Ha detto che non si sente bene.»

«Ci vorrà solo un minuto.»

Tru guardò sopra i soppalchi delle stalle, come se cercasse qualcuno: Charlotte? Qualcun altro? si chiese Josie. Non trovando chi o cosa stesse cercando, disse: «Immagino che vada bene.»

Uscì dalla stalla, ma rimase chiaramente a portata d'orecchio. Josie si chiese se fosse stato assegnato a sorvegliare Renee. Tirò fuori il telefono e mandò un messaggio a Mettner. *Il biondo in fondo a destra. Distrailo.*

Infilò il telefono in tasca e si sedette sul bordo del lettino di Renee. «Ciao Renee...» disse dolcemente. «Sono tornata. Tru mi ha detto che non ti senti bene. Mi dispiace sentirlo.»

Nessuna risposta.

Cercando di guadagnare tempo finché Mettner non l'avesse liberata di Tru, Josie disse: «Ti prometto che non ti ruberò troppo tempo. È solo la foto di una giovane donna. Lascia che te la mostri... Dove l'avrò messa?» Intravide la testa di Mettner che si dirigeva verso di lei. Quando si trovò a cinque o sei metri dalla stalla di Renee, cadde. Lo sentì sbattere sul pavimento e lo sentì borbottare: «Ma che cazzo...»; poi Tru si precipitò verso di lui chiedendogli «Stai bene, amico?» prima che la sua testa sparisse sotto la parte visibile della stalla. Mentre Mettner si lamentava del suo "ginocchio malandato", catturando completamente l'attenzione di Tru, Josie si avvicinò al viso di Renee.

Il suo cuore saltò un paio di battiti quando vide una macchia di sangue sul lato esterno della mano di Renee, che spariva nella manica. Era fresco. «Renee...» sussurrò Josie. «Ho bisogno che tu sia sincera con me. Qualcuno qui ti sta facendo del male?»

La ragazza non disse nulla, ma gli occhi le si riempirono di lacrime. Li chiuse con forza e tutto il suo corpo si tese. Josie continuò: «Non devi restare qui. So che pensi il contrario, ma in realtà non è così. Ti garantisco che non ti accadrà nulla di male se verrai con me.»

«Io... io non posso.» disse Renee, con la voce roca e aprendo gli occhi, di nuovo vitrei e spalancati. Josie alzò lo sguardo ma non vide né Tru né Mettner. Le teste delle persone che riusciva a vedere sembravano concentrate sulla finta caduta e sul ginocchio infortunato di Mettner.

«Va bene...» disse Josie. «Dimmi cosa sta succedendo. Posso aiutarti.»

«Non posso dirlo.» La sua voce era così flebile che Josie riusciva a malapena a distinguere le parole.

«Puoi dirmelo.»

«Qui non funziona così.»

Non avevano più tempo. «Allora adesso me ne vado. Tornerò con la macchina alla fine della strada e ti aspetterò. A mezzanotte.»

«Non abbiamo orologi.» mormorò Renee.

Mettner si era ormai rimesso in piedi e si era appoggiato con tutto il suo peso sulle spalle di Tru, che continuava a lanciare occhiate alla stalla di Renee.

«Bene.» disse Josie. «Allora, facciamo così. Prendo il mio

collega e me ne vado. Percorreremo la strada, a destra. C'è una collina. Aspetteremo in fondo per due ore. Dirai che stai andando in bagno o a fare una passeggiata o qualsiasi altra cosa. Vieni a cercarci e ti porteremo via da qui. Sarai al sicuro, te lo prometto.»

Toccò la spalla di Renee e la ragazza trasalì. «Puoi farlo per me?»

Nessuna risposta.

«Puoi provarci?»

Lei strizzò di nuovo gli occhi e fece un piccolo cenno.

Mentre Tru trascinava Mettner verso la stalla di Renee, a Josie venne in mente un'altra cosa. «Sei in grado di lasciare questo capannone? O ti tengono qui contro la tua volontà?»

Prima che Renee potesse rispondere, Tru e Mettner entrarono nella stalla. «Boss...» disse Mettner, con la faccia contorta da un dolore immaginario. «Credo di essermi fatto male al ginocchio.»

«Va bene.» disse Josie. «Andiamo.» Guardò il telefono. «Ecco la foto.» disse. «Renee?»

La ragazza aprì gli occhi e fissò l'immagine di Emilia Gresham. «Non è qui.»

Josie e Tru parlarono contemporaneamente.

Josie disse: «Non è qui in questo momento. Ma l'hai vista? La conosci?»

Tru disse: «Renee ha bisogno di riposare.»

Lasciò Mettner appoggiato alla porta della stalla e andò a mettersi in ginocchio tra Josie e Renee.

Josie ci pensò un attimo: se in quel momento avesse insistito, si sarebbero irrigiditi ancora di più e avrebbe potuto causare altri problemi a Renee, e allora non avrebbe ottenuto nulla. Emilia sarebbe stata ancora scomparsa e Renee sarebbe stata anche peggio di come stava in quel momento. Pensò di rintracciare Charlotte e di discuterne con lei, ma non credeva nemmeno per un attimo che sarebbe stata sincera. Di certo non avrebbe riconosciuto davanti a lei che nella sua proprietà stava accadendo qualcosa di losco. Se era complice di ciò che stava accadendo a Renee, affrontarla non avrebbe fatto altro che metterla in guardia contro i sospetti di Josie. E a quel punto cosa sarebbe successo a Renee? Era assolutamente necessario fare molta attenzione.

L'unica opzione era ritirarsi e sperare che Renee accettasse l'offerta di incontrarsi più tardi lungo la strada.

Josie si alzò e offrì un braccio a Mettner. «Mi dispiace.» disse a Tru e Renee. «La lasciamo riposare. Andiamo, Mett.»

VENTUNO

Una volta usciti dal capannone, percorsero il resto della proprietà alla ricerca di qualcuno che fosse rimasto indietro, facendosi luce con le torce elettriche. Mettner finse di zoppicare. Trovarono solo altre due persone nella serra, ma nessuno di loro riconobbe Emilia Gresham. Anche con la pioggia, il caldo e l'umidità non erano diminuiti. Dopo aver coperto una buona parte della proprietà del Santuario, tornarono all'auto di Mettner, fradici di sudore. Mettner azionò l'aria condizionata a palla mentre Josie si allacciava la cintura di sicurezza. «Cos'è successo? Con quel tizio e la ragazza malata, intendo.»

«Avevo parlato con lei già questa mattina. Penso che sia stata ferita. Credo che qualcuno le stia facendo del male. Non l'ha ammesso apertamente, ma i segni ci sono tutti.» e gli fece un riepilogo di entrambi gli incontri con Renee Kelly.

«Il biondone era lì per assicurarsi che non dicesse nulla alla polizia.» commentò Mettner.

«A proposito, hai fatto un ottimo lavoro per distrarlo.» disse Josie ridendo.

«Scusami, non mi è venuto in mente altro, ma ho pensato

che se avessi fatto una sceneggiata, avrei attirato l'attenzione di tutti gli altri su di me e non su di te.»

«Bella pensata.»

Ai piedi della collina, Mettner accostò al margine della strada che scendeva dal Santuario e spense i fari. «Quindi, immagino che dovremo aspettare qui per due ore.»

«Ne varrà la pena se verrà.» garantì Josie. «Hai sentito cosa ha detto quando le ho mostrato la fotografia di Emilia.»

«Sì. "Non è qui".» ripeté Mettner. «Tutti gli altri hanno detto: "Mai vista" o "Non la conosco".»

«Appunto. "Non è qui" implica che a un certo punto è stata lì. Renee sa cose che gli altri non vogliono che dica.»

«Ma io pensavo che questa Charlotte fosse una specie di dea della natura biologica o qualcosa del genere, che parlasse di pace e amore, e stare a contatto con la natura. È così che Fraley l'ha descritta.»

«Ed è così infatti.» disse Josie. «È proprio in questo modo che Charlotte si presenta, ma quelle persone stanno nascondendo qualcosa.»

«Beh, tutti i culti hanno qualcosa da nascondere, no?»

«Si potrebbe dire così.» convenne Josie. «Dobbiamo scoprire se quello che nascondono ha qualcosa a che fare con gli omicidi di Tyler e Valerie Yates o con la scomparsa della terza campeggiatrice.»

Si appoggiò al sedile e tirò fuori il telefono, abbassando la luminosità al livello più basso, in modo da poterlo vedere ma senza attirare l'attenzione, e mandò un messaggio a Noah e a Gretchen per informarli di quello che stava succedendo.

La pioggia continuava a cadere a scroscio sul tettuccio dell'auto, cullando Josie quasi fino ad addormentarsi. Gli occhi le bruciavano per la stanchezza. Sembrava passata un'eternità da quando aveva avuto l'incubo la notte precedente e da quando aveva fatto l'amore con Noah al mattino. Guardarono la strada, buttando giù teorie sul caso per rimanere svegli. Passò un'ora, poi un'altra.

Renee Kelly non arrivava.

«Maledizione.» disse Josie.

«Cosa pensi di fare?» le chiese Mettner.

Josie affondò la testa tra le mani. «Lei sa qualcosa, Mett. È nei guai.»

«Non puoi costringerla a lasciare il campo, Boss, e non puoi assaltare la proprietà e portarla via... o farla uscire di nascosto. Non siamo nemmeno nella nostra giurisdizione, per la miseria!»

Josie guardò il parabrezza imperlato di pioggia e imprecò.

«Vuoi aspettare ancora?» chiese Mettner.

«Gretchen è in servizio tutta la notte, giusto? Le chiederemo di venire e aspettare. Almeno per un po'.»

Mettner tirò fuori il telefono e chiamò la centrale. Venti minuti dopo, Gretchen accostò dietro di loro. Josie scese dall'auto di Mettner e corse al finestrino di Gretchen. «Grazie per aver fatto così in fretta.» disse.

«Non c'è problema, Boss.» rispose Gretchen.

«Noah è ancora in centrale?»

«Ha detto che andava all'ospedale a controllare il bambino.»

«Ha chiamato qualcuno?» chiese Josie. «Il bambino sta bene?»

«Non ha chiamato nessuno. Noah ha finito di controllare la lista delle persone con cui avete parlato al Santuario. Niente che desti sospetti. Niente di interessante. Un paio di loro sono stati fermati per guida in stato di ebbrezza e altri hanno delle multe per eccesso di velocità, ma roba vecchia, e niente di più. Poi ha lavorato sulla pista di Tyler Yates e quando ha finito, si è alzato e ha detto che sarebbe andato all'ospedale per vedere come stava il piccolo Bestler.»

Josie sentì un filo di ansia crescerle dentro, ma lo ignorò, concentrandosi invece sul caso. «È riuscito a trovare qualcosa con Tyler Yates?»

«Ha parlato con alcuni amici che non sapevano molto. Gli amici di Facebook con cui è riuscito a mettersi in contatto sono persone con cui Tyler ha frequentato le scuole superiori o con cui ha lavorato in un fast food quando aveva sedici anni. Ma in dieci anni non gli hanno mai parlato né l'hanno mai visto di persona. Alla fine, Noah è riuscito a scoprire dove lavorava Tyler.»

«Sembra promettente.» disse Josie.

«Era un consulente della Bratina Property Management. Noah ha chiamato e hanno confermato che non era previsto che tornasse al lavoro prima di una settimana. Era una vacanza programmata.»

Josie si scrollò la pioggia che le cadeva negli occhi. Troppo tardi si rese conto che sarebbe dovuta salire in macchina per quella conversazione. «Beh, questo non ci aiuta molto. E Valerie Yates?»

«Era maestra in una scuola elementare a Fox Mill, quindi era libera per l'estate.»

«Qualche parente?» chiese Josie.

«A quanto pare, è originaria dell'Australia. Noah è riuscito a contattare i suoi genitori, ma non potranno arrivare prima di un paio di giorni. E non sapevano granché sui suoi amici. Noah ha inviato loro per e-mail una foto di Valerie e Tyler con Emilia Gresham per vedere se la riconoscono o se sanno qualcosa di lei. Sta aspettando una risposta.»

«Sta aspettando all'ospedale, immagino.»

Alla scarsa luce del cruscotto, Josie vide lo sguardo interrogativo di Gretchen. «Può leggere l'e-mail sul telefono. Sono sicura che ci farà sapere appena salterà fuori qualcosa.»

Josie si sforzò di sorridere. «Sì, sicuramente. Hai scoperto qualcosa su Emilia Gresham?»

«Ho chiesto alla polizia locale di fare qualche controllo, ma al suo appartamento non risponde. Ho trovato un profilo professionale su LinkedIn, ho visto che è la direttrice del programma prescolastico della Stepping Stones Baptist Church, e sono riuscita ad avere conferma che ha appena preso due settimane di ferie pagate. Il programma prescolare non è in attività, ma Emilia si occupa anche di campi estivi.»

«Probabilmente era in campeggio con i coniugi Yates.» disse Josie.

«Sembra sempre più probabile. Ecco dove le cose si fanno interessanti. Ho chiesto chi fosse il contatto di emergenza e mi hanno detto il marito, Jack Gresham.»

«Deve essere l'uomo delle foto di Tyler Yates.» disse Josie. «Hai controllato la foto della sua patente?»

«Risulta nel database come un parente di Emilia, e sì, ho confrontato la foto della sua patente con quella nell'account di Tyler Yates. È la stessa persona. Stesso indirizzo postale di Emilia. Tuttavia, il suo cellulare è stato staccato e la sua patente di guida è scaduta l'anno scorso e non è stata rinnovata.»

Josie si accigliò. «Hai controllato se c'è un certificato di morte?»

«L'ho fatto.» rispose Gretchen. «Nessun certificato di morte. Nessun necrologio. Il capo di Emilia sembrava convinto che fosse vivo e vegeto. Anche la famiglia di Emilia, tra l'altro.»

«Cosa?»

«Sono riuscita a mettermi in contatto con una sorella. A quanto pare, Emilia viene dal Rhode Island, è una di sette figli. Sua madre è morta quando lei era all'ultimo anno di liceo e suo padre sta combattendo contro il cancro alla prostata. La sorella ha detto che Emilia chiama una volta alla settimana. L'hanno sentita due giorni fa, ma non ha detto nulla del campeggio.»

«Hai chiesto alla sorella se Emilia ha detto qualcosa sul marito?» chiese Josie con un crescente senso di terrore che prese a strisciare nella sua testa al pensiero di Emilia e del modo in cui suo marito, Jack, era scomparso dalle foto di Tyler Yates due anni prima.

«Sua sorella mi ha riferito quello che diceva Emilia: che Jack stava bene, ma che lavorava molto.»

«Davvero? E dove lavora?»

Gretchen si mise gli occhiali da lettura, tirò fuori il suo taccuino, sfogliò alcune pagine e poi lo tenne alla luce del cruscotto per leggere i suoi appunti. «Lavorava nel reparto assistenza della Cloudserv Technologies. Noleggiano fotocopiatrici e altre apparecchiature per ufficio.»

«Cosa ti hanno detto quando li hai chiamati?»

«Che è stato licenziato a causa dei tagli al personale tre anni e mezzo fa.»

«Veramente?» esclamò Josie.

«Sì.» rispose Gretchen. «Davvero. Come ho detto, ho chiesto alla polizia della zona in cui vivono i Gresham di recarsi al loro domicilio per controllare le condizioni di Emilia, ma a casa non hanno trovato nessuno. Allora hanno chiesto in giro, per avere notizie di entrambi, e uno dei vicini ha detto che non vedeva Jack da secoli, ma non ha saputo specificare quanto tempo intendesse con "secoli". Potrebbe trattarsi di mesi o addirittura di un paio d'anni. I vicini hanno detto anche che Emilia se n'è andata con delle borse qualche giorno fa.»

Josie prese un appunto mentale. «Immagino che Jack Gresham non sia stato dato per disperso.»

«No, infatti.»

«Hai detto alla sorella di Emilia che pensiamo che possa essere scomparsa?» chiese Josie.

«Le ho detto che avevamo trovato gli Yates deceduti durante quella che, apparentemente, era una gita in campeggio. Non ho parlato di omicidio. Ha riconosciuto i loro nomi. Ha detto che erano amici di Emilia e Jack da molti anni. Era profondamente turbata. Le ho detto che pensavamo che Emilia fosse con loro, ma lei ha detto che Emilia non aveva parlato di andare in campeggio l'ultima volta che si erano sentite. Mi ha chiesto se Jack fosse andato con loro, dato che fanno sempre tutto insieme, e le ho detto che non sembrava che ci fosse anche lui. Secondo lei, Emilia non è andata con loro. Poi le ho mandato una foto della catenina d'oro e del ciondolo a forma di cuore che abbiamo trovato nel sacco a pelo, ma non li ha riconosciuti.»

«Ma vive nel Rhode Island, quindi potrebbe non vedere Emilia abbastanza spesso da sapere quali gioielli indossa la sorella regolarmente.» obiettò Josie. «Le hai chiesto del libro che abbiamo trovato in macchina?» le domandò a ruota.

«Sì, ce l'aveva presente e ha detto che è la serie preferita di Emilia. L'ha letta decine di volte.»

«Fammi indovinare: ha detto che siccome Emilia passa così tanto tempo con Valerie e Tyler, è facile presumere che abbia lasciato il libro nella loro macchina.»

Gretchen alzò un dito, per precisare: «Dal momento che lei e *Jack* passano parecchio tempo con loro, esatto.»

«È in fase di negazione. Lo sarei anch'io.» commentò Josie. «Nessuno vorrebbe affrontare una cosa del genere. Scoprire che i migliori amici della propria sorella sono stati trovati morti e che lei potrebbe essere scomparsa o peggio. Specie se sta già affrontando la malattia del padre...»

«Sarebbe terribilmente devastante.» concluse Gretchen.

«Come siete rimaste?»

«Domani andrà a Furlong, dice, e parlerà con Jack. Sempre che non riesca a mettersi in contatto con Emilia stasera.

Mi ha passato il numero di cellulare di Emilia. Ho già ottenuto un mandato per cercare di localizzare il suo telefono, visto che non l'abbiamo trovato al campeggio. L'ho inviato al suo gestore telefonico e ho chiesto di accelerare i tempi.»

«Ottimo.» disse Josie. «Senti, mi sto infradiciando. Mett e io torniamo alla centrale. Ci vediamo domani, a meno che Renee non si faccia viva.»

«Agli ordini.»

Mettner accompagnò Josie alla stazione per permetterle di finire alcune pratiche. Scrisse subito i rapporti riflettendo su ciò che avevano scoperto. Valerie e Tyler erano buoni amici di Emilia e Jack Gresham. Avevano fatto tutto insieme, come era evidente dalle foto sul profilo Facebook di Tyler Yates. Erano quattro giovani professionisti. Due coppie sposate. Poi era successo qualcosa. Jack era stato licenziato in tronco. Era scomparso dalle foto. I vicini di casa non lo avevano più visto.

Chiamò Gretchen.

«Nessuna traccia della ragazza.» le disse.

«Non credo che si farà vedere. Senti, ho riflettuto sui Gresham. A quanto sembra, Jack è sparito da un po' di tempo.»

«Se metti insieme tutti i pezzi che abbiamo finora, sembra di sì.»

«Ma sembra anche che Emilia non l'abbia detto a nessuno. Se è stato licenziato tre anni fa, perché avrebbe dovuto dire alla sorella che lavorava molto?»

«Forse aveva trovato un altro lavoro...»

«È possibile.»

«Non sappiamo quale sia la sua situazione.» disse Gretchen. «Potrebbe avere una relazione, potrebbero essersi separati, potrebbe essere un tossicodipendente.»

Josie annuì a ciascuna ipotesi, anche se Gretchen non poteva vederla. «Ma in tutti questi casi, probabilmente avrebbe ancora un telefono.»

«A meno che Emilia non abbia smesso di pagarlo e lui abbia un nuovo numero.»

«È vero.» disse Josie, ma la sua mente stava lavorando in un'altra direzione. Ripensò ai volti inespressivi delle persone che avevano interrogato al Santuario quel giorno. Non ricordava di aver visto nessuno che somigliasse a Jack Gresham, ma le foto di lui che aveva visto erano vecchie di qualche anno. Era possibile che i capelli fossero cambiati. Poteva essere ingrassato o dimagrito. O che gli fosse cresciuta la barba. «Dov'è l'elenco delle persone che vivono al Santuario?»

«Al centro della scrivania di Noah.» rispose Gretchen. «Pensi che Jack Gresham si sia nascosto al Santuario?»

Josie si avvicinò alla scrivania di Noah e prese la lista. La scorse con attenzione. «Non lo so, ma sarebbe una bella coincidenza, non credi? Lui si è reso irreperibile per un lungo periodo di tempo durante il quale sua moglie ha coperto la sua assenza e poi lei e i loro due migliori amici sono andati in campeggio a poche miglia dalla comune.»

«Sì.» convenne Gretchen. «Ma non direi che abbiamo abbastanza informazioni per trarre questa conclusione.»

«È un'ipotesi azzardata.» ammise Josie. Finì di studiare l'elenco e tirò un lungo sospiro. «E hai ragione, non è su questa lista.»

Ributtò l'elenco sulla scrivania di Noah e si mise a sedere sulla sedia. Le prime avvisaglie di un mal di testa cominciarono a pulsare dietro i suoi occhi. «E i telefoni degli Yates? Abbiamo ottenuto qualcosa dalle compagnie telefoniche?»

«No. Probabilmente non avremo notizie prima di domani o dopodomani.»

Dall'altra parte della stanza, Josie sentì il rumore della porta del capo Bob Chitwood che si apriva e poi il rimbombo della sua voce: «Quinn, dove sono gli altri tre?»

Josie si girò sulla sedia, provando il solito misto di timore e irritazione che Chitwood riusciva a suscitare in lei e in quasi tutti gli altri agenti della polizia, ormai da almeno un anno, quando era stato nominato capo della polizia dal sindaco, dopo il breve incarico di Josie come capo ad interim.

«Sono al telefono con Gretchen, Noah è all'ospedale e Mettner è dovuto andare a casa a farsi una doccia. Tornerà a momenti.» spiegò Josie.

Quando Chitwood si avvicinò, i radi capelli bianchi gli fluttuarono sulla testa. Chiuse le braccia sul petto striminzito e la fissò. «Metti Palmer in vivavoce, ti dispiace?»

Josie premette il pulsante del vivavoce del suo cellulare e Gretchen disse: «Signore?»

«Abbiamo due cadaveri e una donna scomparsa.» disse Chitwood. «Sai come la penso sui cadaveri e sulle donne scomparse, vero?»

Josie lo fissò con aria assente e disse: «Ci illumini, Signore...»

Lui si piegò in avanti, sovrastandola, e gridò: «Non li voglio nella mia città!»

«Se può servire.» intervenne Gretchen. «Oggi Quinn *ha trovato* una donna scomparsa.»

Per un attimo, l'angolo della bocca di Chitwood si contrasse come se volesse trattenere un sorriso. Poi puntò un dito lungo e nodoso verso il telefono. Josie avrebbe voluto ricordargli che Gretchen non poteva vederlo, ma non osò parlare. «A nessuno piacciono i sapientoni, Palmer.» Poi rivolse lo sguardo a Josie: «Ottimo lavoro con quel bambino, Quinn.»

Il complimento arrivò così inaspettato e fuori dal personaggio di Chitwood che Josie riuscì a malapena a dire: «Grazie, Signore.»

Lui continuò come se non l'avesse sentita. «Intendo portare avanti entrambi i casi. Non voglio ritrovarmi un altro circo mediatico a così breve distanza dal caso Ross, capito?»

Nessuna delle due rispose e Chitwood proseguì: «Dovete dividere le vostre risorse: Quinn e Fraley si occuperanno del caso Bestler. Palmer, tu e Mettner vi occuperete del disastro degli Yates e dei Gresham.»

«Quinn e Fraley hanno seguito il caso Yates e Gresham.» gli fece notare Gretchen. «È il loro caso.»

Chitwood alzò gli occhi al cielo e si chinò per urlare nel telefono. «Hai quindici anni di esperienza nella Omicidi, e indovina un po'? Sono il tuo capo, quindi ti occuperai di questo caso. Quinn non se l'è cavata male con i casi di rapimento in passato, quindi la metto su Bestler. E a proposito di te, Quinn...» disse guardandola ancora una volta, e sotto il suo sguardo granitico Josie dovette resistere all'impulso di contorcersi. «Vai a casa e dormi un po', d'accordo? Ho appena parlato con lo sceriffo della contea di Lenore. Tu, Fraley e un paio dei loro uomini andrete nelle caverne domani per cercare di individuare l'uomo che ha rapito Maya Bestler. Fraley mi ha detto che Moore stava trascinando il culo oggi, così ho chiamato il suo capo. Prima ha mandato Moore all'ospedale per far esaminare le mappe a Maya Bestler. Gli è stato detto di farle fare un disegno dell'interno delle caverne, se ci riusciva. Li incontrerete al confine della contea sulla Statale 9227 alle otto del mattino, capito?»

Nelle caverne.

Sentì la gola chiudersi, una morsa di panico intorno al collo. «Quinn!» abbaiò Chitwood. «Hai capito?»

Non riuscendo a far uscire le parole, Josie annuì.

VENTIDUE

Josie riattaccò con Gretchen e lasciò la stazione di polizia, dirigendosi verso casa. Pensò di fermarsi all'ospedale per parlare con Noah, ma il panico che le infuriava dentro era ancora alle stelle. Non era sicura di riuscire a mantenere la calma in un luogo pubblico. Inoltre, rifletté, ora Noah viveva con lei. Prima o poi sarebbe tornato.

Una volta arrivata a casa, accese tutte le luci del piano terra. La televisione non riuscì a catturare la sua attenzione, così si spostò da una stanza all'altra, con i nervi che tintinnavano come spiccioli nel suo cervello.

Nelle caverne.

Si concentrò sul suo respiro. Inspira, espira. Inspira, espira.

Seduta al tavolo della cucina, tirò fuori il telefono per chiedere a Noah di tornare a casa, ma i suoi occhi furono attratti dalle notifiche sopra l'icona della segreteria telefonica. Senza pensarci, aprì l'applicazione e ascoltò il messaggio in casella. Era l'assistente sociale della prigione di stato di Muncy. «Detective Quinn...» cominciava ancor prima di presentarsi. «La chiamo solo per informarla che la detenuta Lila Jensen è molto malata. L'ultimo ciclo di chemioterapia non ha avuto il successo sperato dai medici. L'abbiamo affidata al servizio di ricovero. Da quello che ho capito, è questione di giorni. Ho pensato che volesse saperlo. Ha chiesto ripetutamente di lei. Per favore, mi contatti per fissare delle visite.»

Disgustata, Josie lanciò il telefono dall'altra parte della stanza. Andò a sbattere contro lo sportello del mobile sotto il lavello della cucina e cadde a terra. «*Fissare delle visite.*» mormorò. Un'espressione che implicava che non aveva scelta, che era inevitabile che facesse visita a una donna morente. Non aveva alcuna importanza ciò che le aveva fatto quella donna? Il desiderio in punto di morte di Lila doveva avere forse la meglio su tutto l'orrore che le aveva inflitto quando era solo una bambina innocente?

Senza nemmeno rendersene conto, Josie aveva attraversato la stanza e aperto uno dei pensili, dove una bottiglia ancora chiusa di Wild Turkey attendeva solo di essere aperta. Un sorso e basta pensò, poi i demoni che turbinavano intorno a lei si sarebbero acquietati. Almeno per un po'. Ma il Wild Turkey era sempre stato una soluzione a breve termine ai suoi problemi, e consumarlo non aveva mai dato buoni risultati.

Più di un anno prima aveva rinunciato a bere. Poi, in seguito all'omicidio della madre di Noah e alla rottura con lui avvenuti cinque mesi prima, aveva ripreso a bere. Il risultato di quella notte non era qualcosa che voleva rivivere. Si era ripromessa di non bere più.

Solo un bicchierino, la invitava una voce in fondo alla testa.

Sbatté lo sportello dell'armadietto. Non era mai un solo bicchierino, però, vero? Quando Noah fosse tornato a casa, lei si sarebbe già scolata mezza bottiglia e avrebbe detto cose di cui sapeva che poi si sarebbe pentita. Avrebbe fatto domande di cui non voleva conoscere la risposta, come ad esempio se lui sarebbe rimasto o meno con lei se, alla fine, lei avesse deciso di non avere figli. In quel momento si rese conto che quella conversazione avrebbero dovuto farla prima di andare a vivere insieme.

Quando era sposata con il suo defunto marito, Ray, erano sempre stati sulla stessa lunghezza d'onda al riguardo, poiché entrambi erano sopravvissuti a esperienze terribili durante l'infanzia. Entrambi avevano subito abusi e non volevano tramandare quei geni. Ma in seguito Josie aveva scoperto che la donna che a quel tempo pensava fosse sua madre non lo era affatto e che in realtà proveniva da una famiglia buona e amorevole. Di conseguenza, il suo DNA non era contaminato. Ciononostante, aveva parecchie riserve sulla sua capacità di essere una buona madre. Era felice di essere al servizio della popolazione e di essere utile agli altri attraverso il suo lavoro. Un lavoro che temeva potesse interferire con la maternità. Era paura, pura e semplice, aggravata ora dal fatto che Noah non riusciva a stare lontano dal piccolo Bestler. In più lui aveva una nipotina e spesso aiutava Josie a fare da babysitter al figlio della sua amica Misty, ma non era mai stato così preso da nessuno dei due bambini. Si chiese se il motivo per cui non riusciva a staccarsi da quel bambino fosse che lo aveva visto venire al mondo. Oppure aveva raggiunto l'età in cui voleva dei figli suoi?

«È passato solo un giorno.» mormorò tra sé e sé. Sembravano passate settimane da quando aveva rotto la tazza di caffè su l'ingombrante fornetto tostapane. Si avvicinò al tavolo della cucina, scacciando dalla testa il pensiero del Wild Turkey.

Si sedette e sfogliò il fascicolo su Maya Bestler che Moore le aveva dato in precedenza. C'era tutto quello che Moore le aveva già detto, comprese le foto del taglio superficiale sulla fronte di Garrett Romney: era sottile come un rasoio e lungo solo cinque centimetri, con pochi segni di ecchimosi; non era difficile comprendere per quale motivo gli investigatori avessero pensato che se lo fosse autoinflitto. E il volto rotondo e arrabbiato sotto quel taglio non aveva fatto nulla per dissipare l'idea che Romney potesse essere un tipo violento. I suoi occhi marroni erano biglie scintillanti di odio e il suo sottile labbro superiore si sollevava in un ghigno. I rapporti iniziali lo descrivono come combattivo e non collaborativo. Tuttavia, questo non era stato sufficiente per processarlo per omicidio. Le ricerche più approfondite non avevano portato a nessuna traccia di Maya, il che era curioso se si considerava il racconto di Maya sul suo rapimento. L'eremita l'aveva trasportata nelle caverne prima che i soccorritori li raggiungessero? Non avevano pensato di controllare anche nelle caverne? Josie prese nota di chiederlo a Moore in mattinata.

Il fascicolo era molto corposo, considerando le poche prove che la polizia era riuscita a raccogliere dall'accampamento e da Garrett Romney. Sembrava che i pubblici ministeri avessero cercato di accumulare prove circostanziali contro di lui, forse con la speranza di chiudere il caso anche in assenza di un cadavere. C'erano dichiarazioni di vicini, amici e colleghi di Maya che affermavano che spesso appariva contusa e sofferente. Alcuni vicini avevano riferito di averla sentita spesso urlare dietro le porte chiuse. In quattro diverse occasioni, il Dipartimento di Polizia di Doylestown era stato chiamato a casa di Maya e Garrett per disordini domestici, ma in tutti e quattro i casi Maya aveva insistito sul fatto che Garrett non l'aveva toccata con un dito. C'erano anche cartelle cliniche del pronto soccorso che documentavano tre fratture, ma ogni volta Maya aveva detto di essere caduta. E nonostante tutto questo, Garrett era la prima e unica persona di cui Maya aveva chiesto conto dopo il suo ritrovamento. Non che fosse una sorpresa, pensò Josie: le sopravvissute alla violenza domestica sono spesso profondamente radicate nelle loro relazioni abusive, anche quando non vogliono. Non è più facile separarsi emotivamente che fisicamente da uomini del genere. Andare contro i loro abusatori può significare, e spesso significa, la morte.

L'immagine di Renee Kelly rannicchiata sul suo lettino balzò in primo piano nella mente di Josie. Era stata maltrattata da un individuo della comune o c'era qualcosa di più sistemico in atto? Nessun altro al Santuario sembrava essere ferito o in difficoltà. Erano stati istruiti, sì, ma non erano disperati come appariva Renee Kelly.

Ma non era più il suo caso. Chitwood l'aveva sollevata dal caso Yates e Gresham, e da qualsiasi collegamento potesse o meno avere con il Santuario. Si sarebbe arrabbiata a morte, se non fosse stato che Chitwood aveva ragione: Gretchen era la detective migliore per quel lavoro, forte della sua esperienza nella sezione Omicidi di Philadelphia che le dava un vantaggio su di lei. Quindi andava bene così. La cosa più importante era che il caso venisse risolto, non il suo ego.

Chiuse la cartella e si strofinò gli occhi che le bruciavano. La bottiglia di Wild Turkey la chiamò di nuovo. Poteva praticamente sentirne il calore che le scivolava in gola. Ma no. Aveva bisogno di dormire, si disse, non di bere. Recuperò il telefono dal pavimento della cucina. Al piano di sopra si spogliò lasciandosi la maglietta e si infilò nel letto. Non sapendo se sarebbe stata ancora sveglia quando Noah sarebbe tornato a casa, gli mandò un messaggio per dirgli che si sarebbero incontrati con Moore la mattina dopo per esplorare le caverne sotterranee nella speranza di trovare l'eremita.

Lui rispose quasi subito. *Torno a casa presto.*

Ma lei si addormentò in pochi minuti.

VENTITRÉ

Josie piange finché il suo esile corpo di sette anni non rimane svuotato. Le sue lacrime bagnano la moquette ruvida e maleodorante del pavimento dello sgabuzzino. «L'avevi promesso, mamma.» dice ancora e ancora. «L'avevi promesso.» Le prime parole le ha pronunciate forti e decise, ma adesso sono deboli e tremolanti e si disperdono sul filo dei brividi che scuotono il suo corpicino. Lila aveva promesso a Josie che non l'avrebbe costretta a entrare nello sgabuzzino a patto che non dicesse a nessuno che era stata Lila a sfregiarle la faccia. Ma Lila ce l'ha sbattuta dentro lo stesso.

«Sta' zitta.» le urla di rimando la donna dall'altra parte della porta dell'armadio. Il buio è assoluto. Josie sente la sedia che gratta il pavimento quando Lila la spinge contro la porta dello sgabuzzino, tagliando l'ultima lama di luce che proveniva da sotto la porta. Josie si rotola avanti e indietro, sbattendo contro la porta, poi contro il muro, la porta, il muro. Spinge i piedi contro il muro e urla. L'armadio non è abbastanza grande da permetterle di distendersi. Barcollando in piedi, spinge le mani in avanti e all'improvviso le pareti troppo strette dell'armadio spariscono. Fa qualche passo, prima camminando, poi correndo, ma l'oscurità non finisce mai. Non importa in quale direzione si giri, non c'è luce. È intrappolata nell'oscurità per sempre. Il panico le stringe il petto, schiacciandola, rendendole quasi impossibile respirare.

«Mamma, ti prego.» grida ancora. «Ho paura.»

Da qualche parte arriva la voce di Lila, sprezzante e pungente. «Non uscirai mai, JoJo. Ti avevo avvertita che se avessi detto una sola parola saresti finita nell'armadio per sempre.»

«Non l'ho detto a nessuno, mamma.» insiste Josie, muovendosi a tentoni nell'oscurità, cercando qualcosa a cui aggrapparsi. Qualunque cosa che non sia l'implacabile vuoto infinito.

All'improvviso, una mano stringe il mento di Josie e il lato del viso dove brucia la cicatrice. Agita le braccia, ma non c'è nessuno. Poi appare il volto di Lila, immerso nella luce, a pochi centimetri da quello di Josie. Le sue labbra mostrano i denti, che sono affilati come punte. «Non una parola.» ringhia.

Josie la schiaffeggia, ma non colpisce niente se non l'aria. Il calore le cola lungo le gambe e l'odore di urina le punge le narici. Cerca di muovere la testa, ma la presa fantasma di Lila la tiene inchiodata al suo posto. Josie fissa la bocca di Lila mentre si spalanca e ne esce una noce nera.

Le sue urla riecheggiarono sul soffitto e sulle pareti della camera da letto. Seguì la voce di Noah fuori dall'incubo. «Josie! Josie svegliati!»

Allungò la mano nell'oscurità e si sentì pervadere dal sollievo quando avvertì il petto di Noah. «La luce.» sussultò. «Ho bisogno della luce.» Lui la prese tra le braccia, rotolando leggermente per raggiungere il comodino. Sentì che premeva l'interruttore e poi una luce soffusa rischiarò la stanza. La sua stanza. La loro stanza. Il suo enorme, bellissimo letto matrimoniale. La serie di finestre lungo una parete che lasciavano entrare il sole nel momento in cui faceva capolino all'orizzonte. L'armadio senza ante, i suoi vestiti e quelli di Noah appesi all'asta, le loro scarpe allineate sul pavimento.

Si strinse a lui, la sensazione di solidità del suo corpo nelle sue mani la riportò indietro dal baratro dell'isteria. Delicatamente, lui le scostò i capelli dal viso e le prese il mento con un tocco leggero e tenero, tutto l'opposto rispetto al ricordo delle dita di Lila che le scavavano la pelle.

Lo guardò negli occhi nocciola.

Con il pollice Noah le tracciò lo zigomo, asciugando una lacrima. Per l'amor di Dio, stava piangendo. Non era il tipo di persona che piange.

«Possiamo dormire con le luci accese, se può servire.» propose Noah.

Il fatto che lui non le facesse domande e non la incalzasse sugli incubi o sul motivo per cui stavano diventando così frequenti la faceva piangere più facilmente. Lei annuì e premette il viso sul suo petto. Lui la strinse a sé, appoggiandosi alla testiera del letto. Lei guardò e vide che l'orologio segnava le quattro e quarantasette del mattino. Sapeva che non sarebbe riuscita ad addormentarsi di nuovo. Quando chiudeva gli occhi, l'immagine del viso di Lila, della sua bocca spalancata, della noce nera le tornava in mente, facendola tremare senza controllo. E ogni volta le braccia di Noah si stringevano intorno a lei. Lui si riaddormentò, ma lei rimase sveglia, inspirando il suo profumo e osservandolo. Aveva un filo di barba sulla mascella. La tracciò con le dita e fissò il suo viso, che era rilassato e inespressivo nel sonno. Allo stesso tempo si sentiva grata per la sua presenza e temeva che quello che avevano non sarebbe stato sufficiente per lui. Sarebbe stato in grado di resistere a tutto questo? Ai suoi demoni?

Quando il mattino si allungò e la luce del giorno si insinuò attraverso le finestre, lei mise da parte quei pensieri e lo scosse per svegliarlo. «Ehi.» disse. «Dobbiamo alzarci.»

Lui emise un gemito incomprensibile ma non aprì gli occhi. «Noah.» disse lei. «Svegliati.»

Gli passò le dita tra i folti capelli castani finché lui non aprì gli occhi. Non fece parola dell'incubo e gli chiese invece: «Come stava il bambino? Tutto bene?»

Per un attimo sembrò confuso. Poi sbatté le palpebre un paio di volte e si mise a sedere più dritto, staccandosi da lei. «Oh, sì. Sta bene. Va tutto bene. Tu... tu stai bene?»

«Sto bene.»

«Hai dormito un po'?»

Josie sorrise. «Sì, certo. Dobbiamo prepararci e partire se vogliamo incontrare Moore e la sua squadra nella contea di Lenore per le otto.»

«Sì.» disse lui. «Ho ricevuto il tuo messaggio ieri sera. Caverne, eh?»

Si allungò per accarezzarle il braccio, ma lei saltò giù dal letto prima che lui potesse toccarla. Prese il telefono dal comodino per controllare se c'era un messaggio di Gretchen. Gliene aveva inviato uno solo pochi istanti prima. *Renee Kelly non si è presentata. Mi dispiace, Boss.* Rimise il telefono in carica e si diresse verso il bagno.

«Sì.» gli rispose. «Oggi ci toccano le caverne.»

«Josie.» disse lui. «Guardami.»

Con riluttanza, si voltò verso di lui. «Che c'è?»

«Forse dovremmo parlare di questi incubi che hai avuto.»

«Sì, certo. Un'altra volta, però, d'accordo?»

«Josie...»

«Dobbiamo andare al lavoro, Noah.»

Scivolò sul bordo del letto e mise i piedi sul pavimento. «Pensi di farcela nelle caverne? Potremmo lasciarti di guardia all'esterno, magari, e far entrare il resto della squadra.»

«Me la caverò.» mentì lei.

VENTIQUATTRO

Per tutta la mattinata, Josie si sentì come se l'ansia fosse una risacca che la strattonava. Raggiunsero la contea di Lenore in macchina e si incontrarono con Moore e un altro membro della sua squadra di nome Nash. Lasciarono le auto in uno dei parcheggi del parco giochi statale ed esaminarono il disegno delle caverne che Maya aveva tracciato per loro. Moore era brusco e professionale, e Josie si chiese se fosse perché il suo superiore lo aveva messo in riga dopo la telefonata di Chitwood. Pioveva leggermente e il cielo era coperto da nuvole nere e gonfie. Josie si rivolse a Moore e Nash. «Per oggi sono previsti altri temporali. Non è un problema per voi stare qua fuori, in mezzo a questo tempaccio?»

La mascella di Moore prese a fremere, ma lui si limitò a dire: «Decidi tu.»

Quindi era stato ammonito e probabilmente aveva dato la colpa a lei e a Noah. Josie lanciò un'occhiata a Noah, che le fece un cenno appena percettibile. Lui si sarebbe rimesso a lei. Potevano aspettare e mettersi al sicuro se fossero arrivati i temporali previsti, ma Josie non riusciva a togliersi di dosso il sospetto che l'uomo che aveva rapito e trattenuto Maya Bestler fosse responsabile degli omicidi degli Yates e della scomparsa di Emilia Gresham. Forse si sbagliava, ma se aveva ragione, ogni istante di attesa avrebbe ridotto le possibilità di salvare Emilia in tempo, e se c'era anche una minima possibilità che i due casi fossero collegati e che trovare il rapitore di Maya avrebbe risolto i casi Yates e Gresham, doveva correre il rischio.

«Andiamo allora.» disse.

Si incamminarono nel bosco in tenuta da pioggia, muniti di torce e torce da testa. Cinque ore più tardi, cadeva ancora una pioggerellina leggera, ma non accennava a smettere. Per due volte erano stati sorpresi da una tempesta di fulmini ed erano stati costretti a fermarsi, posizionandosi a quindici metri di distanza l'uno dall'altro e rimanendo bassi a terra in attesa che passasse. Ogni volta avevano discusso di tornare indietro, ma erano così addentro al bosco che per il momento in cui avessero raggiunto le auto i temporali sarebbero cessati.

Adesso Josie si stava pentendo della sua decisione di proseguire le ricerche sotto la pioggia. Quando si fermarono a controllare le unità GPS, era sudata e affamata e l'unica cosa per cui il suo cervello aveva spazio erano le vesciche ai piedi.

Noah si rivolse a Moore. «Pensavo avessi detto di sapere dove si trovavano queste caverne.»

Moore si accovacciò accanto a un grosso tronco d'albero e bevve ciò che era rimasto nella sua bottiglia d'acqua. Si asciugò la pioggia dagli occhi con il pollice e l'indice. «Sono vent'anni che non ci entro. Pensavo fosse più facile trovarle.»

Josie alzò lo sguardo dal suo GPS. «Abbiamo attraversato il confine della contea almeno una mezza dozzina di volte. In questo momento siamo a Denton. Sei sicuro che non dobbiamo andare più a sud?»

Dallo zaino, Moore tirò fuori una vecchia carta topografica. La stese per terra, ma la pioggia la inzuppò quasi subito. Noah si avvicinò e si mise in ginocchio accanto a lui per studiarla. Josie era in piedi di fronte a loro, con l'unità GPS davanti a sé in modo da poterla confrontare con la mappa cartacea. Noah e Moore discussero per qualche minuto su quale direzione prendere, mentre Nash stava a qualche metro di distanza con aria infastidita. Una volta giunti a una decisione, Moore fece per riporre la sua mappa ormai fradicia, ma Josie vi posò sopra uno scarpone. «Un attimo.» disse. Si accovacciò e indicò il punto in cui Moore e Noah credevano che si trovassero le caverne, circa quattro miglia a sud-ovest. «Quanto dista dalle caverne il campeggio da cui è scomparsa Maya?»

Moore si batté un dito sulle labbra, studiando la mappa. «Non ricordo esattamente, ma sono abbastanza sicuro che sia da qualche parte in questa zona.» Indicò un'altra sezione della mappa, molto più a sud di dove credeva si trovasse l'ingresso della caverna.

«Quante miglia sono?» chiese Josie. «Dall'accampamento alla caverna?»

Lui alzò le spalle. «Forse dodici o tredici.»

«Quando Maya Bestler è scomparsa, avete condotto una ricerca su larga scala?» chiese Josie. «Dalla parte della contea di Lenore?»

«Certo.» rispose lui. «Ma ovviamente non è emerso nulla.»

«Avete usato i cani?»

Lui smise di armeggiare con la mappa e la guardò negli occhi.

A Josie non sfuggì lo sguardo di Noah, che diceva: *vuoi discuterne proprio adesso?*

«Certo che abbiamo usato i cani.» ribatté Moore.

«Dopo quanto tempo dalla sua scomparsa avete iniziato le ricerche?» chiese Josie.

«Beh, è impossibile dirlo. Avevamo solo il racconto di Garrett Romney e tutti pensavamo che mentisse. Aveva detto di essersi svegliato disorientato e ferito e di aver raggiunto il confine del bosco, camminando finché non era riuscito a trovare un cellulare. Ma non sappiamo con certezza quanto tempo sia passato tra l'effettiva scomparsa della ragazza e la denuncia di Garrett. L'eremita potrebbe aver avuto un certo vantaggio. Perché?»

«Era solo una domanda che mi sono posta dopo aver letto il fascicolo, ma ora non sappiamo nemmeno quanto siano lontane le caverne dall'accampamento originale.»

Moore si alzò in piedi, accartocciando la mappa tra le mani. «So dove si trovano.» disse.

«Allora andiamoci.» disse Noah. «Non voglio trascinare questo tizio fuori dal bosco al buio, né farmi sorprendere da altri temporali.» Detto questo, si incamminò e il collega di Moore lo seguì. Josie e Moore si fissarono per un lungo momento e lei disse: «Non volevo insinuare che la vostra squadra non abbia fatto un lavoro accurato. È solo che trovo strano che Maya abbia detto che l'eremita l'ha spostata per diversi giorni prima di arrivare alle caverne, e che non è stato possibile trovarla nemmeno con i cani.»

Moore annuì. «Dici un sacco di stronzate per essere una persona che non sta cercando di insinuare che io non sappia fare il mio lavoro.»

«Non ho mai insinuato nulla del genere.» si difese Josie. «Dico solo che è insolito che nemmeno i cani siano riusciti a trovare Maya Bestler. I cani dell'unità cinofila sono molto affidabili.»

«Ma non mi dire.» disse Moore. «Per questo tutti sospettavano che Garrett Romney le avesse fatto qualcosa. Abbiamo portato i cani da cadavere, sperando di trovare dove avesse nascosto il corpo. Come sai, non ha funzionato.»

La lasciò lì e si mise in marcia, seguendo Noah e Nash. Josie arrancò dietro di lui.

Ci volle un'altra ora e mezza per raggiungere l'ingresso delle caverne, che non sembrava affatto un ingresso. Si trattava di un rialzo del terreno, una piccola collina dove sembrava che diversi grossi massi fossero caduti alla base, seguiti da alcuni tronchi d'albero. Moore indicò i resti di quella frana e annunciò: «Credo che sia questo.»

«E questo cosa sarebbe?» domandò Noah. «Sembra un mucchio di detriti.»

Moore si allontanò dalle pietre e dai tronchi d'albero e indicò dietro di loro. «Laggiù, a circa trenta metri, c'è un piccolo affluente del Cold Heart Creek.»

«Non ho visto un torrente quando siamo saliti da questa parte.» disse Noah.

«Perché quello non è il torrente. È solo un piccolo ruscello che si riempie quando il torrente straripa. In pratica è un deflusso, ma a volte è quanto basta per allagare l'intera area.»

Josie si guardò intorno, notando le pozzanghere di fango che punteggiavano l'area, bagnate e appiccicose per le recenti piogge. «A me sembra una palude.» commentò. Fece alcuni passi nella direzione indicata da Moore, finché qualcosa di colorato attirò la sua attenzione. «Qui!» disse.

Gli altri la seguirono, addentrandosi tra gli alberi fino ad arrivare a una vecchia barchetta di legno appoggiata contro alcune rocce. Lo scafo della barca era di un colore verde acqua sbiadito. Tutte le panche al suo interno, tranne una, erano rotte e una pagaia logora era poggiata sul fondo. La parte posteriore era impantanata nel fango e Josie poté vedere il lungo e ampio solco nel terreno della foresta dove l'affluente del Cold Heart Creek aveva scavato la sua strada durante i periodi più piovosi dell'anno. Aveva già iniziato a riempirsi d'acqua con l'ultimo giorno di pioggia.

«Questa è la barca di cui ci ha parlato Maya.» disse Josie. «Siamo nel posto giusto.»

Risalirono la collina fino al punto in cui Moore aveva indicato le pietre crollate e si guardarono intorno.

«Maya ha detto che non si poteva vedere l'ingresso a causa delle rocce e degli alberi caduti.» disse Moore.

Saltò su un tronco d'albero e gli altri lo seguirono. Scavalcarono alcune grosse pietre, avvicinandosi alla base della piccola collina. Un altro tronco d'albero sbarrava loro la strada e, dietro di esso, una siepe di erbacce e viti pendeva da un gruppo di pietre che sporgeva dalla collina. Josie si rese conto che si trattava di una sorta di tenda naturale. Ma nessuno che fosse passato di lì l'avrebbe vista perché era ostruita da tanti alberi e pietre franati, proprio come aveva raccontato Maya. Moore scostò la massa di vegetazione ed eccola lì: una crepa nella terra. Aveva una forma irregolare, come un grande esagono irregolare a misura di persona. Alla base misurava circa un metro e mezzo, poi si allargava e si restringeva, si allargava e si restringeva, e la parte superiore dell'ingresso non superava il metro. Accovacciandosi, una persona di media statura poteva passarci facilmente. Moore si mise la lampada frontale in testa, e Nash e Noah fecero lo stesso. Josie non riuscì a guardare l'apertura per un altro momento. Il suo respiro si fece sempre più veloce. Tirò fuori il dispositivo GPS e lo controllò. Sbatté le palpebre. «Non siamo nella contea di Lenore.» disse.

Noah la guardò. «E dove siamo?»

Lei gli tese il dispositivo. «Questa è la contea di Alcott. In pratica siamo a Denton.»

Moore e Noah si avvicinarono per guardare la mappa sullo schermo e Moore indicò alla destra di Josie. «Ma ancora mezzo miglio da quella parte e sarete di nuovo nella contea di Lenore.»

«Ma se le caverne sono sotto la nostra giurisdizione, questo rende le cose un po' più facili. Contrassegnalo, così sapremo dov'è l'ingresso, d'accordo?» disse Noah a Josie.

Segnò l'ingresso delle caverne sul GPS, sperando che nessuno vedesse la sua mano tremante.

«Se le caverne sono nella vostra giurisdizione, significa che ci avete trascinato a forza fin qui senza una buona ragione.» protestò Moore. Senza aspettare una risposta, tornò all'ingresso e vi infilò un piede, facendo sparire l'intera gamba nel buio.

Josie prese una boccata d'aria affannosa. Il cuore le rimbombava nel petto. Il ricordo dell'incubo della notte precedente le tornò alla mente, lo sgabuzzino in cui aveva trascorso tante ore della sua infanzia si trasformò in un'oscurità senza fine. «Solo un minuto.» disse Noah a Moore, poi si voltò verso Josie e disse a voce bassa: «Dammi la tua lampada frontale.»

Intontita, gliela porse. Lui fece finta di controllare le batterie e lei capì che le stava facendo guadagnare tempo. Parlò in modo da non essere sentito. «Non sei obbligata a entrare anche tu.» le ricordò. «Possiamo lasciarti qui fuori. Puoi fare da palo nel caso in cui l'eremita non sia là dentro ed entri dopo di noi.»

«No.» disse Josie con voce strozzata. «Lo devo fare. È il mio lavoro.»

Noah incrociò il suo sguardo. Lei capì che avrebbe voluto toccarla, per confortarla, in qualche modo, ma non lo avrebbe fatto davanti ai colleghi. Lei lo apprezzò, anche se in quel momento non desiderava altro che lasciarsi avvolgere dalle sue braccia e sentirsi dire che doveva restare fuori. Solo Noah conosceva la vera portata del danno che Lila Jensen aveva fatto a Josie quando era bambina. Solo lui sapeva delle interminabili ore rinchiusa nell'armadio, dello spazio buio e chiuso che la opprimeva fino a impedirle di respirare.

«Nessuno mette in dubbio la tua capacità di fare il tuo lavoro, Josie.» disse Noah. «Uno di noi deve rimanere qui fuori. Quindi che sia tu.»

Josie guardò oltre le sue spalle, dove Moore stava per metà dentro e per metà fuori dall'ingresso, chiacchierando con Nash. Era una forte tentazione. Noah aveva ragione. Né Moore né Nash avrebbero sospettato qualcosa se lei si fosse offerta di aspettare fuori. Ma se lo avesse fatto, Lila Jensen avrebbe vinto. Sarebbe stata solo un'altra cosa che quella donna le aveva portato via, anche a distanza di tanti anni. Lei era un'agente di polizia. Una brava agente. Questa era la sua vita. Non aveva figli. Aveva il suo lavoro. Sarebbe stata dannata se avesse permesso alla malvagia Lila di sminuire tutto questo a distanza di decenni. Quel giorno stavano cercando un rapitore, ma un altro giorno avrebbe potuto trattarsi di una persona scomparsa, di qualcuno che aveva bisogno di aiuto. Sarebbe rimasta in disparte anche in quel caso? Pensò al figlio della sua amica Misty, Harris, che a quasi tre anni era diventato una parte significativa della sua vita. Amava così tanto quel bambino che si sarebbe beccata una pallottola per lui. E se fosse stato lui a ritrovarsi bloccato in un luogo buio e chiuso? Sarebbe rimasta fuori a frignare per i fantasmi del passato?

«Questo è il mio lavoro.» ripeté Josie, puntandogli contro il mento. «E lo farò, puoi scommetterci.»

Lui le sorrise e lei lo adorò per non aver dubitato oltre di lei. Le sistemò la lampada frontale sulla testa, la regolò e la provò per assicurarsi che la luce si accendesse, e poi si rivolse a Moore e Nash, dicendo a voce alta: «Adesso funziona.»

Josie mise il GPS in tasca e tirò fuori la torcia portatile. Si avvicinò a Moore. «Ti seguo.» disse. Con Noah alle spalle, si immerse nell'oscurità.

VENTICINQUE

Josie fu sorpresa da quanto fosse fredda e umida l'aria che le avvolse le braccia nude e la nuca mentre si immergeva nelle profondità delle grotte. Toccò a Nash rimanere fuori. I sei raggi delle torce portatili e delle lampade frontali di Josie, Noah e Moore rimbalzavano caoticamente sulle pareti rocciose. L'ingresso era un breve tunnel, lungo forse un metro o un metro e mezzo, che poi lasciava il posto a una camera più grande. Nel passaggio, Josie sentì l'energia e l'aria cambiare. Fece scorrere le luci intorno a loro, notando formazioni rocciose bianche, gialle e grigie che assomigliavano a gelati sciolti e altre formazioni che ricordavano centinaia di ghiaccioli appesi. Il soffitto era alto almeno tre metri e mezzo in alcuni punti, se non di più. A terra c'era uno stretto sentiero che sembrava essersi formato dal passaggio di qualcuno che aveva fatto ripetutamente avanti e indietro.

Noah le mise una mano sulla spalla e lei sobbalzò. «Sono solo io.» disse lui. «Stai bene?»

Lei lo sentì a malapena sopra il boato del proprio battito cardiaco, ma annuì. Anche con i soffitti alti e deformi e i fasci delle loro torce che vi rimbalzavano sopra, sentiva ancora le familiari grinfie del panico che la avvolgevano. Era di nuovo una bambina chiusa nell'armadio, urlava e piangeva perché Lila la facesse uscire. Non aveva fatto nulla di male. Lila aveva promesso che non ce l'avrebbe rinchiusa di nuovo. Ma il buio e la tortura non cessavano mai.

«Cos'è questo suono?» disse Moore, fermandosi all'improvviso, e Josie quasi gli finì addosso.

«Quale suono?» chiese Noah.

«Come un fischio.» disse Moore. «È uno di voi?»

Era lei. Stava andando in iperventilazione. Aprì la bocca per dire che stava bene, ma non uscì nulla, se non un rantolo acuto. Noah pose di nuovo una mano sulla spalla di Josie, stringendola in modo rassicurante.

«Soffri d'asma o qualcosa del genere?» chiese Moore.

Qualcosa del genere, pensò Josie, ma le parole le si strozzarono in gola.

«Sì.» disse Noah. «Starà bene. Andiamo avanti.»

Mentre Moore si girava e si addentrava nelle caverne, Josie chiuse gli occhi per una frazione di secondo. Li riaprì e si concentrò sul movimento dei piedi. Noah le tenne la mano sulla spalla, guidandola in avanti. «Respira.» le disse in un sussurro. «Va tutto bene.»

Quando era bambina, il ragazzino che da adulto sarebbe diventato il suo defunto marito, Ray, le aveva dato uno zaino pieno di provviste da tenere nell'armadio per quando Lila ce la chiudeva dentro; in questo modo non si sarebbe sentita sola. Ora, ricordò a se stessa, rassicurata dal peso della mano di Noah sulla sua spalla, non era sola. Entrarono in un altro tunnel, abbastanza spazioso da permettere a due persone di camminare fianco a fianco, ma più lungo, da sei a nove metri secondo le stime di Josie. Il disegno fatto da Maya non risultava precisissimo, come Josie si era aspettata. La sua esperienza con l'eremita era stata disorientante e terrificante, su questo non c'era alcun dubbio, ma fino a quel punto le descrizioni che aveva fornito a

Moore erano accurate. Uscirono in un altro spazio aperto, dove si era raccolta dell'acqua. Josie guardò in basso, puntando la torcia da testa verso il suolo della grotta, coperto da circa cinque centimetri d'acqua. Moore si mosse più lentamente, sciabordando finché non arrivò dall'altra parte, in un altro tunnel che li condusse in un'altra caverna, questa così enorme che la luce delle loro torce non raggiungeva nemmeno il soffitto sopra di loro.

Rabbrividì e Noah le strinse la spalla. Le venne in mente una delle ultime cose che Ray le aveva detto prima di morire: *l'oscurità non può farti del male*. Si ripeté queste parole mentalmente più e più volte. Tra questo e il tocco deciso di Noah, il suo respiro iniziò a rallentare, seppur di poco.

Moore si fermò e puntò la sua torcia verso l'alto. Noah e Josie lo raggiunsero, ma anche con tutti i loro raggi puntati verso la sommità della caverna, la luce non penetrò l'oscurità che incombeva sulle loro teste.

«Pensi che ci siamo?» chiese Noah.

Josie cercò di nuovo di parlare. Nella sua mente, c'era ancora una parte razionale che stava elaborando le circostanze attuali. Doveva esserci un altro tunnel, a sinistra, se la mappa di Maya era corretta, e poi un'altra grande camera.

«Non ne sono sicuro.» ammise Moore.

Josie si mise davanti a lui, scrollandosi di dosso la mano di Noah, e deviò verso sinistra. Con una mano tastava la superficie irregolare delle pareti, mentre con l'altra orientava il raggio della torcia. Le luci di Moore e di Noah oscillavano alle sue spalle, proiettando uno strano effetto stroboscopico intorno a lei. Un attimo dopo, trovò un piccolo tunnel sulla sinistra, abbastanza grande da permetterle di attraversarlo accovacciata. Moore e Noah erano molto più alti di lei, quindi dovettero abbassarsi, ma li sentì che tenevano il passo. Poi la galleria finì e i suoi piedi piombarono nel vuoto. Cadde con le mani tese, volando verso il suolo grigio scuro, colpendo la pietra con entrambe le ginocchia e le mani. Scariche di dolore le salirono dai polsi alle braccia.

Moore e Noah furono accanto a lei e la sollevarono in piedi. «Ti sei dimenticata...» sussurrò Moore, «che Maya ha detto che c'era un grande scalino per entrare in questa camera. A parte questo, ottimo lavoro. Siamo arrivati.»

Josie annuì, ancora incapace di formulare delle parole. Il suo respiro era rallentato, ma non il battito cardiaco. I tre si guardarono intorno nell'enorme spazio. Anche in questo caso, le torce non riuscivano a penetrare l'oscurità sopra di loro. Josie si sentì riempire il naso dell'odore di legna bruciata, e Noah, come se le avesse letto nel pensiero, sussurrò: «Siamo nel posto giusto.»

«Ehilà?» chiamò Moore nell'oscurità sconfinata. «Signore? Siamo della polizia. Abbiamo bisogno di parlarle.»

Le sue parole furono inghiottite dal silenzio, e nemmeno con i tentativi successivi ricevette risposta, se non l'eco della sua stessa voce che rimbalzava sulle pareti di roccia. Josie alzò lo sguardo, scrutando intorno a sé con la lampada frontale finché non vide quelli che sembravano i gradini di una scala che si incurvavano lungo una parete. Non erano fatti dall'uomo, ma solo punti naturali nella pietra in cui la superficie si era un po' appiattita, abbastanza da contenere i piedi di una persona. Toccò il braccio di Noah per attirare la sua attenzione e poi glieli indicò.

«Quella deve essere la camera sopraelevata.» disse Noah. «Quella che Maya ha chiamato camera da letto. Salgo io.» Attirò l'attenzione di Moore e gli fece segno che stava per salire di sopra. Moore annuì e lo seguì. Josie rimase ad aspettare di sotto, scrutando tutto intorno a sé con la torcia e la lampada frontale, ma senza riuscire a scorgere nient'altro che pietre che sembravano cera fusa. Noah e Moore continuarono a chiamare l'eremita mentre salivano i gradini.

«Polizia. Vieni fuori dove possiamo vederti. Dobbiamo parlare.»

Senza Noah a sostenerla, Josie ricominciò a respirare velocemente e si sentì sopraffatta dalle vertigini. La caverna sembrava girare intorno a lei in un vortice di oscurità. Allungò una mano, alla ricerca di un appiglio. Inciampò in avanti. Era tornata nell'incubo. *L'oscurità non può farti del male,* le disse la voce di Ray nella sua testa.

Le luci di Noah e Moore brillavano sopra di lei. Il suo sguardo si spinse verso l'alto, sperando di scorgerli. Un rumore, qualcosa a metà tra un grugnito e un grido, giunse da qualche parte in alto e poi sentì qualcosa che correva nell'aria. Avvertì la tensione in ogni pelo del suo corpo. E fu allora che qualcosa di pesante le si abbatté sulla schiena, facendola cadere a terra. La sua torcia portatile volò via. Le arrivò il colpo della lampada frontale che si frantumava mentre il suo viso si schiantava sul freddo pavimento di pietra. La luce si spense. La fronte era in fiamme, ma si rese conto di essersi risparmiata delle lesioni facciali ben peggiori proprio grazie alla lampada che si allungava di un paio di centimetri dalla sua testa. Un grande peso gravava sulla sua schiena. Cercò di mettersi in ginocchio, ma qualcosa, anzi qualcuno, la teneva piantata a terra. Un tanfo di morte e fetore corporeo le fece venire i conati di vomito. Qualcosa di irto le raschiò la nuca e fu allora che la sua gola finalmente si aprì. Un urlo animalesco e assordante le uscì dalle viscere. Il nodo di panico che le si era creato nel petto scoppiò, il dolore eclissò ogni altra sensazione: l'abrasione bruciante sulla fronte, le ginocchia ammaccate, il collo e le costole doloranti.

Riusciva a sentire le urla di Noah e Moore, ma il suo corpo era troppo concentrato sul proprio terrore per elaborare qualsiasi cosa stessero dicendo. C'era un uomo sulla sua schiena. Era al buio, in uno spazio chiuso, e c'era un uomo sulla sua schiena, che si trascinava verso l'alto come una specie di creatura umida e strisciante, spostando leggermente il peso dai fianchi di Josie, alleggerendo la pressione sul lato destro. Josie scalciò, le sue gambe colpirono solo aria. Dita si insinuarono sulla sua nuca e tra i capelli. Un alito maleodorante le solleticò la guancia, facendole salire la bile in fondo alla gola.

«Andatevene.» le disse una voce rauca all'orecchio.

Josie spinse la gamba destra verso l'alto, in modo da poggiare il ginocchio; ogni movimento le provocava un dolore lancinante alle ossa e alle articolazioni. Appoggiò a terra anche il palmo e l'avambraccio destro e spinse con tutte le sue forze, facendo rotolare l'uomo lontano da lei. Mentre rotolava sopra di lui, lo colpì con il gomito destro, più e più volte, fino a sentire le ossa spaccarsi. Lui emise un grugnito. Si lasciò trasportare dallo slancio, rotolando fino a mettersi a cavalcioni su di lui. Toccandolo, trovò il suo petto e la sua barba. Le mani dell'uomo si allungarono per cercare la sua gola, ma lei le respinse, spostandosi verso la parte superiore, finché non riuscì a piantare le ginocchia nell'incavo delle sue spalle.

«Fermati.» disse lei, senza fiato. «Resta fermo!»

Alla fine, cerchi di luce si spalancarono intorno a lei. Noah si inginocchiò accanto a loro, illuminando con la sua lampada frontale il volto spigoloso dell'uomo, con i suoi lineamenti sottili, i lunghi capelli grigi aggrovigliati e l'immensa barba incolta color sale e pepe. I suoi occhi marrone scuro la fissavano, lampeggiando di odio.

«Aiutatemi.» disse Josie. «Aiutatemi a metterlo a pancia in giù e ad ammanettarlo.»

VENTISEI

Josie reggeva le torce portatili di Noah e Moore mentre questi si posizionavano ai lati dell'eremita. Gli misero le manette sul davanti. Tenendolo tra loro, Noah e Moore lo trascinarono mentre Josie faceva da guida nel labirinto di tunnel e caverne. Tremava senza riuscire a controllarsi ma sperava che nessuno di loro se ne accorgesse. L'eremita non parlava. Moore gli chiese ripetutamente il suo nome, ma ottenne in cambio solo silenzio.

Quando Josie vide finalmente lo spiraglio di luce all'ingresso delle caverne, le salirono agli occhi lacrime di sollievo. Le cacciò indietro quando riemerse alla cupa luce del giorno. Si fermarono tutti per prendere fiato. Noah e Moore fecero sedere l'eremita su una grande pietra vicino all'ingresso e Nash si mise di guardia accanto a lui. Veniva giù una fastidiosa pioggerella, ma l'aria aperta della foresta li accolse con un sollievo così profondo che Josie lo sentì in ogni cellula del suo corpo. Alla luce del giorno, poterono constatare che la descrizione dell'eremita fatta da Maya era corretta: aveva esattamente l'aspetto di una persona che aveva trascorso decenni vivendo alternativamente nei boschi e nelle caverne sotterranee. I suoi capelli selvaggi e scarmigliati avevano la consistenza della paglia. Nella barba folta che gli arrivava fino all'addome erano aggrovigliate foglie e ramoscelli e quelli che sembravano avanzi di cibo impigliati. La sua pelle era pallida ma segnata dalle intemperie. Indossava una vecchia maglietta logora, che Josie pensò dovesse essere stata bianca tanto tempo prima, e un paio di jeans tagliati e leggermente umidi che gli pendevano bassi sui fianchi. I muscoli delle braccia e delle gambe erano scolpiti e si contraevano al minimo movimento.

L'unica cosa a cui Maya non li aveva preparati era la puzza opprimente che emanava. Aveva accennato al fatto che puzzava, ma quello che sentivano raggiungeva miasmi indescrivibili che anche all'aria aperta si irradiavano fino alle loro narici. Non le sfuggirono nemmeno gli sguardi di disgusto dei suoi colleghi. «Questo tizio ha bisogno di una doccia.» mormorò Moore sottovoce mentre le passava accanto. Teneva in mano il telefono, cercando di trovare il segnale.

Josie tirò fuori il suo GPS. «Siamo dalla parte di Denton.» gli disse. «Chiamo i nostri ragazzi.»

Noah si avvicinò. «C'era un mucchio di roba in quella camera superiore. Dovremmo far venire Hummel e la sua squadra per vedere se riescono a trovare le impronte di Maya o qualsiasi altra cosa che la colleghi al nostro eremita, qui, e alle sue caverne. In questo modo rafforzeremo le accuse contro di lui. Inoltre, se c'è qualcosa che indica che ha a che fare con la scomparsa di Emilia Gresham, la Squadra di Raccolta delle Prove lo troverà.»

Josie tirò fuori il telefono. Non c'era campo. Si arrampicò su due tronchi d'albero, allontanandosi dall'ingresso nascosto delle caverne verso il ruscello, controllando periodicamente lo schermo fino a quando non raggiunse un punto in cui finalmente vide due tacche sul telefono, e allora si concesse un momento di esultanza. Digitò il numero di cellulare di Hummel e, dopo una lunga discussione e il confronto delle coordinate GPS, concordò con lui di incontrarsi sulla strada più vicina.

Josie e la sua squadra avrebbero fatto salire l'eremita sulle auto di pattuglia di rinforzo e poi uno di loro avrebbe accompagnato Hummel, la sua squadra e la loro attrezzatura fino alle grotte. Riattaccò e si voltò verso le caverne dove vide Noah che la aspettava. Per un attimo, con il suo equipaggiamento tattico, i capelli castani scompigliati che ondeggiavano nella brezza e quell'espressione piena di preoccupazione per lei, le tolse il fiato. Noah fece un passo nella sua direzione, si avvicinò, le scostò i capelli dal viso e le toccò la fronte con due dita. «Ahi!» si lamentò Josie, indietreggiando.

«Ti è venuto un bel livido.» le disse. «A forma di lampadina.»

«Mi ha preso in pieno.» rispose Josie.

«È saltato dalla camera superiore. Ci ha visti, ha preso una bella rincorsa e si è lanciato nell'oscurità.»

«Me ne sono accorta. È atterrato sulla mia schiena.»

La guardò dalla testa ai piedi. «Stai bene?»

«Tu che dici?»

Lui le fece un sorriso ironico. «So quale risposta useresti di solito, ma in questo momento te lo chiedo come tuo fidanzato convivente: stai bene?»

Josie guardò la chioma degli alberi, sentì il vento che li investiva, vide gli uccelli che svolazzavano in cerca di riparo dalla pioggia e respirò l'aria umida. «Sì.» disse poi. «Credo di sì.»

Tornarono indietro dove Moore e Nash stavano trascinando l'eremita tra le rocce e i tronchi d'albero caduti. Si dimenava per liberarsi e chiedeva di sapere dove lo stavano portando. «Sei in arresto.» disse Josie. «Per il rapimento e l'aggressione di Maya Bestler.»

Per un attimo l'uomo si immobilizzò completamente. Qualcosa di esplosivo passò su di lui come un'ombra. Nei suoi occhi balenò un lampo di rabbia. Una vena sulla fronte cominciò a pulsare. Poi tornò come prima, con il volto impassibile.

Josie gli lesse i suoi diritti.

«Voglio un avvocato.» disse l'eremita.

Silenzio. Josie e Noah si scambiarono uno sguardo curioso. Non l'avevano ancora portato in centrale e già chiedeva un avvocato. Era chiaro che da lui non avrebbero ottenuto un bel niente.

«Come si chiama, signore?» gli chiese Moore.

«Voglio un avvocato.» ripeté l'eremita.

Noah sospirò e disse: «Andiamo.»

Moore e il suo collega iniziarono a trascinarlo attraverso la foresta, mentre Josie li guidava con la sua unità GPS.

«Voglio un avvocato.» disse ancora una volta l'eremita, benché non gli avessero fatto altre domande.

VENTISETTE

Due ore più tardi, Josie era seduta alla scrivania con un impacco di ghiaccio sulla fronte. Teneva gli occhi chiusi e ascoltava i colleghi muoversi nella stanza. Addosso si sentiva ancora l'aria fredda delle caverne, il senso di vertigine e di panico nel guardare verso l'alto e vedere solo nero. L'uomo che le piombava sulla schiena, buttandola a terra. Riaprì di scatto gli occhi e si concentrò sull'ambiente in cui si trovava in quel momento. Le scrivanie accanto alla sua erano vuote. Gretchen e Mettner erano fuori, impegnati nel caso Yates e Gresham.

Noah apparve accanto a lei e pose sulla scrivania una bottiglia d'acqua fredda e una tazza di caffè fumante. «Devi idratarti.» le disse. «Ma so che hai bisogno di caffè.»

Lei gli sorrise. «Sei eccezionale.»

Lui le sorrise a sua volta mentre si accomodava sulla sedia della scrivania di fronte a lei. «Abbastanza eccezionale da poter tenere il mio fornetto tostapane?»

Le venne da ridere, ma al minimo movimento la fronte ricominciava a dolere. Appoggiò la borsa del ghiaccio sulla scrivania. «Non esagerare. Ne riparliamo più tardi.»

«Abbiamo preso le impronte dell'eremita.» disse Noah. «E le abbiamo inviate alla Polizia di Stato per accelerare il riscontro nell'AFIS.»

«Questo ci permetterà di scoprire chi è soltanto se è già inserito nel sistema...» disse Josie.

Noah alzò le spalle. «Vale la pena provare. Ho chiamato lo studio del difensore d'ufficio. Hanno un avvocato locale che accetta casi pro bono. Lo contatteranno e lo faranno venire appena possibile.»

«Potrebbero volerci ore.» disse Josie. Annusò l'aria. «Mi sembra di sentire ancora il suo odore.»

«Non solo ti sembra.» disse Noah. «Tutto il piano di sotto sta prendendo il suo odore.»

«E fino a quando non arriverà il suo avvocato, non riusciremo a schedarlo e a farlo trasferire a Bellewood per le ultime procedure. Quel tanfo si diffonderà in tutto l'edificio. Favoloso!»

«Abbiamo tempo.» disse Noah. «Potresti andare a casa a farti una doccia.»

«Per poi tornare qui e ritrovarmi di nuovo questa puzza addosso? No, grazie. Lavorerò sui rapporti.»

Il suo cellulare vibrò sulla scrivania. Lo avvicinò e vide le parole *SCI Muncy* lampeggiare sullo schermo. Lo stomaco le si rivoltò e lasciò che partisse la segreteria telefonica.

«Tutto bene?» chiese Noah.

Lei annuì.

«Chi era?»

«Avranno sbagliato numero.» borbottò lei, avvicinando la sedia alla scrivania e raddrizzando la postura, pronta a digitare sulla tastiera.

Noah stava per aggiungere qualcos'altro, ma il telefono fisso sulla scrivania squillò. «Quinn.»

Dall'altro capo del telefono le giunse la voce di Hummel. «Boss, abbiamo recuperato tutto quello che potevamo prendere dalle grotte. Ho delle cose che vorrà vedere. Mi trova giù, nella sala conferenze.»

«Ci vediamo lì.» disse Josie e riattaccò.

Noah la seguì al primo piano, dove la puzza opprimente dell'eremita era ancora più forte. «Meno male che non abbiamo ancora mangiato.» mormorò Josie mentre entravano nella sala conferenze e chiudevano la porta.

Hummel era in piedi a capo del lungo tavolo, di fronte a diverse buste di carta per le prove che aveva appoggiato sul ripiano davanti a sé. Si infilò i guanti e afferrò la busta più grande per avvicinarla. Ne estrasse uno zaino viola. Lo adagiò sul tavolo e lo girò in modo che Josie e Noah potessero vedere le cinghie. Lungo una di esse, scritto con un pennarello nero, si leggeva: *E. Gresham.*

Josie si lasciò sfuggire un sospiro di sorpresa.

«Non posso crederci.» disse Noah.

Hummel aprì la cerniera dello zaino e tirò fuori gli oggetti che conteneva: alcune magliette, della biancheria di ricambio, uno spazzolino da denti, un tubetto di dentifricio, un deodorante, assorbenti, una spazzola per capelli, un flacone di ibuprofene e un telefono.

«Dobbiamo tornare indietro.» disse Josie. «Potrebbe essere in quelle grotte.»

«Non c'è.» confermò Hummel. «L'abbiamo cercata e non c'è. Non abbiamo nemmeno trovato tracce di sangue. Ho usato il luminol là dentro. Niente. Abbiamo anche controllato nelle caverne e nei dintorni per individuare eventuali tombe scavate di recente. Ma niente.»

«Potrebbe averla strangolata. Potrebbe essere ancora lì. Abbiamo bisogno dei cani.» disse Josie.

«L'unità cinofila dello sceriffo della contea di Alcott dovrebbe incontrare Gretchen vicino al campeggio in giornata, se smette di piovere.» disse Noah. «Abbiamo ancora un paio d'ore di luce. Non portano fuori i cani con questi temporali. Non avremmo dovuto andarci nemmeno noi.»

Hummel rimise tutto dentro lo zaino e lo ripose nella busta delle prove, poi, dalle altre buste, tirò fuori uno alla volta gli altri oggetti. Bottiglie d'acqua, pentole, accendini, magliette da uomo, una piccola borsa termica morbida, kit di pronto soccorso, coltelli a serramanico, una bussola, diverse bobine di corda di nylon, lanterne, torce elettriche, persino una sedia da campeggio. Ma nessuno di questi oggetti aveva un contrassegno come quello sullo zaino. A giudicare dal libro e dallo zaino, Emilia Gresham era una persona che segnava abitualmente le sue cose con l'iniziale e il cognome. «Dovrai prendere le impronte da questi oggetti.» disse Josie. «Vedi se su una di queste cose riesci a rilevare le impronte di Maya Bestler, in modo da poterla collegare alla grotta.»

«Abbiamo la sua dichiarazione.» disse Hummel. «La sua mappa delle caverne. Diavolo, abbiamo anche il suo bambino.»

Josie toccò il braccio di Hummel. «Il nostro eremita si è costituito prima ancora che lo caricassimo in macchina. Cercherà di difendersi. Non dobbiamo lasciare niente al caso. Renderemo più facile il lavoro del Procuratore Distrettuale, quindi, per favore, fallo e basta.»

Hummel sospirò e fece una mezza alzata di spalle mentre raccoglieva le buste delle prove. «D'accordo.» disse. «Come vuole, Boss.»

«Hummel...» disse Josie prima che se ne andasse. «Fai delle analisi sulle corde che hai trovato per verificare la presenza di DNA. Maya aveva delle cicatrici intorno ai polsi.»

Lui annuì.

«Ah, a proposito... hai trovato qualche noce nera nelle caverne?»

«No.» disse lui. «Nessuna.»

Josie e Noah tornarono alle loro scrivanie. «Allora, che ne pensi?» chiese Noah. «L'eremita si stava aggirando nei boschi, ha avvelenato i campeggiatori, li ha uccisi, ha saccheggiato il loro accampamento e se n'è andato rapendo Emilia?»

«Difficile a dirsi.» disse Josie. «Le caverne distano quasi dieci miglia dal campeggio in cui Emilia Gresham è scomparsa, anche se possiamo supporre che sia arrivato fin lì in barca scendendo e risalendo per Cold Heart Creek.»

«Può darsi...» disse Noah. «Ma avrebbe dovuto trascinare la barca fino al torrente principale. L'affluente vicino alle sue caverne non era abbastanza pieno per farla galleggiare.»

«È vero.» concordò Josie. «Pensavo solo che avremmo trovato Emilia Gresham, o qualche segno significativo della sua presenza... qualcosa di più di uno zaino.»

«Quindi deve averla portata da qualche altra parte.» suggerì Noah.

«Dobbiamo inviare delle unità laggiù per cercare nelle caverne.» disse. «Non appena la pioggia smette o diminuisce.»

Noah fece alcune telefonate mentre Josie pensava al quadro generale. Quando riattaccò, chiese: «Perché ha preso lo zaino di Emilia e non quello di Valerie? Contenevano praticamente le stesse cose.»

«Forse Emilia l'ha portato con sé.» suggerì Noah. «Ha avvelenato i coniugi Yates, li ha uccisi, ha minacciato Emilia, l'ha costretta a seguirlo e lei si è portata dietro lo zaino. Dentro ci aveva messo il telefono, forse sperava di poterlo usare, prima o poi.»

«Ma si è impegnato così tanto per tenere Maya Bestler nascosta e prigioniera. Perché avrebbe dovuto rischiare che Emilia portasse con sé un telefono nelle caverne?» si chiese Josie.

«Beh, penso che rapire una donna adulta sia un po' impegnativo. Forse non era del tutto lucido e le ha tolto lo zaino solo quando hanno raggiunto le caverne.» argomentò Noah.

«Allora perché non l'ha tenuta nelle caverne?»

Entrambi conoscevano la risposta, ma nessuno dei due la

disse ad alta voce. Il telefono sulla scrivania di Josie squillò di nuovo. Questa volta era il sergente Lamay che la informava che era arrivato l'avvocato dell'eremita. Josie e Noah scesero nuovamente le scale che portavano al primo piano. Quando svoltarono nel corridoio verso la sala degli interrogatori, Josie si bloccò sul posto e Noah le finì addosso. «Cosa c'è?» chiese, ma già stava guardando verso la fine del corridoio, dove stava il principale avvocato penalista di Denton, Andrew Bowen, in completo elegante e con una valigetta in mano.

«Oh merda.» disse Noah.

Josie si girò verso di lui. «Di cosa ti preoccupi? Non sei tu quello che ha mandato sua madre in prigione a vita.»

«No.» disse Noah. «Ma esco con la persona che l'ha fatto.»

Lila Jensen si stava improvvisamente insinuando in ogni aspetto della sua vita. Prima le telefonate, poi gli incubi, seguiti dal buio delle caverne che le ricordavano come Lila l'avesse tenuta in uno sgabuzzino, e ora il ritorno di Andrew Bowen. Un anno e mezzo prima, Lila Jensen era tornata nella vita di Josie dopo una prolungata e graditissima assenza, riportando alla luce un caso di omicidio vecchio di decenni che Josie aveva risolto spedendo al fresco sia Lila che la sua complice, la madre di Andrew Bowen. Il caso aveva anche portato alla luce alcuni brutti segreti relativi al passato della famiglia dei Bowen, nessuno dei quali gli aveva fatto piacere scoprire. Essendo un avvocato penalista, si recava spesso alla stazione di polizia, ma riservava sempre a Josie i suoi sguardi più cattivi e le sue osservazioni più taglienti. Quel giorno non fu diverso.

Quando Josie e Noah lo raggiunsero, lui sogghignò. «Avrei dovuto immaginarlo. Lei. Quali stravaganti reati sta cercando di attribuire a dei poveri innocenti, stavolta?»

Josie incrociò le braccia sul petto e lo fulminò con lo sguardo. Dichiarò solo i fatti, niente di più, ripercorrendo tutto ciò che avevano appreso nelle ultime ventiquattro ore su Maya Bestler e da poco su Emilia Gresham.

La bocca di Andrew Bowen si tese in una sottile linea retta mentre ascoltava la sua esposizione. Poi chiese: «Chi ha parlato con lui?»

«Nessuno.» disse Noah. «Ha chiesto subito un avvocato.»

Con aria scettica, Bowen disse: «Nessuno di voi ha ancora parlato con quest'uomo?»

«A parte leggergli i suoi diritti, no.» disse Josie.

«Non sapete nemmeno il suo nome. Come potete accusarlo?»

«Se può indicarci un altro uomo che vive nelle caverne sotterranee di Denton e che ha tenuto Maya Bestler prigioniera e l'ha ingravidata, saremo felici di indirizzare le nostre indagini verso di lui.» commentò Josie.

Il volto di Bowen si infiammò. Le puntò un dito in faccia. «Non pensi nemmeno per un secondo che le permetterò di farla franca con i suoi soliti travisamenti.»

Josie sentì Noah muoversi dietro di lei per avvicinarsi a Bowen, ma alzò una mano per trattenerlo, e rivolgendosi a Bowen disse: «Quali travisamenti? Fare il mio lavoro?»

Il dito di Bowen si mosse davanti al viso di Josie. «Non può attribuire al mio cliente ogni singola cosa che sta accadendo in questo momento in città. È questo che le sto dicendo.»

Prima che Josie potesse rispondere, Noah ringhiò: «Non venga nella nostra stazione di polizia pensando di fare prepotenza su di noi. Le prove sono quelle che sono. Lei si preoccupi del suo lavoro e noi ci preoccuperemo del nostro.»

Bowen abbassò il braccio e si lisciò i risvolti della giacca. «Siete avvisati...» mormorò.

Noah cominciò a parlare di nuovo, ma Josie gli diede una leggera gomitata per farlo tacere; poteva sentirlo fremere di rabbia. Non aveva senso inimicarsi ulteriormente Andrew Bowen.

«Vorrei parlare con il mio cliente.» disse allora Bowen.

«Certo.» disse Josie.

«Da questa parte.» disse Noah, passandogli accanto per fargli strada verso la stanza in cui tenevano l'eremita.

Quando arrivarono alla porta, Bowen si guardò intorno, storse il naso e chiese: «Cos'è questo odore?»

Noah sorrise. «È il suo cliente.»

VENTOTTO

Mentre Bowen incontrava l'eremita, Josie e Noah si diressero verso l'ospedale, facendo visita al piccolo Bestler nella sua minuscola culla, avvolto in una coperta bianca da ospedale e con un cappellino azzurro di lana sulla testolina. Dormiva tranquillamente. Rimasero a osservarlo per diversi minuti prima che una delle infermiere uscisse per parlare con loro. Noah le mostrò le sue credenziali e chiese: «Come sta?»

L'infermiera sorrise. «Sta benissimo. Non ha riportato conseguenze.»

«Sono contento di sentirlo.» disse Noah, riportando lo sguardo sul bambino.

«Sua madre è venuta a trovarlo o ha chiesto di lui?» si informò Josie.

L'infermiera annuì. «È passata a trovarlo questa mattina. Anche i nonni.»

«L'ha tenuto in braccio?»

«Oh, sì. Ma sembrava parecchio esitante. Come se avesse paura di fargli male. I suoi genitori cercavano di rassicurarla. È stato molto dolce, a dire il vero.»

«Ha scelto un nome?» domandò Noah.

«No, non ancora. O almeno, non ce lo ha detto.» rispose l'infermiera e per un lungo minuto osservò Noah che guardava il bambino. Poi lei e Josie parlarono contemporaneamente.

«Vuole prenderlo in braccio?» chiese l'infermiera.

«Dovremmo andare di sopra a parlare con la madre.» annunciò Josie, ma Noah rispose all'infermiera come se lei non ci fosse. «Mi farebbe davvero piacere.»

Josie aveva seri dubbi che il protocollo lo permettesse, ma non glielo fece presente. Noah sparì nella nursery con l'infermiera, lasciando Josie a bocca aperta. Si ricompose e si allontanò dalla vetrata di osservazione. Non aveva alcuna voglia di starsene lì a guardare Noah coccolare il piccolo Bestler. Premette compulsivamente il pulsante di apertura dell'ascensore finché non suonò, suscitando in lei un'ondata di sollievo. Salì al quarto piano per visitare Maya Bestler. La luce della stanza era di nuovo soffusa. Maya riposava nel suo letto; aveva un aspetto di gran lunga migliore rispetto al giorno prima. Si era fatta la doccia, i suoi capelli castani erano puliti, asciutti e pettinati, le sue guance erano rosee e adesso indossava un pigiama, di cui Josie riusciva a vedere solo la maglietta nera oversize con la scritta *Let Me Sleep* stampata a lettere bianche. Suo padre, Gus, sonnecchiava accanto a lei su una delle sedie per gli ospiti. Della madre, Sandy, invece non c'era traccia.

Maya vide Josie che faceva capolino dalla porta e la invitò a entrare. Josie si avvicinò al lato del letto opposto a dove stava il padre e si assicurò di parlare direttamente faccia a faccia con Maya. «Come stai?»

Maya sorrise. «Meglio.» Abbassò lo sguardo sulla maglietta. «Mio padre mi ha portato un pigiama.»

Josie sorrise. «Molto meglio dei camici dell'ospedale.»

Maya annuì. Indicò la fronte di Josie. «Cosa ti è successo?»

Josie toccò il livido circolare che ancora faceva male. «Sono caduta. Avevo una torcia in testa. Sto bene. Ho sentito che oggi hai visto il tuo bambino.»

Il sorriso di Maya si allargò. «È bellissimo. Grazie ancora per avermi aiutata a metterlo al mondo sano e salvo.»

«Ho fatto solo il mio lavoro.» disse Josie. «E a tal proposito, ho delle novità.»

Maya si irrigidì. I suoi occhi azzurri si spalancarono. «Che novità?»

Josie fece un cenno a Gus. «Credo che anche tuo padre voglia sentirle.» Aspettò mentre Maya svegliava il padre con una spintarella.

Josie si presentò nuovamente. Quando fu completamente sveglio e in piedi accanto alla figlia, tenendole una mano, Josie guardò in faccia Maya e le disse che avevano arrestato l'uomo che ritenevano l'avesse rapita e tenuta prigioniera.

La vide tremare senza controllo. Il padre si avvicinò e le accarezzò i capelli con l'altra mano. «Va tutto bene, tesoro.» disse, anche se Josie non credeva che potesse sentirlo. «Ora sei al sicuro.» Poi si girò verso Josie. «Chi è?» le chiese. «Come si chiama?»

Lei si infilò le mani nelle tasche dei pantaloni. «Non lo sappiamo ancora. Non vuole parlare. Ha chiesto subito un avvocato. Siamo certi che a lui rivelerà la sua identità. Gli abbiamo preso le impronte digitali per poter rintracciare nel sistema eventuali precedenti.»

«Quale sistema?» chiese Maya.

«L'AFIS.» spiegò Josie. «Il Sistema Automatizzato di Identificazione delle Impronte Digitali. È un database in uso alle forze dell'ordine per raccogliere e conservare le impronte digitali di chiunque sia stato arrestato o condannato per un reato.»

Maya deglutì. «Pensi... pensi che sia nel sistema?»

«Difficile a dirsi.» raccontò la leggenda locale di cui le aveva parlato l'agente Moore. «Ma non si sa mai. Come ho detto, secondo me dovrà rivelare la sua identità al suo avvocato.»

Maya chiuse gli occhi, ma dopo qualche secondo li riaprì ,

pieni di lacrime che le scesero sulle guance. Guardò il padre che le sorrise con affetto. «È finita.» disse. «È tutto finito.»

Maya si voltò di nuovo verso Josie. «Hai chiamato Garrett?»

A Josie non sfuggì l'irrigidimento delle spalle di Gus e disse: «L'ho fatto. Ma mi ha detto che non vuole venire a trovarti.»

L'espressione di Maya si allentò, abbassò gli occhi, una reazione che Josie non riuscì a distinguere tra la delusione, la confusione o entrambe le cose. Gus incrociò lo sguardo della figlia. «Tesoro, devi capire che la polizia credeva che Garrett ti avesse ammazzata. Lo credevamo tutti. Penso che sia meglio lasciarlo andare avanti con la sua vita adesso.»

Maya non sembrò convinta, ma annuì.

Josie fece un passo avanti, guardando di nuovo in faccia Maya. «Maya, abbiamo bisogno del tuo permesso per prelevare un campione di DNA da tuo figlio.»

«Che... che cosa?»

«Un campione di DNA.» ripeté Josie. «Così possiamo stabilire la paternità dell'uomo che ti ha rapita. In questo modo, se scoprissimo che il suo DNA coincide con quello del bambino, le accuse del Procuratore Distrettuale sarebbero comprovate e avremmo maggiori possibilità di trattenerlo in carcere.»

Maya annuì ma i suoi occhi erano spalancati dalla paura. «Gli farà... gli farà male? Al mio bambino?»

Josie sorrise. «Oh no, niente affatto. Possono farlo con un semplice tampone all'interno della guancia.»

Però, Maya non sembrava convinta. Guardò prima il padre e poi Josie e disse: «Non voglio che rimanga traumatizzato.»

«Non succederà.» disse Josie. «Se ho il tuo permesso, più tardi ti porterò dei moduli da firmare.»

Maya annuì. Suo padre le strinse la spalla e le assicurò che stava facendo la cosa giusta.

«Ho solo un altro paio di domande.» disse Josie.

«Certo.» disse Maya. «Qualsiasi cosa.»

«Quando eravate nelle caverne quell'...». Stava per dire

"quell'eremita", ma invece preferì dire: «... quell'uomo ha mai portato qualcun altro con sé?»

Il volto di Maya si rilassò per la sorpresa. «Cosa? No. O almeno, non mi sembra.»

«C'eri soltanto tu?»

Lei annuì. «Per quanto ne so. Ma sono sempre rimasta nella camera superiore, tranne quando lui mi portava fuori. Potevano essercene altri. Potrebbe averli tenuti da qualche altra parte delle caverne. Così non avrei sentito nulla. Però non ho cercato altrove. Quando ho avuto la possibilità di fuggire, non mi sono messa a esplorare. Me la sono data a gambe.»

«C'erano degli oggetti nella camera superiore quando eri lì?» chiese Josie.

Maya annuì. «Certo. Portava sempre degli oggetti nelle caverne. Diceva che li trovava in giro. Diceva che li lasciavano le persone che andavano a caccia e a fare delle escursioni nei boschi, ma onestamente mi sono sempre chiesta se le avesse rubate. E mi chiedevo anche se avesse fatto del male a quelle persone. Di certo ne era capace.»

«Ti ricordi alcuni degli oggetti che ha portato?» chiese Josie. Gli occhi di Maya volarono al soffitto per rifletterci. «Pentole, padelle, a volte vestiti. Borse frigo. Bottiglie d'acqua. Praticamente tutto quello che riusciva a trovare.»

«Prima che te ne andassi...» disse Josie quando lo sguardo di Maya tornò a posarsi su di lei. «Ti ricordi che abbia portato qualcosa di particolare nella camera?»

«Oh...» disse Maya, alzando un dito in aria. «Uno zaino. Credo che fosse lo zaino di una donna perché dentro c'erano assorbenti e quant'altro.»

«Ci hai guardato dentro?»

Le guance di Maya si colorarono di rosa.

«È tutto a posto...» la rassicurò Josie. «Non finiresti nei guai per una cosa del genere. Anzi, al posto tuo, in quelle circostanze, avrei fatto razzia di qualunque oggetto quell'uomo avesse portato, alla ricerca di qualcosa che potessi usare per comodità o per facilitare la fuga.»

Maya abbozzò un debole sorriso. «L'ho aperto proprio per questo. C'era un telefono all'interno, ma non avevo il codice di accesso. Ho provato a usare la funzione 911, perché si possono fare chiamate di emergenza anche senza accedere, ma non prendeva all'interno della caverna. Avrei voluto tenerlo con me e provare a usarlo fuori, ma l'unica cosa che avevo da indossare lì dentro era quell'orrendo e vecchio vestito, che Dio solo sa dove l'aveva pescato, e non c'erano tasche dove nasconderlo.»

«Perché non l'hai portato con te quando sei fuggita?» le chiese Josie.

«La batteria era scarica. Non pensavo che mi sarebbe servito a qualcosa nel bosco. Inoltre, avevo così tanta paura che mi raggiungesse che non ci ho proprio pensato. Mi sono messa a correre e basta.»

Josie le accarezzò un braccio. «Sei stata bravissima, Maya. Sono felice che tu sia qui con noi. Torno presto, d'accordo? Ti lascio qui il mio biglietto da visita nel caso tu o i tuoi genitori aveste domande.»

VENTINOVE

Noah era già uscito dalla nursery. Josie diede un'ultima occhiata
al piccolo Bestler, dovendo ammettere quanto fosse irresistibil-
mente adorabile, prima di scendere al piano di sotto e dirigersi
verso il parcheggio. Mandò un messaggio a Noah chiedendogli
di raggiungerla in macchina e si attardò all'ingresso principale
dell'ospedale, sotto la tettoia d'entrata, guardando la pioggia che
cadeva a catinelle. Trascorsa una decina di minuti, non avendo
sentito tuoni né visto lampi, inviò un messaggio a Mettner per
sapere se l'unità cinofila fosse ancora in attesa a causa del
maltempo. La risposta di Mettner fu quasi immediata e le
confermò che l'unità stava aspettando di uscire. Josie stava per
avventurarsi sotto l'acquazzone quando notò Sandy Bestler a
qualche metro di distanza dalla porta, alla fine della tettoia, che
fumava una sigaretta. Josie le si avvicinò e lei abbassò la sigaretta all'altezza del suo fianco, soffiando il fumo lontano da Josie,
verso la pioggia.

Josie rise. «Non si preoccupi. Non dirò a nessuno che l'ho
vista fumare. Non credo che nessuno le negherebbe una sigaretta dopo le ultime ventiquattro ore.»

Le spalle di Sandy si abbassarono per il sollievo. Si portò la sigaretta alla bocca e aspirò a lungo. Mentre espirava il fumo, con l'altra mano ravvivò la frangia biondo-grigiastra lontano dagli occhi. «È stato sicuramente...» cercò la parola giusta, ma era chiaro che non la trovava.

«Scioccante?» le suggerì Josie.

Sandy rise, ma il suo sorriso era nervoso. «Sì, davvero scioccante.»

Josie si sarebbe aspettata che qualsiasi altra madre si sarebbe entusiasmata per la meraviglia di avere ritrovato la sua bambina, specialmente dopo aver convissuto per due anni con il dolore di aver creduto che fosse stata uccisa dal suo fidanzato, ma Sandy non si era spinta a tanto. Ma d'altra parte, pensò Josie, che ne sapeva lei di cosa fanno le madri?

«Stavo giusto parlando con suo marito e con sua figlia.» disse Josie.

«Ex marito.» ci tenne a correggerla Sandy. «Il nostro divorzio è stato ufficializzato lo scorso anno.»

«Oh...»

Sandy distolse lo sguardo. «Affrontavamo il dolore per la perdita di nostra figlia in modi radicalmente diversi. Naturalmente, adesso...» ma non finì la frase.

«Beh...» disse Josie. «Li stavo solamente aggiornando sugli sviluppi delle indagini.»

A quel punto Josie mise al corrente anche lei che l'eremita era sotto la loro custodia, che non aveva detto il suo nome e aveva chiesto subito un avvocato. Accennò anche al fatto che Maya aveva acconsentito a far eseguire un test del DNA al suo bambino.

«È una buona notizia.» disse Sandy con tono piatto, annuendo. «Forse Maya riuscirà a superare questa situazione.»

«Sono sicura che ci riuscirà.» affermò Josie. «Sembra che possa contare su una buona rete di supporto.»

Sandy fece una risata ironica. «Magari fosse sufficiente.

Superata questa situazione, lei potrebbe voler tornare tra le braccia di Garrett.»

«Non credo che possa accadere.» disse Josie. «Non si può dire che Garrett sia stato particolarmente disponibile quando l'ho chiamato. Non gli interessa vedere Maya. Questo l'ha detto chiaramente.»

Sandy tirò un'altra boccata e scosse la testa. «Ma perché lei torni sui suoi passi basterà che lui cambi idea. Potrebbe presentarsi qui domani e mia figlia sarebbe di nuovo perduta... questa volta con mio nipote.»

«Ho guardato il fascicolo della polizia di Lenore sulla scomparsa di Maya.» disse Josie. «Pare che Garrett avesse abusato di lei, ma lei non volle sporgere denuncia.»

Sandy roteò gli occhi. Gettò a terra il mozzicone di sigaretta e lo schiacciò con un piede. Poi ne tirò fuori un'altra e la accese. «Non lo avrebbe mai lasciato. Non importa quanto le cose si fossero messe male.»

«Maya le disse che le cose andavano male?» chiese Josie.

«All'inizio no.» rispose Sandy, iniziando a camminare. «Sapevamo però che lui la picchiava. Aveva troppi lividi inspiegabili e anche un paio di fratture. Alla fine, siamo riusciti a farglielo ammettere. E anche allora non ha voluto lasciarlo. Le abbiamo detto che poteva tornare a casa da noi. L'avremmo protetta. L'avremmo portata alla polizia. L'avremmo sostenuta. Ma Maya non è mai stata molto brava a tirarsi fuori dalle situazioni.»

Suonava strano come giudizio da dare su una donna che era stata vittima di abusi domestici e che era sua figlia per giunta, ma Josie non insistette sulla questione, perché non conosceva la vera natura del rapporto tra Sandy e Maya, che non sembrava comunque proprio sereno; per questo preferì dire: «Però è riuscita a fuggire dall'uomo che l'aveva rapita.»

Sandy annuì, ma i suoi occhi guardavano lontano, come se la sua mente fosse altrove. Dopo un attimo, sbatté le palpebre e scosse la testa, dando l'impressione di essere tornata indietro. «Devo sembrarle anaffettiva. Mia figlia è scomparsa per due anni, presunta morta, e io me ne sto qui a lamentarmi di come non abbia voluto lasciare il suo ex fidanzato violento. Sono felice che sia a casa. Sono grata di avere un nipote, anche in queste circostanze, ma sono preoccupata per mia figlia e per il suo futuro.»

«Posso capirlo.» la rassicurò Josie.

«Se torna da Garrett, però, farò causa per la custodia di quel bambino.»

Josie aspettò che dicesse qualcosa di più, ma proprio in quel momento Noah arrivò di corsa dal parcheggio, con l'impermeabile calato sulla testa. «Mrs. Bestler...» la salutò. Poi si rivolse a Josie e disse: «Mi sembrava che avessi detto di incontrarci alla macchina.»

«Sì, scusami.» disse Josie. «Andiamo. Abbiamo ancora molto lavoro da fare.» Prima di andarsene con Noah, Josie infilò uno dei suoi biglietti da visita nella mano di Sandy Bestler. «Se ha bisogno di qualcosa...» disse.

TRENTA

Quando tornarono al comando di polizia, aveva smesso di piovere. Josie preparò i moduli di consenso con i quali Maya avrebbe dato loro il permesso di prelevare un campione di DNA dal suo bambino per farglieli firmare, mentre Noah scese al piano di sotto per dare un'occhiata all'eremita. Qualche minuto dopo le mandò un messaggio in cui le diceva che Andrew Bowen voleva parlare con loro, così Josie si diresse verso la sala conferenze dove Noah e l'avvocato la stavano aspettando. Bowen era in piedi accanto al tavolo. Si era tolto la giacca del completo e l'aveva appesa su una sedia vicina, e si era arrotolato le maniche della camicia azzurra. Quando Josie entrò, incrociò le braccia sul petto.

«Ha un nome da darci?» gli chiese senza perdere tempo.

«Il mio cliente si chiama Michael Donovan.» rispose Bowen e riferì la sua data di nascita, specificando che aveva cinquantotto anni. «Non conosce Maya Bestler. Non l'ha mai incontrata.»

«Maya Bestler non sarebbe d'accordo.» commentò Josie. «Gli ha mostrato una foto di Miss Bestler per avere conferma che non l'ha mai incontrata?»

Le labbra di Bowen si schiusero leggermente e Josie capì che non l'aveva fatto. Bowen non aveva chiesto a nessuno una foto di Maya Bestler, anche se avrebbe potuto trovarne facilmente una su Internet da mostrare a Donovan. «Il mio cliente vive da solo nel bosco da diversi anni.» disse l'avvocato. «Non ha mai avuto ospiti femminili.»

Alle spalle di Josie, Noah rise. «Diciamola pure così.» disse.

Gli occhi di Bowen lampeggiarono. «Pensa che sia divertente, tenente? Sono accuse gravi quelle che avete mosso contro il mio cliente.»

«Un test del DNA potrà confermare se Maya sia stata o meno "ospite" di Donovan. Il suo cliente acconsentirà a sottoporsi a un test del DNA?»

«Sì.» rispose Bowen. «Se questo gli permetterà di uscire rapidamente dal sistema carcerario della contea e tornare a casa sua.»

«Intende dire nella natura selvaggia.» disse Noah.

«È lì che vive.» rispose Bowen. «Sì.»

«C'è ancora la questione Emilia Gresham.» disse Josie. «Abbiamo trovato il suo zaino nella sua... casa.»

«Il mio cliente non sa niente di Ms. Gresham.»

«E allora come avrebbe fatto a entrare in possesso del suo zaino?» chiese Noah.

Bowen sospirò. «Il mio cliente perlustra spesso i boschi circostanti la sua dimora alla ricerca di oggetti lasciati da escursionisti e campeggiatori. Dice di essersi imbattuto in un campeggio a diverse miglia dalla sua caverna due giorni fa. Non era occupato. È tornato sul posto nelle prime ore del mattino di ieri, all'alba, dice. Ha visto solo due persone, un uomo e una donna, che dormivano per terra vicino al fuoco.»

«Dormivano?» protestò Josie stringendo gli occhi. «Quella coppia è stata uccisa, avvocato Bowen!»

«Beh, non è stato il mio cliente a ucciderli. Come ho detto, si è imbattuto nel loro accampamento, stavano dormendo, non voleva svegliarli, così ha preso quello che poteva portare e se n'è andato.»

Josie pensò alla scena del crimine all'accampamento e anche a ciò che era stato trovato nella grotta di Donovan. Poteva chiedere a Hummel di rilevare le impronte digitali su tutti gli oggetti rinvenuti e dimostrare che era stato Donovan a sottrarli agli Yates e a Emilia Gresham. Poteva anche chiedere a Hummel di analizzare quegli stessi oggetti alla ricerca di eventuali tracce di DNA lasciate da Donovan, ma lui aveva già ammesso di essere stato sulla scena del crimine. Quella sarebbe stata la sua linea difensiva: era ovvio che le sue impronte e il suo DNA si trovassero su tutte le loro cose, perché aveva messo a soqquadro l'accampamento dopo l'omicidio. Non avevano niente che dimostrasse che era stato lui a uccidere Tyler e Valerie e a rapire Emilia. Da quello che aveva detto Maya, Donovan sapeva distinguere le piante commestibili da quelle tossiche, perciò avrebbe potuto avvelenare in qualsiasi modo i coniugi Yates, ma anche in questo caso non c'era modo per provarlo. Tutti gli elementi che lo collegavano al caso Yates e Gresham erano al massimo circostanziali, ed era difficile che il Procuratore Distrettuale avrebbe portato avanti il processo con così poche prove concrete.

Lo avevano già arrestato per il caso di Maya Bestler. Sarebbe finito in galera per tanto tempo. Ma Emilia Gresham risultava ancora dispersa e trovarla viva sembrava sempre meno probabile. Josie avrebbe voluto ardentemente prendere di petto Michael Donovan, ma non poteva farlo. Bowen ora si trovava in mezzo a loro e lei sapeva con certezza che non sarebbe stato di alcun aiuto. Era una situazione di stallo e lo sapevano tutti.

«Andiamo.» disse Josie rivolgendosi a Noah. «Ha smesso di piovere. Andremo ad assistere la detective Palmer nella ricerca di Emilia Gresham.»

Si girò per andarsene e Noah la seguì.

«Detective...» disse Bowen. «Se ha modo di accelerare il test del DNA, vorrei che il mio cliente potesse riprendere la sua vita normale il prima possibile.»

Josie lo fissò per un lungo momento, osservando un lento sorriso che si allargava sul suo volto. Senza dire una parola, se ne andò.

TRENTUNO

«Quello è un autentico stronzo.» sbottò Noah quando furono abbastanza lontani e non poteva essere sentito.

«Sono d'accordo.» disse Josie.

«Perché avrà accettato di far fare il test del DNA al suo cliente?» disse Noah come se non l'avesse sentita.

«È quello che mi chiedo anch'io.»

«È un rischio enorme.»

Si diressero verso le scale per tornare alle loro scrivanie. Josie alzò le spalle. «Ma qual è l'alternativa? Probabilmente potremmo ottenere un mandato per prelevare il suo DNA sulla base delle prove. Rifiutandosi, non fa altro che tirare le cose per le lunghe ed è chiaro che il suo cliente non vuole passare un secondo in più del dovuto dietro le sbarre.»

«Per quanto tempo è stato nel bosco?» chiese Noah. «Moore non aveva detto venti o trent'anni? Mi chiedo se almeno sa cos'è il DNA...»

Josie rise. «Anche se lui non lo sa, Bowen lo sa bene. Non c'è problema. Quando arriveranno i risultati, Bowen vorrà negoziare un patteggiamento. Se ne occuperà il Procuratore Distrettuale. Ora dobbiamo aiutare Gretchen a trovare Emilia Gresham.»

Noah aprì la porta e le fece cenno di precederlo. Prima che lei potesse varcare la soglia, vide il sergente Dan Lamay che si precipitava nel corridoio verso di loro, con il volto rubicondo. «Boss!» chiamò.

Dan Lamay faceva parte del dipartimento da oltre quarantacinque anni. Nonostante l'età e il ginocchio malandato, Josie lo aveva tenuto come sergente di servizio durante il suo mandato di capo ad interim perché la moglie stava combattendo contro il cancro al seno e la figlia aveva appena iniziato l'università. Da allora, si era dimostrato una risorsa inestimabile per lei quando ne aveva avuto più bisogno. «Che succede, Dan?»

Li raggiunse, soffiando e sbuffando prima di dire: «Abbiamo appena ricevuto una chiamata. C'è un corpo nel bosco, a sud di Denton.»

Josie ebbe la sensazione che ogni goccia di sangue le si prosciugasse nelle vene e dovette appoggiarsi a una spalla di Noah per rimanere in piedi. Una sola parola riuscì a dire. «No...»

«A sud di Denton?» chiese Noah. «Dove esattamente?»

«Cold Heart Creek.» rispose Lamay. «A un paio di miglia dal ponte di South Denton, vicino al punto in cui sfocia nel fiume Susquehanna. Una zona piuttosto remota. L'hanno trovata alcuni pescatori.»

«Una donna!» esclamò Josie con voce strozzata. Non poteva trattarsi altro che di una donna: erano arrivati troppo tardi. Emilia Gresham era morta.

Lamay continuò: «Abbiamo delle pattuglie sul posto. Hummel è per strada. Volete occuparvene voi o devo chiamare il detective Mettner?»

Scuotendo la testa con decisione, Josie disse: «Ce ne occupiamo noi. Chiama la dottoressa Feist, per favore.»

Seguirono l'argine del fiume oltre il ponte a sud di Denton, proseguendo fino a quando non videro i lampeggianti di due pattuglie della polizia di Denton. Noah lasciò la macchina sul ciglio della strada, dietro uno dei veicoli contrassegnati. Scesero, ritrovandosi in una leggera foschia e si incamminarono lungo l'argine fangoso del fiume. Uno degli agenti in uniforme li attendeva fuori da un bosco ceduo. Indicò tra due alberi. «Attraversate quel punto per circa quindici o venti metri e vedrete Cold Heart Creek. Seguitelo per circa mezzo miglio. Quando sarete arrivati, ve ne accorgerete.»

Lo ringraziarono e si incamminarono verso il fitto della foresta, affondando i piedi nel fango. Sentirono l'impeto del Cold Heart Creek prima ancora di vederlo. Era in piena per le recenti piogge, l'acqua era marrone e agitata. Camminarono con cautela lungo le sue sponde rocciose finché non videro gli agenti all'opera. La squadra di Hummel aveva già delimitato un'ampia area con il nastro giallo da scena del crimine e aveva eretto una tenda pop-up sul corpo. Appena fuori dalla tenda si trovava l'agente Jenny Chan, un membro della squadra di Hummel, con una cartellina in mano. Indossava una tuta in Tyvek sopra l'uniforme, completa di copricapo e copriscarpe. Dietro di lei, gli altri membri della squadra, tra cui Hummel, lavoravano lentamente e metodicamente lungo l'argine coperto di fango e pietre, raccogliendo qualsiasi prova trovassero. L'unico suono era lo scorrere del torrente pochi metri più avanti.

«Non posso ancora lasciarla entrare, Boss.» le disse Chan.

«Non c'è problema.» disse Josie. «Avete delle tute in più che possiamo usare?»

«Certo.» rispose Chan, indicando un grosso mucchio di attrezzature che avevano trasportato con loro e lasciato a qualche metro dal perimetro della scena. «Le trovate in una scatola laggiù.»

Noah si avviò verso la scatola per prepararsi. Josie rimase lì, allungando il collo per sbirciare oltre la spalla di Chan. Riuscì a vedere solo il bianco della carne nuda. «Santo Dio...» mormorò.

«Donna, sui vent'anni.» iniziò a dire Chan. «Ancora in rigor mortis. Non sono un medico, ma direi che è morta tra quattro e sei ore fa.»

Josie si fidò dell'esperienza maturata da Chan sulla scena del crimine. Era arrivata a Denton da una città più grande e aveva visto numerosi crimini. «Grazie.» disse Josie.

«Non dovremmo metterci molto.»

Josie si voltò e si diresse verso la scatola dell'attrezzatura per la scena del crimine. A ogni passo, sentiva il cuore sempre più pesante nel petto. Si prese tutto il tempo necessario per indossare la tuta in Tyvek. Una volta finito, lei e Noah aspettarono fianco a fianco, appoggiati a un tronco d'albero vicino. Non parlarono. La dottoressa Feist arrivò un quarto d'ora più tardi. Guardandoli, assunse un'espressione rattristata, scosse la testa e si preparò.

Nessuno di loro parlò, nemmeno quando Hummel diede loro il segnale che potevano entrare nell'area delimitata. Si avvicinarono alla tenda in fila indiana e circondarono immediatamente il corpo. La donna era completamente nuda, le braccia stese lungo i fianchi, le gambe unite e distese. Sembrava che si fosse semplicemente sdraiata e addormentata. Se non fosse che gli occhi erano ancora spalancati, così come la bocca; la sua ultima espressione di spavento le era rimasta impressa per sempre.

Noah si avvicinò alla testa, scrutando il viso. «Porca puttana.» disse.

Ci vollero uno o due secondi perché il cervello di Josie elaborasse esattamente ciò che stava vedendo. Una volta superata l'espressione piena di orrore della ragazza e visti i suoi capelli castani, capì che la sua supposizione era stata completamente sbagliata.

«Josie...» disse Noah.

«Lo so.» rispose lei. «Questa non è Emilia Gresham.»

Josie si appoggiò su un ginocchio accanto alla testa della ragazza. «No.» mormorò. «Questa è Renee Kelly.»

«Quella del Santuario?» chiese Noah.

Annuì. Le lacrime le bruciarono il fondo degli occhi. Dietro di lei, Noah le posò una mano sulla spalla. «Non c'era nulla che tu potessi fare.» disse.

«Non c'era?» disse lei, con la voce graffiante. «Avrei potuto tornare indietro. Inventarmi qualcosa, magari, per tirarla fuori da lì. Spiegare a Charlotte che dovevo portarla con me.»

«Sai benissimo che se non era pronta ad andarsene da sola, qualsiasi cosa avessi fatto avrebbe solo peggiorato la sua situazione. Josie, non è colpa tua.»

Lei non gli credette. Stringendo le labbra si impose di rimanere concentrata. Non avrebbe pianto. Non avrebbe tremato. Che la morte di Renee Kelly fosse colpa sua o meno, ormai l'unica cosa che Josie poteva fare per lei era trovare la persona che l'aveva ammazzata.

Hummel fece il giro e si mise accanto a Josie. «Boss...» disse sottovoce, distogliendola dai suoi pensieri. «Credo che sia stata uccisa da qualche altra parte e poi sia stata spostata qui.» Indicò i suoi piedi e la terra poco più avanti. «Vede i segni di trascinamento nel fango?»

Due lunghe impronte con la forma dei talloni di Renee conducevano fino al punto in cui poggiavano i suoi piedi.

«Avete trovato delle impronte?» chiese Josie.

Hummel scosse la testa. «È strano, ma no, non ne abbiamo trovate. La spiegazione potrebbe essere che ha camminato sulle pietre, ma dovrebbe essere stato molto impegnativo trasportare così un corpo in pieno rigor mortis. Se così fosse, mi aspetterei di trovare impronte di fango da scarpe sulle pietre e invece non c'è nulla. È come se l'avesse portata qui un fantasma.»

Josie si rimise in piedi. «E sulle impronte di scarponi che

avete trovato al campeggio degli Yates non avete ancora trovato niente?»

«Abbiamo trovato tre tipi diversi di impronte di scarponi.» disse. «Tra queste, due sono state attribuite ai coniugi Yates. L'altra è stata trovata nel database SICAR in base alla marca e alla misura.»

SICAR era l'acronimo di Shoeprint Image Capture and Retrieval, un database di calzature utilizzato dalle forze dell'ordine per identificare le impronte lasciate sulle scene del crimine. Conteneva i modelli di suola di migliaia di tipi diversi di calzature.

«Qual era la marca e il numero del terzo scarpone?» chiese Josie.

«Era un Keen Terradora, da donna, taglia trentotto.»

Josie sospirò. «Quindi probabilmente era l'impronta di Emilia.»

«L'eremita non aveva le scarpe quando lo abbiamo arrestato.» osservò Noah. «Questa potrebbe essere opera sua. Questo spiegherebbe perché non ci sono impronte di scarpe. Sappiamo che è stato all'accampamento degli Yates, ma non c'erano altre impronte di scarpe. L'abbiamo preso questo pomeriggio. Potrebbe aver catturato questa ragazza dopo che tu e Mettner avete lasciato il Santuario ieri sera, l'ha ammazzata, ha scaricato qui il suo corpo ed è tornato alle caverne prima che arrivassimo noi. Aveva una barca. Avrebbe potuto usarla per portarla qui e poi tornare indietro. Siamo più vicini alle sue caverne che al Santuario.»

«Abbiamo esaminato quella imbarcazione quando siamo stati ad analizzare la scena dentro e intorno alle caverne. Non abbiamo trovato tracce.»

«Questo non esclude necessariamente che sia stato l'eremita.» obiettò Noah. «Avrebbe comunque avuto il tempo di farlo senza usare la sua barca. Bastava seguire il torrente. Il ramo principale scorre davanti al Santuario e l'affluente passa davanti alle caverne.» Si spostò vicino ai piedi di Renee, studiando la scena con attenzione. «Guardatela. È nuda, certo, ma il modo in cui è stata stesa qui è quasi...»

La dottoressa Feist disse: «Pudico. Non l'ha lasciata con le braccia aperte o in una posizione umiliante. L'ha lasciata qui perché aveva bisogno di portarla via dal luogo in cui l'aveva uccisa. Non perché volesse fare una dichiarazione di qualche tipo.»

«Esatto.» disse Noah. «Come i coniugi Yates. Erano stesi dritti, uno accanto all'altro, proprio come lei, l'unica differenza è che si tenevano per mano.»

«Ma Renee viveva al Santuario. È lì che le stava succedendo qualcosa.» disse Josie. «Non credo sia stato l'eremita a intrufolarsi nel villaggio e ad abusare di lei. Non riesco a immaginare che Charlotte lo abbia permesso.»

«Ma l'hai detto tu stessa che quelle persone sono state come ammaestrate. Perché ammaestrarle se non si sta nascondendo qualcosa?» replicò Noah.

Josie alzò le mani in aria in un moto di frustrazione. «Non lo so. Stanno sicuramente nascondendo qualcosa. Solo che non ho idea di che cosa sia. Forse questi casi non sono affatto collegati. Ma credo che Renee abbia riconosciuto Emilia Gresham. Quando le ho mostrato la foto, non ha detto di non averla mai vista, ha solo detto che Emilia non era lì.»

«Sappiamo che l'ultimo posto in cui Renee è stata vista è il Santuario.» disse Noah. «Quindi o ha cercato di fuggire, e magari ce l'ha fatta a uscire dalla proprietà però poi qualcuno l'ha catturata e uccisa, oppure chi le stava facendo del male al Santuario l'ha uccisa e l'ha portata qui.»

«Possiamo andarci, ma non troveremo le tracce di un crimine. Ormai le avranno ripulite.» disse Josie.

«Chiunque le stesse facendo del male lo stava facendo da

tempo.» fece notare la dottoressa Feist. Si mise in ginocchio e indicò uno dei polsi della ragazza. Josie era rimasta così scioccata nel vedere Renee Kelly al posto di Emilia Gresham che non si era ancora presa il tempo di controllare le ferite. C'erano diversi segni di costrizione intorno a entrambi i polsi. Alcuni erano vecchi e biancastri, altri erano nuovi, freschi e intrisi di sangue secco. Josie studiò il resto del corpo. C'erano lividi intorno alla gola.

«Strangolamento manuale.» spiegò il medico legale. «Questo è quello che posso dire a occhio. Naturalmente, devo metterla sul tavolo e fare l'autopsia.»

«Maya non aveva cicatrici sui polsi perché era stata legata?» chiese Noah.

«Sì.» disse Josie.

«Quindi, torniamo all'eremita.»

«Ma l'eremita non è ricollegabile al Santuario. La sua grotta non è neanche nelle vicinanze.» insistette Josie.

«A meno che non sia proprio questa la cosa che tengono nascosta laggiù al Santuario.» le fece notare Noah.

Hummel, che era rimasto in silenzio mentre si scambiavano idee, chiese: «Volete che chiami Mett?»

«Sì.» disse Josie. «Chiamalo. Chiedigli di fare delle ricerche per vedere se Charlotte Fadden e Michael Donovan hanno dei legami passati.»

«Agli ordini, Boss.»

«Bene.» fece la dottoressa Feist. «Abbiamo il terzo caso di strangolamento nell'arco di due giorni, il che ci suggerirebbe che c'è un collegamento da qualche parte, anche se è un po' forzato. Possiamo soltanto lavorare con quello che mostrano le prove.»

«Valerie e Tyler non avevano lividi sulla gola.» disse Josie. «Non come questi.»

«Perché loro sono morti rapidamente. Troppo in fretta perché si potessero formare dei lividi. Possiamo dedurre che questa ragazza sia stata strangolata ripetutamente per ore prima di essere uccisa.»

Josie fissò la bocca aperta di Renee. «Pensa che...»

«Che abbia una noce nera in gola?» chiese la dottoressa Feist. «C'è solo un modo per scoprirlo. Dobbiamo portarla all'obitorio. Farò subito l'autopsia. Forse saremo fortunati e troveremo sul suo corpo il DNA di questo bastardo.»

TRENTADUE

Aspettarono che un'ambulanza portasse via il corpo di Renee prima di tornare all'auto di Noah. Aveva ricominciato a piovere sotto forma di una leggera nebbiolina e l'aria era ancora densa di umidità. Noah mise in moto l'auto, accese il condizionatore, ma ancora non partì.

«Voglio andare al Santuario.» gli disse Josie.

«È tardi.»

«Non mi interessa. Voglio andarci.»

«Lo so.»

Fece un cenno al volante. «Andiamo.»

«Devo sapere che stai bene.»

«Cosa vuol dire? Che sto bene per cosa? Per lavorare? Sì, sto bene.» Guardò fuori dal finestrino, concentrandosi sulle luci rosse lampeggianti della macchina di Hummel. La squadra terminò di caricare l'attrezzatura e ripartì in direzione del comando di polizia.

«Non dormi. Mangi a malapena. Hai gli incubi...»

«E quelli che cavolo c'entrano?.» sbottò Josie. «Non sono legati al lavoro.»

Sentì i suoi occhi su di sé. «Non puoi dirmi che queste cose non ti influenzano in qualche modo.»

Alla fine, Josie si girò e incrociò il suo sguardo. «Quella ragazza è morta perché non io l'ho salvata.»

L'espressione di Noah passò dalla frustrazione a qualcosa tra lo sgomento e la compassione. «Josie, no. Quella ragazza è morta perché uno psicopatico l'ha uccisa. Questo lo sai. Non sei responsabile della sua morte.»

Lei distolse lo sguardo. «Ti prego, portami al Santuario.»

«Cosa avresti potuto fare?» continuò lui. «Portarla via con la forza? La legge non funziona così. Non è permesso comportarci in questo modo. Lo sai molto bene. Le hai dato l'opportunità di andarsene. L'hai aspettata per ore lungo la strada. E anche Gretchen ha aspettato per ore.»

A denti stretti, Josie disse: «Dobbiamo andare al Santuario.»

«A quanti casi di violenza domestica hai lavorato nella tua carriera? Decine? Centinaia? Quante volte dobbiamo lasciare che quelle donne tornino a casa dopo che si sono rifiutate di sporgere denuncia, sapendo benissimo che verranno picchiate di nuovo o uccise? Quante?»

«Troppe.» mormorò Josie.

«Non si può avere il controllo su tutto. Hai dato a Renee Kelly l'opportunità di scappare e lei ha scelto di non coglierla.»

«Oppure ci ha provato e per questo l'hanno uccisa.»

«Pensi che Charlotte sia coinvolta in quello che stava succedendo a quella ragazza?»

«Tu pensi che non lo sia?»

Noah inserì la marcia. «Scopriamolo.»

Al Santuario, Josie e Noah aspettarono dieci minuti sulla veranda mentre le stesse donne che avevano visto lavorare in cucina andavano a chiamare Charlotte. Sorrise quando li vide e li invitò a entrare, accennando con un commento disinvolto all'ora tarda. D'altronde erano passate le otto di sera. Ma Josie non si preoccupò di giustificare la visita a quell'ora né di fare i convenevoli. Una volta entrati in casa, tagliò corto: «Dovremo parlare anche con Megan e Tru. Faccia in modo che le sue aiutanti li portino qui.»

Charlotte la fissò per un breve momento, con un'espressione incerta. Per una volta, era lei che era riuscita a spiazzarla, anziché il contrario, e Josie ne fu davvero contenta.

«Certo.» disse Charlotte, facendo loro cenno di entrare in cucina, dove due donne stavano sistemando una pila di piatti sporchi: una li lavava mentre l'altra li asciugava e li metteva a posto. «Signore...» disse Charlotte. «Potete andare a prendere Megan e Tru per me? Portatemeli subito qui.»

Senza proferire parola, le due se ne andarono. Una volta chiusa la porta sul retro, Charlotte incrociò le braccia sul petto e con un sopracciglio inarcato guardò Josie. «Che succede, mia cara? Sembra più turbata del solito.»

«Sa chi è Renee Kelly?» chiese Noah.

Charlotte guardò Josie e lentamente la sua compostezza si incrinò. Si premette una mano sulla bocca. Le rughe intorno agli occhi e al viso si allentarono. Gli occhi luccicavano di lacrime. «Le è successo qualcosa...»

Josie fece un passo verso di lei. «Sa cosa è capitato a Renee?»

Charlotte scosse la testa.

«Charlotte, è il momento di essere onesta con noi.» la esortò Josie. «È estremamente importante che ci dica la verità adesso.»

Charlotte scostò la mano dalla bocca e le lacrime le scivolarono sulle guance. «Cosa le è successo? Dov'è?»

«È morta.» disse Noah senza mezzi termini. «Qualcuno l'ha uccisa e ha abbandonato il suo corpo vicino al torrente nelle ultime ore.»

«No!» Le gambe di Charlotte cedettero e lei si aggrappò al bordo del bancone alle sue spalle prima di cadere. «No. Renee è qui. È nel capannone. L'ho vista ieri sera. Non si sentiva bene...»

«Qualcuno le stava facendo del male, Charlotte.» continuò Josie «Qui. Nella sua proprietà. Nel suo "santuario".»

«No.» disse Charlotte. «Qui le cose non funzionano così.»

«Però è quello che è successo.» intervenne Noah. «Aveva delle ferite, Mrs. Fadden. Qualcuno la torturava da tempo.»

«No.» disse Charlotte. «Una cosa del genere non può essere successa.»

«Conosce un uomo di nome Michael Donovan?» le chiese Josie.

Charlotte sembrò stupita del cambio di argomento. «Cosa? Non lo so. Non mi sembra. Chi è?»

La porta sul retro si aprì di botto e Megan e Tru varcarono la soglia della cucina, con un'espressione di sorpresa quando videro Charlotte che piangeva.

«Che succede qui?» chiese Tru.

«Si tratta di Renee.» gli disse Charlotte mentre lui si avvicinava a lei e le metteva un braccio intorno alle spalle con fare protettivo. «È stata ammazzata.»

«Quando?» chiese Megan. «Come?» Guardò prima Josie e poi Noah e all'inverso.

«Vi state sbagliando. Avete controllato nel capannone? È rimasta nella sua stalla per giorni. Aveva dei disturbi allo stomaco. Le ho dato un antiacido, ma non è servito a granché.»

«Non è nella stalla.» disse Josie. «Quando è stata l'ultima volta che l'hai vista?»

«Ieri sera.» rispose Megan. «Dopo che lei e il suo collega ve ne siete andati.»

«A che ora?» chiese Noah.

«Oh, non saprei dirlo. Qui non abbiamo orologi.»

Josie guardò Tru. «Tu eri con lei. Quanto tempo sei rimasto a controllarla?»

«Non lo so.» disse Tru. «Qualche ora dopo che ve ne siete andati, direi. Ero preoccupato, perché non aveva una bella cera.»

«Andavi a letto con lei?» gli chiese Noah.

Tru fece una faccia sbigottita. Charlotte lo guardò negli occhi. «Tru?»

«Cosa? No! Eravamo solo amici. Voglio dire, mi piaceva, ma non era così. Ero solo in pensiero e lei mi aveva chiesto se potevo dormire accanto al suo giaciglio.»

Quindi, era vero che la stava sorvegliando, ma non perché Charlotte o qualcun altro glielo avesse ordinato.

«E tu l'hai fatto?» chiese Josie. «Hai dormito accanto al suo letto?»

Tru annuì.

«Ha lasciato il capannone durante la serata?»

«Beh, sì. A un certo punto mi sono svegliato e lei non c'era più. Ho pensato che fosse andata in bagno o a cercare Megan.»

Noah si voltò verso Megan. «Renee è venuta a cercarti ieri sera?»

«No.» rispose Megan. «Sono andata a darle un'occhiata prima di tornare nella mia tenda per la notte.»

«Dov'è il bagno più vicino alla stalla di Renee?» chiese Josie.

«C'è un gabinetto dietro il capannone.» disse Tru.

«Hai controllato anche lì?»

«Beh, no. Ho... ho pensato che, se per caso non si sentiva bene, non avrebbe voluto che qualcuno bussasse alla porta del bagno. Ho pensato che sarebbe tornata una volta finito. Poi... poi mi sono riaddormentato.»

«Non era nel suo letto quando ti sei svegliato, vero?» chiese Josie.

«No. Non so dove fosse andata. Ho chiesto in giro ma nessuno l'aveva vista. Poi sono andato a lavorare nella serra.

Con tutta la pioggia, una parte si è allagata e così ci siamo messi lì per cercare di rimetterla in ordine. Abbiamo bisogno di cibo per l'inverno, sapete?»

«Dobbiamo parlare con tutti i presenti. Di nuovo.» disse Josie.

La testa di Charlotte si posò sulla spalla di Tru. «Certo.» disse.

TRENTATRÉ

Questa volta si sistemarono nel salotto della casa e interrogarono uno alla volta tutta la gente del Santuario senza la presenza di nessun altro. Altre due persone avevano visto Renee uscire dalla sua stalla la sera prima, anche se non erano in grado di precisare a che ora, ovviamente. Nessuno riteneva insolito che avesse lasciato il suo alloggio nel cuore della notte. Non c'erano regole riguardo all'entrata e all'uscita, difatti anche tutti gli altri si servivano dei bagni durante la notte.

Altri quattro residenti confermarono che Tru e Renee erano diventati amici da quando lei era arrivata due mesi dopo di lui, ma nessuno sembrava pensare che fossero intimi e nessuno di loro fu in grado di menzionare qualcun altro con cui Renee avesse passato altrettanto tempo. O forse avrebbero potuto farlo ma non erano disposti a dirlo alla polizia. Josie non riusciva a liberarsi dalla sensazione che molti di loro mentissero, ma non riusciva a capire su cosa. Fecero entrare Tru per ultimo per interrogarlo senza la presenza di Charlotte o di chiunque altro, e la sua affermazione che la sua relazione con Renee era stata platonica sembrò sincera.

«Si è mai confidata con te?» chiese Josie. «Su qualcosa che stava succedendo qui al Santuario?»

«Per esempio?» domandò Tru. Si sedette su una vecchia poltrona bergère marrone con lo schienale alto. Josie avvicinò il pouf coordinato in modo da essere posizionata quasi tra le sue gambe, mentre Noah si affacciò alla porta per assicurarsi che nessuno si aggirasse nel corridoio per origliare.

«Qualcuno la metteva a disagio? Magari facendole fare cose che non voleva fare?»

«No. Non mi ha detto nulla del genere.» insistette lui.

«Di chi altro era amica?»

Lui scrollò le spalle. «Non lo so. Probabilmente delle persone con cui lavorava.»

«Di cosa parlavate voi due?»

«A dire il vero, parlavamo soprattutto della vita fuori di qui. Ci mancava, credo. Almeno un pochino.»

Dalla sua posizione vicino alla porta, Noah disse: «Aveva delle cicatrici sui polsi, Tru. Vecchie e recenti. Qualcuno le stava facendo qualcosa.»

True sembrò sconcertato. «Qualcuno le stava facendo qualcosa? Di che tipo?»

«La teneva legata.» rispose Noah.

«Per cosa? Perché?»

Josie si sporse fino a portare il viso a pochi centimetri da quello di Tru e gli toccò il braccio. La sua voce era morbida, intima. «Cosa pensi che facciano gli uomini alle donne quando le legano contro la loro volontà, Tru?»

«Cosa?» chiese lui con voce tremante. «No. Chi le avrebbe fatto una cosa del genere? Renee era una brava ragazza.»

«Non hai mai visto le sue cicatrici?» domandò Noah. «Pensavo foste amici.»

Tru scosse vigorosamente la testa. «No, no. Indossava sempre maniche lunghe e pantaloni lunghi. Non l'ho mai vista svestita o comunque scoperta.»

«Fanno più di trenta gradi.» disse Noah. «Da settimane. Non ti è sembrato strano che si vestisse così?»

«Beh, certo, ma ho pensato che avesse le sue ragioni e non volevo impicciarmi e, insomma, metterla a disagio.»

Un forte tuono proveniente dall'esterno fece sobbalzare tutti e tre. Josie sospirò. «Immagino che l'unità cinofila rimarrà in attesa fino a domani.»

Fuori lampeggiò un fulmine, seguito da un altro tuono. Noah la guardò negli occhi, facendole capire in silenzio che non stavano ottenendo alcun risultato. «È tardi.» disse poi e puntò un dito contro Tru. «Torneremo.» gli garantì.

Noah prese la direzione verso la centrale di polizia in modo che Josie potesse recuperare la sua auto. La pioggia scrosciava sul parabrezza.

«Cosa ne pensi?» le chiese mentre le verdi colline boscose della contea di Lenore lasciavano il posto al confine meridionale di Denton.

«Penso che Charlotte stia mentendo.»

«Quindi pensi che sapesse già che Renee era stata uccisa?»

«No, non credo che qualcuno di loro lo sapesse, ma sono comunque convinta che stiano nascondendo qualcosa.»

«Ha idea di cosa?»

Josie si portò una mano alla fronte e massaggiò il ponte del naso con il pollice e l'indice. La mancanza di sonno, la stanchezza e lo stress stavano cospirando per farle venire il mal di testa più forte della sua vita. Cercò nel vano portaoggetti l'ibuprofene che sapeva che Noah teneva per le emergenze. «No, non ne ho idea.» gli disse. «Penso ancora che ci manchi qualcosa. Qualcosa di grosso.»

Le pillole ticchettarono quando la sua mano si chiuse intorno al flacone. Il suo telefono squillò. Il terrore divenne un nodo in gola quando lo tirò fuori dalla tasca, aspettandosi di leggere la scritta *SCI Muncy*. Si sentì sollevata quando vide che si trattava della dottoressa Feist. Finché non si ricordò per quale motivo l'aveva chiamata. Scorse con il dito per rispondere.

«Josie.» disse la dottoressa Feist. «È per la ragazza, Renee. Avevo ragione. È morta per strangolamento manuale. L'osso ioide è frantumato. L'esame interno ha dimostrato che ha avuto rapporti sessuali con qualcuno tra poco prima del decesso e due giorni fa. Posso darvi questo intervallo con certezza in base a ciò che ho trovato durante l'esame interno, ma non posso restringere il campo più di tanto.»

«Un rapporto sessuale?» chiese Josie. Strinse il telefono tra l'orecchio e la spalla, mentre apriva il flacone di pillole e si versava tre pasticche di ibuprofene sul palmo della mano. «Non è stata aggredita?»

«Beh, non posso dirlo con certezza, ma non ci sono prove che sia stata aggredita. Nessun livido, nessuna abrasione, strappo o lacerazione. In sostanza, niente che suggerisca che il rapporto sessuale non sia stato consensuale.»

«Ha consentito che qualcuno la legasse e avesse rapporti con lei?»

A Josie non sfuggì lo sguardo che Noah le lanciò mentre ascoltava la sua parte della conversazione.

«Non lo so.» disse il medico legale. «Non posso stabilire che le due cose siano collegate. Viste le cicatrici e i segni da costrizione freschi, sembra che abbia cercato di liberarsi dalle corde con cui era legata. Se così non fosse, i suoi polsi non sarebbero stati così danneggiati. Ma non posso affermare che sia stata aggredita sessualmente e non posso fare alcun collegamento, sulla base delle prove, tra un rapporto sessuale e il fatto che è stata legata ai polsi in diverse occasioni negli ultimi mesi. La buona notizia è che abbiamo il DNA. L'ho inviato al laboratorio e ho chiesto che l'analisi venga accelerata.»

«Il DNA della persona con cui ha avuto il rapporto.»

puntualizzò Josie. «Ma non sappiamo se è la stessa persona che l'ha uccisa.»

«No.» ammise la dottoressa Feist. «Non possiamo saperlo. Ma se ottenete un riscontro sul DNA, avrete una pista d'indagine in più da seguire.»

A meno che non si trattasse di un membro del Santuario; in tal caso avrebbero potuto dimostrare che aveva avuto una relazione intima con Renee, ma non che l'aveva uccisa. E non avrebbero avuto modo di dimostrare la verità.

Josie non voleva chiedere, non voleva sapere, in cuor suo, ma sapeva di doverlo fare. «E nella gola? Ha trovato qualcosa?»

Il silenzio della dottoressa Feist parlò chiaro. Josie si sentì mancare ancor prima che le rispondesse. Si gettò le pillole in bocca e le ingoiò a secco mentre la Feist le diceva esattamente quello che non voleva sentire. «Sì. C'era una sottile stringa di cuoio che faceva un giro su metà di una noce nera, infilata in profondità nella sua gola. Proprio come Valerie Yates.»

TRENTAQUATTRO

Quando arrivarono alla stazione di polizia, la dottoressa Feist aveva già inviato a Josie una foto della collana trovata nella gola di Renee. Era quasi identica a quella trovata nella gola di Valerie. Non c'erano fermagli, la stringa di cuoio era legata alle estremità. L'interno della noce nera era a forma di cuore irregolare. Il guscio esterno era scuro, rigato e ruvido. Josie lo fissò per diversi secondi, finché il capo Chitwood non li chiamò entrambi nel suo ufficio per un aggiornamento.

Non gli piacque nulla di ciò che gli riferirono.

Li mandò a casa a riposare, contro le proteste di Josie. Era esausta, ma il pensiero di un'altra notte piena di brutti sogni era sufficiente a farle saltare i nervi. Noah le fece lasciare la luce accesa in camera da letto e si addormentò in pochi minuti. Invece lei passò la nottata seduta sul letto, scuotendosi ogni volta che aveva un colpo di sonno. Gli occhi le bruciavano per la stanchezza quando arrivarono al lavoro l'indomani. A parte le due tazze di caffè che aveva già bevuto, l'unica cosa che la risollevò fu un messaggio di Gretchen che diceva che le previsioni non prevedevano pioggia per la mattina e che l'unità cinofila era pronta a partire.

Ci vediamo lì, rispose Josie.

Tornati alle loro scrivanie, Noah stampò i moduli per il consenso di Maya Bestler al prelievo di un campione di DNA da suo figlio. «Prendo Hummel e porto questi all'ospedale mentre tu raggiungi Gretchen.»

Josie lo guardò andare via, cercando di ignorare il nodo che le si era formato nello stomaco. Tutto ciò che voleva fare era andare a casa, aprire la bottiglia di Wild Turkey nell'armadietto e bere per giorni. Finché l'oblio non avesse preso il sopravvento. Niente più cadaveri. Niente più chiamate dal penitenziario di Muncy. Niente più serial killer in agguato nei boschi. Niente più incubi.

Ma aveva del lavoro da fare. Controllò il telefono e vide un messaggio di Gretchen:

Incontriamoci alla macchina degli Yates.

Josie percorse le strade rurali che si estendevano come sottili nastri neri attraverso la vegetazione fino alla Statale 9227, passando davanti a una grande bandiera arancione lungo il ciglio della strada, che Hummel aveva posizionato per segnalare il punto in cui gli agenti erano entrati nella foresta per raggiungere l'accampamento. Pochi minuti dopo trovò il parcheggio e lasciò la macchina. Il veicolo non contrassegnato di Gretchen era parcheggiato accanto a un grosso furgone con un ampio rivestimento sul pianale. Sopra era steso un grande telo ombreggiante. Il portellone era aperto e all'interno Josie vide il muso grande e bruno di un pastore tedesco, con la lingua lunga e gli occhi luminosi intenti a ispezionare tutto intorno. Tra i due veicoli si trovava Gretchen con l'agente dell'unità cinofila dello sceriffo della contea di Alcott. Indossavano entrambe l'impermeabile, anche se la pioggia si era ormai ridotta a una foschia leggera ma persistente. Quando Josie scese dalla sua auto, il caldo la colpì come un muro; la pioggia battente non era riuscita ad alleviare l'umidità. Semmai l'aveva peggiorata. Avvicinandosi alle altre due donne, vide gocce di sudore scivolare dall'attaccatura dei capelli del vicesceriffo lungo i lati del viso e sulla punta del naso. I suoi capelli castano-grigi erano lucidi e le ciocche sfuggite alla coda di cavallo le si erano appiccicate al viso e al collo. Josie stimò che avesse circa cinquant'anni. Ripensò all'ultimo caso in cui avevano lavorato con l'unità cinofila dello sceriffo della contea di Alcott, quando la sua squadra era stata affiancata da un agente maschio.

Il vicesceriffo sorrise, si pulì la mano sui pantaloni e la tese per stringerla a Josie. «Agente Maureen Sandoval.» disse. Indicò il retro del suo furgone. «Probabilmente ha visto Rini là dentro.»

«Apprezziamo molto il vostro intervento con questo caldo. Le dispiace se parlo un attimo in privato con la detective Palmer prima di iniziare?»

«Nessun problema.» disse l'agente Sandoval.

Gretchen, con l'aria accaldata e infastidita come l'agente Sandoval, seguì Josie a qualche metro di distanza, in modo che Josie potesse aggiornarla sui numerosi sviluppi della giornata precedente. Cominciò subito a scarabocchiare furiosamente sul suo taccuino mentre Josie parlava, mormorando di tanto in tanto cose come "buon Dio" e "Gesù santo". Quando Josie ebbe concluso il resoconto, Gretchen indicò con la penna il livido viola di forma circolare che si era formato al centro della fronte di Josie. «E la testa come va?»

«Non ho una commozione cerebrale, se è questo che ti preoccupa.» rispose Josie.

Gretchen infilò il taccuino in tasca. «È già qualcosa.»

Tornarono dall'agente Sandoval e Gretchen indicò una Jeep Grand Cherokee sul lato opposto del parcheggio. «È l'auto di Tyler e Valerie Yates. La contea di Lenore non ha avuto modo di spostarla.»

«Tanto meglio per noi.» disse Sandoval. «Preferisco partire dal veicolo, specialmente in situazioni come questa.»

«E perché?» chiese Josie.

«La maggior parte delle volte sappiamo con certezza che la persona scomparsa si trovava in macchina prima di addentrarsi nel bosco. È un buon punto di partenza. Una volta ho avuto un caso con un cacciatore che si era perso e siamo partiti dalla sua altana da caccia. Non riuscivamo a trovarlo. Siamo tornate alla macchina, Rini ha fiutato il suo odore e l'ha trovato nel giro di un'ora.»

«Non era mai arrivato all'altana da caccia.» disse Josie.

Sandoval sorrise. «Proprio così. Si era perso prima ancora di arrivarci. Se non fossimo partite dalla macchina, forse non l'avremmo trovato. Quindi, anche considerando che la donna che cercate fosse presente sulla scena, preferirei comunque partire da qui, dalla macchina. La detective Palmer ha portato qui il sacco a pelo. Lo useremo per far sentire a Rini l'odore di Ms. Gresham.»

«Ottimo.» concordò Josie. «Le dispiace se vi seguiamo?»

«Nessun problema.»

Sandoval frugò nell'abitacolo del suo furgone e tirò fuori un lungo guinzaglio nero e una pettorina. Sul retro, Rini cominciò a mugolare e a dimenarsi per l'eccitazione. «Le piace lavorare.» spiegò Sandoval.

Mentre faceva scendere il cane dal furgone e agganciava il guinzaglio alla pettorina, Gretchen andò alla sua macchina e tirò fuori una grande busta di plastica contenente il sacco a pelo che avevano trovato all'accampamento degli Yates e che ritenevano fosse di Emilia Gresham.

«Seduta.» ordinò Sandoval a Rini. Il cane si accucciò sulla terra battuta, ma continuò a emettere acuti uggiolii, come se si stesse lamentando con Maureen del fatto che la preparazione per la ricerca stesse richiedendo troppo tempo.

Una volta che il vicesceriffo diede il comando, Rini si alzò e si avvicinò al sacco a pelo che Gretchen teneva in mano, e lo annusò in maniera energica. «Bene, così va bene.» mormorò l'agente. Fece scivolare la pettorina sul cane. «Ora è il momento di metterci al lavoro, Rini.»

Il cane si diresse verso il veicolo degli Yates. Gretchen gettò il sacco a pelo nel retro dell'auto e lei e Josie corsero dietro all'agente e al suo cane. Rini annusò ancora un po' e poi si allontanò nel bosco. Josie e Gretchen dovettero correre per starle dietro.

«È sulla traccia.» le avvisò Sandoval da sopra la spalla. «Cercate di stare al passo.»

Sandoval teneva Rini a un lunghissimo guinzaglio che si allungava dietro di lei. Josie e Gretchen inciamparono più volte nel tentativo di non calpestarlo o pestarlo. Alla fine, lasciarono che cane e agente avanzassero di diversi metri davanti a loro, in modo da non essere d'intralcio.

Rini seguiva la pista senza sosta, concentrata sul suo compito, a volte puntando il naso in aria e a volte vicino al terreno, e correva avanti a zig-zag attraverso gli alberi. Quando raggiunsero l'accampamento degli Yates, che distava poco più di tre miglia dall'auto, Josie e Gretchen erano madide di sudore e ansimavano per prendere aria.

Non ebbero nemmeno il tempo di constatare il fatto che Emilia era evidentemente stata all'accampamento, perché Rini si stava già immergendo nella foresta, con Sandoval che procedeva a passo spedito dietro di lei, incoraggiandola mentre lavoravano insieme. Dalla tenda, Rini si diresse verso sud, attraversando il fitto sottobosco della foresta con velocità e sicurezza, finché non giunse al Cold Heart Creek, dove si attardò, facendo avanti e indietro, con la lingua penzoloni e ansimando sonoramente. «Tieni duro, bella.» la incoraggiò il vicesceriffo mentre Josie e Gretchen le raggiungevano. Gretchen si piegò in avanti, appoggiando i palmi delle mani sulle gambe, appena sopra le ginocchia, respirando affannosamente.

«Cosa c'è che non va?» chiese Josie a Sandoval, asciugandosi il sudore dagli occhi.

«Dobbiamo attraversarlo.» spiegò Sandoval.

Gretchen si raddrizzò. Si passò una mano tra i corti capelli castani e chiese: «Pensa che Emilia Gresham abbia attraversato il torrente? L'acqua non avrebbe cancellato la traccia?»

«È una leggenda, detective.» rispose Sandoval. «Gli esseri umani si portano sempre dietro il loro odore. Immagini una specie di nuvola invisibile intorno a noi, quasi come un'aura. Quello è il nostro odore. Ce l'abbiamo tutti. Quell'odore si diffonde ovunque andiamo. Anche nell'acqua, Rini riesce comunque a sentire un odore. Infatti, un odore ha bisogno di umidità per lasciare una traccia. Col vento, invece, è tutta un'altra cosa.»

Si sentiva a malapena una leggera brezza, pensò Josie. O forse sembrava così solo perché ogni centimetro quadrato del suo corpo era intriso di sudore e l'aria intorno a loro era densa di umidità.

Dalla tasca dell'impermeabile, Sandoval estrasse una bottiglietta di borotalco. La aprì e la compresse in modo da far uscire un po' di polvere. Josie e Gretchen osservarono come la polvere bianca fluttuasse nell'aria, con tutte le minuscole particelle che andavano alla deriva nella stessa direzione: attraverso il torrente. Sandoval incrociò lo sguardo di Josie. «L'acqua non è molto profonda, vero?»

«No.» disse Josie. «L'ho attraversato ieri. Mi arrivava solo alla vita. Oggi potrebbe essere più profondo con tutta la pioggia che è venuta, ma possiamo sicuramente attraversarlo.»

Sandoval spinse Rini in avanti. «Andiamo, bella.»

Rini si tuffò in acqua e Sandoval la seguì, lasciando il guinzaglio lungo. Quando l'acqua divenne troppo profonda perché Rini potesse camminare, cominciò a nuotare finché non raggiunse l'altra sponda. Josie e Gretchen arrancavano dietro di loro. Raggiunta la riva opposta, Rini riprese il suo trotto frenetico, con il naso puntato in aria, guidata sempre più in avanti dall'odore di Emilia Gresham. Anche se Josie si era portata dietro l'unità GPS, non c'era tempo per tirarla fuori e osservare la posizione. Non avrebbe saputo stimare quanta strada avessero percorso quando Rini le condusse all'apertura nella recinzione che separava la riserva di caccia statale dal Santuario di Charlotte Fadden. Sandoval fermò il cane prima che saltasse oltre la piega della recinzione e annunciò: «Proprietà privata.»

Senza fiato, Josie scosse la testa. «Abbiamo il permesso di cercare sul loro terreno.»

Dietro di lei, Gretchen sbuffò. «Torno alla macchina e faccio il giro, per avvisare che stiamo facendo entrare un cane nella loro proprietà.»

«Pensa di farcela?» chiese Sandoval a Gretchen, sollevando le sopracciglia.

Gretchen agitò una mano in aria. «Me la caverò. Voi andate avanti.» Sandoval diede un comando e Rini saltò con grazia attraverso la piega del reticolato e il vicesceriffo al seguito. Superando la recinzione, Josie rifletté che erano lontane dalla casa principale e dal capannone, e cercò di orientarsi mentalmente; ma cane e agente procedevano troppo velocemente e lei respirava a fatica cercando di tenere il loro passo attraverso una delle tante aree boscose del Santuario. In ogni direzione, il paesaggio era tutto uguale; era contenta di avere il GPS ben infilato in tasca, così, indipendentemente da quanto si fossero addentrate nel bosco, era sicura che avrebbero trovato la via d'uscita. Dopo quella che sembrò un'eternità, emersero in una radura.

Davanti a sé, Josie vide le capanne di cui le aveva parlato Noah e constatò che aveva ragione sul loro stato di abbandono. Ne contò cinque, di colore marrone sbiadito, addossate l'una all'altra come se potessero cadere se una di esse fosse stata spostata. Una aveva il tetto crollato. Le altre avevano gradini marci e cadenti. Avevano una forma strana e Josie ebbe la sensazione che fossero state costruite da ex membri del Santuario utilizzando qualsiasi materiale a portata di mano. Rini corse su per i gradini che portavano a una di queste, spinse la porta con il suo lungo naso ed entrò. Il battito cardiaco di Josie accelerò. Avevano già controllato le capanne e non avevano trovato nessuno. Sapeva che a Noah non sarebbe sfuggito qualcosa di importante.

Ma poi Rini uscì e tornò a correre davanti a loro, percorrendo la parte anteriore delle capanne e immergendosi di nuovo nel verde. Josie ebbe solo un momento per guardare all'interno della capanna. Non c'erano mobili, solo il pavimento di assi di legno e rozzi letti a castello, anch'essi di legno senza materasso. Qualcosa sotto la cuccetta più bassa attirò la sua attenzione; fece un altro passo all'interno, si accovacciò e diede un'occhiata. Quello che trovò era uno spesso pezzo di corda, lungo circa cinque centimetri. Tirò fuori il telefono, accese rapidamente la torcia e la puntò sull'oggetto. Sembrava una specie di sostanza marrone essiccata e incrostata lungo le fibre. Il cuore di Josie fece una capriola. Scattò qualche foto e poi cercò nelle tasche. Aveva i guanti e, fortunatamente, in una delle tasche della giacca impermeabile, una sola busta per le prove tutta accartocciata. Con un sospiro di sollievo, lasciò cadere la corda nella busta e corse fuori. Poteva essere parte della corda usata per legare Renee Kelly? Qualcuno l'aveva portata in quella capanna, l'aveva legata e le aveva fatto chissà che cosa? Rini era entrata specificatamente in quella capanna. Questo doveva significare che anche Emilia vi era stata nei giorni precedenti. Era in quella capanna che Renee aveva visto Emilia? Ed era in quella capanna che avevano portato Emilia? O vi si era rifugiata solo per poi ritrovarsi nell'inferno in cui Renee si era cacciata?

Josie non ebbe il tempo di pensarci. Fuori dalla capanna, Sandoval e Rini erano sparite. Si sentì afferrare dall'ansia. Si mise a correre nella direzione in cui si erano allontanate, attraversando la boscaglia e la fitta vegetazione, finché non riuscì a sentire la voce del vicesceriffo che lodava e incoraggiava dolcemente il suo cane. Josie le raggiunse proprio mentre emergevano in un campo aperto. Davanti a loro, videro la casa del Santuario sulla cresta di un piccolo pendio e, accanto a essa, il capannone. Rini attraversò il campo a passo svelto, procedendo a tratti a zig-zag; Sandoval le andava dietro a passo sicuro, mentre Josie scivolò nell'erba bagnata, cadendo in avanti sulle mani. Si rialzò e le raggiunse. Quando arrivarono alla casa, c'erano diverse persone che si erano riunite e fissavano il cane. Qualcuno indietreggiò, allontanandosi da Rini, ma come aveva detto Sandoval, il cane seguiva la traccia. Stava seguendo l'odore di Emilia Gresham e quello era il suo unico e solo obiettivo. Josie era sicura al cento per cento che, se anche uno qualunque di loro avesse fatto penzolare una bistecca in faccia al cane, lei l'avrebbe ignorata completamente e avrebbe continuato la ricerca del suo bersaglio.

Annusò la casa mentre Sandoval regolava il guinzaglio. Poi deviò, dirigendosi verso il capannone. Ma a quel punto, dopo aver annusato la porta, Rini abbandonò il capannone e si avviò lungo il sentiero, in direzione della strada. Passò in mezzo alle auto parcheggiate lungo il percorso, ma non si fermò. Avvicinandosi all'ingresso della casa, Josie vide Gretchen e Charlotte che parlavano, in piedi sul portico; interruppero la conversazione per osservare Rini e Sandoval che procedevano di fronte a loro. Josie cercò di tenere il passo con loro evitando il lungo guinzaglio che seguiva cane e conduttore.

Emilia era passata proprio in mezzo al Santuario? Dove diavolo si era diretta? Se si fosse trovata in difficoltà, perché non si era fermata alla casa o al capannone per chiedere aiuto? Oppure sapeva già che in quel luogo non avrebbe ricevuto alcun aiuto?

Rini raggiunse la strada e si fermò, scalpitando freneticamente e annusando l'aria. Infine, si diede pace e guardò Sandoval. Josie sapeva che i cani dell'unità cinofila segnalano in modo attivo quando trovano la persona che stanno cercando. Dalle sue osservazioni sui casi precedenti, di solito lo facevano con un bel latrato o abbaiando. Ma Rini stava in silenzio. Sandoval tirò fuori di nuovo il suo flacone e spruzzò un po' di borotalco nella brezza. Spronò Rini in quella direzione, guidandola un po' lungo la strada, ma il cane non aveva più lo stesso slancio che aveva avuto fino a pochi istanti prima. Con il cuore pesante, Josie aveva già un'idea abbastanza precisa di ciò che Sandoval le avrebbe detto prima ancora di aprire bocca.

«È salita su un veicolo, vero?» chiese.

Sandoval si accigliò. «Sa che non posso dirlo con certezza. Posso solo dirle che l'odore si ferma qui. Rini non perde una traccia. O perlomeno, se succede, di solito ci torna sopra e la ritrova. Quindi posso dirle che non è qui.»

Gretchen si avvicinò, riprendendo il filo della loro conversazione. «Con tutta la pioggia che c'è stata, potrebbe semplicemente averla lavata via?»

«Ne dubito.» disse Sandoval. «Non credo che qui ci sia abbastanza deflusso per poterlo fare. Anche così, Rini sarebbe comunque in grado di percepire l'odore, ne sono certa.»

Gretchen sospirò e guardò da una parte all'altra lungo la strada. Josie si voltò verso la casa e vide Charlotte che la osservava, con un'espressione accuratamente neutra. A bassa voce, per farsi sentire solo da Gretchen, Josie disse: «Ci sfugge qualcosa.»

«Un collegamento con l'eremita.» disse Gretchen.

«Esattamente.»

Lo zaino di Emilia Gresham era stato trovato nella grotta di Michael Donovan, eppure Rini non si era minimamente spinta in direzione delle caverne. D'altronde, seguiva l'odore di una persona, non quello di uno zaino. Come aveva detto l'agente Maureen Sandoval, le persone portano il loro odore intorno a sé come un'aura, e l'odore si disperde ovunque vadano. Lo zaino di Emilia Gresham avrebbe avuto il suo odore, ma non avrebbe disperso costantemente il suo odore mentre Michael Donovan lo trasportava nel bosco.

«Emilia Gresham è partita dal campeggio, ha attraversato il Santuario, è arrivata fino alla strada e stiamo ipotizzando che sia salita su un veicolo.» disse Josie. «Magari stava scappando da qualcuno, è arrivata sulla strada e ha fermato una macchina; oppure qualcuno l'ha presa, l'ha portata qui e poi l'ha fatta salire su un veicolo.»

«Forse è stato uno dei membri del Santuario.» suggerì Gretchen. «Una persona che non è più qui. Tutti i presenti sono stati interrogati più di una volta, ma non abbiamo tenuto conto di chi potrebbe essere andato via tra la notte in cui gli Yates sono stati uccisi e adesso.»

Josie sospirò. «Va bene.» Tornò a guardare il capannone e il vialetto, dove diverse persone si stavano riunendo per osservare le tre agenti e il cane sul ciglio della strada. «Diranno tutti che non se n'è andato nessuno o che non stanno attenti a chi va e viene, in modo da non dirci chi potrebbe essersene andato di recente. Mentiranno tutti quanti.»

Gretchen abbassò la voce per adeguarsi a quella di Josie. «Vuoi parlare di nuovo con Charlotte?»

Josie incrociò lo sguardo di Charlotte e lo mantenne.

«No.» disse Josie. «Non ancora. Abbiamo bisogno di altre informazioni.»

TRENTACINQUE

Josie trovò Hummel nella saletta ristoro del primo piano. Era seduto a uno dei tavolini, con un contenitore da asporto aperto davanti a sé e un grosso hamburger in mano. «Boss...» la salutò tra un boccone e l'altro.

Con un sospiro, Josie si sedette di fronte a lui. «Hummel, quante volte te lo devo dire? Chiamami Josie. Non sono più il capo, ricordi?»

Hummel deglutì e le sorrise. «Lei è il mio capo.»

Josie inarcò le sopracciglia. «No, Hummel, non lo sono.»

Spinse il contenitore del cibo da asporto verso di lei e le indicò le patatine fritte, invitandola a prenderne un po'. Non si era nemmeno resa conto di quanto fosse affamata finché non le guardò, e come se l'avesse percepito, Hummel le disse: «Le finisca pure.»

Lui mangiò gli ultimi bocconi dell'hamburger mentre lei spolverava le patatine. Quando ebbero finito, Hummel chiuse il contenitore e lo spinse sul bordo del tavolo. Poi si avvicinò a lei. «Non mi interessa chi comanda qui.» disse. «Per me sarà sempre lei il capo.»

Josie scosse la testa, ma un sorriso le si allargò sul viso. «Grazie per le patatine.» gli disse.

Infilò una mano in tasca e tirò fuori il sacchetto con dentro il pezzo di corda, gli spiegò dove l'aveva trovato e Hummel guardò il contenuto della busta.

«Pensi che ce ne sia abbastanza per fare un esame del sangue presuntivo e che ne sia rimasto abbastanza per ottenere il DNA?» gli chiese.

Lo sapeva bene che il test di Kastle-Meyer era un modo semplice e veloce per capire se la sostanza incrostata sulla corda fosse sangue o meno. Tutto ciò che Hummel doveva fare era strofinare con un batuffolo di cotone la chiazza, inumidirla con una o due gocce di alcol etilico e poi applicare una o due gocce di fenolftaleina seguite da una o due gocce di una soluzione di perossido di idrogeno. Se la sostanza sul tampone diventava rosa acceso entro sei secondi, la macchia era di sangue. Il problema era che la fenolftaleina usata per il test distruggeva il DNA, quindi ogni volta che lavoravano con una quantità limitata di una sostanza, dovevano assicurarsi che ce ne fosse abbastanza per analizzare sia il sangue che il DNA. Se non ce ne fosse stata abbastanza per un test presuntivo del sangue, avrebbe inviato il tutto al laboratorio statale per un test del DNA, che poteva richiedere settimane, se non mesi, a meno che non riuscisse a farlo accelerare, e anche quella era una bella impresa. Ma se ce ne fosse stata abbastanza per fare entrambe le cose e la sostanza analizzata fosse risultata sangue, avrebbe trovato il modo di far innervosire Charlotte Fadden e forse di farla parlare di quello che stava nascondendo alla polizia.

Hummel alzò lo sguardo dalla busta. «Vediamo cosa posso fare.»

Lei stava per ringraziarlo, ma Noah apparve sulla porta. «Ho qualcosa per te.» disse.

«Gresham?» chiese lei speranzosa.

«No.» rispose lui. «Bestler.»

Lei si alzò dalla sedia e lo seguì al piano di sopra fino alle loro scrivanie. «Che cos'hai per me?»

Noah si chinò di fronte a lei e cercò una cartella nel computer contenente un documento PDF. Josie si avvicinò allo schermo e iniziò a leggere. «Mi prendi in giro?» chiese poi.

Noah andò a sedersi alla sua sedia e, appoggiandosi allo schienale, con le dita intrecciate dietro la testa, disse: «Affatto. Il nostro eremita, Michael Donovan, ha ucciso sua moglie trentatré anni fa. L'ha picchiata a morte tra le mura domestiche e poi ha scontato dieci anni di prigione.»

Josie scorse i dettagli del caso. «Si è dichiarato colpevole di omicidio volontario. Solo dieci anni? Ma è assurdo!»

«Lo so bene.» concordò Noah.

«Questo è un caso della contea di Allegheny, nell'area intorno a Pittsburgh. Come è passato da là alla contea di Lenore?»

«Ha scontato la sua pena a ovest della contea di Lenore. Quando lo hanno rilasciato, non aveva nulla. Niente soldi, niente casa. Niente a cui tornare. Immagino che sia andato in giro per un po', che abbia raccontato a un numero sufficiente di persone la storia della morte di sua moglie, e che poi si sia addentrato nel bosco e non ne sia più uscito. Ecco da dove viene la leggenda. Ha un passato di violenza, quindi non è azzardato pensare che abbia rapito Maya Bestler o che abbia ucciso alcune delle nostre vittime recenti... se non tutte.»

«No, infatti, non è una forzatura.» Però non era ancora del tutto convinta che Michael Donovan fosse l'assassino di Renee Kelly. Sembrava troppo casuale che Renee fosse stata maltrattata, avesse vissuto in uno stato di terrore nel Santuario e poi fosse stata uccisa da Donovan quando se n'era andata. Tuttavia, non poteva ignorare la presenza delle collane di noci nere. Tyler e Valerie Yates e Renee Kelly erano stati sicuramente uccisi dalla stessa persona.

«Ma questo non ci aiuta a trovare Emilia Gresham.» disse poi Josie.

«Lo so.» concesse Noah. «A proposito, dove sono Gretchen e Mett?»

«Gretchen è andata a casa a farsi una doccia veloce. Mett non è ancora di turno, ma dovrebbe arrivare tra poco.»

Il telefono sulla scrivania di Josie squillò. Rispose e dopo una breve discussione riattaccò sentendosi un po' meglio riguardo ai casi Gresham e Yates rispetto a qualche minuto prima.

«Come mai quello sguardo?» chiese Noah.

«Era la dottoressa Feist.» disse Josie. «Ha appena incontrato Wesley Yates. È venuto a reclamare il corpo di suo figlio. Gli ha detto che dovevamo parlargli. Sarà qui tra quindici minuti.»

TRENTASEI

Wesley Yates era un orso di uomo: alto e robusto, aveva i capelli bianchi e li portava legati all'indietro in una coda di cavallo, i baffi e la barba erano ben curati. Indossava una semplice maglietta nera e un paio di jeans corti. Le sue braccia erano decorate con tatuaggi che andavano dal polso alla spalla, molti dei quali erano vecchi e sbiaditi, ma da quello che Josie riusciva a vedere, il tema ricorrente era quello degli animali carnivori. Josie, Noah e una Gretchen fresca di doccia lo stavano aspettando nella sala conferenze dove, nonostante la sua stazza imponente, entrò strascicando i piedi con fare impacciato, e quando alzò lo sguardo per salutarli, Josie poté notare che i suoi occhi marroni erano arrossati dal pianto.

Si alzò e gli diede una stretta di mano. «Mr. Yates, siamo profondamente dispiaciuti per la sua perdita.»

Lui annuì, con un'aria un po' intontita, mentre Josie, Noah e Gretchen facevano le presentazioni, gli offrivano il caffè e aspettavano che si accomodasse tranquillamente su una delle sedie dall'altra parte del tavolo. «Non riesco a credere che sia successo.» mormorò. «Non sembra vero.»

Josie sapeva per esperienza personale quanto fosse surreale

perdere improvvisamente e inaspettatamente qualcuno che si ama, e non poté che sentire una fitta al cuore per quell'omone.

«Il medico all'obitorio ha detto che sono stati avvelenati e poi... strangolati, giusto?»

«Sì, è esatto.» confermò Gretchen. «Crediamo che la persona che li ha uccisi li abbia avvelenati con la cicuta trovata nella foresta e poi, quando hanno cominciato a sentirsi male, li abbia strangolati entrambi. Mi dispiace molto, Mr. Yates.»

Gli sfuggirono un paio di lacrime solitarie che si affrettò ad asciugare.

«Non riesco a crederci. Mio figlio non era uno sprovveduto. Avrebbe potuto proteggere Valerie. Non... non capisco. Immagino che si sia sentito talmente male che... però è così difficile da accettare.»

«Lo capiamo.» disse Noah. «Se ha bisogno di qualche minuto, possiamo aspettare.»

Wesley scosse la testa. «No, vediamo di chiuderla in fretta.»

«Suo figlio e Valerie andavano spesso in campeggio?» chiese Josie.

«No.» rispose Wesley. «Forse un paio di volte all'anno. Avrebbero voluto viaggiare di più e fare più cose. Magari tornare nel paese da cui veniva lei. Valerie è australiana. Accidenti. Era australiana.»

Guardò da un'altra parte e dovette di nuovo asciugarsi gli occhi. Josie si alzò e recuperò una scatola di fazzoletti dall'altra parte del tavolo, e gliela fece scivolare davanti.

«Mr. Yates...» disse Gretchen.

«Wesley.» la interruppe lui. «Chiamatemi Wesley.»

«Wesley, crediamo che ci fosse un'altra persona in campeggio con Tyler e Valerie. Una donna. Ha idea di chi potesse essere?»

«Sì, probabilmente Emilia.»

«Emilia Gresham?» specificò Josie.

«Esatto. È la loro migliore amica. Anzi, era la migliore amica di Valerie fin dai tempi dell'università. Emilia era sposata con un ragazzo di nome Jack. Quei quattro facevano tutto insieme. Erano inseparabili. Finché Jack non diede di matto.»

Josie e Noah si scambiarono uno sguardo incuriosito. Gretchen rimase concentrata su Wesley.

«Finché Jack non diede di matto?» ripeté Josie.

Wesley intrecciò le mani muscolose davanti a sé sul tavolo. «Sì, cominciò a dare i numeri, se capite cosa intendo.»

«In che senso?» chiese Noah.

«Aveva smesso di uscire, rimaneva in casa per settimane intere. Emilia aveva cominciato a pensare che fosse depresso. Aveva smesso di fare le solite cose che in genere facevano insieme tutti e quattro. Tyler mi raccontò che una volta era andato a casa loro e aveva trovato Jack chiuso nella stanza degli ospiti e a momenti rimaneva steso dalla puzza perché non si lavava da un pezzo.»

«Direi che era parecchio depresso.» osservò Gretchen.

Josie sentì un brivido gelido lungo la schiena. Pensò al modo in cui Jack Gresham era scomparso dalle foto sul profilo di Tyler e si augurò che non si fosse suicidato.

«Abbiamo provato a rintracciare Jack.» disse Gretchen. «Ma finora non abbiamo avuto fortuna. Ci siamo messi in contatto con una delle sorelle di Emilia che non aveva idea che ci fosse qualcosa che non andava. Anzi, sembrava pensare che lui lavorasse regolarmente e che vivesse a casa sua.»

«No, no.» disse Wesley. «Non ci vive più da un sacco di tempo. Si era unito a una setta, l'ultima volta che ho sentito parlare di lui.»

Josie si raddrizzò sulla sedia, mentre Gretchen si avvicinò a Wesley. «Dove si trovava questa setta?»

«Non lo so. Tyler non me lo disse.»

«Disse che tipo di setta?» provò Josie.

«Nah. Ci sono vari tipi di culto, vero?» commentò Wes con una debole risata. «Però non portano mai a nulla di buono»

Gretchen sorrise. «Si potrebbe fare un ragionamento del genere.»

Josie tentò una tattica diversa. «Ha idea di quando si sia unito a questa setta?»

Wesley si grattò la fronte. «Oh, un po' di tempo fa. Un paio di anni fa, forse. Ma può darsi anche da più tempo. Lo fece dopo che venne licenziato da un nuovo lavoro.»

«Licenziato per cosa?» chiese Noah.

«Non lo so esattamente, ma so che lo licenziarono. Me lo raccontò Tyler.» Gretchen aprì il suo taccuino e tornò indietro di qualche pagina. Josie la guardò scorrere un dito da una riga all'altra finché non arrivò al datore di lavoro di Jack. «Quindi è successo alla Cloudserv Technologies, vero?»

Wes agitò una mano in aria. «No, no. Quello è il posto da cui era stato licenziato la prima volta. Almeno così disse a tutti. Questi sono i fatti per come li conosco. Dopo il licenziamento cadde in depressione. Poi trovò lavoro in un altro posto per qualche mese, ma nel frattempo lui ed Emilia avevano discusso pesantemente. E fu allora che se ne andò. Circa sei mesi più tardi, tornò a casa e le disse che se ne sarebbe andato per sempre. Che si sarebbe unito a una setta... Voglio dire, sono abbastanza sicuro che non l'abbia chiamata così, immagino che l'abbia chiamata in un altro modo. "Setta" è come la chiamò Tyler quando me ne parlò. E mi disse anche che Emilia all'inizio non credeva a quello che le aveva detto Jack, ma poi, dopo che lui era stato via per svariati mesi, era andata a trovarlo per cercare di convincerlo a tornare a casa. Lui non ne aveva voluto sapere. Lei ci era tornata un paio di volte, da quello che so, ma senza mai riuscire a convincerlo. Tyler mi raccontò che ci era andato anche lui e si era unito a loro per un paio di settimane, ma non appena era diventato chiaro che era andato lì solo per parlare con Jack e cercare di convincerlo a tornare a casa, gli avevano chiesto di andarsene.»

«Tyler era andato in quel posto e non le ha mai detto dove si trovava?» chiese Gretchen.

Wesley scrollò le spalle. «Tyler è un uomo adulto. È...» Si interruppe e un'ombra di orrore gli oscurò il volto mentre la consapevolezza lo colpiva ancora una volta nella sua definitività. «Era un uomo adulto.» concluse. «Oh, buon Dio.» Fece alcuni respiri profondi, cercando di ricomporsi. Poi continuò. «Me lo disse solo dopo esserci stato. Ormai il discorso era fatto e finito, e infatti io pensai che avessero chiuso, che lo avrebbero lasciato stare.»

«Tyler ha mai detto per quale motivo Emilia non ha parlato con nessuno di quello che stava succedendo?»

«Credo per imbarazzo. Tyler mi raccontò cosa stava succedendo, ma non voleva che lo dicessi a nessun altro. Non voleva nemmeno che Emilia sapesse che me l'aveva detto. Mi disse anche che lei era sicura di poter convincere Jack a tornare a casa e che allora le cose sarebbero tornate alla normalità, per questo non voleva che nessun altro venisse a saperlo.»

Lei non aveva detto niente ai genitori, ai vicini o a chiunque altro; questo spiegava perché nessuno di quelli contattati durante la ricerca di Emilia lo aveva raccontato loro.

«E i familiari di Jack?» domandò Gretchen. «Non vennero coinvolti in qualche modo? Non sono mai stati al corrente della situazione?»

«Jack aveva solo sua madre. Era una madre single. Dopo che lui aveva finito il liceo, si risposò e si trasferì con il nuovo marito. Da quel che ricordo, vivono in Georgia. Non aveva mai avuto grandi rapporti con lui, però. Andò al suo matrimonio e quella fu l'ultima volta che la incontrò.»

Josie tornò sulla questione del posto di lavoro. «Come si chiamava il secondo posto da cui Jack venne licenziato?»

«Oh, era la fabbrica di snack Lantz. Producono patatine e salatini. Lui lavorava solo nelle postazioni di carico, si occupava di caricare le scatole sui loro camion.»

Gretchen segnò il nome dell'azienda sul suo taccuino.

«Tyler e Valerie non le hanno detto che sarebbero andati in campeggio?» si informò Noah.

Wesley scrollò le spalle. «Beh, sapevo che avevano in programma una vacanza. Non parlavo con loro da qualche settimana. Non ero al corrente di cosa avessero deciso di fare. So che stavano risparmiando per comprare una casa. Vivono in un... vivevano in un appartamento, un posto semplice. Quindi non volevano spendere troppo e per questo il campeggio era l'ideale. Non mi sarei mai aspettato che...»

Ancora una volta le parole gli vennero meno a differenza delle lacrime che di nuovo gli affiorarono agli occhi. Prese un fazzoletto dalla scatola e si asciugò le guance.

Josie si alzò e si spostò dall'altra parte del tavolo. Quando gli toccò la spalla, lo sentì tremare. Percepì quella tristezza come se fosse sua. «Wesley.» gli disse. «Ci è stato davvero utile. Non le ruberemo altro tempo.» Posò il suo biglietto da visita sul tavolo davanti a lui. «Faremo tutto il possibile per trovare la persona che ha ucciso suo figlio e sua nuora e consegnarla alla giustizia. Nel frattempo, se ha bisogno di qualcosa, non esiti a chiamarci.»

TRENTASETTE

Josie era oppressa dalla stanchezza. Era difficile credere che fossero passati solo due giorni da quando lei e Noah erano stati chiamati a raggiungere l'accampamento degli Yates. Erano successe così tante cose, avevano seguito così tante piste e raccolto così tante informazioni contrastanti che adesso se ne sentiva sopraffatta. E, come se le avesse letto nel pensiero, Noah disse: «Facciamo il punto.»

Si sedettero alle loro scrivanie: Noah, Josie, Gretchen e Mettner, che era appena arrivato per il suo turno.

«Qualcuno dovrebbe chiamare Chitwood.» disse Gretchen. «Vorrà essere informato.»

Gli altri emisero un lamento collettivo. Mettner si alzò, arrancò verso l'ufficio di Chitwood e bussò alla porta. Dall'altra parte arrivò un brusco «Che c'è?», Mettner infilò la testa dentro la porta e disse qualche parola. Poi si chiuse la porta alle spalle e tornò alla sua scrivania. «Ci raggiunge tra pochi minuti.»

Ci volle quasi mezz'ora perché Chitwood uscisse dal suo ufficio. Si fermò vicino alle loro scrivanie, con le braccia incrociate sul petto magro, per ascoltare i loro resoconti. Quando finirono, rimase in silenzio per un lungo momento. Josie stava cominciando a pensare che si fosse addormentato con gli occhi aperti, quando finalmente disse: «Tyler e Valerie Yates sono andati in campeggio insieme a Emilia Gresham a un paio di miglia dal Santuario perché il marito di Emilia, Jack, si è unito alla setta e lei voleva riportarlo a casa. Tyler e Valerie sono stati avvelenati e strangolati, e in più lei si è ritrovata un bel regalino dell'assassino conficcato in fondo alla gola, nel caso non ci fossimo ancora resi conto di che razza di sadico sia in realtà. Emilia se n'è andata oppure è stata portata via dal campeggio, ha attraversato la proprietà del Santuario e ha raggiunto la strada dove probabilmente è stata recuperata da un veicolo. Ma il suo zaino, così come diversi altri oggetti che voi ritenete provengano dall'accampamento degli Yates, sono stati trovati nella grotta dell'eremita Michael Donovan.»

«Esatto, Signore.» confermò Gretchen.

«Nel frattempo, mentre voi interrogavate quei pagliacci del Santuario, Quinn ha parlato con questa Renee Kelly che sembrava spaventata, lasciando intendere che qualcuno del villaggio le stesse facendo del male.»

«Beh...» chiarì Josie. «In realtà non l'ha accennato, è stata la mia valutazione.»

«D'accordo.» riprese Chitwood. «Quinn ha detto alla ragazza di lasciare quel posto e di incontrarla lungo la strada. Renee Kelly ha lasciato il Santuario durante la notte, ma non ha mai raggiunto il punto in cui Quinn o Palmer la stavano aspettando.»

«Esatto.» confermò Noah.

«Il giorno dopo, voi avete arrestato Michael Donovan e lo avete portato in centrale. Dopodiché, il corpo di Renee Kelly è stato ritrovato sulla riva del Cold Heart Creek, a diverse miglia di distanza sia dalle caverne che dal Santuario, ma più vicino alle caverne. Le prove suggeriscono che sia stata uccisa altrove e scaricata in riva al fiume. Sui polsi presentava segni di costrizione, vecchi e nuovi, che indicano che era stata legata per i polsi diverse volte nelle settimane o nei mesi precedenti alla sua morte. Come Valerie Yates, potrebbe o meno aver subito violenza sessuale, è stata strangolata manualmente e questo malato le ha conficcato una collana con una noce nera in gola.»

«Esatto.» disse Josie.

«Va bene.» disse Chitwood. «Cos'altro abbiamo?»

«Ho trovato un pezzo di corda in una delle capanne nella proprietà del Santuario. Hummel lo sta analizzando per verificare la presenza di sangue.» disse Josie.

«Michael Donovan è stato accusato del rapimento di Maya Bestler e di molteplici altre accuse di stupro. Avete fatto il test del DNA?»

«L'abbiamo fatto.» disse Josie. «Maya ha acconsentito al prelievo di un campione da suo figlio, di cui si sono occupati Noah e Hummel questa mattina. Anche Andrew Bowen, l'avvocato di Donovan, ha accettato che il suo cliente fornisse un campione, così Hummel ha preso in consegna anche quello.»

«Ci vorranno settimane per avere i risultati. Ma non è un nostro problema. È un problema del Procuratore Distrettuale. Il caso Bestler è chiuso, quindi?»

«Direi di sì.» disse Noah. «Ma non possiamo escludere la responsabilità di Donovan per gli omicidi degli Yates e di Renee Kelly o per la scomparsa di Emilia Gresham perché, come ha appena detto, Donovan aveva lo zaino della Gresham e diversi oggetti del campeggio degli Yates nella sua grotta.»

Chitwood agitò una mano in aria. «Ma le ricerche non hanno portato a nessun'altra traccia di Emilia Gresham nelle caverne o nelle loro vicinanze, giusto? Il cane dell'unità cinofila non l'ha rintracciata nelle caverne. Donovan dice di aver rovistato nell'accampamento dopo la morte dei campeggiatori. Non possiamo dimostrare che non sia così. Non avete trovato tracce di DNA sui corpi degli Yates, vero?»

«No, Signore.» rispose Gretchen.

«Ma abbiamo il DNA dal corpo di Renee Kelly.» disse Josie.

«Avrebbe avuto il tempo di ucciderla e spostarne il corpo prima di essere arrestato.» aggiunse Noah.

«Ma finché non arrivano i risultati del DNA, non lo possiamo incriminare.» sottolineò Chitwood. «Concludete i rapporti del caso Bestler e inviate il fascicolo al Procuratore Distrettuale. Sarò felice di togliermelo dalla scrivania. La stampa mi starà alle calcagna per questo caso. Per ora non sembra che abbiano ancora un'idea chiara, ma è solo questione di tempo prima che scoprano che una donna scomparsa è stata trovata viva. Tenuta prigioniera da un selvaggio uomo di montagna, per giunta! Questo è oro per i giornalisti. Torniamo alla Gresham.»

«La WYEP sta ancora trasmettendo la sua foto.» intervenne Mettner. «Ho chiamato sua sorella appena sono arrivato. Ha detto che non c'era traccia di lei o di Jack nel loro appartamento. Naturalmente, ora sappiamo perché.»

«Cosa mi dite dei mandati per accedere ai telefoni?» domandò Chitwood. «Abbiamo i tre telefoni appartenenti a Tyler Yates, Valerie Yates ed Emilia Gresham.»

«Li stiamo ancora aspettando.» rispose Gretchen. «Potrebbe volerci un altro giorno o più, ma ho seri dubbi che serviranno a qualcosa. A questo punto sappiamo su cosa dobbiamo concentrarci.»

«Su Jack Gresham, che risulta a sua volta scomparso, per quanto ne sappiamo.» disse Josie. «E sul Santuario.»

«Ci siete stati un paio di volte nelle ultime quarantotto ore. Avete fatto vedere le foto di Emilia. E di Jack?»

Gli rispose Josie: «Non sapevamo che fosse coinvolto fino a poco fa, quindi no, non abbiamo mostrato una sua foto. Inoltre, non l'ho mai visto là. Ma nessuno ha ammesso di aver visto Emilia o Tyler, che erano già andati al Santuario per cercare di convincere Jack a tornare a casa, quindi sono un branco di bugiardi. È evidente che sono stati istruiti a non dirci nulla di utile. Io e Noah abbiamo anche condotto dei colloqui privati e non abbiamo ottenuto niente di niente.»

«Abbiamo bisogno di altre informazioni.» disse Noah.

«Per esempio?» chiese Chitwood.

«Per esempio quello che può dirci una persona che ci ha vissuto. Qualcuno che possa dirci di più su di loro e su come funzionano le cose all'interno.»

«E dove lo troviamo, Fraley?»

Noah si passò una mano tra i capelli. «Non lo so.» ammise. Le occhiaie, il viso non rasato di fresco, i vestiti sgualciti e le spalle cadenti riflettevano la stanchezza che tutti loro stavano accusando.

«Ci hanno raccontato tutti quanti di aver sentito parlare di quel posto attraverso il passaparola, giusto?» intervenne Mettner. «Quindi è ovvio che c'è qualcuno che ha lasciato quel posto ed è tornato nel mondo. Dobbiamo trovare una di queste persone. Ho letto i resoconti di ieri: le persone che ci vivono, almeno una buona percentuale, sono tossicodipendenti in fase di recupero. Forse dovremmo cominciare facendo un giro nelle strutture di riabilitazione per scoprire se qualcuno dei pazienti conosce il Santuario.»

Gretchen gemette. «Sarà parecchio impegnativo, ma è un'idea valida. Potrei iniziare a stilare una lista di strutture di riabilitazione, così possiamo andarci domani mattina.»

«Moore sa qualcosa.» aggiunse Josie.

La guardarono tutti e Chitwood le chiese: «Come fai a dirlo?»

«Perché la prima volta che gli abbiamo chiesto del Santuario, si è messo sulla difensiva.»

«Quel tipo è un idiota in tutto e per tutto.» commentò Noah. «Ma non significa che sappia qualcosa.»

Josie pensò al modo in cui Moore aveva risposto a quasi tutte le sue domande con un'altra domanda quando gli aveva chiesto informazioni sul Santuario. «No.» disse alla fine. «Sa più di quanto vuole far intendere. Secondo me conosce qualcuno che ci vive ora o che ci ha vissuto in passato.»

«Oppure ci ha vissuto lui per un periodo.» propose Gretchen.

«E allora cosa facciamo?» domandò Noah. «Andiamo a chiederglielo? Ce li ha frantumati dal momento in cui tutta questa storia è cominciata, ed è ancora più incazzato con noi da quando il Capo Chitwood ha chiamato il suo superiore per dargli una strigliata. Cosa ti fa pensare che tutto d'un tratto voglia parlarne? Soprattutto se ci ha effettivamente passato del tempo? No, non lo ammetterà mai. Non con noi.»

Chitwood si avvicinò a Josie e la guardò, con le braccia ancora incrociate sul petto. «Quinn.» abbaiò. «Ne sei proprio sicura?»

«Moore sa sicuramente qualcosa.» ribadì lei.

Chitwood annuì lentamente. Poi si rivolse a Mettner. «Mettner, chiama l'agente Moore. Digli che ho bisogno di parlare con lui.»

«Signore.» cominciò a dire Mettner. «Io non...»

«Non discutere con me, Mettner. Quell'uomo ha un cellulare. Chiamalo.»

Mettner iniziò a sfogliare i vari documenti sulla sua scrivania, alla ricerca del numero di cellulare di Moore. «Te lo invio per messaggio, Mett.» gli disse Josie.

«Tu finisci le tue scartoffie.» disse Chitwood puntando un dito contro Josie. «E poi Quinn, Palmer e Fraley, voi tre andrete a casa a riposare. Domani mi aspetto che tutti si diano da fare. Voglio che questa Emilia Gresham sia trovata prima di subito!»

TRENTOTTO

Ci impiegarono qualche ora per sbrigare le pratiche burocratiche, poi Josie, Noah e Gretchen uscirono per andare a cena e discutere del caso mentre mangiavano, ma non riuscirono a giungere a conclusioni definitive. Una volta a casa, Josie e Noah si spogliarono e si misero a letto. Noah appoggiò il suo corpo contro quello di Josie, avvolgendola tra le sue braccia e accarezzandole un orecchio, facendola ridere dolcemente. «Ti addormenterai in trenta secondi.»

Sentiva il suo respiro caldo sul collo. «Vero.»

«Cosa pensi che abbia in mente Chitwood?» chiese Josie.

«Non lo so. Immagino che cercherà di scoprire cosa sa Moore sul Santuario. Cavolo, mi piacerebbe esserci quando ci parlerà. Riesco a sentirlo già adesso: "Figliolo, io faccio questo lavoro da quando tu eri ancora in fasce!".»

Josie ridacchiò. «Se avessi un dollaro per ogni volta che me l'ha detto, potrei smettere di lavorare.»

«Anche io.»

Noah le baciò la nuca e la strinse di più tra le braccia. «Dobbiamo proprio parlare di lavoro in questo momento?»

Josie si girò verso di lui, baciandolo appassionatamente.

Nonostante la stanchezza, fecero l'amore con calma e intensità. Josie cercò di memorizzare ogni carezza, ogni bacio, ogni movimento. Voleva che nella sua mente attimi come quelli sostituissero tutti gli orrori degli ultimi giorni, anche se solo per poco. Poi si addormentò sentendosi confortata e appagata.

Purtroppo non fu sufficiente a scongiurare gli incubi.

Questa volta sta correndo nel bosco. La notte è nera come l'inchiostro. Rami di alberi spogli e nodosi si protendono verso di lei da ogni direzione.

Non importa quanto lontano o quanto velocemente riesca a correre, non c'è modo di uscire dalla foresta. Quando vede una lama di luce lunare davanti a sé, comincia ad accelerare il passo, i piedi battono contro il terreno coperto di foglie. Quando è quasi arrivata, la sua mano scatta in avanti per afferrare il fascio di luce argentata, ma qualcosa le agguanta una caviglia facendola cadere e la trascina indietro nell'oscurità. È di nuovo una bambina. «Sei una piuma!» le diceva sempre suo padre prima di lanciarla in aria e riprenderla, e lei rideva a più non posso. «Ancora, papà!» gridava. «Ancora!»

Ma poi la cosa nella notte la trascina ancora indietro, lontano dalla luce, e lei urla: «Papà, aiuto!»

La voce di Lila squarcia le tenebre. «Vuoi il tuo papà?» ringhia. «Te lo faccio vedere io il tuo papà.»

Si dimena e si contorce per liberarsi dalle radici degli alberi, nel tentativo di scappare. Sa bene cosa sta per succedere e ogni fibra del suo corpo grida per opporsi. Non vuole vederlo. Non dopo quello che Lila gli ha fatto. E proprio quando comincia a urlare "no", più a lungo e più forte di quanto abbia mai fatto, viene illuminata da un fascio di luce. Non c'è più una creatura invisibile che la trascina nella foresta. Ora si trova al centro dei riflettori con Lila alle sue spalle. Lila allunga una mano e afferra il mento di Josie per costringerla a guardare e stringe abbastanza forte da farle dei graffi.

Di fronte a loro c'è Eli Matson, seduto, accasciato contro un albero, con la testa spiaccicata sul tronco. «Pensi che tuo padre sia così eccezionale?» sbraita Lila. «Guarda cosa ha fatto. Ti ha abbandonata.»

«No.» grida Josie. «L'hai ucciso tu. Sei stata tu a fare questo.»

Lila stringe la presa sulla mascella di Josie, troncando le parole. «Proprio così, ragazzina. Distruggerò tutto ciò che ami. Non dire una parola, capito? Non una parola.»

I riflettori si spengono, Josie si libera dalla presa di Lila e corre via nella notte. Ma ovunque vada, Lila rimane lì. Ogni volta che si allontana, Lila la cattura di nuovo. Non c'è fine, né riposo, né pace. Il suo corpo è immerso in un bagno di sudore. I suoi polmoni reclamano un po' d'aria. Ogni muscolo del suo corpo brucia. Ha la mente annebbiata. È distrutta dalla stanchezza e la disperazione la fa cadere a terra. Ormai non ha più le energie nemmeno per alzarsi. Ordina al suo corpo di tirarsi su, di continuare a scappare, ma non ce la fa.

Lila è lì, a tenerla ferma, incombe su di lei. «Ho qualcosa per te, JoJo.» dice con voce cantilenante.

Con una mano apre la bocca di Josie. È buio pesto tutto intorno eppure, con perfetta chiarezza, Josie riesce a vedere la collana di noci nere che penzolava dalla mano di Lila pochi secondi prima che gliela conficchi in fondo alla gola.

TRENTANOVE

Josie si svegliò sul pavimento della camera da letto, scalciando e stringendosi le mani alla gola finché non emise un urlo acuto. Avevano lasciato accesa la lampada sul comodino dalla sua parte del letto e al suo bagliore aprì gli occhi fissandoli su Noah. Lui si accovacciò accanto a lei, chiamandola e accarezzandole le braccia e i capelli, cercando di riportarla indietro dagli abissi dell'incubo. Le dita trovarono il suo viso e lei gli strinse le guance, fissandolo disperatamente negli occhi, cercando di ancorarsi alla realtà.

«Va tutto bene.» disse lui. «Sei al sicuro. Va tutto bene.»

Aspettò che il suo respiro si regolarizzasse prima di aiutarla a risalire sul letto. La sveglia a fianco del letto segnava le tre e quarantatré del mattino. Josie sapeva che non si sarebbe riaddormentata. Noah si sistemò accanto a lei, abbracciandola e facendole appoggiare delicatamente la testa sul suo petto. Josie si concentrò sul battito costante del suo cuore.

«Che succede, Josie?» chiese lui.

«Incubi.» rispose lei.

Ridacchiò. «Ma non mi dire.»

«Brutti ricordi.» spiegò lei. «Di quando ero bambina. E ora

ci si mettono anche questi casi su cui stiamo lavorando. Sono tutti confusi nella mia testa. Non riesco a fermarli.»

«C'è qualcosa in questi casi che ti fa tornare in mente quei ricordi?»

«No... non lo so.» rispose Josie. Non voleva dirgli delle telefonate perché sapeva già cosa le avrebbe detto: che doveva andare a trovare Lila. Avevano un conto in sospeso. Ma era davvero così? Lila aveva distrutto non solo una buona parte della sua infanzia, ma anche una parte della sua autostima e del suo senso di sicurezza. Lila l'aveva torturata e Josie la odiava per questo. Questa era la verità su di lei, chiara e semplice. Non aveva bisogno di andare a trovare Lila per saperlo. Non aveva bisogno di dare a Lila l'ultima soddisfazione della sua vita presentandosi quando la chiamava.

«Credo che sia solo perché siamo andati nel bosco.» mentì Josie. «Mia madre portò mio padre a fare una passeggiata nel bosco prima di ucciderlo e inscenare un suicidio. Quando si sentiva particolarmente crudele, mi portava sempre davanti all'albero dove l'aveva ammazzato.»

Noah la strinse di più tra le sue braccia. «Mi dispiace.»

«Anche a me.» sussurrò Josie. «Anche a me.»

Dopo non riuscì più a dormire. La sua mente era come una corda tesa che stava per spezzarsi. Sentiva le ossa e i muscoli deboli e pesanti. Alle sei si alzò dal letto e lasciò Noah che russava e scese a prendere un caffè. Aspettò un'altra ora prima di svegliarlo e cercò di mostrarsi sorridente mentre si preparavano per la giornata e andavano alla centrale di polizia.

Mettner aveva finito il turno, invece Gretchen era appena arrivata. La trovarono davanti alla porta della sala conferenze, con gli occhi castani che brillavano per l'eccitazione. Quando vide Josie e Noah, ruotò sulle punte dei piedi un paio di volte.

«Però!» disse Noah. «Non ti vedevo così eccitata da quando il Komorrah's Koffee ha proposto un frappuccino alle noci pecan tostate.»

Gretchen gli diede una pacca sulla spalla quando lui e Josie si fermarono accanto a lei. «Questo è ancora meglio.» annunciò. «Josie aveva ragione.»

«È qualcosa che ha a che fare con Moore?» le domandò Josie.

Gretchen annuì. «Ha una sorella minore. Si chiama Haylie e dieci anni fa, quando aveva diciotto anni e aveva appena finito il liceo, andò a vivere al Santuario.»

«Sul serio?» esclamò Noah spalancando gli occhi e dando una gomitata a Josie. «Ottimo lavoro. Moore ha detto perché non ne ha parlato quando gli abbiamo chiesto del Santuario?»

«Credo che non volesse coinvolgere la sorella in questo caso per associazione. Ci visse solo per sei mesi, ma quando suo fratello le ha chiesto di venire a incontrarci, su sollecitazione del Capo Chitwood, ha detto che non c'erano problemi.»

«È dentro adesso?» chiese Josie, con una punta di eccitazione che fece breccia nella nube di stanchezza che non riusciva a scrollarsi di dosso.

Gretchen annuì. «Siete pronti a parlarci?»

Haylie Moore sembrava pronta a fare jogging: indossava una maglietta della Pennsylvania State University e un paio di pantaloncini da corsa blu, e i capelli biondi, che le arrivavano fino alle spalle, erano tirati indietro da una fascia di stoffa nera. Entrarono tutti e tre, e la trovarono in piedi davanti alla finestra intenta a guardare fuori: il cielo era ancora di un grigio plumbeo. Al loro ingresso, Haylie si voltò sfoggiando un sorriso tranquillo e si diresse verso di loro. Josie fu felice di vedere che le forze dell'ordine non la intimidivano.

Gretchen aveva portato diverse tazze di caffè e Haylie ne accettò una con un tenue "grazie". Una volta seduta, non perse tempo: «Mio fratello mi ha detto che volevate sapere del Santuario.»

«Esatto.» disse Gretchen, spingendo verso di lei un contenitore con zucchero e panna. «Qualsiasi cosa possa dirci su come funzionano le cose là dentro e sulle persone che vi abitano ci sarebbe estremamente utile.»

Haylie mescolò panna e zucchero nel suo caffè. «Da dove dovrei iniziare?»

«Come venne a sapere di quel posto?» chiese Josie.

«Lavoravo in un ristorante, il Dogwood Diner, come cameriera, e una delle altre ragazze me ne parlò. Beh, forse "ragazza" non è il termine giusto, aveva molti più anni di me. Entrava e usciva dai centri di disintossicazione come una pazza. Aveva perso i contatti con tutta la famiglia perché non riusciva a stare lontana dalle droghe. In quel periodo stava rimettendo insieme la sua vita e mi disse che doveva tutto al Santuario. Le chiesi di cosa si trattasse: pensavo fosse una struttura di riabilitazione, invece mi disse che l'aveva aiutata molto di più di qualsiasi altro centro di recupero in cui fosse stata.»

«Come si chiamava quella donna?» chiese Noah.

Haylie si accigliò. «Oh cavolo, non me lo ricordo. Theresa, mi pare. È stato anni fa. Poco dopo lasciò il ristorante, si trasferì per stare vicino ai suoi figli. Da allora non l'ho più sentita.»

«Le disse come arrivarci?» chiese Gretchen. «Prima di lasciare la città?»

«Oh, fece di più, una sera, dopo il nostro turno, mi accompagnò direttamente. All'inizio avevo pensato che fosse un po' matta, a dire il vero. Ma più me ne parlava, più pensavo che forse avrei dovuto farci un salto. Non mi aiutò il fatto che in quel periodo avevo un sacco di problemi. Stavo lottando con la depressione e l'ansia. Non sapevo cosa volevo fare della mia vita. I miei genitori volevano che mi dedicassi all'agricoltura, perché era quello di cui si occupavano loro, ma non era ciò che volevo io. Sognavo di andare all'università, ma dicevano che non avremmo mai potuto permettercela. Litigavamo in continuazione. Il tutto aggravato dal fatto che ero lesbica e che lo negavo completamente e non avrei mai potuto confessarlo ai miei genitori. Lo dissi a mio fratello e lui lo accettò, ma non potevo dirlo ai miei genitori perché avrebbero dato di matto.»

«Era molto sotto pressione.» disse Gretchen.

«Sì, può dirlo forte.»

«La donna che gestisce il Santuario dice che la gente ci va per trovare la pace.» disse Josie. «È questo che ti disse la tua amica Theresa? Che lì avresti trovato un po' di pace?»

Haylie assaporò il caffè e guardò gli involucri delle bustine di zucchero scartate. «Non tanto che avrei trovato la pace, ma che lì avrei potuto essere me stessa, qualunque cosa significasse per me. Come se lei fosse andata là e avesse detto: "Sono una tossicodipendente e ho fatto un tale casino con la mia vita che mi sono stati portati via i miei figli" e tutti lo avessero accettato. Credo che sia stata l'idea dell'accettazione, più di ogni altra cosa, a incuriosirmi.»

«E così decise di concedergli una possibilità.» la incalzò Gretchen.

«Sì, alla fine mi feci tutta la strada fin là. All'inizio incontrai solo Charlotte. Parlammo. Mi fece fare un giro del posto. Mi disse di tornare a casa per qualche giorno per capire come mi sentivo. E se poi avessi voluto ancora rimanere al Santuario, ci sarei potuta tornare. E così feci. Avete conosciuto Charlotte?»

«Sì.» rispose Josie. «L'abbiamo incontrata.»

Haylie sorrise, ma agli angoli degli occhi le si formarono delle piccole rughe di tensione. «È molto... beh, ha un certo modo di fare. Come se sapesse quello che stai pensando. All'inizio è davvero strano, ma poi diventa una specie di conforto. Suppongo che fosse questo ciò che mi ipnotizzava di lei.»

«E cosa successe dopo essere entrata nel Santuario?» domandò Gretchen.

«Beh, a quel punto trascorsi una o due settimane nella casa

principale insieme a Charlotte. Era come una terapia d'urto. Parlavo con lei per ore e ore. Avevo delle mansioni, come cucinare e dare una mano in giardino o fare il bucato, ma soprattutto parlavo con lei e meditavo. C'era una signora che nella casa teneva un corso di yoga per i nuovi arrivati. Si trattava di rilassarsi e di "liberarsi dalle tentazioni del mondo esterno." Come un ritiro spirituale.»

«C'erano altre persone insieme a voi nella casa?» chiese Josie. «Alcune, sì. Persone in vari "stadi di arrivo".» disse facendo le virgolette con le dita. «È così che le chiamava Charlotte».

«Perciò aveva un sistema preciso.» puntualizzò Noah.

«Oh sì.» confermò Haylie alzando gli occhi al cielo. «Hanno un sistema particolarmente rigido.»

«Davvero?» chiese Josie. «A noi ha fatto credere che non c'è alcuna organizzazione. Ha detto che non tiene nemmeno il conto delle persone che entrano ed escono o di quanto tempo rimangono.»

Haylie prese il suo caffè, ma lo rimise giù senza berne neanche un sorso. «Beh, questo è vero. Non teneva una lista o un registro. Almeno, io non ne ho mai saputo niente. Potevi andare e venire a tuo piacimento. Avrei potuto andarmene in qualsiasi momento».

«Quali erano le fasi da seguire?» si informò Josie.

«Era un sistema che aveva soprattutto a che fare con i lavori che si dovevano svolgere e con il luogo in cui si dormiva. Quando si arrivava e si soggiornava nella casa era fantastico, perché era come stare in vacanza. Non mi dispiaceva aiutare a cucinare, fare le pulizie o sistemare il giardino. Mi sentivo come se per la prima volta nella mia vita qualcuno mi vedesse, mi vedesse davvero, e mi accettasse per quella che ero. Credo di essere stata in quella casa per circa tre settimane. Forse un mese. Poi mi disse che, se avevo intenzione di restare, mi sarei dovuta "immergere nel lavoro", il che significava sgobbare tutto il giorno, in pratica. All'inizio non era noioso, perché ero molto presa e mi sentivo come se avessi una specie di risveglio. Ma diventò presto insopportabile.»

«Che tipo di lavoro era?» chiese Gretchen.

«Lavoro, nel verso senso della parola. Vivono della terra, capite? Quindi il lavoro non finisce mai. C'è il giardinaggio, il bucato, la cucina; loro sono quasi esclusivamente vegetariani, quindi non dovevamo preoccuparci di uccidere gli animali, anche se alcuni andavano a pescare e a cacciare.»

«Sembra che vi tenessero abbastanza occupati.» commentò Josie. «E poi cos'altro potevate fare?»

«Non molto di più. Non c'era internet né televisione. Niente radio. Non c'era alcun collegamento con il mondo esterno. Oh, e la situazione dei bagni era disgustosa. Non potendo entrare tante persone in casa, avevano collocato dei gabinetti in determinati punti. L'odore era insopportabile. Comunque, quando devi fare tutto da zero, non ci sono tempi morti. A volte leggevamo dei libri quando qualcuno faceva un salto all'usato.»

Di fronte alle loro espressioni perplesse, Haylie aggiunse: «Succedeva quando si faceva un giro in macchina, in coppia di solito, e si visitavano un sacco di negozi dell'usato per comprare vestiti di seconda mano per tutta la comunità.»

«Come si procurano i soldi?» si informò Gretchen.

«Gli dai tutto quello che puoi quando arrivi e loro vivono di quello. Inoltre vendono anche dei prodotti. Non ne so tanto di questo. Non mi sembra che all'epoca se ne fosse mai parlato. Era una delle cose belle del vivere lì. I soldi non erano mai motivo di preoccupazione e se lo erano per Charlotte, non l'ha mai dato a vedere.»

Sembrava appena sufficiente per ospitare, vestire e sfamare una trentina di persone, ma il fatto che Haylie non conoscesse il quadro finanziario completo del Santuario non significava che non ci fosse dell'altro. Era possibile che il marito di Charlotte le avesse lasciato una bella somma di denaro. Quaranta ettari di terra non erano pochi. Forse le aveva lasciato anche altri beni con cui era riuscita a vivere per tanti decenni. O forse aveva stipulato una polizza di assicurazione sulla vita di una certa entità.

«Com'erano le altre persone?» proseguì Gretchen.

Haylie scrollò le spalle. «Erano tutti gentili. La maggior parte di loro stava lottando contro la dipendenza da droghe o da alcol oppure stava scappando da relazioni disastrose. Poi ce n'erano uno o due, come me, che soffrivano di ansia o semplicemente non sapevano cosa volevano dalla vita.»

Noah cominciò a chiederle: «Erano... erano...» ma poi esitò e Josie capì che voleva sapere come erano stati tutti tenuti al silenzio, perciò ci si buttò a capofitto: «Abbiamo fatto un sopralluogo l'altro giorno e abbiamo parlato con delle persone. Sembravano tutti molto riservati. Quasi come se fossero stati preparati a non parlare con le forze dell'ordine. Era così anche quando c'era lei? Avete mai parlato di come trattare con gli estranei?»

«Non mi fu detto niente al riguardo. Non sentii mai nulla del genere, ma molti di loro avevano avuto brutte esperienze con la legge, quindi si sarebbero spaventati molto se la polizia si fosse presentata per fare domande. Ma questo accadeva dieci anni fa.»

«C'era una sorta di principio guida al Santuario?» chiese Josie.

«Volete sapere se sono religiosi? Direi che non si basano sulla religione, questo lo posso affermare. Charlotte non è quel tipo di persona. Quello che intendo è che vuole che la gente mediti sempre. È convinta che la meditazione aiuti le persone a superare i propri problemi e le proprie paure, ma non crede nella religione organizzata o in Dio. Crede che abbiamo una sola vita e questo è quanto. Non c'è un aldilà, non ci sono il paradiso e l'inferno. Nessun purgatorio. Nessun giardino celeste. C'è solo questo. Questa vita. Quindi, mentre sei lì, devi concentrarti sul diventare il tuo "intero, autentico sé", come diceva sempre lei.»

«Che cosa significa?» chiese Josie.

Haylie alzò le spalle. «A essere sincera, non lo so. Non ho mai capito bene di cosa parlasse la maggior parte delle volte. Ero sempre così esausta che a un certo punto iniziai a non interessarmi più a quello che diceva. Inoltre, non sono mai arrivata alla fase in cui bisogna assumersi l'impegno.»

«Di cosa si tratta?» chiese Gretchen.

«Beh, ricapitolando, puoi andare al Santuario e restarci per un po', come dicevo prima, in una specie di ritiro dal mondo. Ma dopo essere stati lì per qualche tempo, bisogna prendere un impegno, oppure andarsene e tornare alla civiltà. Si può rientrare al Santuario, ma non si può restare per sempre, a meno che non si prenda un impegno.»

«E quale sarebbe, esattamente?» chiese Noah.

Haylie aggrottò la fronte. «Beh, non ne sono sicura. Io non l'ho fatto, quindi non so cosa ti succede davvero. A parte il fatto che si va a vivere in una capanna, o qualcosa del genere».

«Quelle capanne sono tutte disabitate ora.» disse Josie. «Ci viveva della gente quando c'era lei?»

«Sì, è quello che ho sentito dire, ma in realtà non le ho mai viste».

«Assumersi l'impegno significava che dovevi rimanere per sempre?» chiese Noah.

«No, non credo. Charlotte disse solo che significava che sarei stata sempre fedele. A dire il vero, non capii tutta la faccenda. Ma fu la marchiatura che mi scoraggiò davvero. Non mi sognavo neanche che qualche sconosciuto mi marchiasse in modo permanente per qualcosa che non capivo del tutto.»

«Un marchio.» ripeté Josie. «Che tipo di marchiatura?»

«Immagino con un tizzone di metallo arroventato o un metodo simile. Non ve lo so dire. Non mi capitò mai di vederlo.

Ne sentii solo parlare. Vidi i marchi su alcune persone, ma non chiesi mai informazioni.»

Josie sentì che il cuore prendeva a galoppare e ripensò a tutte le persone che aveva visto e con cui aveva parlato al Santuario. A parte il loro contegno tranquillo, non aveva notato alcun segno strano. D'altra parte, non li aveva perquisiti. Non aveva visto alcun marchio sul corpo di Renee Kelly e nemmeno la dottoressa Feist ne aveva notati; forse perché Renee non si era assunta l'impegno. «Com'è fatto questo marchio?»

«Come due C rivolte l'una verso l'altra, solo che la parte superiore di una delle due entra nell'apertura dell'altra. Avete un foglio di carta?»

Gretchen strappò una pagina bianca dal suo taccuino e la porse a Haylie insieme alla penna. Osservarono la ragazza mentre disegnava la prima lettera C. Poi disegnò una C al contrario, la cui parte superiore iniziava all'interno dell'apertura della prima. «Ricorda un po' il simbolo dell'infinito, ma spezzato.» mormorò Haylie quando ebbe finito.

«Che cosa dovrebbe significare?» chiese Noah.

«Charlotte disse che dovrebbe rappresentare l'oscurità e la luce che sono collegate o qualche strana assurdità del genere. Non faceva altro che parlare di come tutti noi abbiamo luce e oscurità dentro di noi, ma che non dovremmo limitarci a scegliere solo l'una o l'altra.»

«Le ha mai fatto qualche esempio?» chiese Gretchen.

Haylie scosse la testa. «No, e non gliene chiesi. Onestamente, più stavo lì, più l'intera faccenda si faceva strana. Cominciava a sembrarmi sempre di più una setta.»

«Dove veniva applicato il marchio?» chiese Josie. «Su quale parte del corpo?»

«Charlotte disse che potevo farlo dove volevo, l'unica cosa che a loro premeva era che non fosse visibile. Quindi non poteva essere fatto sul polso, sulla caviglia o posti simili. Ne vidi alcuni sulla nuca, sotto i capelli, sui fianchi o sulla schiena.»

«Perché non volevano che fosse visibile?» chiese Gretchen.

«Perché il Santuario è una specie di luogo privato, perciò, se poi torni alla civiltà e ti viene chiesto del marchio, rischieresti di fargli acquisire notorietà e Charlotte questo non lo voleva.»

«A parte il marchio...» disse Josie, «ha assistito o sentito parlare di altri tipi di violenza al Santuario?»

Haylie scosse la testa. «No. Erano tutti piuttosto gentili. Era solo estremamente noioso. Quando rifiutai l'impegno e me ne andai, Charlotte fu particolarmente comprensiva e mi assicurò che sarei stata sempre la benvenuta».

Bussarono alla porta e il sergente Dan Lamay fece capolino nella stanza. «Boss...» disse a Josie, «posso parlarle un minuto? Anche al tenente Fraley.»

Josie e Noah si scusarono e uscirono nel corridoio. Quando Josie si chiuse la porta alle spalle, Lamay disse: «Abbiamo appena ricevuto una chiamata dall'ospedale. Maya Bestler è scomparsa».

QUARANTA

Venti minuti più tardi Josie e Noah stavano seguendo un addetto alla sorveglianza nella sala di monitoraggio del Denton Memorial Hospital. Era buia, c'era un bancone con una serie di schermi, ognuno dei quali era suddiviso in quattro riquadri diversi, che mostravano vari luoghi all'interno e nei dintorni dell'ospedale. Su un tavolo vicino era aperto un computer portatile. La guardia si sedette e selezionò il video che mostrava la postazione delle infermiere al quarto piano.

«Il bambino sta bene.» disse la guardia. «Era giù, nella nursery, insieme alla nonna. Il padre di Miss Bestler era nella stanza con la figlia. A un certo punto lei si è alzata e ha detto che avrebbe fatto due passi per il reparto. Questo è successo circa un'ora fa. Non è tornata e il padre ne ha denunciato la scomparsa.»

Sul portatile che aveva di fronte a sé, la guardia mandò indietro la ripresa del quarto piano fino a quando non videro Maya Bestler, in pigiama e pantofole, che passava davanti alla postazione del personale. Si fermava per un attimo a chiacchierare con una delle infermiere prima di proseguire lentamente. «Niente flebo.» notò Noah.

Josie guardò lo schermo. «Però ha ancora l'accesso venoso nella mano.»

«Abbiamo parlato con gli infermieri.» disse la guardia. «Hanno detto che era passata a chiedere del menù del pranzo, quindi probabilmente è di questo che stavano parlando. Non ha preso nessuno degli ascensori. Abbiamo controllato tutte le stanze del quarto piano e non l'abbiamo trovata.»

«E le scale?» disse Josie.

«Beh, è questo che è strano.» disse. «Guardate qui.» Passò a un'altra inquadratura, una porta. «Questa porta conduce alla tromba delle scale.»

Rimasero a guardare per diversi minuti prima che Maya entrasse nello schermo. Attraversava la porta senza esitazione. Non si guardava intorno per vedere se qualcuno la notava o se c'era una telecamera. Non apriva la porta con titubanza, come se non sapesse cosa ci fosse dietro. Sapeva esattamente dove stava andando. Ma dove, era un'altra questione.

«Dobbiamo vedere le telecamere che sorvegliano gli ingressi alle scale di ogni piano.» gli disse Josie.

«L'ho già fatto.» disse la guardia. «Non c'è traccia di lei.»

«E le telecamere all'interno della tromba delle scale?» insistette Josie.

La guardia scosse la testa. «Non ce ne sono.»

«Com'è possibile che non ci siano telecamere di sicurezza nelle scale?» chiese Noah.

La guardia sospirò. «Il codice di sicurezza della Joint Commission...»

Noah lo interruppe. «Un momento, cosa c'entra?»

«La Joint Commission è un'organizzazione che si occupa di accreditare le strutture sanitarie.» gli spiegò Josie.

«Esatto.» disse la guardia. «Nel loro regolamento c'è scritto che le scale servono solo a garantire l'uscita. Non possiamo introdurre niente nella tromba delle scale a meno che non sia "funzionale alle scale". Questo include le telecamere. A quanto pare, si possono installare le telecamere nelle scale solo se si presenta una richiesta specifica, ma non siamo un grande ospedale e non abbiamo avuto incidenti con pazienti in fuga o violenze sulle scale da almeno quindici anni, se non di più. Per questo la direzione ha deciso di non richiedere l'installazione di telecamere nei vani scala. Come ho detto, sono solo per l'uscita.»

«D'accordo. E se volessi uscire dall'edificio da questa scala, da che parte dovrei andare?» gli domandò Josie.

«Nel seminterrato.» rispose la guardia. «E sì, abbiamo una telecamera esterna su quella porta. Ho già controllato la ripresa, Maya Bestler non è uscita da lì.»

Josie ringraziò la guardia, poi gli chiese: «Le dispiace se diamo un'occhiata in giro? Magari controllando noi stessi la tromba delle scale...»

«Accomodatevi.» rispose lui. «Sapete dove trovarmi se avete bisogno di altro.»

Scesero fino all'uscita del seminterrato, dove controllarono il parcheggio del personale, e poi risalirono, diretti al quarto piano.

«Dove pensi che sia andata?» disse Noah.

«A una prima impressione direi che è andata a trovare l'ex fidanzato violento.» sentenziò Josie. «Forse si sentiva come se avessero un conto in sospeso e desiderava andare a trovarlo. Probabilmente non pensava di essere in grado di parlargli con i genitori che le stavano addosso, in particolare suo padre.»

«Ma perché andarsene senza una parola?» chiese Noah. «Si sarà immaginata che avrebbe spaventato a morte i suoi genitori!»

«È una donna adulta.» rispose Josie. «Può fare quello che vuole, a dire il vero.»

«Ma ha lasciato il suo bambino.»

Josie si fermò, con il piede destro su un gradino e il sinistro su quello sottostante, la mano stretta alla ringhiera di metallo lungo la scalinata. «Noah, ti è passato per la testa che forse quel bambino non lo vuole?»

«Come può non volere il suo bambino?» sbottò lui.

«Noah...» disse Josie. «Non le è stato concesso di scegliere se avere quel bambino o meno. Sicuro, lui è innocente e bellissimo, ma anche se lo ama con tutto il cuore, lo assocerà sempre a un trauma. Un trauma durato due anni. Adesso è una madre single senza risorse. Si ritrova ad aver perso due anni della sua vita e tutto ciò che conosceva. Forse ha avuto paura. Forse ha la sensazione di non essere in grado di crescere un bambino.»

«Ma è chiaro che i suoi genitori amano quel bambino.» puntualizzò Noah. «Non si sono staccati un attimo da lei, e nemmeno dal bambino. Ha qualcuno su cui contare!»

«Sì, ci può contare, ma alla fine è lei la madre di quel bambino. È una sua responsabilità. In fin dei conti, nessuno su cui lei possa contare potrà cambiare le cose.»

«Ma perché... andarsene così? Senza neanche avvertire?»

Josie pensò a ciò che Sandy aveva detto di sua figlia:

Maya non è mai stata molto brava a tirarsi fuori dalle situazioni.

«Credo che Maya abbia pensato che ci non fosse un altro modo per evitare di crescere il suo bambino.»

Ricominciarono a salire le scale. Quando aprirono la porta del quarto piano, sentirono la voce di Sandy Bestler che urlava al marito per tutto il corridoio. «Te l'avevo detto, Gus! Stava tramando qualcosa! Quante volte ha tenuto in braccio quel bambino, Gus? Quante volte? Una volta, a dir tanto? E ora se n'è andata.»

«Non se n'è andata.» gridò Gus Bestler, con la voce piena di lacrime.

«Datti una svegliata, Gus, fammi il favore! Tua figlia non è l'angelo perfetto che credi: ha appena abbandonato suo figlio. Non è scomparsa. Se n'è andata!»

Josie chiuse la porta, smorzando le grida.

«Diamine...» commentò Noah.

Josie indicò la scala che portava di sopra. «Controlliamo anche ai piani superiori.»

Sul pianerottolo del sesto piano, Josie si fermò quando vide un quadratino di stoffa nera spuntare da dietro il lungo e spesso tubo che saliva dal pavimento al soffitto. Si mise in ginocchio e tirò fuori una penna dalla tasca posteriore, usandone l'estremità arrotondata per ispezionare l'oggetto. Dietro di lei, Noah si infilò i guanti e si accucciò accanto a lei. Quello che tirò fuori era una maglietta nera, larga, con la scritta in bianco *Let Me Sleep*.

«Porca puttana...» disse Noah.

Dietro il palo c'erano anche un paio di pantaloni del pigiama e delle pantofole. «Queste sono sue.» disse Josie.

Noah le tenne in mano mentre Josie attraversava la porta e saliva al sesto piano. Andarono alla postazione degli infermieri. Josie mostrò loro una foto di Maya Bestler, ma nessuno la riconobbe. «C'è un modo per verificare con tutto il personale in servizio in questo momento se manca qualche oggetto personale, loro o dei pazienti?» chiese Josie.

Una delle infermiere iniziò a telefonare. Ottennero una risposta nel giro di dieci minuti: a un'infermiera del secondo piano mancava il camice di riserva, che aveva lasciato in una borsa dietro la postazione delle infermiere di quel piano il giorno prima. Mancavano anche circa novanta dollari e le sue scarpe da ginnastica.

Josie e Noah misero il pigiama abbandonato da Maya in una borsa per gli effetti personali dei pazienti fornita da una delle infermiere e poi presero l'ascensore per tornare alla stanza di sicurezza del primo piano.

La stessa guardia che li aveva aiutati prima era ancora di turno. Josie spiegò cosa stavano cercando e in pochi minuti riuscirono a individuare nelle riprese Maya Bestler, vestita con un camice da infermiera e scarpe da ginnastica, e con i capelli tirati indietro in una coda di cavallo, che camminava con disinvoltura dalle scale del sesto piano all'ascensore. Poi la ritrovarono mentre usciva dallo stesso ascensore al primo piano. Tuttavia, non era uscita dall'atrio principale, come Josie sospettava. Invece, si era voltata ed era uscita dal Pronto Soccorso, dove il personale era troppo occupato per notare un'infermiera che apparentemente stava facendo una pausa sigaretta.

Controllarono le telecamere esterne e la videro uscire dal parcheggio e andare sul marciapiede, attraversare la strada e scomparire dalla vista.

«È un bel casino.» disse Noah.

QUARANTUNO

Nell'arco di un paio d'ore, Josie e Noah erano di nuovo alle scrivanie, con Chitwood che incombeva ancora una volta su di loro. «Così non va bene, ragazzi.» sentenziò. Le sue guance bucherellate erano paonazze e i radi capelli bianchi svolazzavano tutto intorno alla testa come fosse l'energia rabbiosa che si sprigionava da lui a tenerli dritti. «Andrew Bowen sta già chiedendo il rilascio del suo cliente. Senza la testimonianza di Maya Bestler, il caso contro Michael Donovan cade a pezzi. Il Procuratore Distrettuale ha detto che, anche con il DNA del bambino, non intende mandare a processo quell'uomo visto che la vittima, nonché testimone principale, è scappata. Non fa una buona impressione alla giuria.»

«Abbiamo cercato nei dintorni dell'ospedale e abbiamo controllato le telecamere esterne degli esercizi commerciali circostanti.» disse Noah «Nessuno si ricorda di averla vista e non siamo riusciti a trovarla in nessuna ripresa, ma quanto potrà essere andata lontano a piedi?»

«Forse non era a piedi.» suggerì Chitwood. «Forse ha chiesto un passaggio.»

«E a chi?» chiese Noah.

«Abbiamo controllato solo una piccola area.» disse Josie. «Potrebbe essersi allontanata da quella zona e aver facilmente chiesto un passaggio a qualche sconosciuto ignaro o potrebbe aver chiesto aiuto a qualcuno per strada. Aveva novanta dollari con sé, potrebbe essere salita su un autobus o su un treno, per quanto ne sappiamo. Nessuno sa chi sia, quindi non sarebbe stata riconosciuta.»

«Potremmo chiamare la stampa.» disse Noah. «Far sapere che vogliamo trovarla. Diffondiamo una sua foto!»

«Non possiamo.» disse Josie.

«Perché no?»

«Per lo stesso motivo per cui non abbiamo potuto chiamare le pattuglie per cercarla. Non potremmo trattenerla anche se la trovassimo. È una donna adulta. Ha lasciato l'ospedale di sua spontanea volontà. Non abbiamo prove che la sua vita sia in pericolo e non ha obblighi nei confronti di nessuno, in questa situazione.»

«Ha rubato gli effetti personali di quell'infermiera.» le fece notare Noah.

«Non possiamo dimostrarlo.» rispose Josie. «Non è stata ripresa dalle telecamere mentre lo faceva.»

«E invece il bambino?» obiettò Noah. «Questo è abbandono di minore.»

«Non per la legge sulla tutela dei minori in Pennsylvania.» disse Josie. «L'ha lasciato in ospedale, sotto le cure del personale medico. L'accusa non reggerebbe mai.»

«E questo la fa apparire come una puttana agli occhi di una giuria.» aggiunse Chitwood. «Non importa se è stata rapita e violentata, la giuria la odierà per aver abbandonato suo figlio. Non so per quanto tempo riusciremo a trattenere l'eremita.»

«Il Procuratore Distrettuale rilascerà Donovan.» disse Josie, con una senso di sconfitta. «Come se niente fosse mai successo.» Senza prove definitive che avesse ucciso anche i coniugi Yates e Renee Kelly o che avesse rapito Emilia Gresham, non lo potevano accusare di nessuno di quei crimini. Chitwood aveva ragione: non avrebbero potuto trattenere Michael Donovan ancora a lungo. E se ci fosse stato lui dietro quelle morti, avrebbero lasciato andare un sadico assassino.

«Ha rubato degli oggetti dal campeggio degli Yates.» disse Noah. «Il Procuratore Distrettuale non lo può accusare di furto?»

Josie scosse la testa. «Non c'è nessuno che possa sporgere denuncia e non ci sono testimoni. Tyler e Valerie Yates sono morti. Emilia Gresham è scomparsa. Non reggerebbe mai in tribunale. E anche se il Procuratore lo accusasse di furto per guadagnare tempo, verrebbe rilasciato su cauzione. La contea non ha intenzione di spendere soldi per mantenere un detenuto per un reato minore come questo.»

«Che casino.» mormorò Noah. Guardò Chitwood. «Può darci un po' di tempo in più? Non è escluso che riusciamo a trovarla e a convincerla a tornare.»

«Pensi di riuscire a trovarla?» chiese Chitwood.

«Ci possiamo provare.» propose Josie. «Dubito fortemente che avrà voglia di tornare, ma possiamo sempre fare un tentativo.»

«Dove pensi che sia andata?»

«Dall'ex fidanzato.» disse Josie. «È la prima persona da cui andrei a cercarla.»

Chitwood alzò gli occhi al cielo e poi guardò l'orologio sulla parete. «Per la miseria.» esclamò. «Quel tizio vive a un paio d'ore di distanza, non è vero? Chi si occupa della setta?»

«Gretchen.» rispose Josie. «E Mett arriverà nel pomeriggio per controllare i registri delle proprietà e cercare di ottenere maggiori informazioni su Charlotte Fadden prima che torniamo a farle visita.»

«Bene.» disse Chitwood. «Andate a cercare Maya Bestler. Ma avete soltanto un giorno. Non intendo sprecare altre risorse per questo, se lei non vuole che questo eremita venga processato, specialmente considerando che Emilia Gresham non è ancora trovata.»

Josie e Noah annuirono.

Chitwood li guardò ancora per un attimo, poi alzò le mani verso l'alto, facendo loro segno di alzarsi, e sbraitò: «Cosa ci fate ancora qui? Andate, andate!»

QUARANTADUE

Josie prese l'Interstatale. Fortunatamente per loro, era primo pomeriggio, quindi il traffico era scorrevole. Arrivarono a Doylestown in poco meno di un'ora e mezza. Era una città tentacolare di medie dimensioni, appena a nord di Philadelphia. Josie e Noah si fermarono prima alla stazione di polizia locale per comunicare a quel dipartimento che erano in città e che cosa intendevano fare, che non era molto di più che fare qualche domanda a Garrett Romney. Ottenuto il benestare del capo locale, si recarono all'indirizzo fornito da Romney. Viveva in un grande edificio a quattro piani. L'atrio non era chiuso a chiave. Superarono una fila di cassette postali in metallo e trovarono una scala che li portò al terzo piano. Dietro la porta dell'appartamento 310 si sentiva una musica forte. Noah bussò con forza per farsi sentire.

«Arrivo, un attimo.» disse una voce maschile.

Aspettarono cinque minuti buoni. La porta non si aprì. Noah bussò di nuovo. Dopo qualche secondo, la musica si interruppe, la porta si aprì e Garrett apparve davanti a loro. Josie aveva visto le sue foto solo nei servizi giornalistici di due anni prima, quando Maya era scomparsa. Il tempo e la nube dei sospetti che lo avevano circondato non erano stati clementi con lui. Nelle foto che aveva visto, era magro e ben curato. L'uomo davanti a loro, invece, aveva un viso rotondo e barbuto e una pancia non indifferente. Indossava una maglietta grigia della Lehigh University con varie macchie di cibo e un paio di pantaloni della tuta tagliati. I suoi capelli castano scuro erano unti e scarmigliati. I suoi occhi piccoli e scuri si ridussero a due fessure quando se li ritrovò davanti.

«Chi siete?»

Josie e Noah tirarono fuori le loro credenziali e gliele mostrarono, presentandosi a turno. Garrett fece per chiudere la porta, ma Josie mise il piede vicino allo stipite, impedendogli di chiudergliela in faccia.

«Mr. Romney, lei non è nei guai. Abbiamo solo un paio di domande.»

Lui rispose con una smorfia. «Un paio di domande. È così che si comincia. E subito dopo cercate di accusarmi di omicidio. Non ho fatto niente di male.»

Cercò di chiudere la porta ancora una volta, ma il piede di Josie rimase saldamente piantato sulla soglia. «Mr. Romney, sappiamo che non ha fatto nulla di male. Non siamo qui per lei. Stiamo cercando Maya Bestler.»

Smise di spingere contro la porta e guardò da Josie a Noah e viceversa. «Che cosa?»

«Ci chiedevamo se avesse visto Maya Bestler oggi.» disse Noah.

Proruppe in una risata nervosa. «Ma siete impazziti? La polizia mi ha chiamato per dirmi che è stata trovata. L'aveva rapita un tale. Io sono innocente.»

«E noi le crediamo.» disse Josie. «I fatti lo confermano. Non stiamo contestando la sua innocenza. Ma il fatto è che lei aveva una relazione con Maya Bestler. Ha chiesto di lei quando è stata portata in ospedale, ma le ho fatto capire chiaramente che lei non voleva vederla di nuovo.»

«Però oggi ha lasciato l'ospedale di sua spontanea volontà.» proseguì Noah. «E dato che ha chiesto più volte di lei, abbiamo pensato che potesse essere venuta a trovarla. Abbiamo ancora alcune cose da discutere con Maya sul suo caso.»

Stavolta la risata di Garrett si fece profonda e rauca. Aprì la porta un po' di più e si posò una mano sulla pancia. «L'avete persa? L'avete persa!»

«Non era sotto la nostra custodia, Mr. Romney.» spiegò Josie. «Era in convalescenza, e quando ha lasciato l'ospedale, non ha detto a nessuno dove aveva intenzione di andare.»

La mano di Garrett si spostò dallo stomaco al petto. «E avete pensato che fosse venuta a trovarmi? Avete pensato che quella puttana avesse avuto il coraggio di presentarsi qui e di chiedermi aiuto?»

«Lei la aiuterebbe?» gli domandò Josie.

Per un attimo Garrett rimase attonito. Poi si riscosse rapidamente. «No! No che non l'aiuterei. Mi ha rovinato la vita. Ho chiuso con lei.»

«Non vorrebbe farle passare l'inferno per quello che le ha fatto?» chiese Noah con tono meno formale.

Garrett puntò un dito contro Noah e un sorriso gli incurvò le labbra. «Ho capito cosa state facendo. State cercando di farmi ammettere una stronzata per incastrarmi un'altra volta con la sua scomparsa. Non esiste, ah no! Non succederà. Pensate che se vi comportate come se foste dalla mia parte e dite qualche stronzata tipo: "non vorrebbe farle passare l'inferno per quello che le ha fatto?" io finirò col dire qualcosa di incriminante? Beh, non ho nulla da nascondere. Non ho fatto niente di male.»

«Mr. Romney...» provò a interromperlo Josie, ma lui continuò.

«Pensavate tutti che, siccome sono stato un po' duro con lei quando stavamo insieme, ero io che l'avevo ammazzata e che avevo seppellito il suo corpo. Vi sbagliavate. Se la conosceste, capireste perché è successo.»

«Perché "è successo" cosa?» domandò Josie.

«Per quale motivo ho iniziato a picchiarla. Aveva un modo tutto suo di farti saltare i nervi. Non avete idea di come sia fatta. Mi provocava. Mi provocava e non la smetteva, finché un giorno non sono scoppiato. Ma non ho mai voluto farle del male... e non l'ho fatto. Non era davvero ferita. Di sicuro non l'avrei uccisa e non avrei seppellito il suo corpo. Ma nessuno di voi mi ha creduto. Adesso che è stata provata la mia innocenza voglio che lei, e tutto ciò che ha a che fare con lei, esca dalla mia vita. Anzi...» e spalancò la porta, «perquisite subito il mio appartamento.»

Noah alzò una mano. «Mr. Romney, siamo qui solo per parlare.»

Romney fece loro cenno di entrare nel suo piccolo appartamento. «Possiamo parlare qui dentro mentre vi guardate intorno. Così vedrete che non ho niente da nascondere.»

Josie e Noah entrarono. L'appartamento era di dimensioni piuttosto contenute. Nella minuscola cucina c'era un tavolo, sotto al quale erano infilate quattro sedie, mentre sopra erano sparsi una pila di posta, alcuni piatti ancora sporchi e una cravatta. Nel piccolo soggiorno c'era soltanto un divano di colore grigio, e uno dei cuscini era ricoperto da una pila di vestiti, puliti o usati, impossibile dirlo. Altri oggetti sparsi coprivano il tavolino: un paio di telecomandi, un cellulare, chiavi, riviste e una scatola di cartone. Noah si affacciò nella camera da letto, nel bagno e guardò negli sgabuzzini, mentre Josie continuava con le domande: «Quindi, non ha più avuto notizie di Maya da quando è stata ritrovata? Nessuna telefonata? Non si è presentata a casa sua?»

Garrett scosse la testa con forza. «Niente.» Si avvicinò al tavolino e prese la scatola di cartone. «In realtà, dopo che lei mi ha chiamato, ho tirato fuori questa dal mio armadio. Volevo spedirla a casa dei genitori di Maya, ma visto che è qui, può prenderla lei.» Noah tornò in salotto e prese la scatola dalle mani di Garrett. «Che c'è qui dentro?» chiese.

«Un mucchio di roba di quando io e Maya vivevamo insieme. Avevamo preso in affitto un appartamento dall'altra parte della città. Dopo la sua scomparsa, è venuta la polizia e ha messo a soqquadro la casa. Hanno preso un sacco di roba. Poi sono venuti i suoi genitori e hanno preso quello che restava. E queste sono... delle cose che hanno lasciato indietro. Non le voglio più a casa mia. Ve l'ho detto, ho chiuso con lei.»

Noah guardò Josie, aggrottando leggermente le sopracciglia: non era esattamente il loro compito quello di consegnare gli effetti personali da una persona all'altra, ma in quel caso non poteva far male; lei gli fece un cenno appena percettibile e poi si rivolse a Garrett: «Faremo in modo che Sandy e Gus Bestler ricevano anche queste cose. Possono restituirle a Maya quando tornerà a casa.» Stava quasi per dire "se tornerà a casa", ma fece appena in tempo a correggersi.

«Grazie per aver accettato di parlare con noi.» aggiunse. Gli mise in mano un biglietto da visita, che probabilmente avrebbe gettato nella spazzatura non appena se ne fossero andati, e gli chiese di chiamarli se Maya si fosse presentata alla sua porta.

Mentre tornavano alla macchina, Noah le chiese: «Pensi che quel tizio stia dicendo la verità?»

«In realtà sì.» ammise Josie.

«Ha insistito parecchio. Sarei cauto nel fidarmi di qualcuno che cerca di convincermi con così tanta determinazione.»

Josie rise. «Penso che fosse semplicemente arrabbiato. Non mi è sembrato che stesse sovracompensando.»

Salirono in macchina e uscirono dal parcheggio, avviandosi per le strade di Doylestown. «Forse siamo arrivati in anticipo. D'altronde aveva solo un paio d'ore di vantaggio su di noi ed era a piedi.»

«Pensi che Garrett ci chiamerebbe se Maya si presentasse a casa sua?» chiese Noah.

Josie alzò le spalle. «Probabilmente no. Credo che le sbatterebbe la porta in faccia e la cosa finirebbe lì. Ma possiamo fermarci di nuovo alla stazione di polizia e chiedere al dipartimento di Doylestown di fare un controllo nei prossimi due giorni e chiedergli se è passata. Questo potrebbe farci guadagnare tempo con Andrew Bowen e tenere Michael Donovan dietro le sbarre ancora per un po'.»

«Sì, buona idea.» convenne Noah. «Poi torniamo a casa.»

QUARANTATRÉ

Dopo una rapida sosta alla stazione di polizia locale, ripresero la strada per Denton, ma un incidente vicino all'Interstatale li costrinse a fare una deviazione. Si trovavano a due città di distanza quando notarono un edificio con l'insegna "Lantz Snack Factory" sopra la porta d'ingresso, a grandi lettere gialle e luminose. Senza preavviso, Josie azionò la freccia e svoltò a destra per entrare nel parcheggio.

«Cosa stai facendo?» chiese Noah.

«Qui è dove lavorava Jack Gresham poco prima di mollare tutto per unirsi alla setta. È quello che ci ha detto Wesley Yates.»

«Se stai pensando di prendere i suoi dati dal registro del personale...» disse Noah, «ti ricordo che non abbiamo un mandato.»

«Non abbiamo bisogno di un mandato per fare qualche domanda.» ribadì Josie.

Parcheggiò e scesero dall'auto. Josie indicò un lato dell'edificio. «Laggiù.» disse. «Vedo il magazzino di carico. È lì che Wesley ha detto che lavorava Jack. In amministrazione non ci diranno niente senza un mandato. Su questo hai ragione. Ma non è il suo fascicolo personale che mi interessa. Voglio sapere come lo consideravano le persone che lavoravano con lui, come si comportava quando era qui.»

Camminando fianco a fianco, passarono davanti a diversi autoarticolati che erano accostati all'enorme banchina di carico, con i portelloni aperti e i rimorchi in diverse fasi di carico o scarico. Numerosi uomini e un paio di donne facevano alacremente la spola dal magazzino alle banchine. Alcuni tenevano in mano delle cartelline, altri guidavano carrelli elevatori con bancali di scatole, altri ancora scaricavano le scatole dai bancali e le caricavano sul retro dei camion. Josie e Noah si fermarono un attimo a guardare. Alla fine, Noah indicò un uomo che indossava una maglietta nera dei Philadelphia Eagles con le maniche strappate, un casco antinfortunistico e degli occhiali di protezione. Se ne stava appoggiato al retro di uno dei camion mentre un uomo assai più giovane vi caricava delle scatole, e cercava di avviare una conversazione con chiunque gli passasse davanti. Noah disse: «Dovremmo iniziare da lui.»

Josie sorrise e seguì Noah fino alle scale della piattaforma di carico. Nel momento in cui salirono sulla banchina, l'uomo con l'elmetto li apostrofò. «Ehi voi, fermi! Non potete stare qui!»

Josie e Noah avevano pronte le loro credenziali e gliele mostrarono mentre lui si avvicinava di corsa. L'uomo guardò i loro distintivi e i loro tesserini. «Denton?» chiese. «Dov'è?»

Gli rispose Noah: «A circa un'ora e mezza a ovest da qui. Ci dispiace disturbarla, ehm...?»

«Tim.» si presentò l'uomo.

«Tim.» ripeté Noah. «Abbiamo un caso in corso che riguarda un tizio che, ci risulta, ha lavorato qui.»

Tim si guardò alle spalle, ma tutti i suoi colleghi si erano rimessi al lavoro. Probabilmente, ora che lui era distratto e non chiacchierava, potevano darsi da fare di più, pensò Josie. «Beh, magari in amministrazione possono dirvi...» ma si interruppe e Josie riempì il suo silenzio. «Ci hanno detto che quest'uomo lavorava qui con voi. Forse lei si ricorda di lui. Si chiama Jack Gresham.»

Tirò fuori il telefono e lo scorse fino a trovare una delle foto di Jack che aveva salvato dalle immagini pubblicate da Tyler Yates su Facebook.

Tim storse le labbra mentre ci pensava e con una mano si dava una sistemata al caschetto. «Certo, mi ricordo di lui. Non ricordavo il suo nome, ma ce l'ho presente. Non riuscivi a strappargli un sorriso neanche a offrirgli un milione di dollari.»

«Immagino che non si sia fatto molti amici qui, allora...» commentò Noah.

Tim scosse lentamente la testa, con gli occhi ancora puntati sulla foto. «No, nessun amico. Siamo un gruppo piuttosto affiatato, ma non c'era modo di avvicinare quel ragazzo. Era un tipo strano.»

«Ci hanno detto che è stato licenziato.» aggiunse Josie.

Gli occhi dell'uomo passarono dal telefono di Josie al suo viso. «Oh sì, c'è stata quella faccenda della ragazza dell'amministrazione.» Fece una risata nervosa. «Shana. Lavora nell'ufficio lassù da circa cinque anni. Una brava ragazza.»

«Shana lavora ancora qui?» si informò Noah.

«Oh sì. È ancora qui. Si è appena sposata. Una brava ragazza, come ho detto. Potete andare a parlare con lei. Se entrate da quella porta...» Indicò una porta vicina e snocciolò un'elaborata serie di indicazioni che li avrebbe portati all'interno dell'edificio, ma Josie non voleva rischiare che venissero buttati fuori perché non avevano un mandato.

«Non vorremmo far rivivere a Shana l'intera vicenda.» disse Josie. «Soprattutto se ora sta bene, visto che si è sposata e ha una sua vita.» Josie sentiva gli occhi di Noah puntati su di sé e gli lanciò uno sguardo che diceva "fidati di me". Tim aveva parlato di "problemi". I problemi più probabili tra colleghi uomini e donne erano le molestie. Stava correndo un azzardo, ma il suo istinto si rivelò giusto.

Tim annuì vigorosamente. «Oh sì, ha ragione. È vero. È stata dura per lei. Ha avuto coraggio a parlarne, come dissi allora.»

«Ha assolutamente ragione.» disse Josie. «Se non le dispiace, allora, potrebbe raccontarci lei qualcosa? Così non dovremo disturbarla.»

«Oh, beh, certo. Come ha detto, meglio non turbarla.»

Josie si mise a riflettere rapidamente cercando di pensare a domande che le permettessero di ottenere le informazioni di cui avevano bisogno senza fargli capire che in realtà non sapeva un bel niente. «Quando è cominciato?» provò.

Tim si grattò sotto il casco, appena sopra l'orecchio. «Oh, forse circa un mese dopo lo avevano assunto. Qualcuno aveva riferito di averlo visto che seguiva Shana dopo il lavoro, fino alla sua auto credo, e che si era nascosto dietro alla macchina di qualcun altro. All'inizio lei aveva fatto finta di niente. Tutti pensavano che avesse una cotta per lei. È una ragazza carina, Shana.»

«E nessuno gli disse niente? Voglio dire, è piuttosto inquietante.»

«Dopo la terza o quarta volta, forse. Quando Shana iniziò a chiedere ai colleghi di accompagnarla alla macchina, allora qualcuno la convinse a denunciarlo ai capi. Gli fecero un richiamo e lo invitarono a smettere.»

«Era tutto molto innocente, a sentire lui, non è vero?» disse Josie, sperando di aver interpretato correttamente la situazione.

«Ovviamente. Disse che si stava solo assicurando che arrivasse sana e salva alla sua auto. Ma poi le regalò dei fiori.»

«E come reagì Shana? Poteva interpretarlo in due modi: un gesto pericoloso o un gesto carino.» disse Josie.

«Infatti, come ho detto, Shana è una ragazza dolce e pensò che fosse un gesto carino. Iniziarono a parlare un po' insieme. A salutarsi e cose del genere. Niente di serio. Ma poi continuava a chiederle di andare con lui dopo il lavoro e lei non voleva. Lui non accettava un "no" come risposta. Cominciò ad aspettarla vicino alla macchina di sera... stavolta in modo più evidente, senza nascondersi.»

«Deve essere stata parecchio ferma con lui.» disse Josie. «Se, come dice lei, Jack non accettava un semplice "no" come risposta.»

Tim scosse la testa e fece una breve risata. «Non la prese bene, questo è certo.»

A questo punto, Josie dovette essere cauta e un po' vaga: «Abbiamo sentito un paio di versioni diverse di quello che è successo per farlo licenziare.»

«Sì, succede in un posto così grande. Circolano parecchie storie diverse in giro. Ma erano presenti due uomini del mio reparto quella sera, quando lei gli disse che non sarebbe mai successo nulla tra loro due. Raccontarono che lui perse la testa: iniziò a gridarle contro, imprecando come una bestia, e poi diede un calcio fortissimo alla macchina, tanto da lasciare una bella ammaccatura sulla portiera. A quel punto i ragazzi gli si avvicinarono e gli dissero che doveva andarsene. Si assicurarono che lei tornasse a casa senza problemi e il giorno dopo riferirono l'accaduto ai capi. Lo chiamarono a casa prima che arrivasse per il suo turno e gli dissero di non farsi rivedere.»

«Ci hanno riferito che la cosa finì lì.» disse Josie.

Tim annuì. «Sì, grazie al cielo. Già. Nessuno l'ha più visto dopo quella volta.»

Josie allungò una mano. «Ci è stato di grande aiuto. Lo apprezziamo davvero.»

«Nessun problema.» disse lui. «Sono felice di fare due parole con qualcuno.»

Josie poteva praticamente sentire quello che Noah stava pensando: *Non l'avrei mai detto.*

QUARANTAQUATTRO

Tornati alla stazione di polizia, presero il caffè nell'area ristoro e si riunirono con Mettner e Gretchen nella sala conferenze per aggiornarsi a vicenda su tutto ciò che avevano scoperto durante la giornata. Presero posto intorno al tavolo, che era già stato ricoperto di documenti sui casi Bestler, Yates, Gresham e Kelly.

Mettner prese appunti con l'applicazione sul suo telefono mentre Josie e Noah parlavano. Quando finirono, alzò lo sguardo e disse: «Jack era sposato eppure ci provava con un'altra ragazza appena assunto?»

«Non ci stava provando...» precisò Josie, «la stava importunando.»

«Poi è stato licenziato per aver molestato questa povera donna ed è sparito per andare al Santuario.» proseguì Gretchen, prendendo un appunto sul suo taccuino.

«Era fuori di sé da molto tempo, anche da prima di cominciare a lavorare alla fabbrica.» sottolineò Josie. «Ricordate che Haylie ha raccontato che Charlotte le aveva detto di tornare alla civiltà prima di decidere se tornare? Scommetto che Jack era già stato al Santuario e quando con il lavoro alla fabbrica di snack non ha trovato una soluzione e Shana ha rifiutato le sue avances, si è arreso. Secondo me è stato allora che ha deciso di andare al Santuario, stavolta per rimanerci.»

«Ma non ci è rimasto.» obiettò Mettner. «Non c'era quando siamo andati a interrogarli. Perciò, deve essersene andato oppure lo stanno nascondendo.»

«Come ha fatto ad arrivarci, innanzitutto?» chiese Noah. «Mett, sei riuscito a trovare qualcosa sui proprietari dei veicoli che abbiamo visto al Santuario?»

Mettner picchiettò sullo schermo del suo telefono e poi fece un paio di passaggi finché non trovò quello che stava cercando. «Al momento ci sono trentadue persone che vivono al Santuario, se si include Charlotte. Cinque di loro hanno veicoli registrati a loro nome e tutti e cinque sono sul posto. Tra questi c'è anche un'auto intestata a Charlotte. Jack Gresham non ha veicoli registrati a suo nome. Emilia Gresham ha una sola auto, ed è ancora davanti al suo appartamento.»

«Allora non c'è modo di sapere come abbia fatto Jack Gresham ad arrivare al Santuario.» disse Noah. «È un vicolo cieco.»

Josie bevve un sorso di caffè. «Possiamo fare un controllo su Charlotte Fadden, per vedere se salta fuori qualcosa di insolito? Qualcosa che potremmo usare quando andremo a parlare con lei...»

«L'ho già fatto.» disse Gretchen. «Datemi solo un attimo.» Si avvicinò all'estremità del tavolo dove Noah aveva messo la scatola con gli effetti personali di Maya Bestler presa a casa di Garrett Romney. Accanto alla scatola c'era un computer portatile che Gretchen si mise davanti e avviò. Dopo qualche passaggio, lo girò in modo che tutti potessero vedere lo schermo e iniziò a fare un resoconto di ciò che aveva trovato. «Vive nella fattoria, che poi è diventata il Santuario, da quando aveva diciannove anni, quindi non ho trovato granché per quanto riguarda i vecchi indirizzi. Nessun lavoro noto. Avremmo bisogno della sua autorizzazione per chiedere al fisco i suoi documenti, ma non sono riuscita a trovare in nessuno dei database che ho consultato alcuna prova che abbia mai lavorato. Ha solo una macchina, come sapete, registrata a suo nome e nella sua proprietà. Un vecchio numero di telefono, un telefono fisso. Nessun indirizzo e-mail. Nessun social media. Nessun precedente penale. Il marito è morto nel 1978, quando Charlotte aveva trentadue anni.»

«Deve averle lasciato un bel po' di spiccioli per permetterle di vivere per quarant'anni della terra del Santuario.» commentò Josie.

«Aveva cinquantuno anni. Molto più vecchio di lei. Quant'è? Diciannove anni più di lei.» disse Mettner.

«Il doppio della sua età quando si sono sposati.» disse Noah. «Cos'altro hai trovato? Nient'altro?»

«Non su di lei.» disse Gretchen. «Ma nel 1974 è stata presentata una denuncia all'ufficio dello sceriffo della contea di Lenore contro Mick Fadden per lesioni alla moglie. Così ho chiamato il loro ufficio, ho chiesto di parlare con qualcuno che non fosse Moore e ho fatto controllare il fascicolo. Per fortuna tutto ciò che risale a prima del 2005 è stato scannerizzato nel loro sistema informatico, quindi il fascicolo era facilmente accessibile. Me lo sono fatto mandare per e-mail.» Fece qualche altro passaggio e fece apparire un rapporto della polizia. Josie si avvicinò per leggerlo e dopo qualche riga disse: «Secondo questo rapporto, Mick Fadden ha picchiato Charlotte in modo piuttosto pesante.» Scorse velocemente il rapporto. «Perché questo agente continua a menzionare che il pestaggio è avvenuto dopo le dieci di sera? Non dovrebbe essere importante a che ora è avvenuto. Un pestaggio è un pestaggio.»

«A quanto pare, negli anni Settanta, nella contea di Lenore, c'era ancora una legge secondo la quale i mariti non potevano picchiare le mogli dopo le dieci di sera o la domenica.» disse Gretchen.

«Stai scherzando?» esclamò Noah. «Quindi i mariti erano autorizzati a picchiare le loro mogli per tutto il resto del giorno?»

Gretchen annuì solennemente. «Nella contea di Lenore, negli anni Settanta, sì.»

Mettner emise un fischio basso. «È sconcertante.»

Gretchen continuò: «Non so quali fossero le leggi nel resto dello Stato. Ogni contea ha una legislazione diversa. Comunque, quella legge è stata abrogata dalle autorità della contea di Lenore negli anni Ottanta. Credo che l'unico modo in cui Charlotte poteva denunciare suo marito era se lui l'aveva picchiata dopo le dieci di sera o di domenica.»

Josie si avvicinò al computer e scorse il rapporto, fino a trovare le foto di Charlotte, poco più che ventenne, a malapena riconoscibile. Inspirò bruscamente. «Miseriaccia... è da non credere che sia sopravvissuta.» Le foto erano in bianco e nero, ma non c'erano dubbi sugli effetti delle percosse che Mick aveva inflitto alla giovane moglie. Una ciocca di capelli le era stata strappata dal cuoio capelluto, il sangue le colava sulla fronte e gli occhi erano ridotti a fessure inghiottite da strati di pelle gonfia e annerita. Il labbro inferiore era quasi spaccato a metà. C'erano altre foto delle braccia e delle gambe, anch'esse gonfie e scure di lividi. In alcune foto si vedevano chiaramente le impronte degli scarponi sulle cosce, sulle natiche e in corrispondenza dei reni.

«1974.» disse Josie, leggendo la data sulle foto. «Quattro anni prima che morisse. È andato in prigione?»

Gretchen scosse la testa. «No. Le accuse furono ritirate.»

«E lei tornò a casa dopo aver subito una cosa del genere. Gesù.» disse Josie. «Come è morto il marito?»

«Un incidente d'auto.»

Josie chiuse il portatile scossa da un brivido. Ne aveva viste tante sul lavoro, ma pochi casi di violenza domestica così gravi.

Mettner indicò la scatola in fondo al tavolo. «Cosa c'è là dentro?»

«Devo andare all'ospedale, dai Bestler.» rispose Josie.

«E dai...» disse Noah. «Non sei nemmeno un po' curiosa di sapere cosa c'è lì dentro?»

Josie scosse la testa, ma poi avvicinò la scatola a sé e la aprì, chiedendo a Gretchen: «Qualcuno ha saputo da Hummel del pezzo di corda?»

«Oh sì.» rispose Mettner, saltellando sulla sedia per l'eccitazione. «L'ha analizzato. Era sicuramente sangue. L'ha già inviato al laboratorio per il test del DNA. Chitwood ha chiesto di accelerare i tempi, ma potrebbero volerci anche settimane.»

Josie aprì la bocca per parlare, ma Gretchen alzò una mano per chiederle di aspettare. «Prima che tu lo chieda.» disse Gretchen. «Abbiamo già ottenuto un mandato per la nostra Squadra di Raccolta delle Prove per esaminare le capanne del Santuario, visto che è lì che avete trovato la corda. Hummel e la squadra sono là adesso.»

«È fantastico.» disse Josie. Cominciò a tirare fuori gli oggetti dalla scatola delle cose di Maya Bestler: un cuscino per il collo, un CD di Chris Stapleton, un paio di occhiali da sole, una coperta, una candela, una mezza dozzina di flaconi di smalto per unghie, un cordoncino e una tazza della Cancer Survivors' Alliance for Hope, l'organizzazione no-profit per cui Maya aveva lavorato. Poi c'erano alcuni oggetti di lavoro: un manuale delle politiche e delle procedure, una chiave magnetica e una newsletter aziendale.

«A proposito...» disse Gretchen, «ho i tabulati telefonici di Tyler e Valerie Yates e di Emilia Gresham, compresi i messaggi di testo. Erano sicuramente convinti che Jack si trovasse al Santuario tre giorni fa, quando sono partiti per il campeggio. Erano lì per portarlo via. Il piano era di intrufolarsi nella proprietà nel cuore della notte, cercare di trovarlo e convincerlo a tornare a casa. A quanto pare, Emilia pensava che se si fossero presentati tutti e tre insieme facendo fronte comune, sarebbe stato più simile a un atto di forza e avrebbero avuto maggiori possibilità di convincerlo.»

Mentre Gretchen parlava, gli occhi di Josie si soffermarono sulle varie foto della newsletter della Cancer Survivors' Alliance for Hope di quasi tre anni addietro. Il testo illustrava tutti gli sforzi compiuti dall'organizzazione no-profit per raccogliere fondi e la destinazione di questi ultimi, che sembravano essere per lo più destinati a famiglie locali in difficoltà economiche a causa di una diagnosi di cancro.

Un titolo catturò la sua attenzione: *La Lantz Snack Factory si unisce alla Cancer Survivors' Alliance for Hope per raccogliere oltre 50.000 dollari per i sopravvissuti della comunità.* Scorse l'articolo che parlava di una raccolta di fondi congiunta tra la Lantz e l'organizzazione no-profit che aveva raccolto una grande quantità di denaro per la causa. Girò la pagina e arrivò a una fotografia a colori scattata davanti all'edificio della Lantz. Sotto la grande insegna si erano radunate una trentina di persone, che si stringevano per entrare nell'inquadratura. Tutti sfoggiavano un ampio sorriso e indossavano magliette verdi tutte uguali che riportavano le parole *"Nurture Hope"* e il nome dell'organizzazione no-profit. Lo sguardo di Josie scrutò i volti fino a individuare Maya. Come appariva diversa allora. Non solo più giovane, ma anche più innocente. Il suo sorriso era ancora relativamente intatto, nonostante gli abusi subiti per mano di Garrett.

«Tyler ed Emilia avevano già cercato di convincere Jack a lasciare il Santuario in altre occasioni, senza successo.» disse Noah.

Josie studiò gli altri volti nella foto.

«Sembra sia così.» convenne Gretchen. «Non credo che

Jack se ne sarebbe andato con loro tre. Credo che ci sia entrato per restare.»

Lo sguardo di Josie si posò su un volto che le parve familiare e sussultò.

«Cosa c'è?» chiese Noah.

Lei sollevò la newsletter con la foto. «Credo che Jack Gresham e Maya Bestler si conoscessero.»

QUARANTACINQUE

Noah, Gretchen e Mettner si alzarono e si strinsero intorno a Josie, fissando la foto mentre lei indicava Jack all'estrema sinistra, in ultima fila, e poi Maya in prima fila, al centro. Controllò la data. «Questa foto è stata scattata poco più di due anni fa. Due anni e quattro mesi fa, per la precisione.»

«Pensavo che Maya Bestler e i Gresham vivessero in città diverse.» disse Gretchen.

«È così.» confermò Josie. «Ma comunque relativamente vicine l'una all'altra. L'organizzazione di Maya realizzava eventi di beneficenza con aziende in tutta l'area della Pennsylvania sudorientale.»

«Questo non significa che si conoscessero.» osservò Noah. «Significa solo che sono stati fotografati insieme.»

«Sono d'accordo, Boss.» disse Gretchen. «Si è trattato di un evento unico. In questa foto non sono nemmeno vicini e ci sarà almeno una trentina di persone. Non sappiamo se si siano mai incontrati veramente.»

«Ma Jack Gresham aveva tendenze da maniaco. Non era necessario che la incontrasse ufficialmente, bastava che l'avesse vista e si fosse fissato su di lei. Tenete conto che è accaduto solo pochi mesi prima del rapimento di Maya.»

«Ma sappiamo già che è stato l'eremita a portare via Maya dal suo campeggio.» le fece notare Mettner. «È quello che ha detto lei.»

«Inoltre, abbiamo le sue impronte all'interno delle caverne.» concordò Gretchen.

«Cosa stai suggerendo?» chiese Noah.

Josie fissò la foto. Maya e Jack apparivano in una foto di gruppo. A un dato momento, l'associazione no-profit di Maya aveva organizzato un evento di beneficenza presso l'azienda in cui Jack aveva lavorato per tre mesi. Jack si era unito a una setta nella contea di Lenore, a circa otto miglia dal luogo in cui Maya era scomparsa mentre era in campeggio con il suo ragazzo. Inoltre, Maya era sparita diversi mesi dopo che Jack si era unito alla setta. Due anni più tardi, la moglie di Jack era andata in campeggio vicino al Santuario ed era scomparsa dopo che i migliori amici in comune con Jack erano stati ammazzati. Renee Kelly, una ragazza che viveva nel Santuario, era stata uccisa esattamente nello stesso modo in cui era stata uccisa Valerie Yates. Tutti questi eventi avevano delle affinità, ma ciò non significava che fossero tutti correlati tra loro. Alla fine, il suo compito era quello di seguire le prove. Sensazioni istintive, intuizioni, sospetti andavano bene, ma non aveva alcuna prova che Jack Gresham e il Santuario fossero in qualche modo collegati al rapimento di Maya o che qualcuno, oltre all'eremita, fosse responsabile dei recenti omicidi.

Quante erano le probabilità, si chiese, che una donna scomparisse e un'altra venisse ritrovata a poche ore di distanza l'una dall'altra, entrambe collegate allo stesso uomo: Jack Gresham? Anche se, a guardare bene, il legame di Maya con lui era a dir poco tenue.

Josie sospirò. «Niente.» disse. «È solo strano.»

Gretchen e Noah la guardarono, aspettando che aggiungesse qualcos'altro. Josie gettò di nuovo la newsletter dei dipendenti nella scatola e disse: «Credo che abbiamo abbastanza informazioni per tornare a parlare con Charlotte. Domani andremo al Santuario e vedremo cosa riusciamo a smuovere. Questa volta dobbiamo mostrare a tutti una foto di Jack Gresham. Qualcuno dovrebbe riconoscerlo, anche se se n'è andato. Tuttavia, mi aspetto che mentano tutti. Nel frattempo, qualcuno può portare questa scatola all'ospedale e consegnarla a uno dei Bestler. Mostrate anche a loro una foto di Jack Gresham, tanto per fare un po' di scena.»

«Me ne occupo io.» disse Noah. Rimise tutto di nuovo nella scatola e la prese per uscire.

Josie lo guardò andare via, e sentì suonare il telefono nella sua tasca. Lo tirò fuori, vide che sullo schermo c'era scritto *SCI Muncy* e fece partire la segreteria telefonica.

«Ehi, tutto bene?» le chiese Gretchen.

Josie riuscì a sfoderare un sorriso. «Sì, tutto bene. Vado a casa. Ho bisogno di riposare. Domani per prima cosa andremo a parlare con Charlotte e la sua gente. Vediamo cosa riusciamo a scoprire.»

«D'accordo.» rispose Gretchen.

Josie prese la strada più lunga per tornare a casa, perché non voleva rimanere da sola con la bottiglia di Wild Turkey che teneva in cucina più del dovuto.

Per fortuna Noah arrivò a casa pochi minuti dopo di lei.

«Hai mostrato ai Bestler la foto di Jack Gresham?» gli chiese mentre salivano al piano superiore diretti verso la loro camera da letto.

«Sì, l'ho fatto.»

«E l'hanno riconosciuto?»

«Neanche lontanamente.»

QUARANTASEI

Josie si mise a letto lasciando la luce accesa. Noah era troppo stanco per accorgersene e si addormentò profondamente una manciata di minuti dopo essersi steso sul materasso. Adagiando la testa sul cuscino accanto a lui, Josie guardò come si muovevano le sue palpebre. Il sonno si fece strada, avvolgendo la sua coscienza in una nebbia e portandola via. Ma una parte del suo cervello rimase all'erta, così che quando si ritrovò di nuovo bambina, a implorare Lila di non tenerle le dita sulla fiamma blu della stufa nella roulotte, lottò per svegliarsi con un sussulto. Si ritrovò ansimante, si mise seduta nel letto fradicia di sudore, con le gocce che le colavano dal cuoio capelluto. Non osava rimettersi a dormire. Non poteva affrontare un'altra notte passata a rivivere gli orrori indicibili che Lila le aveva inflitto. Si alzò dal letto e scese al piano di sotto per rivedere i suoi appunti sul caso fino a quando non arrivò l'ora di prepararsi per andare al lavoro.

Quando Josie, Noah, Gretchen, Mettner e due unità di Denton, insieme a Moore e al suo collega Nash entrarono nel vialetto del Santuario il cielo era di nuovo coperto da pesanti nuvole grigie. Scesero dalle macchine e un attimo dopo Charlotte apparve sul portico d'ingresso, con indosso un abito leggero color oro. Sembrava fluttuare mentre scendeva gli scalini e attraversava il prato per andare verso di loro, con il suo caratteristico sorriso che in quel momento era una linea sottile. Quando li raggiunse, alzò una mano. «Mi dispiace, agenti.» disse. «Questo non è un buon momento.»

Moore si avvicinò a Josie e consegnò a Charlotte il mandato. «Mrs. Fadden, si tratta di una questione urgente. Stiamo cercando una donna scomparsa e crediamo che adesso il marito viva qui, o abbia vissuto qui in passato. Abbiamo bisogno di parlare con la sua gente immediatamente per capire se qualcuno l'ha visto o sa dove si trova.»

Charlotte incrociò le braccia sul petto. «I vostri uomini sono stati qui quasi tutto il pomeriggio e la sera di ieri a trafficare nelle nostre capanne. Sono giorni che girate e perquisite la nostra proprietà. Una di noi è stata uccisa e siamo tutti sconvolti. Queste attività sono estremamente disturbanti. Stiamo cercando di elaborare il lutto come una famiglia e la presenza della polizia è...» si prese un attimo. «Temo che sia troppo al momento. Non posso permettere che tutto questo continui.»

«Abbiamo un mandato, Mrs. Fadden.» disse Josie. «Capisco che, con l'omicidio di Renee, la vostra gente sia molto turbata, ma noi stiamo solo facendo il nostro lavoro. Ora, se non le dispiace...»

Charlotte la interruppe. «L'altro giorno avete portato la foto di una donna scomparsa. Nessuno l'aveva vista. Cosa c'entra il marito con tutto questo?»

«Crediamo che possa essere con lei.» spiegò Josie. «Dobbiamo localizzarlo. L'ultimo luogo dove sappiamo che è stato è proprio questo, la vostra proprietà.»

Charlotte guardò il gruppo di agenti e chiese: «Dovete entrare tutti?»

«Faremo molto più in fretta se lavoriamo tutti insieme.» affermò Josie. Charlotte sembrava riluttante, si poteva intuire che stava rimuginando su qualcosa, valutando quanto potesse opporsi. Alla fine, fece un sorriso tirato e agitò una mano in direzione della casa. «Allora, per favore...» disse, «fate in fretta.»

La squadra si disperse, armata di taccuini e fotografie di Jack Gresham. Josie rimase al suo posto, con le mani sui fianchi. Il sorriso di Charlotte si allentò un po', trasformandosi in qualcosa di più genuino. «Lei vuole parlare con me.»

Josie si frugò nella tasca posteriore e tirò fuori una foto di Jack Gresham. La mostrò a Charlotte. «So che è stato qui.»

Charlotte la prese tra le mani e la studiò. Senza guardare Josie, disse: «Sì, è stato qui per diverso tempo. Jack.»

«Si ricorda di lui?»

«Sì, era piuttosto problematico.»

«Ricorda che in diverse occasioni sua moglie si è presentata qui, chiedendo di parlargli?» chiese Josie.

Charlotte le riconsegnò la foto. «No, non mi sembra. Ma è possibile che stessi lavorando da qualche altra parte nella proprietà quando si è presentata.»

«Anche il suo migliore amico è venuto qui e ha finto di unirsi alla vostra gente. Tyler Yates. Eppure, quando l'altro giorno ho mostrato la sua foto a tutta la comunità, nessuno lo ha riconosciuto.»

«Allora ci deve essere un errore.» dedusse Charlotte. «O forse non è stato qui abbastanza a lungo per potersi ricordare di lui.»

«Il padre di Tyler ha detto che è stato cacciato dal Santuario quando è diventato evidente che stava solo cercando di far tornare Jack a casa.» ribadì Josie.

Charlotte rise. «Ora capisco a cosa è dovuto l'errore. Non ricordo nulla di simile. Chiunque sia la persona che vi ha passato queste informazioni si sbaglia di grosso.»

Josie sapeva che Charlotte stava mentendo, ma insistere con lei sembrava non servire a nulla e cambiò tattica: «Dov'è Jack adesso?»

«Non lo so.»

«È qui?»

«Non credo.» disse Charlotte. «Voi lo sapete meglio di me, avete parlato con la mia gente negli ultimi due giorni.»

Josie tirò fuori il suo telefono e trovò una foto di Maya Bestler da mostrare a Charlotte. «Che mi dice di questa ragazza?»

Charlotte sospirò. «Detective Quinn, le ho già detto che qui passano moltissime persone. Non riesco a ricordare tutti i volti.»

«Quindi potrebbe essere stata qui?»

«Come si chiama?»

«Maya.»

Charlotte scosse la testa. «Non credo che ci sia mai stata una Maya qui, no.»

«Poco fa ha detto che Jack Gresham era piuttosto problematico. Che cosa intendeva dire?»

Charlotte fece un cenno verso la fattoria. «Le andrebbe di finire il discorso dietro casa?»

«Vorrei sapere cosa sa di Jack Gresham.»

Charlotte sorrise. «Camminiamo.» disse, incamminandosi verso lo spiazzo dietro la casa.

Josie la seguì per diversi metri, infastidita ogni minuto di più. Ma sapeva che quella donna stava facendo una specie di gioco e lei non aveva intenzione di lasciarle il vantaggio. Aspettò che fosse Charlotte a parlare di nuovo. «Jack ha avuto un'infanzia difficile. Madre single. Poco attenta. C'erano anche altri problemi. Venne da me molto depresso e confuso. Oserei dire che aveva tendenze suicide.»

Passarono davanti al giardino, dove Josie vide Mettner che parlava con alcuni abitanti del Santuario, tutti apparentemente preoccupati. Una donna si premeva un fazzoletto sulle guance per asciugarsi le lacrime. Era evidente che la morte di Renee aveva colpito tutti quanti. Josie disse: «E ci è riuscita a riportare Jack in buona salute mentale?»

Charlotte rise. «Non è quello che facciamo qui, Detective.»

«Allora cosa ha fatto per lui?»

«Ho cercato di aiutarlo ad allineare l'oscurità con la luce che si portava dentro.»

«Che cosa significa?»

«Jack aveva dei demoni. Come tutti noi. Come lei.»

«Perché mi sta chiamando in causa?» chiese Josie.

Charlotte si fermò e Josie fece ancora qualche passo prima di rendersi conto che aveva smesso di camminare. Charlotte fece un passo verso Josie, avvicinandosi così tanto che il suo viso arrivò a pochi centimetri dal suo. Era una distanza che Josie di solito riservava solo a Noah. Combatté l'impulso di indietreggiare. Charlotte disse: «C'è un'oscurità in lei, Detective Quinn.»

«C'è un'oscurità in tutti noi, Mrs.Fadden.»

I suoi occhi si illuminarono, come se Josie avesse risposto correttamente a una domanda di un esame. «Ha ragione! L'oscurità è in tutti noi. Alcune persone vengono al mondo brandendo la propria oscurità. Fanno cose terribili con enorme facilità. La loro luce è sepolta così profondamente che la maggior parte di loro non la troverà mai. Altri, come me, come Jack e come lei... siamo vittime così tanto, così spesso o così gravemente che la nostra stessa oscurità è sepolta troppo in profondità per potervi accedere. Le persone come noi, se vogliono trasformarsi completamente, devono accedere a quel pezzo di sé. Questo è ciò di cui Jack aveva bisogno.»

«Che cosa significa? *Trasformarsi completamente?*»

Charlotte fece un passo indietro e Josie cercò di non mostrare il suo sollievo.

«Significa allineare la propria oscurità con la propria luce e viceversa, per diventare la versione più piena e più vera di noi stessi che possiamo in questa unica vita che abbiamo a disposizione. Abbracciare completamente se stessi. Accettare tutto di noi stessi e non solo le parti del sé che la società ritiene accettabili.»

Ripresero a camminare, imboccando un sentiero che Josie sapeva le avrebbe condotte alle capanne. Ancora una volta si chiese se Charlotte fosse in qualche modo una sensitiva; parte del suo piano era di affrontare quella donna riguardo al pezzo di corda insanguinato trovato all'interno di una delle capanne.

«Jack ha dovuto assumersi l'impegno per trasformarsi completamente?» chiese Josie.

Josie colse il leggero irrigidimento delle spalle di Charlotte, ma quando lei guardò Josie, il suo sorriso era saldamente al suo posto. «Ha fatto le sue ricerche, vedo. Sì, Jack si è assunto l'impegno. È stato qui per qualche tempo, se non ricordo male. A un certo punto, se vedo che una persona è qui da un po' di tempo ma non fa progressi, le chiedo di assumersi l'impegno.»

«E in cosa consiste l'assunzione dell'impegno?» chiese Josie.

«A progredire nella propria crescita personale, a non lasciare che nulla la ostacoli, a impegnarsi a proteggere il Santuario e i suoi membri, a impegnarsi a vivere una vita autentica. Questo è il senso dell'impegno.»

«Perché imporre un marchio?»

Charlotte si abbassò sotto un ramo pendente. «La marchiatura è simbolica di quanto possa essere dolorosa la crescita personale, ma è anche un promemoria fisico dell'evoluzione di una persona verso un nuovo livello dell'essere. Qui non crediamo in una vita ultraterrena, perciò ci sforziamo di ascendere a nuovi livelli di esistenza e di illuminazione in questa vita.» A un tratto la prese per un polso. «Sa, potrei aiutarla.»

Josie cercò di ritrarre il polso, ma la presa di Charlotte era salda.

«Aiutarmi a fare cosa?» chiese Josie.

«Evolvere. Abbracciare la sua oscurità.»

Josie ritirò la mano. «Abbracciare la mia oscurità non mi aiuterà a trovare Jack ed Emilia Gresham.»

«Seppellirsi nel lavoro non la aiuterà a evitare ciò da cui sta scappando.»

«Ho del lavoro da fare.» disse Josie e proseguì.

Intravide le capanne. Si fermò davanti a quella in cui era stata l'ultima volta. «Abbiamo trovato un pezzo di corda insanguinata in questa capanna.» disse a Charlotte.

Charlotte raccolse la parte anteriore del vestito tra le mani, scoprendo un paio di vecchie ciabatte infradito, e salì i gradini. Si soffermò a lungo a guardare all'interno e Josie si chiese se stesse pensando a qualcosa che potesse spiegare la presenza della corda. Quando tornò indietro, disse: «Sì, c'era uno dei nostri che teneva un cane qui. Gliel'ho permesso finché il cane non l'ha morso. Probabilmente è questo il sangue che avete trovato.»

«Renee Kelly aveva dei segni sui polsi, vecchi e nuovi, come se fosse stata legata. Qualcuno la stava torturando. Qualcuno di qui, nel vostro Santuario.»

Charlotte scese i gradini. «Renee non avrebbe fatto niente se non fosse stata consenziente, Detective.»

«Cosa significa? Accettava di essere legata? L'ultima volta che l'ho vista era terrorizzata. Questo come lo spiega?»

Charlotte si avvicinò di nuovo a lei, questa volta allungando la mano e toccandole una guancia; la stanchezza e la privazione di sonno rallentarono i suoi riflessi: non riuscì a trattenersi dal trasalire.

«Non è l'unica ad avere paura del buio.» le disse Charlotte.

QUARANTASETTE

Josie e la sua squadra si riunirono di nuovo nella sala conferenze per confrontare i risultati. Fuori la pioggia cadeva a catinelle, scuotendo le finestre con uno scroscio costante. Guardò Noah, Gretchen e Mettner, che sembravano tutti esausti. Avevano piazzato i cartoni della pizza al centro del tavolo, ma nessuno li aveva ancora toccati. Mettner bevve un lungo sorso dalla sua bottiglietta d'acqua e disse: «Ho parlato con tre persone che hanno riconosciuto Jack. Hanno detto che ha vissuto al Santuario per diverso tempo, che ha avuto pochissimi contatti con gli altri membri e che ha lasciato la proprietà qualche mese fa.»

Gretchen sfogliò qualche pagina del suo taccuino. «Due persone mi hanno confermato la stessa cosa. Stesso periodo di tempo: "un paio di mesi." Quando ho chiesto loro come se ne fosse andato, se in auto o a piedi, hanno risposto che non lo sapevano.»

«Lo stesso hanno fatto le persone che ho interrogato io.» confermò Noah. «Hanno detto che un giorno, semplicemente, hanno smesso di vederlo in giro. Una donna ha detto che non parlava e non si relazionava con gli altri abitanti della comunità. Ha detto che se n'è andato da tre settimane.»

«Cosa ha detto Charlotte?»

Josie li aggiornò su ciò che Charlotte le aveva raccontato sia su Jack Gresham che sul pezzo di corda insanguinato, tralasciando la parte in cui Charlotte aveva cercato di convincerla a entrare in contatto con il suo lato oscuro. «Sta mentendo.» concluse Josie. «Le ho fatto pressione sulla ridicola storia del cane e sul fatto che era evidente che Renee era stata tenuta legata e che aveva subìto delle sevizie, ma non si è scomposta. Tutto ciò che ho ottenuto da lei sono state delle mezze risposte criptiche. Ma non c'è alcun dubbio, quella donna sa qualcosa. Tutti loro sanno più di quanto dicono.»

Pensò a ciò che Charlotte aveva detto a proposito di assumersi l'impegno. Renee Kelly non si era impegnata a proteggere il Santuario. Questo significava che se n'era andata la notte in cui lei le aveva proposto una via d'uscita, però non era mai arrivata alla sua macchina o a quella di Gretchen. Invece, Jack Gresham l'impegno lo aveva preso, aveva giurato fedeltà al Santuario. Allora perché se n'era andato? E dove era andato?

«Qualcuno ha rintracciato la madre di Jack Gresham?» chiese Josie.

Mettner alzò la mano. «Ci ho parlato io al telefono ieri sera, dopo che siete tornati a casa. Vive in California. Mi ha detto che non lo vede da quando si è sposato e che si sentono una volta all'anno per Natale.»

«Che madre premurosa.» disse tra i denti Noah.

Josie pensò a ciò che aveva detto Charlotte: Jack era un ragazzo problematico. Era stato cresciuto da una madre negligente. E poi aveva fatto riferimento ad altri problemi. Avendo parlato con i suoi colleghi della Lantz Snack Factory e avendo appreso dei suoi comportamenti da maniaco, poteva immaginare quali potessero essere questi problemi. Josie si chiese cosa avesse fatto esattamente Charlotte per aiutare Jack ad accedere al suo "lato oscuro".

«Credo che Jack Gresham sia ancora là o che comunque si trovi ancora in zona.»

«Al Santuario?» chiese Noah. «Abbiamo perquisito quel posto una mezza dozzina di volte. Dove potrebbero tenerlo nascosto?»

«Non ne ho idea.» rispose Josie. «Ma non lascerebbe quel posto a lungo. Non vorrebbe.»

«Perché dovrebbe nascondersi?» chiese Gretchen.

«Forse è stato lui ad abusare di Renee Kelly.» suggerì Josie.

«Pensi che l'abbia anche uccisa?» chiese Mettner. «Se l'ha uccisa, significa che ha ucciso anche i suoi migliori amici e ha fatto qualcosa alla moglie.»

«O forse...» ipotizzò Gretchen, «i suoi amici sono stati uccisi e sua moglie è stata rapita mentre lui era stato mandato da qualche parte per tenerlo lontano dal Santuario e adesso teme di essere considerato un sospettato.»

«Potrebbe essere.» concordò Josie. «Forse lui e Charlotte pensavano che quello che lui aveva fatto a Renee Kelly sarebbe venuto fuori nell'indagine della polizia e avrebbe peggiorato le cose per tutti loro. Probabilmente era ancora al Santuario il giorno in cui abbiamo trovato Tyler e Valerie. Charlotte avrebbe avuto il tempo di mandarlo via finché le acque non si fossero calmate e dire al resto della sua gente di mentire sulla sua presenza.»

«Potrebbe aver ordinato a Renee di non dire una parola su quello che le stava accadendo.» disse Gretchen.

Per un attimo, nella sua testa, Josie sentì la voce di Lila dai suoi incubi. *Non una parola*.

«Ha molestato una collega, è caduto in depressione, si è unito a una setta...» disse Noah. «Questo non significa necessariamente che sia uno che tortura giovani donne o che sia un assassino. L'eremita sembra ancora il candidato più appropriato per questi omicidi.»

«Penso che a questo punto sia necessario sorvegliare il Santuario.» disse Josie. «Non dobbiamo tornarci. Basta che stabiliamo un perimetro e vediamo se Jack Gresham entra o esce dalla proprietà. Se lo vediamo uscire, lo seguiamo e vediamo dove va. Poi gli parleremo e vedremo cosa ha da dire sulla moglie scomparsa. Potrebbe anche sapere dove si trova!»

«È piuttosto lontano, in mezzo al nulla.» sottolineò Mettner. «Non possiamo mica stare in macchina per un appostamento.»

«Allora ci piazziamo nel bosco.» disse Josie. «Sono già tre giorni che siamo in giro e ora anche Noah sa quali piante non mangiare.»

Mettner rise. «Avete delle tute Ghillie?»

Gretchen chiese: «Cos'è una tuta Ghillie?»

Mettner guardò Josie come per dire: "Dice sul serio?"

«Gretchen è una ragazza di città, ricordi?» spiegò Josie. «Penso che a Philadelphia non le usino così tanto.»

«Mi dite cos'è una tuta Ghillie?» ripeté Gretchen.

Noah rise. «È un equipaggiamento da indossare, come una specie di mimetica che si usa quando si va a caccia per confondersi con l'ambiente circostante. Ti fa sembrare un cespuglio che cammina o, meglio, un albero che cammina coperto di rampicanti. Cercala su Google. Vedrai.»

Gretchen tirò fuori il telefono e la cercò nel browser. Un sorriso le illuminò il volto. «Oh, me ne serviva giusto una!» disse.

Ottennero l'approvazione di Chitwood per l'operazione di sorveglianza dopo aver parlato con le forze dell'ordine della contea di Lenore per informarle di ciò che stava accadendo. La maggior parte dei terreni che circondavano il Santuario apparteneva allo Stato, quindi non c'era bisogno di ottenere mandati o permessi dai proprietari dei terreni per appostarsi nei boschi. Mettner e alcuni altri agenti della polizia di Denton raccolsero tutte le tenute da caccia che riuscirono a trovare per mimetizzarsi, nonché alcuni occhiali per la visione notturna. Ad agosto il sole tramontava poco dopo le otto di sera e una volta calata l'oscurità, si divisero in squadre e si misero in cammino.

Josie dispose che degli agenti in borghese aspettassero nei veicoli non contrassegnati della polizia lasciati in punti strategici al di fuori del loro perimetro in caso si fosse reso necessario inseguire qualsiasi mezzo che fosse uscito dal Santuario. Le altre squadre si divisero, muovendosi a piedi. Mettner e altri due agenti presero posizione nel bosco tra l'accampamento degli Yates e la recinzione del Santuario, distanziandosi per coprire più terreno possibile e formando un cerchio largo intorno al sito. Noah, Josie e Gretchen presero posizione dall'altra parte del Santuario, tra gli alberi di fronte alla fattoria. Gretchen si nascose tra gli arbusti ai piedi della collina a sud del Santuario. Josie si posizionò proprio di fronte al vialetto del Santuario; trovò un tronco d'albero abbattuto a circa dieci metri di distanza dal ciglio della strada, ben nascosto da sterpaglie e cespugli. Noah si spinse più in alto sulla collina, a nord del Santuario. Josie stimò che ci fosse un quarto di miglio tra di loro. Non era lontano, ma nel buio silenzioso della foresta le sembrava come se Gretchen e Noah fossero in un altro paese. Controllò più volte la tasca posteriore dei jeans per assicurarsi che la radio fosse al suo posto. Le squadre avevano deciso di mettersi in contatto solo in caso di avvistamento, per evitare che le radio attirassero attenzioni indesiderate. Nonostante il sole fosse tramontato, il caldo e l'umidità non erano diminuiti, ma almeno, per fortuna, aveva smesso di piovere. Josie aveva rifiutato la tuta Ghillie, preferendo indossare jeans neri e un impermeabile verde oliva che le permettesse di mimetizzarsi nella vegetazione, venendo a patti con il sudore che le colava lungo tutto il torso e

si accumulava in fondo alla schiena. Avrebbe pagato per un po'
di brezza o anche un po' di pioggia che le dessero sollievo dal
caldo persistente. Accanto a lei, sul tronco dell'albero, pose il
suo thermos di caffè e un binocolo con il quale teneva sotto
costante controllo la fattoria e il capannone dove, dall'interno di
entrambi, brillava una luce fioca. Diverse persone facevano
avanti e indietro dall'una all'altro, alcune si allontanavano lungo
il prato incamminandosi verso il campo dietro la casa dove
erano state montate le tende. Passò un'ora, poi un'altra e un'altra
ancora. Nessun veicolo entrava o usciva dalla proprietà. Alla
fine le luci della casa e del capannone si spensero, e rimase un'u-
nica luce esterna dietro il capannone a illuminare una delle
dépendance adibite a bagno.

A mezzanotte, da quanto Josie poteva vedere dalla sua
postazione dall'altra parte della strada, tutti i residenti del
Santuario si erano ritirati nei rispettivi alloggi. Buttò giù un po'
di caffè per facilitare l'attesa. Per due volte vide delle ombre
muoversi lungo il muro esterno del capannone, ma poi le figure
emersero nel cerchio di luce intorno alla dépendance. Erano
due donne che utilizzavano i servizi. Josie controllò il cellulare e
annotò gli orari: la prima donna era uscita all'una e quindici del
mattino ed era rimasta nei bagni per dieci minuti. La seconda
donna aveva usato il gabinetto alle due e quarantatré e ne era
uscita solo un minuto dopo, tornando di corsa verso la parte
anteriore del capannone.

Josie sospirò e saltò giù dal suo appostamento sul tronco
dell'albero. Guardando da un lato all'altro, tutto ciò che poteva
vedere erano vari livelli di oscurità. Quella notte la luna era
coperta e la luce della lampada della dépendance non raggiungeva la strada e gli alberi. A tastoni, si diresse verso un punto a
diversi metri di distanza, dove si liberò. Tornata al suo posto,
scosse il thermos e si sentì sollevata dallo sciaguattio di ciò che
ne restava, che prese a sorseggiare lentamente fino all'ultima
goccia.

Alle tre, la temperatura era finalmente scesa un po' e la brezza che aveva tanto desiderato qualche ora prima arruffava le cime degli alberi. Inizialmente, Josie aveva temuto che il buio silenzioso del bosco potesse cullarla nel sonno, soprattutto perché nelle ultime notti non aveva dormito più di un paio d'ore messe insieme, ma mentre il Santuario scendeva nella più completa immobilità, l'ambiente circostante le ricordava troppo i recenti incubi che aveva avuto perché potesse addormentarsi. Ogni piccolo rumore la spaventava: il fruscio del vento tra gli alberi, il frinire dei grilli e delle cicale, e il basso bubolare di un gufo. Il sudore si stava raffreddando sulla pelle, rendendola appiccicosa e facendola tremare un po'.

Qualcosa di freddo le accarezzò il collo. Saltò giù dal tronco e si girò di scatto, fissando l'oscurità. Estrasse la pistola dalla fondina, tenendola puntata davanti a sé. Avrebbe giurato di aver visto un'ombra passare tra due alberi vicini. Le gambe le cedettero e barcollò all'indietro, andando a sbattere con la testa contro un ramo alle sue spalle. Le sfuggì un rantolo involontario. Un rumore alla sua sinistra la pietrificò. Erano dei passi? Rimase in silenzio, con le orecchie tese a percepire qualsiasi rumore. La pistola le sembrava più pesante del solito. Il braccio con cui la teneva sollevata iniziò a tremare. Era la sua mente che le stava giocando brutti scherzi? Sbattendo le palpebre, fece qualche passo indietro verso il suo posto. All'improvviso provò di nuovo quella sensazione. La stessa che aveva provato il primo giorno all'accampamento degli Yates. Tutti i peli delle braccia e della nuca le si drizzarono.

Guardò di scatto da una parte all'altra. C'era qualcuno che respirava? Abbassò la pistola sul fianco e scattò verso la strada, o almeno dove pensava che fosse la strada, ma era disorientata, il cuore le batteva forte e più correva più si perdeva. Fermandosi per riprendersi, si schiacciò contro un albero e puntò di nuovo la pistola davanti a sé. I suoi occhi vagarono da un lato all'altro, ma non colse alcun movimento. Aspettò, in cerca di altri suoni, ma non c'era nulla. Alla fine, quella sensazione svanì. Tenendo la pistola con una mano sola, cercò il cellulare nella tasca della giacca, ma non lo trovò. Cercò nell'altra tasca. Anche l'unità GPS era sparita.

«Oh merda...» mormorò sottovoce. Dovevano esserle caduti mentre correva. O li aveva lasciati sul tronco dove si era appostata? Perché i suoi pensieri erano così confusi?

Puntò la pistola verso il suolo e chiuse gli occhi, cercando di recuperare la calma. Poi li riaprì e sbatté le palpebre, cercando di mettere a fuoco le ombre, ma non ci riuscì. Con una mano cercò la radio portatile nella tasca posteriore, ma le dita erano bloccate. Il semplice movimento le provocò un'ondata di vertigini.

Avrebbe giurato di aver colto un movimento con la coda dell'occhio. Di nuovo quell'ombra. Il tuono nel petto la travolse. C'era davvero qualcuno? O era il suo cervello, ormai stremato, che la faceva impazzire? Doveva restare o scappare? Cercò di nuovo di sollevare la pistola davanti a sé, ma era troppo pesante. Allora, con le dita tentò ancora una volta di trovare la radio. Un altro rumore. Un respiro, pensò. La foresta respirava.

Si era addormentata? Era un altro dei suoi incubi? Lila sarebbe sbucata da dietro un albero, le avrebbe afferrato il mento e l'avrebbe spaventata a morte?

Il suono era tutto intorno a lei ora. Gli alberi e le foglie erano vivi. Qualcosa di umido le scivolò sulla guancia.

Una voce accanto a lei disse: «Eccoti.»

Aprì la bocca per urlare, ma non ne uscì alcun suono. *Muoviti! Corri!* Una botta di stanchezza la travolse così rapidamente e così completamente che riuscì a malapena a sollevarsi di poco. Si accorse solo vagamente che la pistola le cadeva dalle mani flosce. Allora, se non era un sogno, era qualcosa di terribilmente pericoloso. Sentì il respiro sulla guancia, mani che la toccavano. Avrebbe voluto indietreggiare, ma nessuna parte del suo corpo intendeva obbedirle. Una parola apparve nella sua mente a caratteri cubitali: RADIO.

Cercò di far muovere la mano, visualizzandola nella sua testa, vedendo le sue dita trovare e afferrare la radio, tirarla fuori dalla tasca, premere i pulsanti, aprire la bocca per dire alla squadra che era nei guai.

Delle mani la sollevarono e la sua testa si piegò su un lato. Riuscì a intravedere brevemente il vialetto del Santuario dall'altra parte della strada mentre si allontanava.

Quella voce si fece sentire di nuovo. La radio le cadde e finì nel fango.

«Non ti servirà dove stai andando.»

QUARANTOTTO

Josie si svegliò di soprassalto con un colpo di reni, il corpo teso che spingeva verso l'alto, come per allontanarsi dalle ombre della sua mente. Quando con lo sguardo esplorò l'ambiente circostante, vide che si trovava in una camera da letto. Era piccola, le pareti erano coperte da pannelli di legno, sul pavimento era steso un vecchio tappeto color ruggine e lei era distesa su un sottile materasso a due piazze. La luce del giorno filtrava attraverso le tende trasparenti che pendevano dall'unica finestra sopra il letto. La porta, che si trovava dall'altra parte della stanza, era chiusa. Josie si alzò a fatica dal letto e nonostante le gambe le sembrassero di gelatina riuscì ad avvicinarsi alla porta. Afferrò la maniglia, la girò, spinse e tirò, ma quella non si mosse. Tornò al materasso, si mise sulle ginocchia dalla parte del cuscino e aprì le tende con un colpo secco. Era circondata dagli alberi. Si trovava al secondo piano di una costruzione, ma al di là di una piccola striscia d'erba sottostante, c'era solo foresta.

Si chiese se stesse ancora sognando, mentre frammenti degli ultimi giorni si mescolavano a brandelli dei suoi incubi. Il suo cervello cercava di mettere ordine, di riorientarsi, ma tutto ciò che la circondava non le era familiare. Cosa diavolo era successo?

Sentiva la bocca come se qualcuno l'avesse imbottita di cotone e un mal di testa martellante cominciava lentamente ad affiorare, ora che era sveglia da qualche minuto. Abbassò lo sguardo sui suoi vestiti e si frugò nelle tasche. Era tutto sparito. La pistola, la fondina, il portafogli, la torcia, la radio, il telefono, le chiavi, l'unità GPS.

«Porca puttana.» mormorò.

Si sentì assalire da un'ondata di nausea che la costrinse a sdraiarsi di nuovo e a fissare il soffitto bianco con qualche macchia di umidità fino a quando non le passò. Era successo di notte. Era di stanza nel bosco, dall'altra parte della strada rispetto al Santuario. Stava finendo il suo caffè. Poi aveva sentito qualcosa che le toccava il collo, si era spaventata e si era messa a correre, perdendo sempre più l'orientamento.

«Oh no.» disse.

Aveva lasciato incustodito il suo equipaggiamento, compreso il thermos, quando si era liberata. Qualcuno le aveva messo qualcosa nel caffè, oppure era crollata a causa dell'estrema stanchezza? Molto probabilmente si trattava di una combinazione delle due cose, pensò. Come mai nessuno della sua squadra se n'era accorto? I veicoli non contrassegnati erano appostati alle due estremità della strada, quindi chiunque fosse uscito in auto avrebbe dovuto passarci accanto, per non parlare di Gretchen o di Noah. Josie si rese conto che c'era solo un modo: passare per il bosco alle sue spalle, di fronte al Santuario. Chiunque l'avesse catturata avrebbe dovuto portarla via da quella parte. Quindi qualcuno l'aveva trasportata per qualche miglio attraverso la foresta? Non aveva importanza al momento: era stata rapita, si trovava in una strana stanza di una casa sconosciuta. Il pensiero della bocca dell'uomo sulla sua guancia, del suo respiro nell'orecchio, delle sue mani sul corpo, la fece rabbrividire. Avrebbe anche potuto gridare per chiedere aiuto, ma quante probabilità c'erano che si trovasse in un luogo in cui qualcuno nelle vicinanze avrebbe potuto sentirla e aiutarla?

Noah, pensò. A quel punto lui e la sua squadra dovevano aver già capito che c'era qualcosa che non andava, dovevano aver capito che era sparita e aver cominciato a cercarla. Ma non sarebbero stati in grado di rintracciarla con il suo telefono, perché l'aveva perso nella foresta prima di essere rapita. Non poteva restare in attesa di un soccorso che sarebbe potuto arrivare o meno.

In quel momento sentì che i piedi erano un po' più saldi e si diresse verso la porta. Tirò con tutte le sue forze, appoggiando anche il piede contro il muro accanto alla porta per fare più forza. Ma dopo qualche minuto era fradicia di sudore, tremava e non era ancora riuscita a uscire. Il panico le salì al petto mentre esaminava la stanza guardandosi ancora una volta intorno. L'unica cosa a cui riusciva a pensare era che si trovava in un grande armadio, proprio come quello in cui Lila Jensen l'aveva intrappolata tante volte quando era bambina. Solo che non era buio pesto.

La finestra.

Josie si asciugò i palmi umidi sui jeans e si avvicinò di nuovo alla finestra, strappando la tenda e gettandola da una parte. Il telaio della finestra era di legno molto vecchio, i meccanismi di chiusura pietrificati e inamovibili, e il punto in cui la finestra si incastrava nel telaio si era incollato con la vernice molto tempo prima. Imprecò di nuovo e appoggiò la testa ai vetri, cercando di capire se poteva saltare. C'era un grosso ramo d'albero non troppo lontano dalla finestra. Se fosse riuscita a infrangere il vetro e si fosse posizionata nel modo giusto, avrebbe potuto spingersi dal davanzale e raggiungerlo mentre scendeva. In questo modo avrebbe rallentato la caduta e forse evitato di rompersi una gamba. Ma avrebbe avuto una sola possibilità.

Nella stanza non c'era nulla con cui rompere la finestra. Niente da usare come arma. C'era il materasso. Non c'era altro.

Tornò alla porta e vi appoggiò l'orecchio, aspettando. Dall'altra parte non giungeva alcun suono. Tornata alla finestra, raccolse le tende e le avvolse intorno allo scarpone destro. Poi spostò il materasso, contro la porta, in modo da poter appoggiare saldamente il piede sinistro sul pavimento e calciare con il destro.

Era debole per la stanchezza, per la fame e per qualunque droga le fosse stata somministrata. Ci volle una buona mezza dozzina di calci per rompere il vetro. Una volta creata un'apertura al centro, si sfilò lo scarpone e poi avvolse la tenda intorno alla mano destra, usandola per tirare via i frammenti rimasti. Dietro di lei risuonò lo scricchiolio di un'asse del pavimento. Poi ci fu un grugnito. Josie lanciò un'occhiata alle sue spalle, giusto il tempo di vedere un uomo che spingeva la porta per allontanare il materasso. Si voltò di nuovo verso la finestra, si aggrappò al telaio con entrambe le mani e si preparò a saltare.

Mani ruvide la afferrarono per la vita, facendola rientrare nella stanza. Lei lasciò che il suo peso ricadesse su di lui, facendogli perdere l'equilibrio. Con la mano sinistra afferrò un frammento di vetro mentre entrambi cadevano, atterrando per metà sul materasso e per metà fuori.

Nel momento in cui toccarono il pavimento, Josie girò su se stessa tirando fendenti con il vetro, sperando di colpire qualcosa e quando sentì l'uomo emettere un respiro affannoso, fu sicura di averlo preso. Ma le sue mani erano forti e gliele strinse intorno, cingendole le braccia e tenendole bloccate. I suoi fendenti divennero sempre più deboli, finché non trovò più alcuna superficie da colpire.

«Fermati.» disse l'uomo. «Gettalo.»

Ma Josie tenne duro, anche se sentiva il proprio sangue colare tra le dita. Si dimenò nella sua presa, spostando il corpo verso l'alto. Rovesciò la testa all'indietro, sbattendogli la nuca sul viso. La presa dell'uomo si allentò. Josie spinse i gomiti come fossero pugnali nel suo addome morbido, finché lui non la lasciò andare e lei si alzò in piedi, scattando verso la porta, ma lui le afferrò una caviglia, tirandola indietro.

«Maledizione.» le disse. «Fermati!»

Lei si scrollò la sua mano di dosso e attraversò di scatto la porta, percorrendo un breve corridoio verso una scala. Appena raggiunta la grezza balaustra di legno, l'uomo la placcò, facendola cadere a terra. Il respiro la abbandonò mentre il suo peso la schiacciava. L'oscurità calò su di lei. Poi le sue grandi mani le afferrarono la gola, premendo sull'arteria carotidea e facendola precipitare nell'incoscienza.

QUARANTANOVE

Josie percepì la durezza della sedia su cui era stata messa prima ancora di aprire gli occhi. Cercò di muovere braccia e gambe, ma erano legate. Il palmo della mano sinistra bruciava e un'aria calda le accarezzava il viso. Le sembrò di sentire degli uccelli. Era all'aperto? Riuscì ad aprire gli occhi sbattendo le palpebre contro la luce. Si trovava in un'altra stanza. Si trattava evidentemente di un salotto, con un divano cadente e logoro e un tappeto a disegni floreali piuttosto consumato. Da un lato c'era un caminetto. Dall'altro una serie di grandi porte scorrevoli in legno, chiuse quasi completamente, e lasciate aperte solo per uno spiraglio. Alle finestre c'erano delle semplici tende trasparenti. Il suo cuore affondò: l'avevano portata in un posto così remoto che si sentivano a loro agio a tenere le finestre aperte. Dove nessuno avrebbe sentito le sue grida d'aiuto. Si dimenò sulla sedia. I polsi erano legati saldamente ai braccioli della sedia, le caviglie alle gambe.

Il sangue le colava da sotto la mano sinistra, dove aveva afferrato il frammento di vetro per difendersi. Si fermò quando sentì il rumore di una porta che si apriva con un cigolio, in un'altra parte della casa. Sporse la testa verso la fessura tra le porte. Le arrivarono voci soffocate e indistinte. Le ci vollero alcuni istanti per capire che una era di un uomo e l'altra di una donna. Dal tono della voce e dalle parole ridotte a un sibilo, si capiva che la donna era arrabbiata. «Come ti è venuto in mente di portarla qui?»

La voce dell'uomo era così bassa che Josie non riusciva a distinguerne le parole.

«È stato un errore. È così che siamo arrivati qui. Non puoi continuare in questo modo. Non è questo il nostro scopo. Lo sai.»

L'uomo parlò di nuovo.

La donna rispose: «No, assolutamente no. Vado io a parlare con lei.» Josie si irrigidì quando la porta si aprì improvvisamente verso l'interno e Charlotte Fadden la varcò. «Salve, Detective.» disse con il suo sorriso tranquillo. Tra le mani teneva una piccola borsa nera con una scritta rossa a caratteri cubitali: *Kit di pronto soccorso*. A seguirla oltre la porta c'era un uomo alto, dai capelli arruffati, a piedi nudi, con indosso logori pantaloncini color cachi e una maglietta bianca macchiata. La maglietta aveva uno squarcio sul fianco, attraverso il quale Josie poté vedere una fasciatura. Il viso era barbuto, lo sguardo assente, ma lo riconobbe dalle foto che aveva visto. Jack Gresham.

Rimase in silenzio e immobile appoggiato al muro mentre Charlotte si metteva in ginocchio davanti a Josie e con lentezza e delicatezza, iniziava a slegarle il braccio sinistro. «Sono davvero desolata che siamo dovuti arrivare a questo punto.»

«Che cos'è questo?» chiese Josie. «Un rapimento? Un'aggressione?»

Il sorriso di Charlotte non vacillò. «Jack.» disse. «Vai a prendermi dell'acqua calda, ti dispiace?»

Quando Jack Gresham lasciò la stanza, Charlotte continuò: «Come le ho già detto, Jack ha dei problemi. Non tollero e non tollererei mai questo tipo di comportamento.»

Charlotte girò il palmo di Josie verso l'alto, rivelando un

massa di sangue umido e rappreso in vari stadi di coagulazione. Josie cercò di non emettere alcun suono mentre Charlotte lo esaminava. Jack tornò con l'acqua, la mise accanto a Charlotte e poi riprese la sua posizione contro il muro.

Charlotte prese un pezzo di garza dalla cassetta del pronto soccorso, lo bagnò e cominciò a pulire il sangue dalla ferita sulla mano di Josie.

«Ha sempre saputo dov'era Jack.» disse Josie. «Perché non me l'ha detto? Perché l'ha nascosto?»

«Stavo cercando di proteggerlo, mia cara. Ha bisogno di un rifugio sicuro. Ecco cos'era il Santuario per lui.»

«Un rifugio sicuro per mettere in atto le sue fantasie squilibrate? Era lui che faceva del male a Renee Kelly, non è vero?»

«Lui e Renee avevano un accordo.»

«Un accordo? Che tipo di accordo?»

«Non è importante ora, mia cara.»

Provando un'altra tattica, Josie disse: «Pensavo che lei non tollerasse la violenza.»

«Non la tollero. Non in generale.»

«Non in generale? Che cosa significa?»

Charlotte pulì via l'ultima traccia di sangue e studiò la ferita. «Penso che andrà bene anche senza punti, ma dovrà fare attenzione. La fasceremo, ma starà a lei tenerla immobile in modo che guarisca.»

Josie capì che Charlotte non le avrebbe dato alcuna risposta concreta. Non spontaneamente. Così cambiò di nuovo direzione. «Dove mi trovo?»

Charlotte spremette un grumo di bacitracina da un tubetto sulla mano di Josie. «In un posto sicuro.»

Josie guardò Jack da sopra la spalla. Ne dubitava. «Dov'è Emilia?» chiese, rivolgendo la domanda direttamente a lui. Qualcosa passò sul suo volto, ma fu così breve che Josie non riuscì a capire cosa fosse. Sgomento? Smarrimento? Paura? Rimpianto? L'eremita aveva detto la verità sul saccheggio dell'accampamento dopo che Emilia era sparita e gli Yates erano già morti? Si erano sbagliati completamente su di lui? Significava che Maya aveva mentito? I pensieri di Josie vorticavano nella nebbia. Era troppo stanca, troppo traumatizzata per dare un senso a tutto questo. Non riusciva a pensare con chiarezza. La sua mente cercava di aggrapparsi a una sola linea di pensiero e di mantenerla: andarsene da quel posto.

Charlotte premette un tampone di garza pulita sulla mano di Josie, aprì un nuovo rotolo di garza sterile e iniziò a fasciare la ferita. «Lei fa un sacco di domande.» osservò.

«Fare domande è il mio lavoro.» disse con semplicità. «Ma se vi siete stancati delle domande, allora che ne dite di questo: entrambi state attivamente violando la legge tenendomi qui contro la mia volontà. Più a lungo mi trattenete, più problemi vi create. Lasciatemi andare ora o portatemi un telefono per chiamare la mia squadra, e vi prometto che parlerò personalmente con il Procuratore Distrettuale affinché otteniate un patteggiamento ragionevole.»

La voce di Jack le giunse bassa e roca. «Te l'avevo detto che non potevamo fidarci di lei.»

«Silenzio.» gli disse Charlotte. Fissò la garza arrotolata e in posizione e le appoggiò la mano in grembo. Guardando Josie negli occhi, il suo sorriso si allargò. «Ho bisogno che lei veda oltre il suo lavoro per un momento. Ho bisogno che lei veda ciò che è veramente importante. È vero che non sono contenta di quello che ha fatto Jack, ma non capisce che portandola qui le ha fatto un regalo?»

«Mi avete dato qualcosa per farmi sballare, o siete semplicemente fuori di testa?» ribatté Josie.

Jack borbottò: «È una perdita di tempo.»

Charlotte rise. «I suoi muri sono così alti. La sua resistenza è così feroce! Ma le assicuro che si trova esattamente dove deve stare in questo preciso momento.»

«In una prigione?» chiese Josie.

«No, mia cara. Questa non è una prigione. O almeno, non lo è più di quanto non lo sia la sua vita. Ma ora, qui con noi, è sull'orlo della vera libertà. Una libertà che non ha mai conosciuto. È stata portata qui proprio nel momento in cui ha più bisogno di abbracciare se stessa. Quando ha più bisogno di trasformarsi completamente: luce e oscurità, sposati, insieme come una cosa sola.»

Josie si sporse in avanti per quanto le consentivano le corde e fissò Charlotte negli occhi. «Lasciatemi andare, subito.»

Charlotte si ritrasse e raccolse il kit di pronto soccorso. Josie provò una piccola soddisfazione per aver vinto la gara di sguardi, ma ebbe la sensazione di non essersi avvicinata alla libertà. Sbatté con forza la mano ferita contro la coscia e gridò: «Lasciatemi andare!»

Ignorandola, Charlotte si alzò in piedi e si mise accanto a Jack. Rimasero a guardarla mentre lottava con tutte le sue forze per liberarsi dalle corde e riapriva le ferite alla mano sinistra, con il sangue che trapelava attraverso la fasciatura appena fatta. Alla fine, si fermò, ansimando esausta, con il sudore che le colava lungo il viso e le pungeva gli occhi. «Jack, aspetta qui.» disse Charlotte. «Vado a prendere qualcosa da mangiare per la Detective Quinn.»

Josie lavorò più lentamente alle sue corde mentre Jack le si metteva di fronte: riuscì a liberare la mano destra e cominciò a occuparsi della gamba sinistra. Lui non fece nulla per fermarla. Una voce nel profondo della sua testa le gridava avvertimenti pieni di terrore. Perché avrebbero dovuto permetterle di liberarsi? Non aveva senso. Perché quell'uomo non stava facendo niente per fermarla? Cosa le avrebbe fatto quando si fosse liberata completamente? Le avrebbe permesso di uscire? L'avrebbe strangolata di nuovo fino a farle perdere i sensi? L'avrebbe legata di nuovo? A che diavolo di gioco stavano giocando?

Le sue gambe erano ancora legate quando Charlotte tornò con due tavolini per vassoi pieghevoli. Li aprì e ne pose uno davanti a Josie. «Jack...» disse, «sii gentile e prendi il resto dalla cucina, fammi il favore.»

Lui se ne andò e tornò con un'altra sedia per Charlotte, poi tornò di nuovo con due vassoi di cibo. Charlotte si sedette di fronte da Josie. «Prego...» disse, «sarà affamata.»

«Mi lasci andare.» le intimò Josie, sporgendosi in avanti e cercando di infilare il busto tra il tavolino e la sedia per poter continuare a sciogliere le corde alle gambe. Senza successo, tirò su la testa e vide che Charlotte stava già mangiando. C'era una scodella di minestra di verdure e pasta, un po' di pane, una mela e un bel bicchierone d'acqua.

Ingoiando con calma un boccone, Charlotte disse: «O collaborerà con me e mi darà la possibilità di mostrarle i vantaggi di ciò che facciamo al Santuario, o se ne andrà. Non importa quale scelta farà, avrà bisogno di tutte le sue forze. Come minimo, dovrebbe bere qualcosa. Non è d'accordo?»

Josie non disse nulla.

Charlotte si avvicinò e spinse il bicchiere d'acqua verso il viso di Josie. «Questo non significa nulla, Detective. Non significa che lei si sta arrendendo, solo che deve sopravvivere. Dobbiamo tutti mangiare e bere.»

Era una trappola, pensò Josie. Non poteva essere altrimenti. C'era qualcosa nel cibo e nell'acqua. Cicuta, o qualche pianta simile, una sostanza che le facesse perdere i sensi mentre decidevano cosa fare di lei.

Charlotte sospirò. «Non vogliamo avvelenarla.»

Si alzò e fece cenno a Jack, che prese il vassoio davanti a Josie e Charlotte prese il suo. Si scambiarono i vassoi in modo che Josie avesse di fronte quello di Charlotte e viceversa. Charlotte si sedette di nuovo e iniziò a bere l'acqua e a mangiare la minestra che sarebbero state di Josie, che aspettò diversi minuti prima di prendere con riluttanza il bicchiere di Charlotte e mandarlo giù. Poi mangiò la mela. Poi il pane. Non voleva mangiare la minestra nel caso ci fosse qualcosa dentro, ma poi si rese conto che Charlotte aveva cominciato a mangiarla prima che si scambiassero i vassoi e stava ancora bene, e anche lei si sentiva bene. Lentamente infilò il cucchiaio in bocca e si stupì di quanta fame avesse. Jack lasciò la stanza e tornò con una brocca d'acqua per riempire i bicchieri di entrambe. Bevvero ciascuna un sorso.

«Mi lascerete andare?» chiese Josie. «Non cercherete di fermarmi?»

Charlotte si accigliò. Guardò Jack con attenzione. «No, non cercheremo di fermarla. Ma si prepari a un lungo viaggio. Siamo piuttosto lontani dalla civiltà. Sarebbe meglio se rimanesse con noi ancora per un po'. Se mi concedesse qualche giorno per aiutarla...»

«L'unico aiuto di cui ho bisogno è quello di andarmene da qui.»

«So che è quello che pensa, ma si sbaglia. In questo momento sta combattendo un'importante battaglia interiore. Una battaglia che potrebbe determinare il carattere del resto della sua vita. Vorrei darle una mano.»

«Forse in altre circostanze, ma devo trovare Emilia Gresham.» disse Josie. Guardò Jack. «Come sapete, è scomparsa. Credo che possa essere in pericolo. Non ho tempo per questo. Devo andarmene subito.» Spinse via il vassoio e si abbassò per rimettersi a sciogliere le corde che le tenevano le gambe.

«E se le dicessi che Emilia è al sicuro?» chiese Charlotte.

Josie alzò la testa. «Come posso crederci?»

«Jack.» chiamò Charlotte.

Jack si fece avanti. «Mia moglie è al sicuro.» disse.

Josie guardò Charlotte. «Dopo quello che mi ha fatto, si aspetta che le creda? Ho bisogno di vederla.»

«Non può vederla, Detective.» disse Charlotte. «Dovrà accettare le mie parole. Non quelle di Jack. Capisco che ha tradito la sua fiducia. Spero che a me creda. Non mentirei mai su una cosa del genere.»

«Ha mentito su molte cose.» le fece notare Josie.

«Ma le sto dicendo la verità su Emilia.»

«Si trova qui?» chiese Josie.

Charlotte sorrise. «Tutto quello che deve sapere, Detective, è che è al sicuro e incolume.»

«È venuta qui di sua spontanea volontà?»

La risposta ci mise un po' di più delle altre ad arrivare. «È venuta per stare con Jack. Ora, per favore, mi darebbe un po' di tempo per aiutarla?»

Josie guardò Jack. «E Maya Bestler? La conosci?»

Nei suoi occhi ci fu un breve guizzo. Non rabbia o sfiducia. Dolore, forse? Rimpianto?

«La conoscevi, dico bene?» continuò Josie. «L'hai incontrata a una serata di beneficenza alla Lantz Snack Factory e ti sei preso una fissa per lei.»

Jack rimase a bocca aperta. Charlotte lo guardò, ma Josie non riuscì a vedere lo sguardo che si scambiarono.

«Sei stato tu?» chiese Josie. «Sei stato tu a rapirla? Quindi, ha mentito sull'eremita! Perché l'avrebbe fatto? Ha paura di te, vero?»

«Per ora basta così.» ammonì Charlotte. «Jack. Puoi andare.»

Josie era sul punto di fare altre domande, ma fu colpita da un'improvvisa vertigine e da un senso di stanchezza. No, pensò. Non di nuovo. Cercò di resistere, di aggrapparsi alla coscienza, alla luce, ma non ci riuscì. La luce cadde e il nero la avvolse.

CINQUANTA

Si svegliò in un'altra stanza, stavolta su un materasso che poggiava su un'intelaiatura metallica nera, alla quale le avevano legato i polsi con una corda. Anche i piedi erano legati insieme. Quando iniziò a muoversi, per verificare quanto stretti fossero i nodi, una fitta di dolore si diffuse lungo le spalle. Non poté fare a meno di pensare a Renee Kelly; la corda con cui l'avevano legata era uguale a quella che aveva trovato nella capanna del Santuario. Cosa le aveva fatto Jack? E ora avrebbe fatto lo stesso a lei? Charlotte sembrava esercitare un certo controllo su di lui, tuttavia lui l'aveva portata in quel posto contro gli ordini di Charlotte. Sembrava che stessero discutendo proprio di questo quando li aveva sentiti fuori dalla porta dell'altra stanza.

Mise da parte l'accozzaglia di pensieri e si concentrò sulla situazione in cui si trovava in quel momento. Quella stanza era quasi identica alla precedente, arredata con orrendi pannelli di legno e moquette color ruggine. Scuotere le sponde del letto non servì a sciogliere i nodi delle corde. Cercò di gridare, ma la sua voce era stridula e debole e la sua bocca era secca come la carta. Perlomeno non aveva avuto incubi. Qualsiasi cosa le stessero somministrando era davvero forte. Così forte che più faceva scorrere il sangue nelle vene nel tentativo di liberarsi, più si sentiva di nuovo stordita. Combattendo ancora contro le corde che la trattenevano, Josie cadde di nuovo in un sonno profondo.

Quando si svegliò, Charlotte era lì, seduta sul bordo del letto, a pulirle il viso con una salvietta umida. Josie non voleva ammetterlo, ma era una sensazione meravigliosa. Charlotte la aiutò a mettersi seduta e le offrì un bicchiere d'acqua. Niente le era mai sembrato altrettanto invitante, ma Josie non se la sentiva di berlo: non poteva rischiare di essere drogata di nuovo. «Aveva detto che qui ero al sicuro.» le rinfacciò con voce graffiante. «È questa la sua idea di sicurezza? Tenermi legata?»

«Sono spiacente, Detective, ma avevamo bisogno di parlare un po' più a lungo con lei. La prego, deve bere.»

«No.» disse Josie.

Jack entrò e le slegò le caviglie. Josie cercò di saltare in piedi, ma le sue gambe erano così deboli che cadde a terra e rimase goffamente appesa al letto. «Non così in fretta.» le disse Charlotte mentre la slegavano dal letto ma le lasciavano i polsi legati insieme. Charlotte la portò nel bagno accanto e aspettò che si liberasse. Josie si sentiva disorientata, ma stava ancora cercando di trovare una via d'uscita. Era chiaro che non volevano farle del male. Anche se non le piaceva essere drogata, era preferibile all'essere picchiata fino alla sottomissione. Aveva la sensazione che, se Jack fosse rimasto un po' di tempo da solo con lei, avrebbe avuto idee diverse su come trattarla. In un modo o nell'altro, doveva convincere Charlotte a lasciarla andare. Sapeva che la sua squadra si sarebbe impegnata a fondo per ritrovarla, ma stava perdendo le speranze che ci sarebbero riusciti.

Tornata nella stanza, Josie si rifiutò di bere e di mangiare. Charlotte promise di tornare più tardi per riprovarci. Le ore passarono con Charlotte e Jack che la tenevano sotto stretto controllo e le offrivano da mangiare e da bere, e con lei che rifiutava. Rimase legata al letto, con i piedi legati insieme, cercando di non addormentarsi e di mantenere la lucidità. Le faceva male tutto il corpo per essere rimasta tanto tempo ferma.

La luce del giorno che entrava nella finestra della camera da letto si ritirò e calò la notte. Josie aveva ascoltato con attenzione qualsiasi rumore esterno, ma per tutto il giorno non aveva sentito altro che il vento tra gli alberi, il cinguettio degli uccelli e Charlotte che entrava e usciva dalla stanza. Jack lo aveva sentito più raramente. Per quanto fosse imponente, si muoveva silenziosamente per la casa. Non era un pensiero rassicurante. Non aveva modo di tenere il conto delle ore e non aveva modo di sapere che ora fosse quando finalmente si addormentò. Il suo organismo doveva aver espulso finalmente le droghe che Charlotte e Jack le avevano somministrato, i suoi incubi erano tornati.

È di nuovo una bambina, intrappolata nell'armadio. Dall'esterno dello sgabuzzino sente Lila che parla con uno dei suoi "amici speciali", uomini che vengono a venderle la droga o a farsi insieme a lei. A volte Lila non ha abbastanza soldi, quindi fa altre cose con loro. Altre volte non ha voglia di fare quelle cose e offre Josie come pagamento per ciò che vuole comprare.

«Mamma!» grida l'io del sogno di Josie, mentre lo spazio buio si chiude su di lei. Batte sulla porta dello sgabuzzino fino a farsi male alle mani. «Ti prego, mamma, fammi uscire!»

«Sta' zitta, mocciosa.» le risponde Lila.

«Andiamo...» dice una voce maschile. «È solo una bambina.»

«Aiuto!» grida Josie. Indietreggiando, solleva una gamba e dà un calcio alla porta. Dopo tre tentativi, la porta si apre e Josie riesce a uscire. Ma non è nella roulotte di sua madre. È di nuovo nella foresta, ed è buio come nel ripostiglio. C'è qualcosa di pesante e maleodorante che striscia sopra di lei. Il suo alito caldo e la sua bocca umida pendono proprio sopra la sua testa. Il suo corpicino è paralizzato, il suono del battito del suo cuore come una grancassa che le scuote il petto.

«Jo!» La voce proviene dalla direzione in cui è ruzzolata fuori dall'armadio. Familiare e concreta, ma anche sorprendente. La creatura sopra di lei svanisce. Striscia, si mette seduta e vede una lampadina solitaria che pende da un soffitto invisibile. Sotto c'è il suo defunto marito, Ray. È adulto, indossa l'uniforme della polizia. È rasato di fresco, i capelli biondi sono ben pettinati. Josie apre la bocca sul punto di parlare, ma lui alza un dito e se lo preme sulle labbra.

Shhhh.

Il suono non proviene dalla sua bocca, ma Josie continua a tenere lo sguardo incollato su di lui. Lui alza due dita, l'indice e il medio, e poi le punta lentamente verso i suoi occhi. *Guarda*, sta cercando di dirle. Oppure *osserva*. Non è facile dirlo.

Shhhh.

Il rumore proveniva dalla stanza accanto alla sua. Una brezza le accarezzava la nuca. Sentiva di nuovo quella sensazione di essere osservata. Solo che non era più nel sogno.

Josie aprì gli occhi e vide un'ombra alta che incombeva su di lei, solo una sagoma scura contro la luce grigia e tenue della luna che filtrava attraverso le tende trasparenti della finestra.

Jack.

Non mosse un muscolo. Non respirò nemmeno. Era legata e senza aiuto. Gli sarebbe bastata una sola delle sue grosse mani per soffocare le sue urla prima che Charlotte le sentisse. Tuttavia, sarebbe stata dannata se gli avesse mostrato di avere paura. La sua voce uscì molto più ferma di quanto si sentisse.

«Se mi tocchi ancora, ti spezzo tutte le dita.»

Lui non rispose. Josie non riusciva a distinguere bene la sua espressione, ma per un attimo vide il bianco dei suoi denti. Stava sorridendo?

Lei si ritrasse quando lui si chinò, ma lui si limitò a posare qualcosa accanto a lei sul letto, si girò e se ne andò, senza emettere alcun suono.

Josie sbatté le palpebre fino a quando non riuscì a distinguere il piccolo oggetto delle dimensioni di un quarto di dollaro che aveva lasciato sul materasso accanto a lei. Quando finalmente ci riuscì, le sfuggì un grido involontario dal profondo, grido che la parte cosciente del suo cervello strozzò immediatamente in gola.

Le aveva lasciato metà di una noce nera.

CINQUANTUNO

Resistere al sonno divenne una lotta per la sopravvivenza. Non poteva rischiare di cadere di nuovo addormentata e rendersi vulnerabile. Nello spavento, aveva fatto cadere la noce per terra. Si augurò di poterla mostrare a Charlotte al mattino, dirle cosa aveva fatto Jack e poi...

Che cosa?

Charlotte lo avrebbe costretto ad andarsene? L'avrebbe liberata e lo avrebbe consegnato alla polizia? A dir poco assurdo. Charlotte doveva essere a conoscenza di tutte le cose terribili che Jack aveva fatto, eppure lo proteggeva. Lo aveva sempre protetto, anche dopo l'omicidio di Renee. E trattenevano Emilia contro la sua volontà. Charlotte era al comando, non era solo complice dei crimini che Jack aveva commesso. Era lei a dare gli ordini. Credeva di poter controllare Jack in qualche misura, ma questo non significava che potesse impedirgli di torturarla e ucciderla.

Riprese la sua lotta contro i legacci, la corda le scavava i polsi e le caviglie. Aveva ucciso i suoi amici, Tyler e Valerie. Aveva preso Emilia. Poi aveva ucciso Renee. Aveva vissuto al

Santuario. Cosa aveva detto Charlotte? Che lui e Renee avevano stretto "un accordo"? Non aveva idea di cosa comportasse, ma era convinta che qualsiasi cosa avesse fatto a quella ragazza le aveva provocato le cicatrici sui polsi e il terrore negli occhi prima della sua morte. E a giudicare dalla reazione iniziale di Charlotte alla notizia della morte di Renee, era evidente che non aveva mai voluto che Jack la uccidesse, ma lui l'aveva fatto comunque e lei aveva continuato a proteggerlo.

Dopo essere stata drogata due volte, dopo aver mangiato e bevuto pochissimo e aver resistito al sonno, si sentiva stordita e disorientata. Quando Charlotte apparve all'alba, la slegò e le offrì una mela, che accettò. Cosa potevano farle con una mela? Poi accettò anche il pane. Charlotte la esortò a bere un po' d'acqua, ma accettò solo a condizione di bere direttamente dal rubinetto del bagno, prendendo l'acqua con le mani e versandola in bocca.

Charlotte la riportò in camera da letto e la legò di nuovo. A un certo punto si addormentò e si risvegliò di soprassalto in preda al panico, senza sapere da quanto tempo fosse rimasta priva di sensi. Era ancora giorno. La stanza era vuota. Tirò le corde. La pelle dei polsi era ricoperta di vesciche e bruciava a ogni minimo movimento. Si concentrò sul dolore per tenersi sveglia, ma la fame e la privazione del sonno la intorpidivano. Quando cercò di pensare a come scappare, a Noah e alla sua squadra, alla sua famiglia, sentì la mente svuotarsi. Il suo mondo si era ristretto a un unico obiettivo: evitare di finire strangolata a morte con una collana di noci nere infilata in gola.

Quando Charlotte tornò e la slegò, non riuscì nemmeno a provare sollievo nel sentirsi libera dalle corde. Si sentiva indebolita e aveva la mente ancora offuscata. Si lasciò condurre da Charlotte al piano di sotto e all'esterno. La luce del sole le trafisse gli occhi e dovette proteggerli con una mano nell'attesa che la vista si adattasse. Erano sotto un piccolo portico. Più avanti c'era una distesa d'erba e poi alberi a perdita d'occhio in ogni direzione. Guardò alle sue spalle da dove erano venute e vide l'ombra di Jack che si piazzava sull'ingresso. Era sempre intorno. Sempre in agguato. Josie dovette respingere una fitta di panico.

«Venga a sedersi.» la invitò Charlotte.

Josie non aveva nemmeno notato l'arredamento da giardino, né la tavola imbandita che le attendeva. Non protestò quando Charlotte le offrì una delle sedie davanti a una minestra di verdure e altro pane. Josie mangiò lentamente, cercando di capire se la stavano drogando di nuovo. Doveva mangiare qualcosa per mantenersi in forze, altrimenti non sarebbe mai riuscita a fuggire.

Charlotte aspettò diversi minuti prima di cominciare a parlare: «Quando l'ho conosciuta, c'era qualcosa contro cui stava lottando, e contro cui sta lottando ancora adesso... e ritengo che il tempo giochi un ruolo fondamentale in questa battaglia. È in questo senso che credo di poterla aiutare. È pronta a parlarmene?»

Josie non voleva parlare di Lila Jensen. Non voleva pensare mai più a quella donna, ma non aveva le energie mentali per continuare a mentire. «C'è stata una donna...» cominciò a dire Josie. «Nella mia infanzia, che mi ha fatto cose terribili, indelebili. Sta morendo e vuole vedermi.»

«E lei non vuole incontrarla, giusto?» chiese Charlotte.

Josie scosse la testa. «No.»

«Perché, cara? Pensa che se va a trovarla lei continuerà a esercitare un controllo? Anche in punto di morte?»

Josie si guardò intorno, osservando le fronde degli alberi che ondeggiavano nel vento. Ascoltò il cinguettio degli uccelli. Suo malgrado, pensò a quanto fosse tranquillo quel posto. Sembrava più fresco. Forse l'ondata di caldo di agosto si era finalmente esaurita, oppure erano in alta montagna.

«No.» rispose a Charlotte. «Non voglio vederla perché non merita di vedermi. Non merita di avere tutto ciò che vuole dopo le cose che ha fatto, dopo tutte le vite che ha distrutto.»

«Non vuole darle quest'ultima soddisfazione.» disse Charlotte.

Josie alzò una mano. «Non mi parli di perdono. Non glielo concederò.»

Charlotte rise, questa volta con un ruggito pieno e genuino. «Oh, non deve preoccuparsi di questo. Non credo nel perdono.»

«E non occorre mostrare perdono per "trasformarsi completamente"?» chiese Josie.

«No, che assurdità.» disse Charlotte. Josie intuì allora come facessero le persone a farsi risucchiare nel mondo di quella donna: raramente diceva quello che ci si sarebbe aspettati. Cercò di ricordare a se stessa che Charlotte era una bugiarda consumata, ma era troppo intenta a rimanere concentrata sulla conversazione per pensare ad altro.

Charlotte si protese in avanti, passandosi una mano tra i capelli grigi e tastando il cuoio capelluto finché non trovò quello che cercava. Tenendo la mano destra al suo posto, usò la sinistra per separare le ciocche e rivelare un vecchio cordone di tessuto cicatriziale. Ricordando le foto di Charlotte che aveva visto nel decennale caso di violenza domestica, Josie sentì un'ondata di nausea turbinare nello stomaco.

«Pensa che potrei perdonare tutto questo?» chiese Charlotte. Si alzò e sollevò il vestito, indicando le cicatrici sulla pelle crespa dalle caviglie alle costole. «Pensa che potrei perdonare queste? Mio marito, il mio amorevole marito, è stato lui a ridurmi così. E queste sono solo quelle esterne. Non l'ho perdonato quando era vivo e non ho provato un simile impulso dopo la sua morte.»

«Se non il perdono, allora cosa?» domandò Josie.

Charlotte si risistemò il vestito e tornò a sedersi. Bevve un lungo sorso d'acqua mentre i suoi occhi percorrevano il cortile. «Quando una persona rende vittima un'altra, la rende inferiore. La sminuisce.»

«Sta dicendo che dovrei elevarmi?» chiese Josie.

Charlotte la guardò, con occhi lampeggianti. «No, sto dicendo che dovrebbe tornare a essere "completa" e c'è solo un modo per farlo.»

«E quale sarebbe?»

«Deve abbracciare la sua oscurità. I suoi impulsi. Proprio come ha fatto la donna di cui mi ha parlato. Scommetto che lei abbracciava i suoi desideri più oscuri ogni singolo giorno.»

Josie annuì. Le sue dita strinsero il bicchiere d'acqua e le nocche divennero bianche. Aveva una gran voglia di bere, ma non poteva rischiare.

Charlotte continuò. «Conosceva il suo lato oscuro e lo viveva senza paura, persino in modo sconsiderato. Era questo a darle potere. Potere su di lei e, immagino, potere su molte altre persone.»

«Vuole che diventi una stronza malefica?»

Charlotte rise di nuovo. «Lei mi piace, Detective. Mi piace molto. No. Non deve diventare solo una stronza malefica. Questo non è trasformarsi completamente. È vivere solo nell'ombra di un lato di se stessi. Una metà del tutto. Invece, deve essere in grado di accedere a entrambi i lati. Credo che lei abbia da tempo accesso alla luce che porta dentro di sé. Combatte per le persone, per proteggerle, per aiutarle. Questo lo vedo bene. Quello che non vedo è la sua capacità di attingere alla sua stessa oscurità e di esercitarla. L'abuso che ha subito per mano di quella donna è andato avanti per tanto tempo, non è vero?»

Josie annuì.

«Le vittime croniche possono tornare a essere integre, potenti a pieno diritto, soltanto se sono in grado di attingere al loro lato oscuro. Mi dica, se non ci fossero regole al mondo, cosa farebbe a quella donna?»

Josie aveva avuto tutta la vita per fantasticare su ciò che avrebbe fatto a Lila Jensen se solo le fosse stata data una possibilità. Se solo ne avesse avuto il permesso. Se solo avesse potuto non pagarne le conseguenze. La risposta sembrava così ovvia: torturarla nello stesso modo in cui lei l'aveva torturata da bambina, oppure ucciderla. Quale altra risposta poteva dare? Ma erano scelte vuote, giusto? Josie aveva visto abbastanza morte e disperazione nella sua carriera. Anche se fosse riuscita a fare del male a Lila Jensen, si sarebbe ripresa ciò che Lila le aveva rubato? Razionalmente, Josie sapeva che non sarebbe stato così. La vita non funziona in questo modo. L'unica cosa che le aveva dato pace nell'ultimo anno e mezzo, mentre Lila marciva in prigione, era sapere che non poteva fare del male a nessun altro.

Allora perché le chiamate dalla prigione di Muncy la tormentavano a tal punto? Perché gli incubi si erano fatti così frequenti e intensi?

«Chiuda gli occhi.» disse Charlotte «Voglio che immagini qualcosa. Coraggio.»

Josie non voleva chiudere gli occhi. La minestra e il pane l'avevano già saziata e resa sonnolenta. Non voleva rischiare di addormentarsi a tavola. Ma Charlotte era proprio di fronte a lei, ragionò, di sicuro Jack non avrebbe tentato di farle qualcosa sotto i suoi occhi attenti, perciò, con riluttanza, si mise le mani in grembo e chiuse gli occhi, godendosi la leggera brezza estiva sulle braccia e sul viso.

Il tono di Charlotte era dolce. «Sei con questa donna. È sdraiata su un letto, sta morendo. Sei sola con lei. Forse è ancora lucida. Forse è così vicina alla morte che è fuori di sé. In ogni caso, ti siedi accanto a lei. Guardi il suo volto e percepisci tutti gli orrori che ti ha inflitto. Ti senti di nuovo debole e vittima. Ma non devi sentirti così. Mai più. Hai il potere dentro di te, se solo lo accetti. Tutto quello che devi fare è avvicinarti a lei, avvolgerle le mani intorno alla gola e stringere. Riesci a percepire il suo panico quando si rende conto di quello che stai per fare. I suoi occhi si aprono e leggi la paura, il terrore nel suo sguardo. Gli stessi sentimenti che ha sempre inflitto a te, solo che ora tu sei dall'altra parte.»

Josie conficcò i polpastrelli nelle cosce quando fece scomparire la visione di Lila che Charlotte aveva suscitato e la sostituì con l'immagine di Renee Kelly stesa sul tavolo dell'obitorio. A denti stretti, disse: «È questo che fate al Santuario? Vi fate del male a vicenda? Vi maltrattate l'un l'altro, vi uccidete l'un l'altro perfino, per sentirvi potenti?» Josie aprì gli occhi e vide che il fuoco negli occhi di Charlotte ardeva ancora forte.

«Certo che no. Ci aiutiamo a vicenda.»

«Facendovi del male l'un l'altro?»

«Se è necessario.»

«Non capisco.»

Charlotte si spostò sulla sedia. «Chi vive al Santuario, dal momento in cui assume l'impegno, stringe dei patti con gli altri. Questi patti permettono loro di far emergere pienamente il potere degli altri membri e di entrare in contatto con il loro lato oscuro.»

«Non capisco... in che modo, una cosa del genere, può rendere una persona "completa"?» chiese Josie affannandosi per capire. Pensava che si sarebbe sentita meglio dopo aver mangiato, ma la sua mente si stava annebbiando. Ogni fibra del suo corpo implorava disperatamente di dormire.

«Non c'è luce senza oscurità.» ribadì Charlotte.

Josie cercò di seguire la sua logica. «Trovate l'oscurità l'uno nell'altro.»

«Aiutiamo le altre persone a far emergere la loro oscurità, in modo che possa affiancarsi alla luce e occupare la stessa quantità di spazio. So che è difficile da capire, ma al Santuario ci liberiamo delle norme e delle aspettative della società. Questo è il primo passo. Non si può pensare attraverso il filtro che si è usato per tutta la vita. Prendiamo Jack, per esempio: per tutta la vita è stato orribilmente maltrattato da svariate persone, di solito dai fidanzati di sua madre. Eppure, era un uomo buono, si aggrappava alla luce dentro di sé e cercava di fare ciò che riteneva giusto nella vita. Ma era terribilmente depresso e incompleto. Quasi al punto di suicidarsi. Si è rivolto a me in questo stato. L'ho aiutato ad accedere a quell'altro lato di sé e, così facendo, è diventato una persona più completa.»

Una parte della mente di Josie avrebbe voluto far notare a Charlotte che in realtà aveva solo creato un assassino, ma non riusciva ancora a capire il quadro che Charlotte stava cercando di delineare sui principi guida del Santuario, perciò le chiese: «Che cosa significa esattamente? Aiutare una persona ad accedere all'altra parte di sé?»

«Beh, per ogni membro è diverso.»

«Cosa ha comportato per Jack?»

«Per ogni membro, compreso Jack, comporta una decisione personale. Anche se alcuni dei nostri compagni erano disposti ad aiutarlo.»

«Come Renee? Si era già assunta l'impegno? Però non era marchiata.»

«Ogni volta che abbiamo cercato di fare la cerimonia di marchiatura perdeva i sensi. Devi essere sveglio, pienamente consapevole di ciò che stai ricevendo. Però sì, si era assunta l'impegno. Alla fine, ci sarebbe arrivata.»

«Jack le ha fatto del male, vero? A lei e agli "altri membri" di cui parla, dico bene?»

«Non è un danno per nessuno se sono consenzienti.»

«Il male è male, Charlotte. Un omicidio è un omicidio. Quello a cui allude sembra un crimine.»

Charlotte distolse per un attimo lo sguardo, visibilmente paonazza. «Non doveva uccidere nessuno.»

«Però l'ha fatto.»

«Sta pensando troppo da agente di polizia, Detective.»

«È quello che sono, Charlotte. Chi erano gli altri? A loro che cosa è successo?»

Charlotte incrociò di nuovo il suo sguardo. «Sono tutti vivi, se è questo che vuole sapere.»

«Dove sono? Sono ancora al Santuario? Ha detto loro di mentirci? Li ha istruiti perché non parlassero?»

Charlotte sospirò e cominciò a lisciare il tovagliolo di stoffa accanto alla sua minestra. «C'era un membro, una ragazza che aveva cercato di aiutarlo, ma lui era... lui non poteva... non era ancora riuscito a convogliare i suoi impulsi. Se n'è andata più di un anno fa.»

«Chi altro?» insistette Josie. Guardò di nuovo l'acqua con l'ardente desiderio di versare l'intero bicchiere in gola. O meglio ancora, un'intera tazza di caffè. Le mancava il caffè.

«Se n'è andata.» disse Charlotte. «Nessuno sa dove sia andata.»

«Come faccio a sapere che queste donne sono ancora vive?»

«Ne ha conosciuta una.»

Il cervello annebbiato di Josie si mise all'opera per diversi secondi per mettere insieme i pezzi. Alla fine, disse: «Maya Bestler? Si era unita al Santuario?»

«Non si era unita...» disse Charlotte a bassa voce, «fu un errore.»

Josie sentì che Jack faceva due passi verso la porta, ma si fermò prima di superarla. La stanchezza che aveva minacciato di sopraffarla pochi minuti prima era sparita di colpo.

«Che cosa è successo?»

Charlotte non la guardava più. «Non sapevo di lei. Non all'inizio. L'ho scoperto solo in seguito. Vedi, Jack nutriva da tempo la fantasia di rapire una donna, legarla e... farle delle cose. Erano i suoi impulsi oscuri. Evidentemente non gli bastava che fossero solo gli altri membri a soddisfare le sue fantasie. Aveva fatto entrare Maya nella proprietà a mia insaputa.

Quando l'ho scoperto, l'ho costretto a liberarla. Lei promise che non avrebbe raccontato quello che era successo.»

«E le ha creduto?»

Charlotte cambiò di nuovo posizione sulla sedia. «Aveva talmente paura di Jack che, sì, ho creduto che non avrebbe detto niente. Ho fatto in modo che Jack la conducesse fuori dalla proprietà e la lasciasse andare.»

«Dove? Dove l'ha liberata?» chiese Josie.

«Onestamente, non lo so. Un giorno è andato nel bosco con lei e poi è tornato da solo. Non ho fatto domande. La polizia non è mai venuta a indagare.»

Questo voleva dire che forse Jack l'aveva consegnata all'eremita, oppure l'eremita l'aveva trovata mentre vagava nel bosco e l'aveva portata nelle caverne. Ma perché Maya non aveva detto cosa le era successo davvero quando gliel'avevano chiesto? Possibile che Jack la terrorizzasse a tal punto?

Non poteva che essere così. Lei stessa aveva passato ore, se non giorni, a cercare di rimanere sveglia per difendersi nel caso l'avesse aggredita. Da quanto tempo era in quel posto? Un giorno? Due?

«Che cosa ha detto, cara?» chiese Charlotte. Si protese in avanti e scrutò il viso di Josie, con la fronte aggrottata dalla confusione. «Sta... contando?»

Aveva parlato ad alta voce? Josie scosse la testa, cercando di concentrarsi.

Era Jack il motivo per cui Maya era scappata? Non perché non volesse diventare madre, ma perché temeva che lui andasse a cercarla? Evidentemente aveva perfezionato le sue capacità di pedinamento. I suoi sforzi con Shana alla Lantz Snack Factory gli avevano insegnato una lezione preziosa. Lei stessa poteva confermarlo.

Josie si guardò in grembo. Cercò di concentrarsi nuovamente sulla conversazione. Trasformarsi. Completezza. Luce e oscurità. Entrare in contatto con i propri impulsi più inconfessabili. Vittime croniche che tornano a essere integre, che afferrano il potere. «Ha detto che "trasformarsi" è diverso per ognuno. Crede che io debba uccidere la donna che mi ha fatto del male per arrivarci?»

«Te l'ho detto, cara, non giustifico la violenza. Ma posso aiutarti nella tua lotta. Posso aiutarti a *trasformarti*.»

CINQUANTADUE

«Come faccio?» chiese Josie. «Come posso fare per trasformarmi?»

Charlotte si illuminò e le rivolse un sorriso. «Non succede da un giorno all'altro.» disse. «È un processo che richiede tempo.»

Josie pensò a tutte le chiamate dalla prigione. «Non ho tempo.» disse. «La donna di cui le ho parlato potrebbe essere già morta. Devo tornare indietro.»

«Sciocchezze, mia cara. Io ti aiuterò. Farò il patto con te. Potrai sfogare i tuoi impulsi su di me.»

Josie la fissò, incredula. «Vuole che... vuole che la uccida?»

Charlotte rise, una risata leggera e musicale questa volta. «Certo che no. Jack ci aiuterà. Credo che ti debba un risarcimento per averti portata qui prima che tu fossi pronta.»

Josie si slanciò in avanti con tutto il corpo. Si aggrappò con una mano a un avambraccio di Charlotte. «Non voglio lavorare con Jack. Solo con te.»

Charlotte guardò le dita di Josie che scavavano nella sua pelle. «Non gli permetterei di farti del male. Hai la mia parola.»

Josie stava per far notare che le parole di Charlotte erano

prive di significato, ma non aveva voglia di riprendere la conversazione con quella donna, così le lasciò il braccio e le chiese: «E come? In che modo ci aiuterà Jack?»

Charlotte si appoggiò alla sedia e prese un pezzo di pane, e cominciò a mangiucchiarlo. «Si assicurerà che tu non mi uccida. Potrai soffocarmi fino a farmi perdere i sensi, ma non potrai uccidermi.»

Josie pensò alla visualizzazione che Charlotte le aveva appena fatto fare. «Pensi che questo mi aiuterà a gestire i miei sentimenti contrastanti per la morte di quella donna?»

«Saresti sorpresa di quanto sia utile attingere alla propria oscurità. Fidati, ti sentirai liberata.»

«Ma tu non sei la donna della mia infanzia.» disse Josie.

Charlotte si alzò e allungò una mano verso Josie. «Camminiamo un po', cara.»

Lentamente, Josie si alzò. Si rifiutò di prendere la mano di Charlotte, ma la seguì fuori dal portico e intorno alla proprietà. Dall'esterno, Josie vide che si trattava di una piccola casa a due piani. Probabilmente in passato era stata usata come capanno da caccia. Il rivestimento era in legno dipinto con una vernice azzurra che si stava sbiadendo e scrostando in diversi punti. Persino i telai delle finestre erano cadenti, sembravano occhi stanchi. Sul retro della casa c'erano due finestre a filo terreno, il che significava che c'era un seminterrato, ma i vetri erano sporchi e la vista sull'interno era bloccata da quello che sembrava cartone applicato dall'altra parte. Josie si chiese se era lì che tenevano Emilia. Era chiaro che non la tenevano al Santuario. Questo spiegava perché Rini, il cane dell'unità cinofila, aveva perso la traccia sulla strada appena fuori dalla proprietà del Santuario. Se Jack l'aveva portata via, con il permesso di Charlotte, doveva averla spostata subito e portata in quella casa. Josie si rimproverò di non aver controllato i registri delle proprietà sia a Lenore che nelle contee circostanti; le ricerche che Gretchen aveva fatto su Charlotte avrebbero però dovuto portare alla luce qualsiasi altra proprietà in tutto il paese. Allora perché questa non era saltata fuori?

Charlotte si era fermata e si era messa a guardare Josie con un'espressione perplessa. «Stai bene, cara?»

«Oh sì.» si affrettò a rispondere. «Mi sto solo godendo l'aria. Mi sembra un'eternità che non stavo all'aperto.»

A Charlotte tornò il sorriso. «Stare all'aria aperta è rigenerante, non è vero?»

Josie annuì e Charlotte riprese a camminare; aspettò che la superasse di qualche metro e poi osservò l'ambiente circostante alla ricerca di qualche indizio sulla presenza di Emilia e di qualche via di fuga. Ma sembrava che non ce ne fossero. Non c'era nemmeno un vialetto o un veicolo nelle vicinanze. Josie ipotizzò che un vialetto o l'ingresso per un veicolo dovevano trovarsi da qualche parte sul lato opposto, oltre gli alberi, ma in quale direzione era impossibile da capire.

Charlotte la condusse su una roccia piatta sotto un grande salice piangente. «Siediti.» le disse Charlotte. I rami dell'albero scendevano quasi fino a terra, al riparo dalla luce del sole ma occultando anche la vista della casa. Sembrava quasi che la roccia accanto al tronco fosse stata trascinata in quel punto, quasi a fare da panchina naturale. Mentre Josie vi si avvicinava, si accorse di un'apertura tra i rami dall'altra parte dell'albero e, al di là di essa, un sentiero quasi invisibile che portava lontano, nelle profondità del bosco.

Riuscì a malapena a contenere l'eccitazione mentre si sedeva in maniera composta sulla roccia. Quando Charlotte le disse di chiudere gli occhi, si sentì sollevata: non voleva che quella donna leggesse nella sua espressione l'euforia per aver trovato una potenziale via d'uscita. Cercò di rilassare la postura mentre Charlotte le parlava di come raggiungere l'oscurità. Charlotte voleva riportarla a molti degli episodi di abuso subiti per mano di Lila, ma Josie non voleva arrivarci. Aveva passato tutta la vita a lottare per uscire dallo spettro di quelle ore terribili.

«Ti prego non farlo.» disse Josie.

Sentì le mani di Charlotte tra le sue. «Allora va bene, cara. Non dobbiamo tornare indietro. Anzi, andremo avanti.» Sollevò le mani di Josie dal suo grembo e le avvolse intorno alla propria gola. Josie riaprì gli occhi di scatto. Cercò di ritrarre le mani, ma Charlotte le tenne strette intorno alla sua pelle sottile come la carta. Josie non faceva pressione, quindi Charlotte riusciva a parlare facilmente.

«Ora hai il controllo. Hai il potere. Di' a me quello che diresti a lei. Immagina la sua faccia. Immagina di farle pagare tutte le cose che ti ha fatto, tutti i modi in cui ti ha fatto soffrire. Tutti i modi in cui ti fa soffrire anche adesso, per quanto il danno ti sia stato inflitto tanto tempo fa.»

Josie cercò di nuovo di staccare le dita, ma Charlotte strinse la presa. «Non opporti. Cosa ti ha fatto, Josie? Che cosa ha fatto? È stata lei a farti quella cicatrice sul viso, non è vero? Ti ha sfregiato la guancia. Ha cercato di ucciderti.»

Josie serrò gli occhi mentre i ricordi le tornavano alla mente. Il luccichio del coltello. La pozza di sangue in cucina dove aveva fatto cadere il suo cagnolino di peluche, Wolfie. La sensazione delle dita di Lila che le premevano sul mento fino a farle un livido. I punti di sutura. La paura. La rabbia. Il senso di tradimento che era durato tutta la sua vita fino a quel momento.

«Cos'è che ti ha detto?» chiese Charlotte. «"Non una parola".»

La mente di Josie si svuotò completamente. Charlotte era scomparsa. Non c'era nulla davanti a lei. Non esisteva più niente. Né luce, né buio, né altro. Poi il mondo tornò a prendere forma intorno a lei. Charlotte sciolse le dita di Josie dalla sua gola, ansimando e tossendo. Josie la spinse via, si alzò dalla pietra e si allontanò.

Charlotte si piegò in avanti, annaspando. Tese una mano in

direzione di Josie. Quando riuscì a parlare, balbettò: «Va tutto bene, cara. È tutto a posto. Sto bene.»

Josie era scossa dai tremiti. «Voglio tornare dentro.» disse.

Quando Charlotte riprese il controllo del respiro, si alzò in piedi. «Certo, cara. Sei stata bravissima. Questa è davvero una svolta. Vieni, puoi riposare.»

Con gambe tremanti, Josie seguì Charlotte fin dentro casa. Mentre camminavano, un breve movimento alla base della casa attirò l'attenzione di Josie. Proveniva da una delle finestre del seminterrato. Josie guardò la schiena di Charlotte. Lei non si voltò.

Un angolo del cartone si staccò di poco.

Josie poteva giurare di aver visto un dito scavare nell'angolo, cercando di allontanare il cartone dal vetro.

Il suo cuore prese a battere come un martello pneumatico. Charlotte, invece, non si voltò. Josie rallentò il passo.

Due dita, poi tre, apparvero nell'angolo della finestra. Dita lunghe e delicate. Su una di esse scintillava un piccolo diamante. Emilia. Josie quasi sussultò.

«Ci riproveremo domani.» disse Charlotte al di sopra di una spalla.

All'improvviso, le dita vennero trascinate di nuovo nell'oscurità. Jack era lì dentro con lei, per impedirle di fuggire? Josie guardò Charlotte proprio mentre giravano intorno alla casa per salire sul portico. «Va bene.» disse Josie. «Domani.» Ma sapeva già che l'unica cosa che avrebbe fatto l'indomani sarebbe stata lasciare quel posto. Aveva scoperto dove si trovava il sentiero per uscire e dove si trovava Emilia.

Doveva solo trovare un momento in cui Charlotte e Jack non le stessero col fiato sul collo e sarebbe potuta scappare.

CINQUANTATRÉ

Aveva la sensazione che ogni muscolo del suo corpo fosse perennemente in tensione. Quella notte non ebbe problemi a rimanere sveglia. Charlotte l'aveva lasciata slegata e ogni volta che Jack passava per il corridoio, le sue gambe facevano uno scatto involontario contro il materasso sottile. Lo percepiva, non dallo scricchiolio del pavimento del corridoio, perché era bravissimo a non fare rumore, praticamente non lo sentiva, ma dall'ombra nella lama di luce che passava dalla fessura sotto la porta. Si chiese se gli capitasse mai di dormire. Si rese conto che il vero problema sarebbe stato riuscire a passargli davanti. Se avesse dovuto lottare, sapeva di poter battere Charlotte, ma Jack era grande, forte e, a quanto sembrava, privo di umanità. Josie sapeva, grazie alla noce nera che le aveva consegnato, che ben poco si frapponeva tra lei e Jack, che lui poteva realizzare qualsiasi fantasia malata nutrisse nei suoi confronti. Era chiaro che lui non vedeva l'ora di infrangere tutte le regole di Charlotte.

Pensò alla sua squadra e si chiese quanto fossero vicini a trovarla. Era certa che Noah non avrebbe dormito finché non fosse stata al sicuro. Immaginarli in giro a cercarla la rincuorava, ma nel profondo sapeva che spettava a lei salvare Emilia e fuggire. Se fosse riuscita a lasciare la casa, avrebbe potuto rompere il vetro della finestra del seminterrato a calci, visto che indossava ancora gli scarponi, ma avrebbe rischiato di fare troppo rumore. D'altronde, però, non aveva altra scelta. Per tutto il tempo in cui era rimasta in quel posto, non aveva mai visto un ingresso al seminterrato.

Dopo aver visto l'ombra di Jack passare per la seconda volta davanti alla porta, Josie aspettò fino a quando fu in grado di sopportarlo. Non aveva idea di che ora fosse, ma sapeva che era notte fonda. A quel punto doveva essersi addormentato. Quando il suo cuore cominciò a battere così forte che le sembrava che potesse scoppiare attraverso il petto, decise di giocarsi il tutto per tutto.

Il cuore continuò a martellare per tutto il tempo che le ci volle a percorrere il corridoio del piano di sopra, a scendere le scale e ad attraversare l'atrio, poi saltò due battiti quando afferrò con dita tremanti la maniglia della porta d'ingresso, e alla fine ricominciò a pulsare a tempo doppio mentre cercava di scardinare la zanzariera con lentezza e meticolosità. La attraversò, fece tre passi e saltò giù dal portico. I suoi piedi atterrarono dolcemente nell'erba. Era una notte limpida. La luna splendeva sopra la sua testa, illuminando tutto intorno a lei con un bagliore argentato. La casa era immersa nel silenzio dell'oscurità. Non un movimento che attirasse la sua attenzione.

L'adrenalina aveva avuto la meglio sulla debolezza, sulle vertigini e sulla stanchezza del momento. Con passo svelto, girò intorno alla casa, raggiunse il retro e vide le due finestre del seminterrato. Si avvicinò a quella dietro la quale aveva visto le dita che cercavano di staccare il cartone e si accorse che era stato rimesso al suo posto. Tastando intorno al telaio della finestra, cercò di capire se poteva in qualche modo spingerla dentro o tirarla fuori verso di sé.

A quanto sembrava, non era previsto che venisse aperta. Era solo una lunga e piatta lastra di vetro inserita in un telaio di legno, dipinto di un azzurro intenso. Ma il telaio, come i telai esterni delle altre finestre della casa, aveva un aspetto mezzo marcio, umido e cadente.

Le sue ginocchia affondarono nell'erba umida. Non aveva idea di quanto profondamente dormisse Jack, ma immaginava che si sarebbe svegliato al minimo rumore. Tuttavia, non aveva scelta. Si sedette e poi si protese all'indietro tenendo le mani appoggiate al terreno. Alzò entrambi i piedi, puntò contro la piccola lastra di vetro e, ansimando, diede un calcio il più forte possibile.

L'intera finestra cedette con un suono più simile a un tonfo che a una incrinatura. Girandosi sulle ginocchia, usò la mano fasciata per rimuovere quanto più possibile i frammenti di vetro e di legno. Un frammento cadde nell'oscurità della cantina, il resto lo gettò da una parte. Infilando la testa all'interno, non vide altro che buio. «Emilia...» sussurrò più forte che poté.

Niente.

Infilò le spalle nell'apertura. «Emilia...» chiamò, alzando un po' di più la voce.

Dall'oscurità giunse un mugolio.

Josie disse: «Emilia, mi senti?»

Un altro basso lamento.

Con una pesante sensazione di malessere, Josie realizzò che Jack non avrebbe mai lasciato Emilia libera dopo aver scoperto che aveva cercato di staccare il cartone che copriva la finestra: doveva entrare. Non c'era modo di capire quanto fosse ripido il dislivello, né quanto fosse grande lo spazio all'interno. Poco importava: se voleva portare Emilia con sé, doveva passare attraverso il minuscolo buco, calarsi nella completa oscurità e raggiungerla.

Era in preda al terrore, tanto che faticava a respirare, mentre si metteva a pancia in giù e scivolava nel suo peggior incubo. Nel suo passato. Nel suo inferno personale. Riaffiorò la voce del suo defunto marito Ray, per dirle: *L'oscurità non può farti del male.*

Aveva ragione: l'oscurità non le aveva mai fatto del male. Erano sempre stati i mostri in piena luce a farle del male e lei non aveva intenzione di farsi catturare da quello che dormiva due piani più in alto. Spingendo il busto attraverso l'apertura, cadde con le mani sul pavimento di terra battuta. Una vibrazione pungente le passò dai polsi alle spalle. Voltandosi rapidamente sulla schiena, fu sollevata nel vedere uno spicchio di luna che illuminava il piccolo rettangolo che l'avrebbe riportata all'esterno, verso la libertà.

A quattro zampe, si fece strada per la stanza, chiamando il nome di Emilia con un sibilo. Ogni volta veniva ricompensata con un piccolo lamento e lei cambiava direzione per adeguarsi, finché non andò a sbattere contro qualcosa che tremava. Era lei e si stava contorcendo follemente sotto le mani di Josie.

«Emilia...» disse trafelata. «Mi chiamo Josie Quinn. Sono una detective del Dipartimento di Polizia di Denton. Sono venuta ad aiutarti. Ti porterò fuori di qui, ma dobbiamo essere molto silenziose.»

Emilia rimase immobile. Josie tastò l'arto sotto di lei con entrambe le mani, finché non si rese conto che stava toccando la coscia della ragazza. Spostando le mani verso l'alto, raggiunse il viso di Emilia. Intorno alla testa le avevano legato un panno a coprirle la bocca. Josie lo strappò e la sentì fare un respiro profondo e tremante.

«Le mie mani.» disse Emilia con impellenza. «Slegami le mani così posso aiutarti con i piedi.»

Josie si sentì sollevata. Emilia era pronta e disposta ad andarsene da lì. Emilia le passò le mani sul collo, Josie si avvicinò e afferrò i suoi polsi legati, tastando la spessa corda fino a trovare il nodo e, nello sforzo di scioglierlo, dalla fronte madida il sudore le colò lungo il viso. Il taglio sulla sua mano bruciava. Le facevano male i polsi. Poi finalmente, dopo quelle che sembrarono ore, riuscì a liberare le mani della ragazza. Le loro teste si scontrarono mentre Emilia scattava in piedi e l'impatto provocò un lampo di luce dietro gli occhi di Josie. Cadde all'indietro, tenendosi la testa. Emilia sussurrò. «Mi dispiace tanto. Stai bene? Dimmi che stai bene.»

«Sto bene...» gracchiò Josie, sentendosi momentaneamente disorientata. «Riesci a liberarti le gambe? Dobbiamo uscire di qui...»

Ci fu un fruscio mentre Emilia cercava di slegare le caviglie. «Dov'è Jack?» chiese.

«Dorme, spero...» rispose Josie.

«Dorme abbastanza profondamente.» la rassicurò Emilia. «Ma solo per poche ore alla volta.» Josie sentì la corda scivolare a terra. Poi Emilia disse: «Andiamo.» Si presero per mano e si alzarono in piedi.

«Laggiù.» disse Josie, indicando la finestra sfondata. «Quando esci, corri in linea retta, capito? Verso gli alberi. Aspettami lì. Se succede qualcosa, se vedi Jack o Charlotte o senti qualsiasi cosa, corri. Non fermarti. Non fermarti per nessun motivo. Mi hai capito?»

Emilia le strinse la mano e Josie lo prese per un sì. Così Josie rimase sotto per aiutarla a salire, spingendola dalle cosce e dal sedere, mentre Emilia si tirava su e attraversava l'apertura, lasciandosi sfuggire un lamento quando passò sopra ai frammenti di vetro. Una volta uscita, Josie ascoltò i suoi passi sull'erba e sobbalzò quando sentì lo scricchiolio e lo schiocco dei ramoscelli che indicavano che Emilia aveva raggiunto la linea degli alberi. Era il suo turno di arrampicarsi. Sentì prima i pantaloni strapparsi contro il vetro e poi il crepitio dei frammenti sotto il suo corpo mentre si infilava nell'apertura. L'aria notturna era densa e umida, ma dopo essere stata chiusa nell'angusto spazio del seminterrato, era una sensazione paradisiaca. Josie si alzò in piedi, ondeggiando per la stanchezza e i nervi a fior di pelle.

Emilia sussurrò: «Da questa parte.» e Josie seguì il suono della sua voce finché non udì gli scrocchi di foglie, terra, pietruzze e ramoscelli sotto i suoi piedi. Si aggrapparono l'una all'altra. All'aperto, quando i suoi occhi si adattarono ancora una volta all'oscurità, Josie poté vedere il volto sporco di Emilia, che le sorrise di rimando e la prese per mano.

«Grazie di essere venuta.» disse.

Josie annuì. «Dobbiamo andarcene subito da qui. Il più velocemente possibile. C'è un sentiero.» Trascinò Emilia dietro di sé. «Da questa parte.»

Josie sentiva solo un ruggito nella sua testa e da qualche parte, in sottofondo, i suoni dei loro respiri affannosi che si mescolavano. Trovarono il salice, poi il sentiero poco distante e lo percorsero più in fretta che potevano. Impossibile capire quanto fosse lungo. Josie non aveva modo di sapere dove le avrebbe portate e sapeva di non avere il tempo di fermarsi a chiedere a Emilia se sapeva qualcosa sul luogo in cui si trovavano.

Le bruciavano i polmoni per lo sforzo di correre così velocemente e tanto a lungo dopo essere stata tenuta prigioniera per giorni e giorni. Emilia rallentò progressivamente e Josie la incitò, spinta dalla disperazione.

All'improvviso qualcosa di duro colpì Josie direttamente sul petto, facendola volare all'indietro. Perse la presa sulla mano di Emilia e un urlo squarciò la notte. Finì per colpire il tronco di un albero, sbattendo la testa. Quando riaprì gli occhi si rese conto di essere distesa sulla schiena. La luce della luna trapelava attraverso le cime degli alberi in inquietanti e fiochi spiragli argentei. Cercò Emilia, con le orecchie tese al suono del suo pianto, del suo respiro, di qualunque suono.

Poi un'ombra lunga e scura coprì quel poco di luce lunare che c'era.

«Dove credevate di andare?» chiese Jack.

CINQUANTAQUATTRO

Un grido selvaggio e profondo si levò dal diaframma di Josie, rimbalzando e riecheggiando sugli alberi intorno a loro. Dimenticando ogni dolore che la fiaccava, si alzò in piedi e caricò Jack, spingendogli una spalla contro il fianco, e nel momento in cui i loro corpi impattarono, lui si piegò su un lato, ma non cadde. Quando si rese conto che non sarebbe riuscita ad abbatterlo, Josie gli rimase vicino e gli conficcò i gomiti in pieno addome, che però era come un muro impenetrabile. Jack la colpì alla testa, alla tempia ributtandola a terra, poi con una delle sue imponenti mani la afferrò per un braccio e strinse con tutta la forza, strappandole un altro ululato che si propagò tra gli alberi circostanti. Emilia le apparve come un'ombra nera che si lanciava sulla schiena di Jack. Lui si girò di scatto, allungando le mani dietro di sé per cercare di afferrarla.

Ancora a terra, Josie si guardò intorno finché la sua mano non si chiuse intorno a un grosso ramo d'albero, poco più lungo di una mazza da baseball ma abbastanza spesso da fare qualche danno. Si augurò soltanto che fosse sufficiente ad aiutarle a scappare. Jack cercava di divincolarsi dalla stretta di Emilia, che però rimaneva aggrappata alla sua schiena e gli avvinghiava le braccia sottili intorno alla gola. Jack si portò entrambe le mani al collo cercando di liberarsi, ma Emilia tenne duro. Josie gli corse incontro, roteando il ramo e colpendo con tutta la sua forza. Lo colpì in pieno petto, ma lui sembrò quasi non accorgersene. Si girò di scatto e sbatté Emilia contro un albero vicino. Con un urlo spezzato, lei scivolò dalla sua schiena e si accasciò a terra, immobile. La paura attraversò il cuore di Josie. L'aveva uccisa? Erano scappate e avevano fatto tutta quella strada solo perché Emilia morisse in quel modo?

Josie si scagliò di nuovo contro di lui, che si era appena girato per andarle contro, e questa volta lo colpì ai reni. Jack grugnì, ma neanche allora cedette. Allora Josie mirò al ginocchio, facendo perno contro il terreno per farlo inciampare. Ma lui era troppo forte, troppo carico di energia. Fu quello il momento in cui si rese conto che lui si stava divertendo. Quella era la sua oscurità: non solo l'inseguimento o la prigionia, era la violenza della caccia che lo faceva rinascere. Aveva ripreso il controllo e le si avvicinò. Lei indietreggiò e lo colpì di nuovo con il ramo, ma lo mancò e perse l'equilibrio. Mentre lei cadeva in avanti, lui la afferrò. Sollevandola come se non pesasse nulla, la spinse con la schiena contro l'albero più vicino e poi la tenne ferma lì, con una mano che le bloccava lo sterno e l'altra che le stringeva la gola. Lei gli artigliò gli occhi, ma lui si limitò a raddrizzare le braccia in modo che lei non potesse raggiungere il viso. Allora lei lo artigliò agli avambracci, ai polsi, cercando i mignoli di entrambe le mani; se fosse riuscita ad allentare la presa, a spezzarglieli come ramoscelli, gli avrebbe potuto fare male abbastanza a lungo da riuscire a scappare.

Ma non riuscì a smuovere neanche un dito. Josie sentì che la sua coscienza stava scivolando via, si sentì fluttuare nel nero profondo dell'oblio. *No*, gridò una voce nella sua testa. *Non così. Non adesso.* Ma anche se voleva che il suo corpo continuasse a difendersi, le sue braccia si allentarono, flaccide e inutili. Poi la pressione sparì. La parte superiore del suo corpo si ripiegò su se stessa. Appoggiò le mani alle ginocchia, cercando di rimanere in piedi. Da qualche parte alla sua sinistra giungevano suoni di grugniti e scricchiolii di ossa, oltre al fruscio del suolo della foresta che veniva smosso. Josie fece di tutto per tenere gli occhi aperti e cercare di mettere a fuoco le forme. Due corpi a terra. Quello di Jack e quello di qualcun altro. Troppo grande per essere Emilia. Josie guardò nell'altra direzione e vide la ragazza, ancora immobile a terra. Si voltò e vide che uno degli uomini si era messo a cavalcioni sull'altro. Si avvicinò di più e vide che si trattava di Jack immobilizzato sulla schiena. L'altro uomo gli aveva assestato una pioggia di pugni sul viso. Sentì uno scricchiolio. Sicuramente un osso. Qualcosa di umido le schiaffeggiò il viso. Si portò una mano sulla guancia e lo toccò. L'odore ramato le fece capire che era sangue. Fece un altro passo avanti e afferrò la spalla dell'aggressore. «Fermati.» disse. «Fermati.»

L'uomo smise di colpire. Respirando a fatica, si tirò su dal corpo immobile di Jack e si alzò in piedi. Voltandosi, vide il suo volto alla luce della luna e inciampò all'indietro. «Donovan?» disse Josie.

Proprio davanti a lei c'era l'eremita e la guardava con gli occhi scuri e granitici che brillavano. Per un attimo Josie si chiese se avesse le allucinazioni. «Cosa... cosa ci fai qui?» chiese, rendendosi conto che doveva essere rimasta nel rifugio di Charlotte e Jack abbastanza a lungo da far sì che Andrew Bowen avesse avuto modo di far rilasciare Michael Donovan dal carcere.

«Andiamo.» ordinò lui in modo brusco.

«No.» rispose Josie. «Non vengo da nessuna parte con te. Vado a casa.»

Lui scosse la testa, come se fosse infastidito dalla sua reazione e si avvicinò a Emilia, accucciandosi accanto a lei.

«Lasciala stare.» gli intimò Josie. Però, avvicinandosi, si rese conto che le stava controllando il polso.

«È viva.» disse lui con tono piatto.

Provò un tale senso di sollievo che si sentì subito meglio.

Lo raggiunse e si mise in ginocchio accanto a lui. «Mi prenderò io cura di lei, ma non verremo con te.»

Lui ridacchiò. «Non voglio farvi del male. Non mi importa né di te né di lei.»

«Allora perché sei qui?» chiese Josie. «Dove siamo?»

«A nord di Denton.» Si chinò in avanti e fece scivolare le mani sotto il corpo di Emilia. La sollevò facilmente e se la caricò sulle spalle. Si alzò e cominciò a camminare, passando sopra il corpo di Jack.

Josie non si fermò a controllare che fosse vivo o meno. Non aveva idea di cosa diavolo stesse succedendo e non aveva tempo per soccorrere l'uomo che aveva appena tentato di uccidere sia lei che Emilia.

«Non hai risposto alla mia domanda.» disse mentre correva per stare al passo con le lunghe e agili falcate dell'eremita. «Che cosa ci facevi qui?»

«Cercavo delle provviste.» rispose burbero.

«Devi essere parecchio lontano dalle tue caverne.» osservò lei.

«Ci vuoi tornare a casa oppure no?» scattò lui.

«Vuoi riportarci a casa?»

«Zitta e cammina.»

Lo seguì fino a quando le prime stille di luce si affacciarono all'orizzonte. Di tanto in tanto Emilia emetteva un lamento, segnali che davano a Josie un dolce sollievo perché significava che era viva. Josie non aveva modo di sapere quanto avessero camminato fino a quel punto, ma quando finalmente raggiunsero una strada si sentiva così debole che temeva che se avesse smesso di muoversi non sarebbe stata più in grado di ripartire. L'alba sorgeva in sfumature rosa e gialle e la nebbia saliva dall'asfalto quando l'eremita si fermò sul ciglio della strada. Josie guardò in entrambe le direzioni ma non scorse nulla se non altri alberi.

«Dove siamo?» chiese.

«A una strada.»

Lui camminò lungo il ciglio fino a trovare un punto in cui una grande quercia ombreggiava il lato della strada. «Siediti qui.» le disse.

«Cosa?» disse Josie. «Perché?»

«Zitta e siediti.»

Troppo stanca per discutere, si lasciò cadere a terra. Con cautela, Donovan posò Emilia con la testa appoggiata sul grembo di Josie. Poi si voltò e cominciò ad allontanarsi.

«Un momento!» chiamò Josie. «Dove stai andando?»

Lui non si voltò a guardarla, si limitò a rispondere da sopra la spalla. «Qui qualcuno vi troverà.»

«Non puoi lasciarci così.» gli gridò Josie. «Emilia è ferita. Ha bisogno di cure mediche.»

«Zitta e aspetta.» disse lui e scomparve tra gli alberi.

CINQUANTACINQUE

Il sole era alto nel cielo quando Emilia aprì gli occhi. Sembrava che la giornata diventasse più calda a ogni minuto che passava. Anche all'ombra ristoratrice, entrambe erano grondanti di sudore. Josie aveva le gambe intorpidite. Era caduta nel sonno e si era svegliata quando le era sembrato di sentire un veicolo, per poi rendersi conto che era soltanto frutto della sua immaginazione. A quel punto non era nemmeno sicura di distinguere cosa fosse reale e cosa no. Accarezzò via i capelli dal viso di Emilia e la guardò negli occhi.

«Dove siamo?» chiese Emilia.

Josie scoppiò in un'incontrollabile risata di pancia, che fece sobbalzare la testa di Emilia che aveva in grembo. «N-non ne ho la più pallida idea.» balbettò.

Emilia girò la testa verso la strada. «Come ci siamo arrivate qui?»

«Non mi crederesti se te lo dicessi...» rispose Josie.

«Sì, dimmelo.» insistette lei.

Josie le raccontò gli eventi della notte precedente e poi spiegò chi era l'eremita e in che modo era venuta a conoscenza della sua esistenza. Mentre parlava, Emilia provò a muovere braccia e gambe, poi provò a mettersi seduta, ma ricadde subito all'indietro, chiudendo gli occhi. Dopo qualche istante, provò di nuovo, muovendosi lentamente con l'aiuto di Josie. «Vedo tutto doppio...» si lamentò.

«Non ne dubito...» disse Josie, «hai preso un bel colpo. Devi andare in ospedale.»

Emilia si appoggiò a Josie, adagiando la testa sulla sua spalla. «Quindi stiamo qui ad aspettare?»

«Sì.» disse Josie. «In giornata qualcuno dovrà pur passare da queste parti, prima o poi. Mi auguro.»

Rimasero in silenzio e Josie si chiese di Jack. E se le avesse cercate? E se le avesse trovate? Erano troppo deboli e ferite per poterlo contrastare. L'eremita lo aveva ucciso o solamente ferito? Charlotte era andata a cercarlo? Di certo non poteva mobilitare nessun altro dal Santuario. Josie sapeva che i suoi agenti avrebbero interrogato tutti i residenti e, una volta constatata l'assenza di Charlotte, si sarebbero concentrati su di lei e sulla sua gente, avrebbero tenuto d'occhio i membri del Santuario per vedere se li avrebbero condotti al luogo in cui si trovava Josie.

«Ho tanta sete.» disse Emilia.

«Anch'io.» rispose Josie.

«Cosa facciamo se non viene nessuno?»

«Qualcuno verrà.»

«E se non viene?»

Per distoglierla da quelle preoccupazioni, Josie le chiese: «La mia squadra ha iniziato le indagini sulla scena del vostro campeggio. È stato allora che ci siamo accorti che eri scomparsa. Ti ricordi cosa è successo quando eri con Tyler e Valerie?»

Josie percepì la testa di Emilia afflosciarsi contro la sua spalla e la sentì tirare su col naso. «Ci eravamo accampati lì da un paio di giorni. Avevamo cercato un po' in giro e avevamo trovato una breccia nella recinzione intorno a quel posto, il Santuario o come lo chiamano loro. Eravamo stati in zona tutto il giorno per trovare il modo migliore per entrare e uscire dalla loro proprietà e poi eravamo tornati alla tenda per mangiare. Poco dopo, Tyler e Valerie hanno cominciato a stare male. Stavo preparando lo zaino per andare a cercare aiuto, quando ho visto Jack nel bosco. All'inizio ero davvero felice di vederlo. Ero veramente sollevata. Ho lasciato tutto e sono corsa da lui. Pensavo che mi avrebbe aiutata. Ma era così... strano. Così immobile. Guardava e basta. Mi ha detto di seguirlo e che avremmo trovato aiuto insieme. L'ho seguito nel Santuario. Mi ha portata in una vecchia baracca diroccata e mi ha detto di aspettare lì. E così ho fatto, all'inizio, ma era davvero inquietante. Per di più, ci ha messo un sacco di tempo e io ho cominciato a preoccuparmi che Valerie e Tyler non sarebbero stati soccorsi abbastanza in fretta. Così me ne sono andata e ho camminato e camminato. Poi ho visto la casa. Tutte quelle persone che stavano lavorando in giardino, così mi sono avviata verso di loro. Ma poi Jack è uscito dalla casa.»

«Ti ha detto di Valerie e Tyler?» chiese Josie con dolcezza.

Sentì che Emilia annuiva contro la sua spalla. «Mi ha detto che non ce l'avevano fatta. Che pensava avessero mangiato qualcosa di velenoso, probabilmente dal bosco. Ma io ero stata con loro tutto il tempo, non avevano mangiato niente che non avrebbero dovuto mangiare.»

«E poi ti ha convinta a salire su una macchina, vero?» chiese Josie. «Ti ha detto che ti avrebbe portata in città...»

«Esatto. Solo quando eravamo già in viaggio ho capito che mi aveva mentito. Devi capire... è mio marito. Pensavo... pensavo che in fondo l'uomo che avevo sposato sarebbe riemerso. Valerie e Tyler erano i nostri migliori amici. Per me era inimmaginabile che potesse far loro del male e poi prendersela anche con me.»

«Invece lo ha fatto.»

«Una volta in macchina mi sono fatta prendere dal panico, poi lui mi ha detto che non aveva avuto intenzione di ucciderli, ma solo di farli stare un po' male per potermi prendere da sola.

Voleva solo parlare, mi ha detto. Voleva che mi unissi a lui. Continuava a blaterare di cose strane come trasformarsi e abbracciare l'oscurità dentro di sé. Ha detto che per tutta la vita aveva lottato contro l'oscurità che si portava dentro, mentre al Santuario non doveva combatterla. Poteva essere chiunque volesse. Non doveva più vergognarsi. Era parecchio strano. Sragionava. Gli ho detto di smetterla, di smettere di farneticare, di fermare la macchina e di farmi scendere.»

«Ma non si è fermato.»

Josie sentì che Emilia scuoteva la testa contro la sua spalla.

«Ho cercato di aprire la portiera. Stavo per saltare dall'auto in corsa. Lui mi ha colpito. È l'ultima cosa che ricordo. Poi mi sono svegliata in quel seminterrato. Non so nemmeno quanto tempo sono ci sono rimasta. Sai quanto tempo è passato? Da quanto Valerie e Tyler sono morti?»

«Mi dispiace.» disse Josie. «Non lo so. Anch'io ho perso il conto di quanto tempo ho passato in quella casa.»

Emilia le strinse una mano tra le sue. «Adesso siamo libere e presto ci troveranno.»

Era quasi il tramonto quando finalmente una macchina apparve all'orizzonte. Josie barcollò per mettersi in piedi, tirandosi dietro Emilia e trascinandola verso la doppia linea gialla che divideva le corsie e la macchina si fermò davanti a loro. Scese una donna che Josie non riconobbe. Le guardò strizzando gli occhi, come se non fosse sicura di quello che aveva di fronte. «Ehi...» esclamò poi. «Voi siete quelle che ho visto al notiziario. Quelle che stanno cercando.»

«Sì.» disse Josie. «Siamo noi.»

CINQUANTASEI

Fedele alla parola data, l'eremita le aveva lasciate lungo una strada rurale in una città a nord di Denton. La loro soccorritrice prese il cellulare per chiamare il 911 mentre le portava al Denton Memorial Hospital. Quando la donna si fermò davanti alla porta del pronto soccorso, videro Noah, Gretchen, Mettner, Lamay e persino il capo Chitwood in fila ad attendere. Avevano tutti un'aria affranta e speranzosa allo stesso tempo.

Con la barba incolta che gli copriva il volto e le borse sotto gli occhi, Noah aveva un aspetto decisamente provato. Prima ancora che l'auto si fermasse, spalancò la portiera posteriore e cercò Josie all'interno, la tirò fuori sollevandola e la avvolse tra le braccia, nascondendo il viso tra i suoi capelli scompigliati e lo sentì tremare tra le sue braccia. «Pensavo che ti avessimo persa.» le disse in un orecchio.

Josie inalò il suo profumo e chiuse gli occhi, accasciandosi contro di lui.

«Non potete liberarvi di me così facilmente.»

Una mano le toccò la spalla. Aprì gli occhi e vide Gretchen che la fissava, con le lacrime che le scendevano sulle guance.

«So che non stai piangendo, Palmer.» disse Josie.

Gretchen si asciugò le lacrime e sorrise. «Infatti è allergia.» disse con voce strozzata.

Mettner e Lamay si avvicinarono, ognuno di loro si protese in avanti e le strinse delicatamente un braccio. Affiancarono Noah mentre l'accompagnava verso le porte dell'ospedale. Josie si voltò per vedere Chitwood e due infermiere che sollevavano Emilia dal retro dell'auto e l'adagiavano su una sedia a rotelle.

«Stai bene?» chiese Noah.

«Sì.» rispose Josie. «Adesso sì. Sono solo stanca e ammaccata.»

Emilia venne ricoverata per una grave disidratazione e un piccolo ematoma subdurale. Josie invece venne dimessa nel giro di qualche ora, dopo aver assunto fluidi per via endovenosa e alcuni antidolorifici per bocca, e aver avuto una nuova medicazione alla mano sinistra. Noah voleva portarla direttamente a casa, ma lei voleva andare subito alla stazione di polizia e rilasciare la sua dichiarazione, in modo che potessero scoprire dove Charlotte e Jack l'avevano tenuta nascosta e rintracciarli. Raccontò del suo calvario nel modo più dettagliato possibile, tralasciando le parti riguardanti Lila Jensen, limitandosi a dire che Charlotte aveva cercato di reclutarla per evitare l'accusa di rapimento.

Era quasi mattina quando Gretchen entrò nella sala conferenze con un mucchio di fogli tra le braccia. «L'ho trovata.» annunciò.

«Trovato cosa?» chiese Noah.

«La proprietà. Almeno, credo. Il marito di Charlotte ereditò diverse proprietà dalla madre. Finché lei era in vita, cedette la proprietà più grande al figlio. Era il Santuario. Ma le altre proprietà...» stese alcuni fogli sul tavolo, «rimasero a nome della madre. Passarono a lui dopo la sua morte, ma lui non fece mai cambiare i titoli e non le cedette. Poi Mick Fadden sposò Charlotte e tutto ciò che possedeva è passato a lei quando è morto.»

«E Charlotte, a sua volta, non si è preoccupata di intestarsi nessuna delle proprietà...» disse Josie. «A parte il Santuario.»

«Precisamente. È una procedura complessa. Avrebbe dovuto ottenere un certificato di morte per la madre di Mick Fadden per dimostrare che era morta. Poi ci sarebbe stata la questione del testamento: ne aveva uno o no? Avrebbe dovuto dimostrare in un modo o nell'altro che le proprietà erano passate prima al marito e poi a lei.»

«Non ne valeva la pena.» concluse Mettner.

«Giusto.» concordò Noah. «Finché avesse pagato le tasse di proprietà su questi immobili...»

«Tutte le tasse sono state pagate, quindi non c'è ipoteca sopra." aggiunse Gretchen.

«E quindi restano nella sua disponibilità.» concluse Noah.

«Avremmo dovuto pensarci prima.» disse Mettner, con un'espressione di sconfitta sul volto.

«Non ti abbattere, Mett.» disse Josie. «Nemmeno io ci ho pensato. Non sospettavamo neppure che Charlotte fosse una minaccia finché non è stato troppo tardi.»

«Gestisce una setta.» rispose Mettner. «Era un segnale d'allarme piuttosto evidente.»

«Va bene.» disse Noah, guardando le pagine che Gretchen aveva steso davanti a loro. «Vediamo cosa abbiamo qui...»

Esaminarono gli atti e poi diverse cartine. Solo una delle proprietà era vicina a Denton, verso nord, quella dove erano state trattenute Josie ed Emilia. Le altre due erano nella contea di Lenore, molto più a sud. Gretchen indicò la proprietà su una mappa satellitare che aveva stampato. «Deve essere questa.»

Josie si chinò in avanti e studiò la mappa. Individuò il sottile sentiero attraverso il bosco che lei ed Emilia avevano imboccato. Quello che non era riuscita a vedere, soprattutto al buio, era che a circa mezzo miglio di distanza da quel sentiero c'era un altro sentiero che deviava a destra e portava a un vialetto di ghiaia che conduceva a una strada. Ma era comunque una zona estremamente remota.

«Chitwood vuole inviare una squadra alle prime luci dell'alba.» disse Gretchen. «Se sono ancora lì, li prenderemo.»

«Vado anch'io.» disse Noah.

Josie gli si avvicinò e gli strinse l'avambraccio. «Ti prego.» disse. «Non andare. Resta con me.»

Lui la fissò. Poteva vedere il conflitto nei suoi occhi, ma alla fine vinse lei. Mise una mano calda sulla sua. «Bene.» disse. «Andiamo a casa.»

«No.» rispose lei. «Voglio restare finché non saprò che hanno preso Charlotte e Jack.»

«Il Komorrah's Koffee aprirà tra mezz'ora.» disse Gretchen. «Corro lì a prendere un po' di carburante.»

Mettner e Gretchen guidarono una squadra di agenti nella proprietà di Charlotte, a nord di Denton. Josie e Noah aspettarono con Dan Lamay dietro il bancone della stazione di polizia, ascoltando le chiamate via radio in arrivo. Jack era ancora vivo, aveva bisogno di cure mediche, ma era sopravvissuto. Una volta che la polizia di Denton ebbe preso in custodia sia lui che Charlotte, Josie si rivolse a Noah e disse: «Portami a casa. Dormirò per giorni.»

CINQUANTASETTE

Josie dormì per quasi ventiquattro ore di fila. Noah cercò di svegliarla un paio di volte per farla mangiare, ma era talmente stanca che riuscì a mangiare solo qualche boccone di quello che le aveva preparato prima di ricadere in un sonno profondo e senza sogni. Quando finalmente si svegliò, lui le portò a letto uova, pancake e pancetta e la aggiornò. Jack e Charlotte erano stati incriminati per così tante accuse che Noah non riusciva nemmeno a ricordarle tutte. Charlotte non aveva detto una parola e aveva già ingaggiato un avvocato, mentre Jack aveva parlato quasi subito, confermando ciò che Emilia aveva detto a Josie. Aveva usato la cicuta selvatica su Valerie e Tyler Yates, invece per Josie aveva usato il GHB, la droga dello stupro che di solito non è rilevabile nell'organismo di una persona subito dopo l'ingerimento. L'aveva ottenuta da uno spacciatore sotto il ponte orientale di Denton mentre accompagnava uno degli altri membri del Santuario in un giro di acquisti. Aveva seguito i movimenti di Josie e della sua squadra che andavano e venivano dal Santuario e si era fissato su di lei. Era stata sua l'idea e la decisione di catturarla, non di Charlotte.

Josie aveva riferito alla sua squadra che Jack aveva portato

Maya Bestler al Santuario per un certo periodo di tempo, ma quando gli chiedevano di lei, lui diceva solo di averla vista alla serata di beneficenza quando lavorava per la Lantz Snack Factory. L'aveva trovata attraente e aveva cercato di avvicinarla, ma le cose con Shana non erano finite bene e quindi non aveva continuato. Josie sapeva che stava mentendo, ma non poteva provarlo. Nessuno aveva visto o sentito Maya. Sandy e Gus Bestler avevano preso il nipote ed erano tornati nella loro città natale. La notizia migliore era che Emilia stava bene. Sua sorella era arrivata a Denton subito dopo il ritrovamento e non si era allontanata da lei finché era rimasta in ospedale. Noah aggiunse che Emilia avrebbe chiesto il divorzio da Jack quanto prima.

Dopo la colazione a letto, Josie si fece la doccia e si vestì, sentendosi finalmente come nuova. Mentre scendeva le scale, sentì delle voci femminili provenire dal piano di sotto. In soggiorno trovò, sedute sul divano, sua nonna, Lisette Matson, e sua madre, Shannon Payne. Noah era in piedi nell'ingresso. Josie le abbracciò, ma rivolse a Noah uno sguardo interrogativo. C'era qualcosa che non quadrava. Sentiva tensione nella stanza.

«Che succede?» chiese.

Noah infilò le mani nelle tasche dei jeans. «Sappiamo di Muncy, Josie.»

Stava per chiedere come, ma poi si ricordò che Noah le aveva detto che avevano trovato il suo telefono nel bosco, non lontano da dove Jack l'aveva presa. Dovevano averlo controllarlo per vedere se c'era qualcosa che potesse aiutarli a trovarla.

Sprofondò sul divano tra Lisette e Shannon. «È morta?» chiese dopo un po'.

«No.» disse Shannon. «Non ancora. Ma hanno detto che è molto malata. Le manca poco.»

Lisette prese la mano di Josie e la strinse tra le sue. «Sai...» cominciò, «ha fatto del male soprattutto a te, ma ha fatto del male anche a noi.»

Lisette e Shannon si scambiarono uno sguardo sopra la testa

di Josie e, per la prima volta in loro presenza, Josie si sentì come una bambina di cui la madre e la nonna stavano parlando. Shannon disse: «Abbiamo il diritto di parlarle prima che muoia. Spero che tu lo capisca.»

«Non avete bisogno del mio permesso per vederla.» rispose. «Lo sapete.»

«Non ti stiamo chiedendo il permesso, Josie.» disse Lisette. «Ti stiamo chiedendo di venire con noi.»

«Non voglio vederla.» disse Josie.

«Josie, capisci che questa sarà la tua ultima occasione che avrai per dirle qualsiasi cosa tu senta di doverle dire?» le fece notare Shannon. «Il nostro timore è che se non la cogli, poi ne soffrirai.»

«Non la perdonerò solo perché sta morendo.» disse Josie. «Le cose che ha fatto sono imperdonabili.»

«Non stiamo dicendo che devi perdonarla.» continuò Lisette.

«E allora?» chiese Josie, con un tono irritato.

Shannon alzò le spalle. «Non lo sappiamo. Ma potrebbe venirti in mente quando la vedrai. Qualsiasi cosa tu voglia o debba dire.»

«Oppure potresti non aver bisogno di dire nulla.» disse Lisette.

Josie guardò la nonna e poi la madre. «Voi due avete delle cose da dirle?»

«Sì.» risposero all'unisono.

Josie sospirò. «E allora andiamo.»

CINQUANTOTTO

Lila Jensen non assomigliava affatto alla donna che Josie aveva messo dietro le sbarre quasi due anni prima. Nel suo letto di degenza si presentava come un mucchietto di ossa striminzite, con le guance cadenti e infossate. Aveva i capelli grigi e radi. Sembrava invecchiata di un migliaio di anni dall'ultima volta che Josie l'aveva vista. Quando respirava, un suono simile al sonaglio di un bambino le si levava dal petto e le saliva in gola. La stanza era pervasa da un odore che era contemporaneamente di muffa, umido, sporco e qualcosa di dolciastro. Josie si rese conto che era l'odore della morte imminente. Era arrivato il momento. Quella donna sarebbe finalmente uscita dalla sua vita, dal mondo, una volta per tutte.

Josie guardò la nonna mentre entrava nella stanza, si metteva davanti a Lila e parlava con voce bassa ma ferma. Josie non riuscì a sentire neanche una parola, ma Lisette rimase ben piantata e risoluta mentre pronunciava il suo discorso di fronte alla figura avvizzita di Lila e quando ebbe finito, tenendosi al deambulatore, tornò a testa alta nel corridoio dove Josie e Shannon la stavano aspettando.

Shannon entrò per seconda. Toccò il braccio di Lila,

lasciando indugiare la punta delle dita. Poi si chinò e sussurrò qualcosa all'orecchio di Lila, facendola sobbalzare e dimenare. Lasciò la presa e si diresse verso la porta, sostenendosi con cautela come se le facesse male muoversi.

«Che cosa le hai detto?» chiese Josie.

Shannon fece un sorriso triste. «È una cosa tra me e lei, tesoro.»

Josie rimase a lungo sulla soglia della porta, indecisa se entrare o meno. Non era obbligata a farlo. Non le importava quello che gli altri pensavano fosse giusto per lei. Non le importava quello che Charlotte aveva cercato di dirle sull'uccidere Lila, sul soddisfare i suoi impulsi più bassi come Lila aveva fatto fin dalla nascita. Niente di tutto ciò aveva importanza. Se lei non voleva dare quest'ultima soddisfazione a Lila, non era tenuta a farlo. Poteva girarsi e andarsene e lasciare che Lila morisse senza aver mai più visto la sua faccia o sentito la sua voce. Ma prima ancora di rendersene conto, i suoi piedi l'avevano accompagnata dentro la stanza e si ritrovò a guardare il misero volto di Lila. «Sono io.» disse. «Sono qui, come mi hai chiesto.»

Il nome raschiò tra le labbra screpolate di Lila. «JoJo.»

Josie trasalì. La mano di Lila si alzò, cercandola. I suoi occhi sbatterono, sforzandosi di mettere a fuoco Josie. «JoJo...»

Josie indietreggiò, ma la mano di Lila trovò comunque il suo polso, stringendolo con una forza che Josie non si aspettava da quel moribondo scheletro agonizzante. Cosa avrebbe potuto dirle? Lisette e Shannon erano venute preparate. Evidentemente non vedevano l'ora di cogliere questa opportunità, ma Josie era in difficoltà. Cosa doveva dire? *Mi hai rubato la vita? Hai distrutto la mia infanzia? Hai ucciso l'uomo che credevo fosse mio padre? Ti odio?*

Ma Josie non la odiava. Era questo il problema. Questo era sempre stato il problema. Per tutta la vita era cresciuta credendo che Lila fosse sua madre, cercando, senza riuscirci, di capire cosa ci fosse di così sbagliato in lei, di così terribile in lei, da impedire a sua madre di amarla. Per tutta la vita, Josie aveva lottato per capire perché sua madre fosse stata tanto crudele con lei. Doveva essere venuta al mondo rotta, imperfetta, non amabile. Per quale altro motivo una madre avrebbe dovuto trattare la propria figlia con tale brutalità? Tutto ciò che Josie aveva sempre voluto da quella donna era solo amore.

Anche se ora sapeva che Lila non era sua madre e non era capace di amare, le ferite nella psiche di Josie rimanevano. Anzi, aver scoperto che Lila non era davvero sua madre, che l'aveva portata via da una casa amorevole e stabile, per certi versi, era ancora peggio. Oltre agli abusi subiti e alle profonde cicatrici lasciate da Lila, ora c'era l'amarezza per tutto ciò che era andato perduto.

No, non perduto. *Rubato*. Da una donna a cui non importava di niente e di nessuno se non di se stessa. Una donna così egoista che sul letto di morte avanzava delle pretese alla bambina che aveva torturato per tanti anni.

Josie cercò di liberare il polso dalla presa di Lila, ma non ci riuscì. Guardò verso l'ingresso, dove Lisette e Shannon si erano abbracciate per trovare conforto, dando le spalle a Josie e Lila. Non c'era nessun altro vicino. Avrebbe potuto facilmente allungare la mano libera e stringere il fragile collo di Lila, strangolarla fino alla morte, liberare il mondo dalla terrificante oscurità che aveva esercitato per tanto tempo. Romperle lo ioide proprio come Jack aveva fatto con le sue vittime.

Ma allora sarebbe stata proprio come lui.

Forse si portava dentro una luce, come aveva detto Charlotte. Doveva esserci del buono in lui per attirare una donna così dolce e gentile come Emilia. Ma il Santuario aveva annientato qualsiasi bontà gli fosse rimasta. Aveva spento quella luce interiore.

Josie spostò di nuovo lo sguardo dal volto devastato di Lila a Shannon e Lisette. Le mani nodose di Lisette attirarono il viso di Shannon verso il suo; le fronti premettero l'una contro l'altra, lacrime luccicavano sulle guance di entrambe. Si parlarono a bassa voce e poi risero tutte e due, sommessamente. Non il tipo di risata che nasce nel trovare qualcosa di divertente, ma il tipo di risata che deve uscire solo per rompere una tensione insopportabile. Il tipo di risata che nasce dal tentativo di respirare sotto il peso di qualcosa di pesante e orribile, anche se solo per pochi preziosi secondi. Il genere di risata che viene fuori quando non c'è niente di divertente, neanche lontanamente, perché non c'è proprio nulla da ridere. È l'umanità che si arrampica per uscire dall'inferno, reclamando un ottimismo che ancora non esiste.

Josie sentì dentro di sé un desiderio che si apriva, che la strattonava come la gravità della terra. Allontanarsi da Lila, tornare verso le persone che la amavano. Tornare verso la luce. Josie aveva visto cosa può succedere quando una persona abbraccia la propria oscurità. Ne era stata vittima per anni. Non aveva bisogno di altra oscurità. Voleva rimanere nella luce, dove poteva aiutare le persone. Charlotte si sbagliava, se ne rese conto in quel momento. Il suo potere non sarebbe derivato dall'aver ucciso Lila, ma dall'aver aiutato a mettere persone come Lila dietro le sbarre, dove non avrebbero mai più potuto fare del male agli altri. Poteva conservare la sua luce e il suo potere, e Lila non poteva portarglieli via, né in vita né in morte.

Con la mano libera, si abbassò e scostò i capelli dalla fronte di Lila. «M-mamma.» disse a fatica.

Un sorriso si allargò sul viso di Lila. Avvicinò Josie e disse: «Sei una brava bambina, JoJo.» Poi le lasciò il braccio ed esalò l'ultimo respiro.

CINQUANTANOVE

Una settimana più tardi, Josie tornò alla sua scrivania alla stazione di polizia solo per trovarla piena di scartoffie. Le sfogliò mentre il capo Chitwood le passava davanti. «È la roba della Bestler.» disse. «Rimettila come ti pare, così ce ne sbarazziamo. È un caso chiuso.»

Lei avrebbe voluto dirgli che l'avrebbe potuto fare anche lui, ma Chitwood era già nel suo ufficio e si sbatteva la porta alle spalle. Gretchen apparve accanto a lei con un caffè e una danese al formaggio.

«Sei la migliore.» disse Josie con un sorriso.

«Ti aiuto io.» le disse Gretchen.

Iniziarono a sfogliare rapporti e foto, mappe e dichiarazioni, mettendo tutto in ordine. «Abbiamo avuto l'analisi del DNA del bambino di Maya Bestler?» chiese Josie.

«Oh sì.» disse Gretchen. «Ma non corrisponde a quello di Michael Donovan.»

Josie alzò lo sguardo. «L'eremita non è il padre?»

«No.»

«Hanno scoperto chi è?»

«No.» disse Gretchen. «Hanno cercato nel database. Non hanno avuto riscontri.»

Josie scosse la testa. Ormai non aveva più importanza. Non avevano più bisogno di risolvere il mistero della paternità del bambino. Non c'era nessun caso. Il bambino era al sicuro, alle cure dei genitori di Maya. Certo, Josie aveva i suoi sospetti, ma fino a quel momento non era riuscita a dimostrare un bel niente.

«Hai la cartella con le foto?» chiese Gretchen. «Devo mettere queste foto insieme alle altre.»

Josie sfogliò le cartelle che aveva tra le mani. «Sì, eccola qui.»

Poi prese la pila di fotografie che Gretchen le porgeva. Erano di Maya Bestler quando era stata visitata in ospedale ed erano state fatte per documentare le sue ferite. Josie le sfogliò, facendo una smorfia quando vide le lacerazioni sui suoi piedi. Si soffermò sulle foto delle cicatrici sui polsi di Maya. Lei stessa aveva avuto segni simili sui polsi dopo qualche giorno di prigionia quando Jack e Charlotte l'avevano sequestrata, anche se il medico le aveva detto che non avrebbero lasciato cicatrici permanenti. Andò avanti finché non arrivò alla foto di un livido sul fianco destro di Maya. La pelle circostante dove iniziava l'addome, era tirata e cadente a causa della gravidanza. Josie stava per rimetterla nel mucchio quando una piccola linea di tessuto cicatriziale attirò la sua attenzione.

«Gretchen...» disse.

«Sì?» Si avvicinò e si mise gli occhiali da lettura, guardando la foto sopra la spalla di Josie.

Josie indicò le linee di pelle spessa e bitorzoluta che si distinguevano dalle depressioni delle smagliature circostanti. «Cosa ti sembra?»

Gretchen la studiò per un lungo momento. «Beh, la pelle è molto tirata, ma direi che sembrano una C e a una C al contrario.»

Josie si alzò di scatto dalla sedia, con il cuore che batteva all'impazzata. «Mi serve l'elenco delle proprietà ancora intestate alla suocera di Charlotte Fadden.»

«Certo, Boss.» disse Gretchen, spostandosi verso la propria scrivania e scartabellando tra le carte.

«E chiama il laboratorio, per favore. Vedi se hanno dei risultati su quel pezzo di corda che ho trovato nella capanna del Santuario. E dopo fai passare di nuovo il DNA del piccolo Bestler nel CODIS. Questa volta dovrebbero avere un riscontro.»

SESSANTA

«Voglio entrare da sola.» disse Josie.

«Assolutamente no.» protestò Noah.

La squadra, composta da Josie, Noah, Mettner, Gretchen e dagli agenti della contea di Lenore, Moore e Nash, si trovava ai piedi di un lungo viale asfaltato nella parte meridionale della contea di Lenore. Secondo le stime di Josie, era lungo mezzo miglio e l'abitazione alla fine del viale, un ranch tozzo con i rivestimenti color tanno, era quasi completamente oscurata da alti cespugli sempreverdi. La proprietà era ben tenuta e Josie aveva letto nei registri che consisteva in due ettari e mezzo, la maggior parte dei quali erano coperti dalla boscaglia dietro la casa.

«È quasi completamente sorda, ricordi?» disse Josie.

«Non sai chi altro potrebbe esserci là dentro.» le fece notare Noah.

«Avrò la radio accesa.»

«No.» disse Noah.

«Spostiamo il perimetro più vicino alla casa.» suggerì Moore. «Proprio fuori dalla casa.» convenne Noah. «È l'unico modo se vuoi entrare da sola, Josie.»

Josie sgranò gli occhi. «Va bene, ma non fatevi vedere. Non

mi dirà niente se vede una specie di squadra SWAT che la aspetta fuori.»

Gretchen porse a Josie un giubbotto antiproiettile. «Diamoci dentro.»

Si avvicinarono con circospezione alla casa, muovendosi in colonna su entrambi i lati del vialetto. Una volta superati i cespugli, si sparpagliarono, mantenendo la testa bassa e correndo fino a raggiungere i lati della casa. Non c'erano veicoli in vista, anche se c'era un garage indipendente con i portelloni chiusi. Josie, con la pistola nella fondina, si avvicinò con disinvoltura alla porta e bussò. Aspettò alcuni minuti e bussò di nuovo. Poi diede una scossa alla maniglia.

«Josie...» sussurrò Noah. «Non puoi entrare così.»

«Posso farlo se penso che qualcuno sia in pericolo.» ribadì lei.

Il pomello ruotò nella mano e la porta si aprì. «C'è nessuno?» chiese Josie.

Non ottenne risposta, ma Josie sentì quello che sembrava il pianto di una donna, così fece segno alla squadra di muoversi dietro di lei, ma in silenzio. Entrò in un soggiorno arredato in modo spartano con pareti semplicemente dipinte di bianco. Lungo una parete si trovava un divano marrone con accanto una lampada a stelo. Su un'estremità del divano era appallottolata una coperta di pile viola. La casa sembrava poco frequentata e aveva un aspetto impersonale. Josie continuò ad avanzare. Seguiva una sala da pranzo con un vecchio tavolo ovale di legno e sei sedie coordinate spinte sotto di esso. Anche in questo caso, non c'era alcuna prova che la stanza fosse stata usata di recente.

Al di là c'era la cucina, decorata in un allegro giallo e con piastrelle grigie. Maya Bestler era in piedi davanti al piano d'appoggio dell'isola. Indossava un maglioncino di cotone nero aderente e pantaloncini color crema. Aveva i capelli in disordine, il viso pallido e gli occhi spalancati. Teneva entrambe le mani strette a pugno e premute sotto il mento. Quando la vide avvicinarsi alzò lo sguardo e il suo volto si riempì di sgomento o di sollievo, Josie non seppe dire quale dei due. «Maya...» disse, facendo attenzione a guardarla in faccia. «Sei qui da sola?»

Maya si girò e scosse la testa verso lo spazio dietro il piano d'appoggio dell'isola. Il battito cardiaco di Josie aumentò. Notò le ciotole e gli utensili sul bancone mentre vi passava accanto lentamente. Una ciotola era rovesciata, il liquido pastoso si stava rapprendendo sul ripiano. Un cucchiaio giaceva a pochi centimetri di distanza. La cosa successiva che vide furono un paio di piedi sul pavimento. Lo sguardo si spostò dai piedi nudi al volto dell'uomo. I suoi occhi sporgevano su un viso pallido e labbra blu. Schiuma e vomito gli colavano dalla bocca, lungo il collo e sul pavimento sotto di lui.

Josie si mise su un ginocchio e premette due dita sulla gola dell'eremita.

«È morto.» disse Maya.

Aveva ragione. Josie lo aveva capito dal suo sguardo vitreo e assente, ma l'addestramento di primo soccorso l'aveva spinta a controllare se c'era battito. Mentre si alzava, vide Noah, Gretchen e il resto della squadra che si accalcavano sulla porta, in silenzio. Scosse lievemente la testa, a indicare che rimanessero lì per un momento. Si rialzò e guardò Maya. «Cosa gli hai dato?»

La voce di Maya suonò come uno squittio appena udibile. «Digitalis purpurea.»

Josie annuì. «Questa è stata la prima volta che glielo hai dato, dico bene? Non ti aveva rapita lui. Esatto?»

Maya scosse la testa.

«Vuoi dirmi chi è stato?»

«Lo sai già, no? Altrimenti non saresti qui...»

«Lo so.» disse Josie. «Allora dimmi se Jack ti ha presa con la forza o se sei andata con lui di tua spontanea volontà.»

Maya non rispose.

Josie si avvicinò e indicò le cicatrici sui polsi della ragazza.

«Hai stretto un patto con Jack, giusto? L'hai aiutato.»

Sembrava che le mancasse un po' d'aria. «Sì.» disse prendendo un respiro.

«Vi siete conosciuti alla serata di beneficenza aziendale.» disse Josie. «Jack si era fissato su di te.»

«Mi ha parlato. Ha iniziato a fermarsi ogni giorno a pranzo dove lavoravo. C'era un legame tra noi.»

«Poi ha iniziato a parlarti del Santuario.»

«Sì. Voleva che andassi con lui e io desideravo andarci, ma sapevo che Garrett mi avrebbe ammazzata. Gliel'ho detto. Gli ho detto che avevo provato a lasciare Garrett molte volte, ma non ci ero riuscita. Mi avrebbe davvero uccisa. È stata un'idea di Jack.»

«Hai inscenato il tuo rapimento.» disse Josie.

«No, Jack ha inscenato tutto. È stata tutta una sua idea. Non pensavo davvero che sarebbe andato fino in fondo. Ma l'ha fatto. Poi mi sono ritrovata al Santuario. Era meraviglioso. Continuavo ad aspettarmi che arrivasse la polizia o che Garrett venisse a cercarmi, ma non è accaduto nulla di tutto questo. Per la prima volta mi sono sentita in pace. Quando Charlotte mi ha chiesto di assumermi l'impegno, è stato un gioco da ragazzi.»

«Non ti sei preoccupata per la tua famiglia? Pensavano che fossi stata uccisa.» disse Josie.

Una lacrima rotolò lungo la guancia di Maya. «Mi sono sentita in colpa per mio padre. Questo sì. Pensavo a lui ogni giorno. Ma non mi sentivo affatto in colpa per quella stronza sputasentenze di mia madre. Probabilmente era contenta di essersi liberata di me.»

Josie pensò a come Maya avesse frainteso Sandy Bestler, ma non si preoccupò di correggerla. «Se era così bello, perché te ne sei andata?»

«A causa di Jack. In un certo senso. Il Santuario riguarda l'equilibrio del proprio io interiore. Luce contro oscurità. Oscurità contro luce. In realtà si tratta di trovare il proprio lato oscuro, credo.»

«Perché siete tutti quanti delle vittime?» disse Josie, senza riuscire a trattenere la nota di sarcasmo dalla sua voce.

«Proprio perché *eravamo* tutti quanti delle vittime.» disse Maya con serietà. Si puntò un dito al petto. «Soprattutto io, e quando ci sono arrivata e ho iniziato ad aiutare Jack, mi sono resa conto che ero solo una vittima, di nuovo. Quello che gli interessava era mettere in atto le sue fantasie malate su di me.» Alzò i polsi. «E andava bene perché ero consenziente.»

«Ma non andava bene.» disse Josie.

«Non mi piaceva.» ammise Maya. «Non era... non era quello per cui avevo accettato. L'avevo seguito perché ero un po' innamorata di lui, ma lui è cambiato. È diventato più duro, più freddo. E io? Non sono mai riuscita a trovare la mia oscurità. Era tutto incentrato su di lui, sui suoi impulsi e sulla ricerca del suo potere.»

«Ho trovato un pezzo di corda in una delle capanne.» disse Josie. «L'analisi del DNA ha dimostrato che quello che c'era sopra era il tuo sangue.»

«Sì, è lì che mi portava per mettere in scena i suoi... spettacoli. Ha cercato di darmi una collana che aveva fatto: una fascia di cuoio con appesa una noce. Una noce nera. Gli piaceva perché aveva la forma di un cuore quando la aprivi e ci guardavi dentro. A parte questo, diceva che c'era qualcosa sulle radici dell'albero da cui proveniva. Qualcosa che emanavano. Era tossico, come lui, diceva. Ma il suo amore per me lo bilanciava. Stranezze del genere.» Fece una risata nervosa. «Voleva che lo indossassi mentre... facevamo delle cose. Era un regalo, mi ha detto. Come se legarmi e fare sesso mentre mi strangolava fino a farmi morire fosse una cosa tanto romantica. Non credo che sia mai stato amore per lui. Credo che fosse solo un desiderio perverso. Perché so che alla fine ha iniziato a mettere in atto le sue fantasie anche con qualche altra ragazza. Ha sempre detto che non le piaceva davvero, ma questo non gli impediva di stare con lei. Comunque, a volte le cose con lui potevano diventare difficili.»

«Lo so.» disse Josie. «Quella ragazza si chiamava Renee Kelly. Dopo che te ne sei andata, Jack l'ha uccisa. Il medico legale le ha estratto dalla gola una collana di noce nera.»

Maya sgranò gli occhi e si portò una mano al petto. «Oh Gesù...»

«Quando le cose hanno cominciato a mettersi male con Jack, perché non te ne sei andata?» chiese Josie.

«Perché avevo combinato un disastro, no? Non potevo tornare alla civiltà e dire a tutti che era stata solo una messinscena. Ma ho provato ad andarmene un paio di volte. Per meglio dire, sono arrivata fino a un certo punto e poi me la sono fatta sotto.»

«L'apertura nella recinzione.» disse Josie. «L'hai fatta tu?»

«No, è stato un albero caduto in quel punto, ma sono passata da lì per entrare e uscire dalla proprietà senza che nessuno se ne accorgesse. Almeno finché non ho incontrato Michael.»

Guardò oltre Josie, dove il corpo dell'eremita giaceva sulle piastrelle.

Josie catturò di nuovo il suo sguardo. «Non ti ha costretta a seguirlo nella sua grotta, dico bene?»

«No.» ammise Maya a bassa voce. «All'inizio non ci andavo nemmeno. Abbiamo solo iniziato a incontrarci qualche volta nel bosco. Era così... affascinante.»

Josie pensò a quanto poco avesse parlato Michael Donovan anche dopo averla salvata insieme a Emilia, a come non avesse voluto rispondere a nessuna domanda. In altre circostanze, forse la sua misteriosità avrebbe esercitato un certo fascino. Forse non per Josie, ma per una ragazza come Maya, intrappolata e in cerca di una via d'uscita che non prevedesse il ritorno alla civiltà.

Josie non riusciva a credere alle parole che le stavano per uscire di bocca, ma disse: «Avevate una relazione.»

Maya annuì.

«Ma eri già incinta del figlio di Jack.»

«Come fai a saperlo?»

Josie strinse le labbra e poi disse: «Il DNA. Michael Donovan era già nel sistema perché aveva ucciso sua moglie molti anni fa. Jack è stato inserito nel sistema dopo l'arresto per omicidio e per aver rapito me ed Emilia. Ho chiesto al laboratorio di analizzare di nuovo il DNA del tuo bambino nel database e il risultato è una corrispondenza familiare.»

«Michael non era contento. Ha capito subito che ero incinta e quando ha fatto i conti era abbastanza ovvio che non era suo.»

«Ma gli avevi detto che era l'unico con cui eri andata a letto?»

«Beh, sì.»

«E a quel punto è diventato violento con te?»

Annuì di nuovo e le sfuggì qualche altra lacrima. «Da allora ho smesso di vederlo. Sono tornata al Santuario. Ho detto a Jack che non poteva più farmi quelle cose perché ero incinta. Charlotte voleva che prendessi accordi per andarmene, perché era contraria alle gravidanze nella proprietà.»

«Ma poi, quando stavi per partorire, Jack ha ucciso due persone e ha rapito Emilia.»

«Esatto.»

«E quando accetti di assumerti l'impegno, prometti di essere fedele al Santuario e di fare tutto il necessario per proteggerlo.»

«Proprio così.» confermò Maya.

«Di chi è stata l'idea di incastrare Michael Donovan per il tuo rapimento e la scomparsa di Emilia?»

«Di Jack.» disse lei, ma Josie sospettò che le stesse mentendo, perché se fosse stata sua l'idea, Jack si sarebbe assicurato che tutte le cose degli Yates e di Emilia si trovassero già nella caverna dell'eremita prima che Maya uscisse dal bosco. Invece era stata Maya, incinta di nove mesi, ad andarci.

«Sei andata prima al campeggio...» disse Josie, «ma Michael aveva già preso quanto bastava da sembrare colpevole.»

«Sì.» disse Maya.

«E quando sei arrivata alla sua caverna, sapevi che le loro cose erano lì.»

«Sì. Sono andata a controllare. Lui era fuori a sistemare le sue trappole o a cercare qualcosa da mangiare o a fare qualsiasi altra cosa.»

«Quindi l'hai incastrato. Poi, una volta rilasciato, è venuto a cercarti. Ha controllato tutte le proprietà di Charlotte.»

Maya non disse nulla. Josie tornò al corpo di Michael e lo guardò di nuovo. Poi si rivolse a Maya. «Dov'è il marchio?» chiese.

«Cosa?»

«Michael si era assunto l'impegno. Dov'è il suo marchio? Sulla nuca? Sul fianco?»

Maya cominciò a tremare. «Come fai a saperlo?»

«Charlotte ha tenuto me ed Emilia in una delle sue altre proprietà. Quella a nord di Denton. Quando io ed Emilia siamo scappate, ci siamo imbattute in Michael. Ci ha aiutate a scappare da Jack. Continuavo a chiedergli cosa ci facesse lì, ma non mi ha dato una risposta precisa. Era a parecchie miglia di distanza dalle sue caverne. Stava cercando te e l'unico modo in cui avrebbe potuto conoscere l'esistenza delle altre proprietà di Charlotte era che fosse stato un membro del Santuario. Un membro di lunga data. Dopo aver scontato la pena per aver ucciso la moglie, non era andato a vivere nei boschi. Si era unito al Santuario. Ma era troppo violento, troppo scostante e Charlotte lo aveva costretto ad andarsene, non è così?»

Maya annuì. Si avvicinò e si mise accanto al corpo di Michael.

Si abbassò e gli sollevò la camicia per far vedere a Josie il simbolo del Santuario appena sotto la parte sinistra della cassa toracica. «Mi ha trovata qui. Voleva darmi una lezione dopo che l'avevo incastrato. All'inizio ho avuto paura. Era parecchio arrabbiato.»

Tirò su l'orlo dei pantaloncini, rivelando profondi lividi neri sull'interno coscia. «Alla fine, si è calmato. Ma sapevo di non potermi sbarazzare di lui né di poterlo seminare. Siamo pur sempre nel bel mezzo del nulla, da queste parti.»

«Il gioco era fatto.» disse Josie.

Maya fissò il suo ex amante, il suo ex abusatore. «Infatti.» disse sommessamente.

Josie fece cenno al resto della squadra di avvicinarsi. «Maya...» disse. «C'è l'agente Moore. Siamo nella sua giurisdizione.»

Maya li guardò con espressione vuota mentre la squadra entrava e l'agente Moore si faceva avanti. Le lesse i suoi diritti e quando lui tirò fuori le manette, lei protese i polsi. In quel movimento, Josie credette di vedere un certo sollievo. Dopo tanto scappare, tanti inganni, adesso era tutto finito.

Prima che Moore la portasse via, Josie si avvicinò a Maya, le si mise di fronte e le chiese: «Sei mai entrata in contatto con quel lato oscuro di cui Jack e Charlotte parlavano sempre?»

Maya passò lo sguardo da Josie a Michael ancora una volta. «Tu cosa pensi?»

SESSANTUNO

Josie spinse un tavolino contro una delle pareti della cucina. Una volta posizionato, staccò la spina del fornetto tostapane e ve lo trasferì sopra. Sollevata dal fatto che vi si adattava perfettamente, si mise a osservarlo, cercando di decidere se sarebbe stato meglio in un altro punto della cucina. No, decise. Era perfetto proprio lì. Sentì la porta d'ingresso aprirsi e chiudersi e Noah che faceva avanti e indietro dall'ingresso. Aspettò che entrasse in cucina ma dopo un po' lo chiamò.

«Dammi un attimo.» le rispose.

Passò un minuto, poi ne passò un altro. «Noah...» disse Josie.

Lui entrò, con il viso arrossato. Aveva quasi l'aria di un bambino che era stato sorpreso a commettere un guaio. Josie inarcò un sopracciglio. «Che succede?»

«C'è una cosa che vorrei farti vedere.»

«Anch'io vorrei farti vedere una cosa.» rispose lei. Indicò il tavolino con sopra il fornetto tostapane. «Ta da! Non solo puoi tenertelo, ma ora ha anche un suo spazio.»

Noah si mise a ridere. Si avvicinò, la prese tra le braccia e la baciò. «Ti amo.»

«Lo so.» disse lei.

Lui la guardò negli occhi. «Ma?»

Lei si allontanò da lui, ma lui non la lasciò andare. «Ho visto come guardavi il piccolo Bestler.»

Noah rimase perplesso. «Cosa? Josie, di cosa stai parlando?»

Lei lo spinse di nuovo e questa volta lui la lasciò andare. Le parole faticavano a uscire. Non era brava a parlare dei suoi sentimenti. Eppure, staccò ogni parola dalla sua psiche come se stesse rimuovendo una crosta. «Voglio essere abbastanza per te.»

«Che vuoi dire?»

«Oh ti prego, non farmelo ripetere.»

Lui fece un passo avanti e le prese una mano. «Josie, tu sei abbastanza per me.»

«Come fai a dirlo?»

Lui rise e le prese una mano per mettersela sul cuore. «Perché lo so.» rispose semplicemente.

«Ma hai passato ogni secondo libero in ospedale con quel bambino. E se tu volessi un bambino? E se io non volessi un bambino? E se non fosse qualcosa che possiamo risolvere o su cui siamo d'accordo? Un bambino! Non è una cosa su cui si accetta di non essere d'accordo. O lo vuoi o non lo vuoi e io non credo di volerne. Cosa faremo se io non li volessi e tu sì?»

Le accarezzò la mano. «Josie...»

«È solo che... come facciamo a sapere che funzionerà? Non riuscivi a staccarti da quel bambino. Ogni volta che mi giravo non c'eri, e io chiedevo: "Dov'è andato Noah?" e qualcuno diceva che eri andato all'ospedale a controllare il piccolo Bestler.»

«Josie...»

«Io non so se...»

«Josie!»

Lei lo guardò, ammutolita.

Lui la trascinò verso il soggiorno. «C'è una cosa che voglio farti vedere.»

Confusa, si lasciò guidare da Noah attraverso l'ingresso e nel soggiorno, dove aveva lasciato una grande scatola marrone senza coperchio sul tavolino. «Non ero con il piccolo Bestler. O meglio, non tutte quelle volte. La maggior parte del tempo che uscivo, ho detto che andavo a controllare il bambino, ma in realtà ero al telefono o mi incontravo con una donna di nome Phyllis.»

Josie strappò la mano dalla sua. «Stai cercando di dirmi che hai una relazione?»

Lui rise di nuovo. «No.» Si avvicinò alla scatola. «Phyllis lavora con il Northeast Boston Terrier Rescue.» Tirò fuori un piccolo batuffolo di pelo bianco e nero, con gli occhi marroni più penetranti che Josie avesse mai visto. Il cane aveva un bel muso, un po' schiacciato, e orecchie che formavano due triangoli perfetti. Noah spostò lo sguardo dal cane a Josie. «Ti presento Trout.» disse.

Josie sorrise. «Trout?»

«Sì, un cane che porta il nome di un pesce.» Noah lo posò sul pavimento. «Ha tre anni. Hanno dovuto trovargli un'altra sistemazione perché i suoi padroni hanno avuto problemi economici e si sono dovuti trasferire in un posto dove non possono tenere cani. Quindi, ha già imparato a stare in casa.»

Trout guardò Josie e si mise seduto, fissandola come se aspettasse che lei gli dicesse cosa fare. Lei si mise davanti a lui e gli diede una grattatina sotto il mento. «Ciao bellezza...» sussurrò.

Incrociò le gambe e passò a grattargli le orecchie. Lui le si avvicinò timidamente. Poi le salì in grembo, fece un giro su se stesso e si accucciò, con un gran sospiro di soddisfazione. Josie gli accarezzò la schiena morbida. Noah si mise a terra, anche lui a gambe incrociate e sedendosi proprio di fronte a lei e le si avvicinò finché le loro fronti non si toccarono. Josie abbassò lo sguardo sul fagottino caldo in mezzo a loro. «Sei a casa, piccolo amico.» disse. «Sei a casa.»

EPILOGO

Trout correva, con il naso teso a percepire la miriade di odori del bosco. Ogni pochi metri si fermava per annusare la base di un albero o le foglie di una pianta, ma non riusciva a stare fermo a lungo. Gli tremava la coda da quanto era eccitato. Di tanto in tanto si fermava e guardava Josie, con le orecchie perfettamente drizzate e gli occhi spalancati e luminosi.

«Va tutto bene, bello!» gli diceva e lui ripartiva di corsa. Lei lo aveva equipaggiato con una bandana rossa, in modo che fosse facile da individuare nella vegetazione. Ma lui non si allontanava mai troppo da lei. Nel breve periodo in cui erano stati cane e padrona, Josie aveva imparato che Trout era estremamente intelligente e che il suo precedente proprietario lo aveva addestrato molto bene. Lo portava al guinzaglio quando erano in città, ma nel bosco lo lasciava libero.

Lo raggiunse mentre annusava un cespuglio di Digitalis purpurea, sbuffando e spostando l'urna con le ceneri di Lila dal fianco sinistro a quello destro. In alto, le nuvole rendevano il cielo grigio ardesia. L'aria fresca del mattino aveva lasciato il posto a temperature più calde, ma Josie era sollevata dal fatto che la stucchevole umidità di agosto era finalmente scomparsa.

Presto sarebbe arrivato l'autunno e il verde degli alberi intorno a loro si sarebbe trasformato in un panorama di oro, arancione e rosso.

Trout alzò lo sguardo dalla pianta e la fissò, come se aspettasse istruzioni o il permesso di continuare a correre. «Siamo quasi arrivati.» gli disse. Il cane inclinò la testa mentre la ascoltava. Poi si allontanò al trotto, addentrandosi nella foresta.

Josie sentì lo scroscio dell'acqua prima che il torrente apparisse e gli scarponi si macchiarono di fango quando si avvicinò alla riva. Trout salì su una pietra vicina e la osservò. Josie guardò l'acqua che scorreva. «Ci siamo.» disse al cane.

Girò il tappo dell'urna finché non venne via. Lentamente, rovesciò il contenuto nelle acque di Cold Heart Creek. Trout sollevò il muso e annusò l'aria. Quando l'ebbe svuotata, Josie tappò l'urna e la rimise sotto il braccio. Trout si accostò alla sua gamba ed emise un basso e lamentoso mugolio. Josie sorrise e si accovacciò accanto a lui, grattandogli la testa. Lui allungò il collo e le leccò la guancia. «Sto bene, Trout. Va tutto bene.»

Si alzò e tornò indietro per la strada che avevano percorso. Alcuni raggi di sole attraversarono la chioma degli alberi, illuminando la foresta. Una grande farfalla monarca arancione svolazzò davanti a loro, passando attraverso i raggi del sole. Trout le corse dietro e Josie lo seguì.

UNA LETTERA DA LISA REGAN

Grazie mille per aver scelto di leggere *I corpi lungo il fiume*. È stato un piacere raccontarvi un'altra delle avventure di Josie Quinn. Se vi è piaciuta e volete rimanere aggiornati su tutte le mie ultime uscite, iscrivetevi al link che trovate qui sotto. Il vostro indirizzo e-mail non verrà mai condiviso e potrete disiscrivervi in qualsiasi momento.

italia.bookouture.com/subscribe/

Nonostante io debba prendermi delle libertà creative su diversi aspetti per motivi di intreccio e di ritmo, ci terrei che sapeste che il Northeast Boston Terrier Rescue e il Search and Rescue Dogs of Pennsylvania sono organizzazioni reali che svolgono un lavoro di vitale importanza; perciò, mi auguro che le cerchiate e che troviate il modo di sostenerle. Invece, non esiste una Statale 9227 in Pennsylvania. Come per Denton, così come per le contee di Alcott e Lenore, si tratta di una mia invenzione.

Sono davvero molto contenta ricevere notizie dai lettori. Potete mettervi in contatto con me attraverso i social media qui sotto, compreso il mio sito web e la mia pagina Goodreads. Inoltre, se ve la sentite, vi sarei davvero grata se poteste lasciare una recensione e se poteste consigliare *I corpi lungo il fiume* ad altre persone. Le recensioni e le raccomandazioni attraverso il passaparola sono di grande aiuto ai lettori che scoprono i miei libri per la prima volta.

Come sempre, vi ringrazio infinitamente per il vostro sostegno. Significa tanto per me. Non vedo l'ora di ricevere le vostre impressioni e spero di vedervi la prossima volta!

Grazie,

Lisa Regan

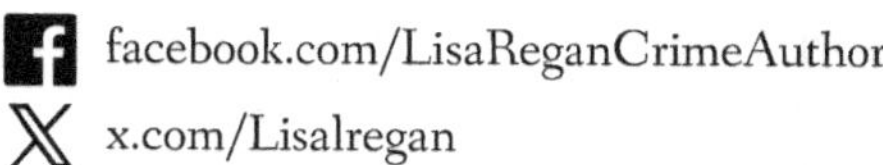

RINGRAZIAMENTI

Favolosi lettori e fan devoti, non potrò mai ringraziarvi abbastanza! La vostra incessante passione per questa serie è un dono prezioso. Non riesco a credere che siamo al settimo libro! Vi ringrazio di cuore per aver intrapreso questo viaggio con me. Siete davvero i migliori lettori del mondo!

Come sempre, voglio ringraziare mio marito Fred e mia figlia Morgan per la loro pazienza e il loro incessante sostegno. Un grazie particolare alle mie prime lettrici: Dana Mason, Katie Mettner, Nancy S. Thompson, Maureen Downey, Torese Hummel, Ann Bresnan e Karen Powell. Un ringraziamento va anche ai miei lettori di Entrada. Grazie ai soliti sospetti per tutto il vostro sostegno e il vostro amore: Donna House, William e Joyce Regan, Rusty e Julie House, Carrie Butler, Ava McKittrick, Melissia McKittrick, Andrew Brock, Christine e Kevin Brock, Laura Aiello, Helen Conlen, Jean e Dennis Regan, Debbie Tralies, Sean e Cassie House, Marilyn House, Tracy Dauphin, Dee Kay, Stacy Stanley, Jeanne Cassidy, Michael Infinito Jr., Jeff O'Handley, Fred e Debbie Bowman, Susan Sole, Claire Pacell, Tanya Veitch, Tanya Anderson, Rebecca Squires, la famiglia Funk, la famiglia Tralies, la famiglia Conlen, la famiglia Regan, la famiglia House, la famiglia McDowell, la famiglia Bottinger e i Kays. Grazie a Jaime Kelly e Renee Crabill per essersi sacrificate! Un saluto anche alle adorabili persone del Table 25 per la loro saggezza, il loro sostegno e il loro buon umore. Grazie a Cindy Doty. Vorrei ringraziare anche tutti gli adorabili blogger e i recensori che hanno letto i primi sei libri su Josie Quinn per aver continuato a leggere la serie e per averla raccomandata con entusiasmo ai loro lettori!

Grazie di cuore al sergente Jason Jay per la sua incrollabile pazienza con cui ha risposto a tutte le mie domande sulle forze dell'ordine a ogni ora del giorno e della notte. Gli sono profondamente riconoscente!

Grazie a Vicki e Chuck Wooters, così come a Rini e Quake di Search and Rescue Dogs of Pennsylvania per le straordinarie informazioni che mi avete dato e per averci permesso di assistere alla magia che sapete creare con i vostri fantastici cani.

Voglio ringraziare anche David Alford, Paul Bishop e Andy Parker, istruttori della Writers' Police Academy's Murdercon 2019, le cui lezioni mi hanno aiutato con alcuni passaggi fondamentali di questo libro. Quella di imparare da voi è stata un'esperienza che mi ha davvero arricchita!

Desidero ringraziare Oliver Rhodes, Noelle Holten, Kim Nash, Jennie e tutto il team di Bookouture per aver reso possibile questo viaggio straordinario e per avermi regalato il divertimento più grande della mia vita.

Grazie a Caolinn Douglas per le sue intuizioni. E infine, ma non per questo meno importante, un grazie all'impareggiabile Jessie Botterill per il suo straordinario lavoro e il contributo che ha dato a questo libro. L'ho già detto in passato, ma è sempre vero: non potrei, e non vorrei, realizzare tutto questo senza di voi.